EVA FRANTZ
DIE TOTE IM WASSER

AF177927

atb aufbau taschenbuch

Eva Frantz, geboren 1980, wuchs in einem Vorort von Helsinki auf. Sie studierte Journalismus, arbeitete als Radiomoderatorin und kommentierte u. a. den Eurovision Song Contest. 2016 legte sie ihren Debütroman vor, seitdem schreibt sie erfolgreich Kinderbücher und Kriminalromane. »Die Tote im Eis« wurde als bester finnischer Krimi des Jahres ausgezeichnet. Auch »Der Tod in den Schären« ist im Aufbau Taschenbuch lieferbar. Eva Frantz wohnt mit ihrem Mann und drei Kindern in Espoo, Finnland.
Mehr zur Autorin unter evafrantz.com

Leena Flegler arbeitet als freie Übersetzerin aus dem Schwedischen und Englischen. Sie übertrug unter anderem Romane von Niklas Natt och Dag, Karin Smirnoff und Denise Rudberg ins Deutsche.

Es sind unruhige Zeiten für Kommissarin Anna Glad, die mit mal mehr, mal weniger Erfolg versucht, ihren Rollen als Mutter und Polizistin gerecht zu werden. Ihr Lebensgefährte Tomas ist ihr Fels in der Brandung. Aber interessiert der sich nicht ein bisschen zu sehr für die Familiensituation seiner neuen Freundin Mimmi Sandberg? Mimmi ist die Adoptivmutter der vierjährigen Veera. Doch nun möchte Veeras leibliche Mutter das Sorgerecht zurück. Dann überschlagen sich die Ereignisse: Die Anzeichen, dass Mimmis Zuhause nicht so sicher ist, wie sie glauben möchte, verdichten sich. Die Schulsekretärin Yrsa Manner verschwindet. In der vom Abriss bedrohten Holmborger Schule wird etwas Merkwürdiges entdeckt. Und dann wird auf dem beliebtesten Spielplatz der Stadt ein entsetzlicher Fund gemacht. Wieder einmal hat Anna alle Hände voll zu tun.

EVA FRANTZ

DIE
TOTE
IM
WASSER

Ein Fall für Anna Glad

Kriminalroman

Aus dem Finnlandschwedischen
von Leena Flegler

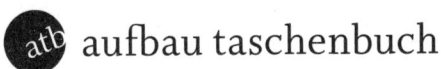 aufbau taschenbuch

Die Originalausgabe unter dem Titel
Ungen min får du aldrig
erschien 2023 bei Schildts & Söderströms, Helsinki.

Gefördert und veröffentlicht mithilfe des Christian-und-
Constance-Westermarck-Fonds in der Gesellschaft der schwedischen
Literatur in Finnland.

Das Zitat auf Seite 336 stammt aus:
Astrid Lindgren, Das Wolfslied. Ronja Räubertochters Schlaflied.
Deutsch von The Astrid Lindgren Company/Universal Music Publishing.
Der Abdruck erfolgt mit freundlicher Genehmigung von Verlag Friedrich
Oetinger GmbH, Hamburg 2023.

MIX
Papier | Fördert
gute Waldnutzung
FSC® C083411
FSC
www.fsc.org

ISBN 978-3-7466-4135-5

Aufbau Taschenbuch ist eine Marke
der Aufbau Verlage GmbH & Co. KG

PROLOG

Im Radio wünscht der Nachrichtensprecher allen eine gute Nacht. Dann erfüllt klassische Musik die Hütte.

Fauré, vermutet sie. Nicht gerade ihr Lieblingskomponist, aber sie macht sich auch nicht die Mühe, aufzustehen und das Radio auszuschalten. Stattdessen schiebt sie die Spielkarten erneut zusammen. Vielleicht geht die nächste Patience ja auf.

Wenn ja, dann finden wir sie.

Wir finden sie, und dann siegt die Gerechtigkeit.

Nach so vielen Jahren.

Sie ist furchtbar müde, aber es kommt nicht infrage, dass sie jetzt schlafen geht. Das Schlimmste am Krankenhaus war, dass man nachts in seinem Bett liegen musste. Das Licht wurde gelöscht, die Türen geschlossen, und dann lag man da, mit seinen Dämonen.

Schau einer an, gleich drei Asse in der ersten Runde.

Endlich aus dem Krankenhaus raus zu sein war wunderbar. Dämonen und Gespenster gibt es hier in der Hütte nachts natürlich auch, aber hier fühlt sie sich ein bisschen besser, wenn sie noch einen Tee kocht, Patiencen legt und der Musik aus dem Radio lauscht.

Sie wünschte sich, dass zumindest ein paar von ihnen nicht kommen würden. Aber mit der Dunkelheit tauchen sie früher oder später auf.

Ach nee, und da kommt das vierte Ass.

Nur das kleinste der Gespenster sehnt sie sich regelrecht herbei, obwohl ihr jedes Mal das Herz bricht, wenn es schließlich auftaucht.

Weil er kein Gespenst hätte werden dürfen. Er sollte keins sein, sondern hier mit ihr in der Hütte sitzen.

Trotzdem haben sie ihn sich geholt.

Oh, diese Runde geht wirklich auf.

Sie hat die vier akkuraten Kartenstapel gerade erst zusammengelegt, als ihr Handy drüben am Herd vibriert. Eine Nachricht.

»Ich hab sie gefunden. Und sie leben noch, alle drei.«

KAPITEL 1

Ruh nun friedlich, kleines Kind,
wirst morgen wieder wach,
Die Welt, sie wartet ohnehin
mit Schlechtigkeit und Schmach.
Ein Ort der Trauer, unser Erden:
Wer kaum gelebt, muss trotzdem sterben
und abermals zu Erde werden.

Februar 2022, Montag

Kaum hatte sich Mimmi Strandberg auf die Parkbank gesetzt, drang die Feuchtigkeit schon durch ihre Jeans und Unterhose. Es hatte tagelang ununterbrochen geregnet, und die Holzbretter waren komplett nass. Sie zog ihre Jacke unter ihren Po, so weit es ging, und rückte nach vorn auf die Kante. Blasenentzündung – davor warnten Erwachsene ihre Kinder doch immer bei Kälte, oder? So etwas wollte man sich nun wirklich nicht einfangen.

»Mama, guck!«, rief Veera von der Wippe herüber.

»Wow, ganz toll«, antwortete Mimmi mit ihrer lebhaftesten Mamastimme, gähnte dann aber herzhaft.

So früh am Morgen hatten sie den Spielplatz für sich allein. In ein paar Stunden würde hier der Teufel los sein.

Die Nacht war anstrengend gewesen. Die fünfjährige Veera litt unter Nachtschreck, daher wurde Mimmi häufig von schrillen Schreien aus dem Kinderzimmer aus dem Schlaf gerissen. Manchmal dauerte es Stunden, bis sich das Mädchen wieder beruhigt hatte, und wenn Veera dann endlich eingeschlafen war, lag Mimmi oft hellwach da, bis irgendwann Juhas Wecker klingelte.

Juha war ihr keine Hilfe. Der drückte sich bloß verbissen jeden Abend Ohrstöpsel in die Ohren und schnarchte über die Schreie und die ganze Aufregung hinweg. Morgens war er dann trotzdem müde und schlecht gelaunt.

»Ich hab in dieser Woche Kundenmeetings im Akkord«, hatte er an diesem Morgen gemault und fahrig Kaffeepulver in den Filter gelöffelt. »Wenn ich nicht durchschlafen kann, kann ich bald Insolvenz anmelden. Soll ich, ja? Wir könnten eine Zwei-Zimmer-Sozialwohnung mieten und die Autos verkaufen? Und das Boot auch? Wär das ein guter Plan?«

Grundsätzlich hatte Juha ja recht. Fürs Erste war Mimmi in Vollzeit mit Veera zu Hause, insofern war es vielleicht nur fair, dass sie diejenige war, die nachts aufstand – erst recht, da Juha von Veeras Geschrei oft so genervt war, dass er alles nur noch schlimmer machte.

Es ist nur eine Phase, redete Mimmi sich ein, das wird schon wieder. Bald.

»Guck, Mama, wie hoch!«

»Oh, das ist ja wirklich superhoch! Halt dich gut fest, mein Schatz!«

Ihre Augen brannten vor Müdigkeit. Es war wirklich zum Heulen: Da half nicht mal mehr Juhas tiefschwarze Teerbrühe von einem Kaffee.

Veera hingegen schoss wie eine Flipperkugel kreuz und quer über den Spielplatz. Es war schon bemerkenswert, dass ein Kind die ganze Nacht schweißgebadet und hysterisch in seinem Bett liegen und sich dann binnen weniger Stunden in dieses kleine, sonnige Energiebündel verwandeln konnte.

»Mama, ich rutsch schneller als ein Rennwagen – fiuuuuuuuu!«

»Wow, das war schnell!«, rief Mimmi zurück und öffnete die Fitness-App auf ihrem Handy.

Sie war heute (hauptsächlich in der Nacht zwischen zwei und fünf Uhr) bereits 3678 Schritte gegangen und hatte einfach viel zu wenig geschlafen.

Hier erfahren Sie mehr zu den Gesundheitsrisiken bei Schlafmangel. Sehr hilfreich.

Nein danke.

»Mama!«

»Wow!«

»Guck jetz', Mama! Ich schwimm!«

»Wie toll … Was? *Nein!*«

Flink wie ein Wiesel war Veera vom Klettergerüst zum hinteren Ende des Spielplatzes gerannt, der im Grunde eine einzige riesige Pfütze war. Dort saß sie nun hüfttief im braunen, schlammigen Wasser wie in einem Whirlpool und strahlte übers ganze Gesicht.

Mimmi musste regelrecht in die Pfütze hineinwaten, um die Kleine dort wieder herauszuholen. Somit hatte sie nicht nur einen nassen Hintern, sondern obendrein nasse Füße, und obwohl Veera ihren Matschanzug trug, war auch sie unter Garantie nass bis auf die Knochen.

Plötzlich blickte das Mädchen nachdenklich drein.

»Popo is' kalt.« Es klang eher vorwurfsvoll als beschämt.

»Jaaa, der Popo wird kalt, wenn man sich im Februar mitsamt Klamotten in eine Pfütze setzt! Wir müssen jetzt wohl nach Hause gehen und dich umziehen.«

»Okay«, erwiderte Veera putzmunter.

Wider Willen musste Mimmi lachen, als sie Veera quer über den Spielplatz trug. Der Alltag mit einer Fünfjährigen war anstrengend, aber zumindest nie langweilig. Dass Veera ein herausforderndes Kind werden würde, war Mimmi von Beginn an klar gewesen. Dieser Punkt war schon im Vorbereitungskurs für Pflegeeltern Thema gewesen.

Doch sowie Veera jetzt ihre kleinen Milchzähnchen zeigte und Mimmi strahlend anlachte, war alle Anstrengung vergessen. Veera presste ihre Lippen auf Mimmis Wange und pustete, dass es klang wie ein Pups.

»Du bist wirklich das durchgeknallteste Kind der Welt«, sagte Mimmi.

»Durchgeknallte Knallmama«, erwiderte Veera.

Auf dem Weg zum Ausgang warf Mimmi noch einen Blick über die Schulter. Wie in aller Welt hatte sich auf dem Spielplatz eine dermaßen tiefe Pfütze bilden können? Gab es hier denn keinen Gully, durch den das Wasser ablaufen konnte?

Dann hörte sie plötzlich eine bekannte Stimme rufen: »Guck mal, da sind Veera und Mimmi! Hallo!«

Mimmis Wangen wurden merkwürdig warm. Typisch, dass er ausgerechnet in dem Moment auftauchte, da sie aussah wie ein Schlammmonster.

»Hey, Tomas! Hey, Gottfrid! Schau mal, Veera, wer da kommt!«

Tomas sah genauso attraktiv aus wie immer: groß gewachsen, breitschultrig. Dichtes braunes Haar ragte unter seiner Mütze hervor. In Mimmis Bauch flatterte ein verbotener Schwarm Schmetterlinge auf.

»Ach, Mensch«, sagte Tomas, »geht ihr schon? Und mit wem sollen wir jetzt spielen?«

»Veera hat da drüben in der Pfütze gebadet, deshalb müssen wir nach Hause und uns umziehen.«

»Ach, du Schande. Das ist aber auch eine ordentliche Pfütze! Geh da nicht hin, Goffe!«

Tomas hob Gottfrid aus dem Buggy, und der Dreijährige flitzte – in seinen dicken Klamotten leicht o-beinig – sofort in Richtung Klettergerüst.

»Vielleicht sollten wir das irgendwo melden? Für Kinder ist so tiefes Wasser doch gefährlich.«

Statt mit der freundlichen Papastimme sprach er nun mit seiner Polizistenstimme, was ihn sogar noch ein bisschen attraktiver machte. Die Schmetterlinge in Mimmis Bauch stoben inzwischen wild durcheinander.

Jetzt, da Tomas hier war, hätte sie sich liebend gern wieder auf die kalte, nasse Bank gesetzt. Mit Tomas konnte man sich ganz wunderbar über Gott und die Welt unterhalten.

Er hob sein Handy ans Ohr.

»Na, dann wollen wir doch mal sehen, ob jemand rangeht … Oh, das ging ja schnell!«

Tomas lächelte Mimmi zu und reckte den Daumen hoch.

Sie erwiderte die Geste und nahm Veera bei der Hand.

»Komm, Schätzchen, wir müssen heim.«

»Ja, hallo … Ich rufe vom Spielplatz am Bruksvägen an«, hörte sie Tomas noch sagen. »Hier ist alles komplett überschwemmt. Vermutlich ist der Gully verstopft …«

Veera stiefelte bereits vorneweg, und Mimmi versuchte, mit ihr Schritt zu halten.

Sie hatte Gottfrids Mutter nie kennengelernt. Anscheinend arbeitete sie ebenfalls bei der Polizei und das offenbar von morgens bis abends. Garantiert war sie cool und bildhübsch, genauso durchtrainiert wie Tomas, draufgängerisch und klug, dachte Mimmi, sonst hätte sie sich einen Mann wie ihn nie geangelt.

Anna Glad ließ sich auf ihren Schreibtischstuhl sinken, lehnte sich vor und legte die Stirn auf die Tischplatte.

Konnte man in dieser Sitzhaltung ein Powernap machen? Hieß es nicht, dass ein fünfminütiges Nickerchen tagsüber so wertvoll war wie eine Stunde Nachtschlaf? So was in der Art hatte Rolf doch immer gesagt. Wie auch immer ... Hauptsache, sie konnte für einen Moment durchatmen.

Himmel, wie schön das war. Nur einen klitzekleinen Moment ...

Als es nachdrücklich an der Tür klopfte, richtete Anna sich so schnell auf, dass es in ihrer Wirbelsäule knackste.

Hauptkommissarin Annette Käld schob den Kopf durch die Tür.

»Störe ich?«, fragte sie leicht säuerlich.

»Ach was, nein, gar nicht«, krächzte Anna. »Ich wollte nur kurz ... Das war nur ... Ach, Gottfrid glaubt gerade, dass vier Uhr morgens eine super Zeit wäre, um aufzustehen. Deshalb bin ich derzeit ein bisschen durch den Wind.«

Von Annettes eleganter Erscheinung ging nicht das geringste Mitgefühl aus. Hatte die Chefin allen Ernstes vergessen, wie sich ein Leben mit kleinen Kindern anfühlte? Aber vielleicht hatten Annettes mittlerweile erwachsene Söhne mit drei Jahren auch schon Gewehr bei Fuß gestanden wie kleine Soldaten.

»Trotzdem müsstest du allmählich wach werden ... Wir haben gerade eine Vermisstenmeldung reinbekommen.«

»Hm. Okay.«

»Die Schwester der Frau hat sich bei uns gemeldet. Sie wartet bei dieser Adresse hier.«

»Okay. Märta und ich fahren gleich hin.«

»Du müsstest allein fahren. Die anderen sind alle anderweitig beschäftigt oder haben Magen-Darm. Gott, wie ich diese Jahreszeit hasse! Einer nach dem anderen fällt aus. Wer keine Rotznase hat, hängt über der Schüssel – und manche trifft beides gleichzeitig ...«

»Schon gut. Bin quasi schon unterwegs.«

Doch Anna konnte weder sich selbst noch ihre Chefin durch ihren beschwingten Tonfall zum Narren halten. Obendrein war die Kaffeemaschine in der Abteilung kaputt, so dass sie sich mit einer Handvoll Pfefferminzpastillen begnügen musste, um wenigstens ein bisschen wacher zu werden. Ihr Kopf explodierte zwar fast, weil sie so scharf waren, aber tatsächlich fühlte sich Anna damit ein bisschen frischer. Und immerhin würde sich jetzt niemand darüber beschweren, dass Polizeioberkommissarin Anna Glad Mundgeruch hätte.

Die Fahrt zu der Adresse, die sie von Annette bekommen hatte, dauerte nur wenige Minuten. Sie parkte vor dem Häuserblock und steuerte Treppenaufgang D an.

Eine Frau Mitte sechzig stand bereits an der Haustür und ließ unruhig den Blick schweifen.

»Hallo. Anna Glad, von der Polizei«, stellte Anna sich vor und zückte ihren Dienstausweis. »Haben Sie bei uns angerufen?«

»Ja«, antwortete die Frau. »Ich heiße Lena Manner.«

»Und es geht um Ihre Schwester?«

»Ja, meine Schwester Yrsa ... Das hier sieht ihr überhaupt nicht ähnlich. Ich verstehe nicht, wie ...«

»Alles gut«, fiel Anna ihr ins Wort. »Wann haben Sie denn zuletzt von ihr gehört?«

Lena Manner kratzte sich nervös am Arm. »Wir haben am Donnerstag telefoniert, also vor vier Tagen. Und gestern hab ich ihr mehrere Nachrichten geschrieben, aber die hat sie nicht gesehen, dabei sitzt sie sonst den ganzen Tag über vor Facebook. Da muss irgendetwas passiert sein.«

»Und wer wohnt hier an dieser Adresse – Yrsa oder Sie?«

»Yrsa. Ich habe heute früh den ersten Bus genommen. Ich dachte mir, vielleicht hatte sie irgendeinen Anfall und liegt tot im Flur ... Ich habe ja einen Zweitschlüssel.«

»Und waren Sie schon in der Wohnung?«

»Ja, aber da ist sie nicht – zum Glück! Ich meine, zum Glück lag sie nicht tot im Flur! Aber wo ist sie dann?«

»Gehen wir mal hoch und sehen uns um.«

Yrsa Manners Wohnung befand sich im ersten Stock, daher lohnte es sich nicht, auf den Aufzug zu warten. Während die Schwester die Wohnungstür aufschloss, redete sie ununterbrochen weiter.

»Ich hab gestern Nacht kein Auge zugetan, weil ich mir solche Sorgen gemacht habe! Aber man will ja auch nicht mitten in der Nacht zu Leuten fahren und stören – nicht mal, wenn es um die eigene Schwester geht. Aber vielleicht hätte ich vorbeikommen sollen und nicht so lange warten dürfen. Womöglich ist ihr etwas zugestoßen, und sie liegt irgendwo und ...«

Anna trat über die Schwelle. Auf der Fußmatte lagen zwei Ausgaben des *Hufvudstadsbladet.*

»Ich hab auch nichts angefasst, als ich hier war – nur die Türklinke! Und ich habe versucht, in meinen eigenen Fußspuren wieder rauszugehen, damit ich keine Beweise zerstöre oder wie das heißt.«

Allem Anschein nach hatte Lena Manner den einen oder anderen Fernsehkrimi gesehen.

»Gut«, kommentierte Anna.

Sie sah sich in der Wohnung um, was nicht lange

dauerte. Ein kleines Schlafzimmer, Wohnzimmer, Küche – alles sauber und ordentlich. Das Bett war gemacht, und auf den Fensterbrettern standen reihenweise gepflegte Zimmerpflanzen. Im Wohnzimmer hing Kleidung auf einem Trockenständer. Auf dem Couchtisch lag ein aufgeschlagenes Buch.

Für Anna sah hier nichts besorgniserregend aus.

»Was macht Ihre Schwester denn beruflich?«

»Sie ist Sekretärin an der Lillåker-Schule. Allerdings arbeitet sie überwiegend von zu Hause.«

Anna warf erneut einen Blick in die Küche. Ein kleiner Esstisch am Fenster, auf einem Küchenstuhl ein Laptop und ein paar Ordner. Yrsa Manners Homeoffice.

Als Anna sich erneut zu Lena Manner umdrehte, versuchte sie, Ruhe und Mitgefühl auszustrahlen, was ihr nicht immer besonders gut gelang. Mehr als ein Mal hatte ihre Kollegin Märta Hansson sie freundlich darauf hingewiesen, dass sie aussah, als hätte sie schlimmes Bauchweh, wenn sie empathisch wirken wollte.

»Hat Yrsa am Donnerstag, als Sie mit ihr gesprochen haben, Pläne fürs Wochenende erwähnt? Wollte sie wegfahren? Jemanden besuchen?«

Lena schüttelte den Kopf. »Nein, sie hat nie Pläne fürs Wochenende.«

»Wie können Sie sich da so sicher sein?«

»Weil ich sie kenne. Sie ist die reinste Stubenhockerin! Zumindest war sie das in den letzten Jahren. Sie geht nur einkaufen, wenn es absolut nötig ist, allenfalls noch zur Apotheke – aber das ist auch schon alles.«

»Wie kommt das?«

»Sie hat natürlich Angst, sich anzustecken! Gleichzeitig verweigert sie die Impfung – davor hat sie nämlich noch viel größere Angst. Ich habe immer gesagt, dass sie unter Leute gehen muss, aber sie hört nicht auf mich. Sie hat noch nie auf mich gehört.«

»Arbeitet sie deshalb auch von zu Hause? Weil sie so vorsichtig ist?«

»Genau. Ich bin wohl die Einzige, die sie in den letzten Jahren besucht hat, und sie will auch nicht, dass ich weiter als bis in den Flur komme. Sie wird in dieser Wohnung noch zur Einsiedlerin – zur psychisch gestörten Einsiedlerin!«

Anna sah sich erneut um. Nichts in der Wohnung wies darauf hin, dass die Bewohnerin ein psychisches Problem hatte. Es sah eher so aus, als wäre Yrsa Manner einem geregelten Alltag nachgegangen. Sie hatte sich um ihre Pflanzen gekümmert, geputzt, hatte gearbeitet, den Müll rausgebracht, Bücher gelesen …

»Yrsa hat nicht zufällig ein Sommerhaus oder so was in der Art, wo sie hingefahren sein könnte?«

»Nein. Wir waren in der Familie nie sonderlich erpicht auf Hütten im Wald.«

»Ist sie liiert?«

»Nein, von Männern hat sie die Nase voll, sagt sie immer. Und wir haben auch keine Verwandten mehr. Es sind nur noch wir zwei übrig.«

»Okay. Wo bewahrt Yrsa normalerweise ihr Handy auf? Ihren Geldbeutel, Schlüssel und solche Sachen? Dinge, die man mitnimmt, wenn man vor die Tür geht?«

Lena Manner sah sich um. »Na ja … Ich hab ihr zu Weihnachten mal eine schwarze Handtasche geschenkt … Aber wenn sie zu Hause ist, legt sie solche Sachen immer auf das Tischchen im Flur. Nur liegt da ja nichts!«

Anna nickte freundlich und drückte Lena einen kleinen Notizblock und einen Stift in die Hand.

»Wären Sie so gut und könnten mir Yrsas und Ihre Handynummern aufschreiben? Und die Namen von Yrsas Vorgesetzten, Kollegen, Freunden, Bekannten – wen auch immer sie in letzter Zeit mal erwähnt hat.«

Lena schrieb eifrig drauflos, und Anna drehte eine weitere Runde durch die Wohnung. Sie warf erneut einen Blick ins Bad, zog Schranktüren auf, nahm den kleinen Balkon in Augenschein.

Außer dass hier eine ordentliche Frau wohnte, die wohl nur kurz aus dem Haus hatte gehen wollen, fiel ihr nichts weiter auf. Das einzig Bemerkenswerte waren die Zeitungen auf der Fußmatte: Sonntag und Montag. Folglich schien Yrsa seit Samstag nicht mehr zu Hause gewesen zu sein.

Am Kühlschrank hing ein Foto zweier lächelnder Frauen in einem Restaurant. Die eine war eindeutig Lena Manner.

Anna tippte auf das Foto. »Ist das hier Yrsa?«

»Ja, das war vor drei oder vier Jahren an Silvester. Da waren wir auswärts essen. Zuletzt haben wir sowohl Weihnachten als auch Silvester jeder für sich gefeiert. Sie wollte um jeden Preis allein bleiben.«

Anna sah sich das Foto aufmerksam an. Dass die beiden verwandt waren, war nicht zu übersehen. Yrsa Manner war etwa im selben Alter wie ihre Schwester, allenfalls wenige Jahre jünger. Sie hatte kurze blonde Haare und trug eine Brille. Auf dem Foto hob sie ihr Weinglas in die Kamera. Im Hintergrund waren weitere Menschen zu sehen. An jenem Abend schien sie kein bisschen menschenscheu gewesen zu sein, trotzdem hatte ihr Lächeln etwas Reserviertes. Während Lena Manner übers ganze Gesicht strahlte, schien Yrsa mit den Gedanken woanders zu sein.

»Das würde ich mir gern ausleihen. Oder haben Sie noch ein aktuelleres Foto von Yrsa?«

»Nein, leider nicht. Sie hasst es, fotografiert zu werden. Das da ist das einzige Foto, von dem sie findet, dass sie darauf normal aussieht. Typisch, dass ich ausgerechnet darauf so dusselig aussehe! Yrsa hat nicht mal ein Facebook-Profilfoto, sondern benutzt ein Blumenbild.«

Sie verließen die Wohnung. Lena Manner redete weiter, wiederholte ein ums andere Mal, wie übervorsichtig ihre Schwester und wie ungewöhnlich es sei, dass sie auf keine Nachricht mehr antworte, und dass irgendwas Schlimmes passiert sein müsse.

Anna musste fast laut werden, um überhaupt wieder zu Wort zu kommen.

»Versuchen Sie, sich keine allzu großen Sorgen zu machen, Lena. Wir melden Yrsa als vermisst und hoffen, dass sie bald wiederauftaucht.«

»Aber Sie suchen nach ihr?«

Anna nickte, obwohl sie genau wusste, dass die Wahrheit nicht ganz dem entsprach, was Lena Manner sich erhoffte. Anna würde zwar versuchen, sämtliche Namen auf Lenas Liste abzutelefonieren, aber weil sie derzeit so unterbesetzt waren, würde es wohl kaum zu weitreichenden Maßnahmen kommen. Überdies war Yrsa Manner eine erwachsene Frau, die gut und gern verreist sein mochte, auch wenn dies laut ihrer Schwester ausgeschlossen war.

Die meisten Menschen, die als vermisst gemeldet wurden, tauchten nach einiger Zeit wohlbehalten wieder auf – wenn auch mitunter ein bisschen beschämt, weil ihre Angehörigen sich Sorgen gemacht hatten. Anna hoffte, dass es diesmal genauso sein würde.

Sie verabschiedete sich und wandte sich zum Gehen.

»Ich hab ein ganz schlechtes Gewissen«, sagte Lena plötzlich hinter ihr. »Als wir zuletzt telefoniert haben, sind wir ein bisschen aneinandergeraten …«

Anna blieb abrupt stehen. Das hatte Lena zuvor mit keiner Silbe erwähnt.

»Sie sind aneinandergeraten? Inwiefern?«

»Ach, es ging wieder um diese verdammte Impfung … Da bin ich womöglich zu weit gegangen. Ich hab ihr gesagt, dass sie es verdient hätte, wenn ihr gekündigt würde, wo sie doch so verdammt stur ist! Aber es war wieder die alte Leier: dass man den Pharmafirmen nicht vertrauen könne und dass ich naiv sei, weil ich die Wahrheit nicht sehen wolle. Sie wird immer richtig eklig, wenn es um dieses Thema geht. Ich … ich hab irgendwann einfach aufgelegt. Was, wenn das unser letztes Gespräch war – und ich hab meiner Schwester den Hörer aufgeknallt?!«

Tatsächlich fühlte sich Anna umso beruhigter. Wenn Yrsa sauer auf ihre Schwester gewesen war, war es nicht weiter verwunderlich, dass sie deren Nachrichten nicht gelesen hatte. Womöglich war sie sogar ganz bewusst abgetaucht, damit Lena sich Sorgen machte. Derlei »Märtyrer-Vermisstenfälle« hatte Anna schon häufiger erlebt.

Sie verabschiedete sich erneut von Lena Manner und zückte ihr Handy, um sofort selbst bei Yrsa Manner anzurufen. Vielleicht würde die ja ans Telefon gehen, wenn jemand anderes als ihre Schwester sie kontaktierte.

Unterdessen hatte Anna ein Foto von Tomas bekommen: Gottfrid, dessen Gesicht zur Hälfte mit Tomatensoße beschmiert war, so dass er aussah, als hätte er sich einen roten Vollbart stehen lassen, grinste breit in die Kamera.

Es gibt Bolognese zum Abendessen, G hat sicherheitshalber schon mal vorgekostet!

Sie schickte ein Herzchen als Antwort zurück und tippte anschließend Yrsas Nummer ein.

Der Teilnehmer sei nicht erreichbar, vermeldete die automatische Ansage.

Also schrieb Anna als Nächstes eine SMS.

Hallo, Yrsa, ich heiße Anna Glad und bin Polizistin. Rufen Sie mich bitte an, sobald Sie diese Nachricht sehen, damit wir wissen, dass alles in Ordnung ist. Ihre Schwester macht sich Sorgen.

Max Månsson stützte das Kinn auf die Hand und seufzte schwer. Rolf, der ihm am Küchentisch gegenübersaß, sah seinen Ehemann mit großen Augen an.

»Das war ja mal ein abgrundtiefer Seufzer!«

Prompt stieß Max noch einen Seufzer aus. »Mir ist langweilig.«

»Oje. Soll ich dir einen Witz erzählen?«

»Lieber nicht!«

»Sicher? Ich hätte diverse erstklassige Dad Jokes auf Lager.«

Den Ausdruck »Dad Jokes« kannte Rolf von seinen Töchtern – was immer er auch bedeutete. Rolf schnappte jedenfalls bei seinen Chorproben oder in der Zeitung häufig lustige Anekdoten auf und hatte einen Heidenspaß daran, sie bei der nächstbesten Gelegenheit weiterzuerzählen.

Max sah ihn hingebungsvoll an, seufzte dann aber ein drittes Mal.

»Danke, Onkel Rolf. Aber Onkel Max mag sich gerade keinen Dad Joke anhören. Ich weiß auch nicht, was mit mir los ist. Ich fühle mich einfach so … rastlos.«

Von seinem resignierten Gesichtsausdruck einmal abgesehen sah Max heute richtig gut aus. Er hatte ein bisschen zugenommen, seine Wangen waren nicht mehr so eingesunken, und seine Körperhaltung war wesentlich aufrechter als noch im Jahr zuvor. Trotzdem war er noch lange nicht gesund, und das war ihm auch anzusehen.

Zu Beginn hatte die Krebstherapie gut angeschlagen. Max war zwar schwach gewesen und hatte sich hundsmiserabel gefühlt, aber die Ärzte hatten behauptet, dass das dazugehöre. Sie müssten bloß durchhalten und dürften die Hoffnung nicht aufgeben. Und das hatten sie auch nie getan, weder Max noch Rolf, immerhin waren sie frisch verheiratet gewesen, und da verlor man nicht einfach seinen Humor, die Hoffnung oder die Lebenslust.

Doch dann war die Pandemie über den Erdball hinweggefegt und hatte dem Gesundheitswesen Knüppel zwischen die Beine geworfen. Krebspatientinnen und -patienten hatten in Warteschleifen festgesteckt, während das komplette medizinische Personal in den Notaufnahmen benötigt worden war. Rolf hatte wie ein Löwe dafür gekämpft, dass Max – der als schwedischer Staatsbürger in Finnland lebte – überhaupt irgendeine Versorgung bekam. Zeitweise hatte es schlimm ausgesehen, doch am Ende hatte sich alles gefügt. Inzwischen war die Therapie ausgestanden, und jetzt galt es abzuwarten, ob sie das gewünschte Ergebnis erzielt hatte.

»Weißt du, was ich am meisten vermisse?«, fragte Max. »Ich würde mich so gerne mal wieder schick machen, unter Leute gehen und ein bisschen Kultur schnuppern.«

»Was? Kultur?«

»Na, du weißt schon – mal eine Ausstellung besuchen, in die Oper oder ins Konzert gehen, in einem Museum herumschlendern und im Museumsshop eine sündhaft teure Seidenkrawatte kaufen … Wäre das nicht toll?«

Rolf horchte in sich hinein, fand aber nicht, dass das wahnsinnig toll klang.

»Wir könnten ja mal ins Kino gehen«, schlug er vor.

Max schnaubte. »Hier, in dieser Stadt? Du willst dir einen finnisch synchronisierten Zeichentrickfilm ansehen oder den einzigen Actionfilm, der hier läuft? Nein danke.«

»Tja, dann weiß ich auch nicht recht weiter. Hier in der Gegend sieht es mit Opernhäusern und Museen ja ein bisschen mau aus.«

Als Max und Rolf geheiratet hatten, war zunächst der Plan gewesen, wie zuvor zwischen Finnland und Schweden zu pendeln. Doch kaum hatte die Pandemie Fahrt aufgenommen, war es schwierig geworden, die Grenze zu passieren, so dass sie sich zu guter Letzt für Rolfs Seite des Bottnischen Meerbusens entschieden hatten, um dort gemeinsam auf Max' Genesung zu warten.

Inzwischen hatte Rolf deshalb ein leicht schlechtes Gewissen. Was Kultur anging, war seine kleine Heimatstadt nun wirklich kein Mekka. Natürlich fand Max es hier langweilig, und er war noch immer zu geschwächt, um längere Bootsausflüge zu unternehmen.

»Guck nicht so bedröppelt«, sagte Max und lachte leise. »Ich höre ja selbst, wie ich klinge. *Buhuhuuu, ich hab nichts zu tuhuun!* Aber es geht schon wieder. Ein bisschen jammern, und schon ist es wieder besser.«

Vorsichtig tätschelte Rolf die Hand seines Ehemannes. Noch konnte man der Haut ansehen, wo der Katheter für die Zytostatika-Behandlung gesessen hatte.

»Jammer du nur. Ich spiele für dich jederzeit die Klagemauer.«

»Ich weiß. Danke!«

Rolf blätterte weiter durch die Lokalzeitung. Vielleicht stieß er ja dort auf ein paar verrückte Ideen für Max?

»Ach! Jetzt reißen sie endlich die Schule ab, die meine Töchter besucht haben.«

Und zwar keinen Tag zu früh, wenn es nach Rolf ging. Nach Jahren voller Anträge und Proteste sollte die Holmborg-Schule endlich dem Erdboden gleichgemacht werden.

Max warf einen Blick auf das Foto des baufälligen Klinkerkolosses. »Dürfte ja kein großer Verlust sein. Das Gebäude sieht wirklich nicht schön aus.«

Rolf war ganz seiner Meinung. »Nein, wirklich nicht. Das Holmborg war den Leuten schon in den Siebzigern, als es gebaut wurde, ein Dorn im Auge. Hässlich wie die Nacht und obendrein nicht gerade zweckmäßig. Und inzwischen ist das Gebäude schimmelig wie ein französischer Käse.«

»Mon dieu!«

»Aber ein klein bisschen traurig ist es schon, wenn ich an all die Weihnachts- und Frühlingsfeste denke, die dort in der Sporthalle gefeiert wurden … Ganz zu schweigen davon, dass ich drei Mal eine zu Tode verängstigte kleine Tochter am ersten Schultag dort abgeliefert habe. Ich hab noch versucht, ihnen zu erklären, dass nicht alle eine Polizeieskorte zur Schule bekämen – trotzdem war die Nervosität jedes Mal riesig.«

»Anscheinend hattest du damals schon ein paar Dad Jokes auf Lager.«

Rolf versank in Erinnerungen. »Als ich meinen Schulabschluss gemacht habe, war das Holmborg noch gar nicht fertig. Aber Mia ist dort zur Schule gegangen. Sie ist ja ein bisschen jünger als ich. Ich frage mich, was sie von der ganzen Sache hält. Womöglich hat sie es noch gar nicht gehört. Sie dürfte in Málaga ja keine Lokalzeitung lesen.«

Max war schweigsam geworden, und Rolf war sofort klar, dass er sich auf vermintes Terrain begeben hatte. Max hatte rein gar nichts gegen Kindheitserinnerungen oder Geschichten aus der Kindheit von Rolfs Töchtern, aber sobald Rolfs Ex-Frau in diesen Geschichten allzu viel Raum einnahm, kühlte die Stimmung immer gleich merklich ab. Rolf und Mia waren seit ihrer Scheidung Freunde geblieben – platonische Freunde –, dennoch schienen sich Mia und Max aus unerfindlichen Gründen als Rivalen zu begreifen.

Es war höchste Zeit, mit einem hinterlistigen Trick die Stimmung wieder aufzuhellen.

»Weißt du übrigens, wo Haie schwimmen lernen?«, fragte er.

»Äh … im Meer?«

»In der Hai School.«

Max verdrehte die Augen. »Ich bin wirklich gespannt, was mich am Ende umbringen wird: der Krebs, Covid oder deine dummen Witze!«

Die Sozialarbeiterin Maud Silén beendete ihr Telefonat und warf einen Blick auf die Küchenuhr.

16.58 Uhr.

In zwei Minuten würde sie ihr Diensthandy ausschalten. Sie fuhr sich mit den Fingern durch das grau melierte Haar. Allmählich wurde es wirklich zu lang. Sie hatte seit Jahr und Tag nicht mal mehr Zeit für einen Friseurbesuch gehabt.

16.59 Uhr.

Fast geschafft! Vielleicht würde sie vor dem Abendessen sogar noch einen Spaziergang machen können und einen letzten Rest Tageslicht abbekommen? Womöglich hatte der Salon am Marktplatz noch offen. Dort könnte sie vorbeischauen und direkt einen Termin ausmachen.

Nur noch ein paar wenige Sekunden. Sie stand vom Küchentisch auf und streckte den Rücken durch. Sie würde sich die neuen Laufschuhe anziehen, die sie im Schlussverkauf gefunden hatte, runter zum Strand spazieren und …

Oh nein! Das Handy klingelte. Maud kniff die Augen zu und gab sich alle Mühe, damit man ihr den Frust nicht anhörte, als sie den Anruf entgegennahm.

»Maud Silén, Jugendamt?«

»Hey, Maud, ich bin's mal wieder«, sagte eine vertraute Stimme.

»Hallo, Jutta.«

War ja klar. Dieses Gespräch würde dauern. Den Spaziergang konnte Maud sich abschminken. Sie setzte sich wieder an ihren Tisch.

»Wie geht es Ihnen heute?«, fragte sie so freundlich, wie sie nur konnte.

»Gut. Ich hab dieses Bett gekriegt, von dem wir neulich gesprochen haben: so eins, das man umbauen kann, wenn Veera größer wird, von Ikea. Meine Mutter hat es für zwanzig Euro auf dem Flohmarkt gefunden, dabei war es wie neu! Jetzt müssen wir nur noch eine neue Matratze besorgen. Matratzen vom Flohmarkt sind ja wohl eklig.«

»Ach, aber das klingt doch nach einem richtig guten Schnäppchen.«

»Und dann hab ich einen Nudelauflauf gekocht. Vegetarisch.«

Jutta Rossi hörte gar nicht mehr auf zu reden. Das Gespräch nahm den üblichen Gang: Jutta erzählte von ihrem Mietvertrag, von ihrer Teilzeitstelle im Super-markt, von der Aussicht, dass ihr Vertrag verlängert und sie gleich nach der Probezeit eine Gehaltserhöhung bekommen würde, und vom Kinderzimmer, das sie derzeit einrichtete.

Das Komische war, dass Jutta nicht klang, als wäre sie im Geringsten stolz auf all ihre Fortschritte. Vielmehr erzählte sie alles in einem merkwürdig vorwurfsvollen Tonfall.

Maud summte und warf hier und da ein »Ach« oder ein »Das klingt ja gut« ein, wartete aber nur darauf, dass Jutta die übliche Frage stellte.

Und dann war es so weit.

»Haben Sie endlich ein Datum für mich? Wann zieht Veera wieder zu mir?«

Maud presste die Lippen zusammen und musste sich zusammenreißen, ehe sie antwortete.

»Bitte, Jutta. Darüber haben wir doch schon gesprochen. Es ist großartig, dass es Ihnen besser geht, dass Sie eine Arbeit und eine Wohnung gefunden haben – Sie haben wirklich dafür gekämpft. Meinen Respekt!«

»Mhm?«

Jutta klang ungeduldig, und Maud nahm erneut Anlauf.

»Der erweiterte Umgang mit Veera sollte inzwischen kein Problem mehr sein. Wir machen einen Termin und füllen den Antrag zusamm…«

Jutta fiel ihr ins Wort.

»*Come on!* Eine Stunde alle zwei Wochen? Das ist doch bescheuert! Veera hat doch keine Ahnung mehr, wer ich überhaupt bin! Sie vergisst mich zwischen den Treffen. Überlegen Sie mal – sie vergisst ihre eigene Mutter!«

»Ich verstehe natürlich, dass das schwer für Sie ist.

Aber wenn ein Kind in einer Pflegefamilie untergebracht wird, dann dauert es, bis es wieder zu den leiblichen Eltern zurückziehen kann. Das haben wir doch schon zigmal besprochen, Jutta.«

»Aber *ich* bin ihre Mutter, nicht *die*!«

Maud hatte zusehends Mühe, sich zu beherrschen. Sie war müde, hatte Hunger und Rückenschmerzen, nachdem sie den ganzen Tag auf dem nicht eben rückenschonenden Küchenstuhl zugebracht hatte. Vor allem aber hatte sie nicht vergessen, wie es an jenem Tag, an dem sie die kleine Veera in Obhut genommen hatten, zu Hause bei Jutta Rossi ausgesehen hatte. Das würde sie niemals vergessen.

Die – wie du sie nennst – überschüttet Veera mit Liebe, Zuneigung und leckerem Essen, während du sie fast umgebracht hättest und dann mit so heftigen Entzugserscheinungen im Krankenhaus lagst, dass du fast aus dem Bett gefallen wärst, hätte sie Jutta Rossi am liebsten angefaucht.

Allerdings wäre das unprofessionell gewesen. Stattdessen räusperte sie sich.

»Ich glaube trotzdem, dass wir mit dem Antrag auf erweiterten Umgang anfangen sollten. Vielleicht wären ja Treffen in kürzeren Zeitabständen möglich? Und vielleicht könnten Sie sich ja mal in einer netteren Umgebung als im Familienzentrum treffen? Ich weiß, dass einige Familien sich auf einem Indoor-Spielplatz verabreden, wo es Matten gibt und Spielzeug. Das würde Veera doch bestimmt gefallen, oder?«

Am anderen Ende herrschte Stille. Insgeheim wünschte sich Maud, die Verbindung würde abbrechen.

Doch dann hörte sie erneut Juttas schrille, entrüstete Stimme.

»Mal ehrlich, wie könnt ihr überhaupt noch in den

Spiegel schauen? Ihr vom Amt, könnt ihr nachts eigentlich noch ruhig schlafen?«

»Jutta ...«

»Ihr haltet ein Kind von seiner Mutter fern und eine Mutter von ihrem Kind! Dafür werdet ihr also bezahlt? Dass ihr Familien zerstört, statt ihnen zu helfen? Ich hab alles gemacht, was ihr von mir wolltet – und trotzdem erzählen Sie mir jetzt, ich soll Anträge ausfüllen und auf Matten herumhüpfen. Veera soll wieder zu mir nach Hause ziehen! Ist das so schwer zu begreifen?«

JR aufbrausend, sofort erregt, evtl. high? Empfehlung: neuer Drogentest, notierte sich Maud, während sie darauf wartete, dass Jutta am anderen Ende Luft holte.

»Such dir eine Wohnung, habt ihr gesagt, und ich hab mir eine gesucht. Such dir einen Job, habt ihr gesagt, und das hab ich getan. Was wollt ihr eigentlich noch? Dass ich mich über Nacht in eine Heilige verwandele? Das kann ich nicht, sorry – aber ich tue mein Bestes, verdammt! In was für einer kranken Sadistengesellschaft leben wir eigentlich, wenn Leute keine zweite Chance bekommen?«

»Ich kann verstehen, dass Sie enttäuscht sind, aber ...«

Jutta unterbrach sie erneut und hörte gar nicht mehr auf zu wettern. Maud schloss die Augen und hielt das Handy ein Stück von ihrem Ohr weg. Allmählich bekam sie von Juttas schriller Stimme Kopfschmerzen.

Mauds Ehemann Erik kam in die Küche geschlichen, die seit zwei Jahren zugleich Mauds Homeoffice war. Normalerweise störte er sie dort tagsüber nicht, aber inzwischen war es nach fünf, und anscheinend hatte er Hunger.

Maud deutete ein hilfloses Schulterzucken an, während Jutta Rossi immer weiter Dampf abließ.

»Herrgott noch mal, Pädos und Vergewaltiger sitzen keine fünf Minuten im Knast und folgen sofort wieder dem Willen ihres Pimmels, sobald sie raus sind. Aber eine Frau, die mal depressiv war und ein paar Fehler gemacht hat, die wird ihr Leben lang abgestraft! Finden Sie das fair? Na los, sagen Sie schon!«

»Bitte beruhigen Sie sich, Jutta …«

»Euer ganzer Kinderschutz ist doch eine Zwei-Klassen-Sache! Wir normalen Malocher, wir sollen uns wohl damit abfinden, dass wir wie Luft behandelt werden und die Reichen uns sogar unsere Kinder wegnehmen!«

Erik schaltete den Dunstabzug ein und goss großzügig Olivenöl in die Pfanne. Er zwinkerte Maud beiläufig zu, die sich inzwischen die flache Hand an die Stirn presste, um das Gespräch überhaupt weiterführen zu können.

Es zischte, als Erik eine Packung Hackfleisch in die Pfanne auskippte. Jutta Rossi zischte in Mauds anderes Ohr. Die Dunstabzugshaube dröhnte, draußen fuhr ein Feuerwehrfahrzeug mit eingeschalteter Sirene vorbei, Erik schob einen Küchenstuhl quietschend zur Seite … Und mit einem Mal fühlte es sich an, als würden Mauds Ohren einfach dichtmachen, als würde der Lärm irgendwo in weiter Ferne weitertosen, während sie selbst nur noch ihre eigene Atmung und ihr heftig hämmerndes Herz hören konnte.

Das hier überlebe ich nicht.
Ich bin fix und fertig.
Ich bin nicht stark genug.

Veera wühlte in ihrer Barbiekiste, konnte aber ihre liebste Barbie nicht finden, die aussah wie Elsa aus *Die Eiskönigin*. Veera nannte sie immer Mammi, weil ihre Mama Mimmi hieß und ein bisschen so aussah wie Elsa, nur dass ihr Bauch ein wenig dicker war. Und die Haare waren nicht so weiß. Wenn man ein Stück Mimmi und ein Stück Mama zusammenmischte, kam Mammi heraus.

Aber wo hatte sich Mammi denn nur versteckt? Am besten, Veera drehte die Kiste um, damit alles rausfiel.

So. Gefunden!

»Mammi! Man darf sich nich' verstecken!«, sagte sie streng zu der Puppe.

»'schuuuldigung«, piepste Mammi zurück.

Heute, fand Veera, sollte Mammi ein lila Kleid tragen. Lila sah hübsch aus.

Mammi hatte eine Puppentochter namens Gullika, eine L. O. L.-Surprise-Puppe mit lila Haaren. Veera hätte auch gern lila Haare gehabt wie Gullika, aber Mama hatte zu ihr gesagt, dass Kinder sich die Haare nicht färben durften. Ganz schön gemein.

Mammi gab Gullika ein paar Küsschen.

»Schmatz, schmatz, schmatz!«

Veera ließ den Blick über ihre Spielsachen schweifen und entdeckte einen Dinosaurier. Jetzt jagte der Dinosaurier Mammi und Gullika, aber die beiden hatten gar keine Angst, sondern nahmen ihn einfach in die Arme.

»Mmh«, sagte Gullika.

»Roaarrrr!«, gab der Dinosaurier bedrohlich zurück.

»Hört auf zu streiten, jetz' umarmen wir uns.«

»Roaarrrr!«

Der Dinosaurier versuchte, die Umarmung mit seinen Stummelärmchen zu erwidern.

Dann tauchte die echte Mama in der Tür auf.

»Hast du Hunger? Das Essen ist gleich fertig.«

»Okay.«

»Denk daran, dir noch die Hände zu waschen.«

»Jaaa.«

Veera wollte nur noch ein klitzekleines bisschen länger spielen. Sie drehte sich um und betrachtete die Sachen, die aus der Kiste gefallen waren. Das gruselige Kaninchen lag mit dem Gesicht nach unten oben auf dem Haufen. Veera starrte es einen Augenblick lang an, ehe sie es hochnahm. Die hellblauen Plastikaugen des Gruselkaninchens blitzten sie an, und der Mund grinste fies.

Veera spitzte die Ohren. Mama werkelte unten in der Küche, Melvin saß in seinem Zimmer, und Papa war wie immer weg.

Niemand würde es mitbekommen.

Veera nahm das Gruselkaninchen mit zu ihrem Basteltisch. Dort griff sie nach der Bastelschere und schnitt ihm beide Ohren ab, was nicht ganz einfach war. Die Ohren waren ziemlich dick und die Schere schlecht, aber nach mehreren Anläufen hatte sie es geschafft.

Anschließend warf Veera das Kaninchen mitsamt Ohren in den Papierkorb.

»Jetz' kannsdu bluten und sterben«, flüsterte sie.

Es war schon halb zehn. Anna Glad war zu müde, um sich frische Nudeln zu kochen, aber es waren noch Reste von Tomas' und Gottfrids Abendessen übrig. Die Spaghetti waren teils aufgeweicht und teils ausgetrocknet, trotzdem stellte sie sie in die Mikrowelle und schlang sie hinunter, sobald sie warm waren.

Tomas steckte den Kopf zur Küchentür herein.

»Ich dachte gerade, er hätte gerufen, aber er schläft wie ein Stein«, flüsterte er.

»Man muss ja auch früh einschlafen, wenn man den neuen Tag um vier Uhr früh beginnen will«, entgegnete Anna.

»Oh Mann, ja … So ein Morgenmensch bin nicht mal ich!«

Gottfrid hatte bereits geschlafen, als Anna nach Hause gekommen war, was ihr sehr leidtat. Eigentlich hatte sie sich gefreut, mit Goffe noch ein bisschen auf dem Sofa zu kuscheln. Stattdessen musste sie sich damit begnügen, in sein Zimmer zu schlüpfen und den Duft des kleinen Jungen im Leopardenpyjama einzuatmen. Die Bolognese-Party hatte sie ebenfalls verpasst.

»Was haben meine beiden Männer denn heute alles unternommen?«

»Ach, nichts Besonderes. Wir waren auf dem Spielplatz, einkaufen, haben einen *PAW-Patrol*-Marathon hingelegt, geputzt … und fünf Stunden lang Bolognese gekocht.«

Anna verbrannte sich an einem überraschend heißen Bissen die Zunge. Eilig goss sie sich ein Glas Wasser ein und nahm ein paar Schlucke.

»Die Soße! Richtig gut!«

»Mhm. Danke.«

Es war ein langer Tag gewesen. Trotzdem fühlte es sich nicht so an, als hätte Anna etwas Nennenswertes zustande gebracht.

Yrsa Manner war immer noch verschwunden. Anna hatte deren Arbeitgeber und mehrere Kolleginnen und Kollegen kontaktiert, doch seit Tagen hatte niemand mehr von Yrsa gehört. Auch ihr Handy war nach wie vor abgeschaltet.

Zum krönenden Abschluss hatte Annette sie noch auf einen Rundgang zum Holmborg geschickt, dem verbarrikadierten Schulgebäude, das demnächst abgerissen werden sollte. Seit das Gelände abgesperrt worden war, hatten sich dort wiederholt Jugendliche Zutritt verschafft, um Schmierereien und Chaos zu hinterlassen und, tja, um dort ihren Spaß zu haben.

Das Ganze entbehrte nicht einer gewissen Ironie. Als das Holmborg noch als Schule genutzt worden war, hatte die Schülerschaft es nicht annähernd so verlockend gefunden wie jetzt, da es leer stand und verfiel. Anna hatte längst den Überblick verloren, aber sie schätzte, dass sie jetzt schon zum fünfzehnten Mal kurz vor Feierabend zu dem maroden Schulgebäude geschickt worden war.

»Sorry, dass es wieder so spät geworden ist«, sagte sie. »Ich hätte gern mit euch zusammen gegessen.«

»Mhm. Schon in Ordnung.«

»Gut, wenn das Holmborg endlich abgerissen ist. Dann muss ich dort nicht mehr jeden Abend hinfahren.«

»Und, hast du ein paar Hooligans aufgespürt?«

Anna lachte freudlos.

»Ach was, da waren nur ein paar Fünfzehnjährige, die auf einem Sofa im alten Lehrerzimmer rumhingen. Sie sahen sogar ganz nett aus.«

»Was machen die eigentlich da drin?«

»Rauchen, Energydrinks in sich hineinkippen, Musik hören … Nichts Spektakuläres. Sie haben auch artig das Weite gesucht, als ich sie darum gebeten habe.«

»Aber was zieht sie in die alte Schule? Haben die keinen anderen Ort, wo sie sich treffen können?«

Anna drehte die letzten Nudeln auf ihre Gabel.

»Anscheinend nicht.«

Heutzutage in dieser Stadt jung zu sein war garantiert kein Spaß. Das Jugendzentrum war geschlossen worden, der Fußballverein existierte nicht mehr, seit der Trainer von hier weggezogen war, und das Kino war auch nur am Wochenende geöffnet. Das Café am Marktplatz war gleich zu Beginn der Pandemie pleitegegangen, und Minderjährige durften ja nicht in eine Kneipe gehen. Da war selbst ein verschimmeltes altes Schulgebäude eine verlockende Alternative.

»Also, was sagst du?«, fragte Tomas, und Anna dämmerte, dass sie so tief in Gedanken versunken gewesen war, dass sie ihm gar nicht mehr zugehört hatte.

»Wie bitte?«

»Willst du dir diese Kita mit angucken?«

»Äh ... Kita?«

Tomas bedachte sie mit einem erschöpften Blick.

»Ja, wie gesagt ... Es gäbe einen freien Kitaplatz für Gottfrid in der ›Sonnenlichtung‹, gleich neben der Kirche.«

»Ah, natürlich! Und die können wir uns anschauen? Klingt doch super!«

»Okay«, sagte Tomas. »Es wird nämlich Zeit, dass Gottfrid in die Kita geht. Ihm wird noch langweilig, wenn er nur mit seinem Vater Zeit verbringt. Er braucht gleichaltrige Kinder um sich herum.«

»Eindeutig.«

Anna nickte nachdrücklich, um darüber hinwegzutäuschen, dass sie mit den Gedanken eben noch ganz woanders gewesen war.

»Und das Gleiche gilt für mich«, fuhr Tomas fort. »Ich will endlich wieder arbeiten gehen.«

Seit Tomas seinen Dienst in Tampere quittiert hatte, um mit Anna zusammenzuziehen, hatte er nur ein paar kleinere Aushilfsjobs gehabt – als Fortbildungsleiter oder hier und da als Berater. Leider wuchsen in einer Kleinstadt Ganztagsstellen für Polizisten nicht an Bäumen. Deshalb dachte er darüber nach, eine komplett neue Richtung einzuschlagen.

»Hast du nicht gesagt, dass das Vorstellungsgespräch gestern richtig gut gelaufen ist?«

»Doch, fand ich schon. Aber man weiß ja nie, vielleicht muss ich trotzdem weitersuchen.«

»Ich halte jedenfalls die Augen offen«, sagte Anna. »Sobald irgendwer eine freie Stelle erwähnt, schreie ich, so laut ich kann.«

»Ach, so funktioniert das?«, entgegnete Tomas. »Dann hab ich die Bewerbungsschreiben ja ganz umsonst aufgesetzt.«

»Na klar. Wer am lautesten schreit, kriegt den Job.«

»Was meinst du: Bist du zu müde, oder sollen wir uns noch eine Folge von irgendeiner Serie angucken?«

»Gern. Aber keine Doku und keine Krimiserie. Am liebsten irgendwas, wobei man nicht denken muss.«

Annas Handy vibrierte auf der Küchenanrichte.

Die Arbeit. Verdammt. Was war denn nun schon wieder?

»Hallo?«

»Ich hoffe, du bist noch nicht ins Bett gegangen«, meldete sich Annette Käld.

»Fast … Was gibt's?«

»Es scheint, als hätten wir deine verschwundene Schulsekretärin gefunden.«

Zwei Stunden zuvor

Es gab Leute auf dieser Erde, die einfach nie lernten, wie man rückwärts einparkte. Und dann gab es Leute wie Risto, der jedwedes Fahrzeug über jedweden Untergrund steuern konnte.

Bei Dunkelheit und Regen konnte er zwar kaum noch erkennen, wohin er unterwegs war, trotzdem manövrierte er das riesige Absaugfahrzeug mit sicherer Hand an all den schief abgestellten Kleinwagen vorbei, die entlang der schmalen Straßen parkten. Dass er mal einen anderen Wagen gestreift hatte, war dreißig Jahre her, und er hatte nicht vor, dass ausgerechnet heute zu wiederholen.

Trotzdem war der Spielplatz ungünstig gelegen. An einem Fußgängerüberweg musste Risto zurücksetzen, um so nah wie nur möglich an das Tor heranzukommen, damit der Absaugschlauch reichte. Aber natürlich ging es gut.

Er brauchte gar nicht auf die Uhr zu sehen, um zu wissen, dass er auch in dieser Woche Überstunden anhäufen würde. Es war ein nasser Winter gewesen, mitsamt überschwemmten Gebäuden und Außenflächen. Den heutigen Arbeitstag hatte er auf einer Baustelle begonnen, die ruhen musste, bis er das Wasser dort abgepumpt hatte. Anschließend hatte er den Keller eines Hochhauses leer gepumpt. Den zu sanieren würde ein teurer Spaß werden. Es war ein trauriger Anblick gewesen – all die Habseligkeiten der Mieterschaft, Fotos, Unterlagen, Kleidungsstücke, die dort im Wasser zerstört worden waren …

Der Spielplatz lag im Dunkeln. Die Straßenbeleuchtung war anscheinend durch einen Kurzschluss der Nässe zum Opfer gefallen. Risto griff nach seiner Taschenlampe und sprang aus dem Führerstand, um sich einen ersten Überblick zu verschaffen.

Es würde ein einfacher Job werden, auch wenn es ein bisschen dauern würde, weil es immer noch regnete. Aber an sich wären die Arbeitsschritte nicht kompliziert:

Ein Gully war verstopft und übergelaufen. Das konnte am Laub oder an den Kieseln liegen, die dort bei Minusgraden festgefroren waren und jetzt den Ablauf blockierten. Oder aber ein Kind hatte irgendwas in den Gully gestopft. Auf einem anderen Spielplatz hatte Risto mal dreiundzwanzig Plastikschaufeln aus einem Ablauf gefischt. Man bekam schon so einiges zu sehen in seinem Job.

Dann legte er los. Er zog seine Warnweste und Handschuhe an, hob den Schlauch über den Zaun und warf das vordere Ende in die Pfütze, um erst das Wasser auf der Oberfläche abzusaugen.

Die Pumpe dröhnte durch den Abend, und in ein paar Fenstern ringsum tauchten neugierige Gesichter auf, verschwanden aber gleich wieder, da es nichts Spannendes zu sehen gab. Risto zündete sich eine Zigarette an.

Als der Wasserspiegel ein Stück gesunken war, konnte er endlich den Gullydeckel erahnen. Mit einiger Mühe stemmte er ihn hoch und warf das Mundstück des Schlauchs in den Schacht.

Das Dröhnen ging weiter. Risto hatte Hunger. Wenn er hier fertig wäre, würde er sich einen Dönerteller mit extra Knoblauch gönnen. Dazu eine große Fanta – eine Fanta light natürlich, man musste schließlich auf die Figur achten.

Er rauchte ganze drei Zigaretten, scrollte durch zig Nachrichtenseiten, suchte in Kleinanzeigen-Portalen nach Ersatzteilen für sein Motorrad und rief die Links auf, die seine Frau ihm erwartungsfroh geschickt hatte. Sie war ganz versessen darauf, in einem schicken kinderfreien Hotel Strandurlaub zu machen. Risto wusste nicht recht, ob »kinderfrei« bedeutete, dass Kinder dort keinen Zutritt hatten, oder ob erwartet wurde, dass die

Gäste »erwachsenen« Aktivitäten nachgingen. Das ging aus den Links nicht hervor. Vielleicht sollte er sie überraschen und kurzerhand Urlaub für sie beide buchen, sobald die Überstundenzuschläge auf seinem Konto gelandet wären. Ein bisschen Sonne würde ihnen sicher nicht schaden, und erwachsene Aktivitäten ehrlich gesagt auch nicht.

Mit einem Mal schien sich die Pumpe zu verschlucken, und Risto packte sein Handy weg.

Was war denn nun wieder los?

Er hatte nicht damit gerechnet, dass er so bald am Grund des Brunnenschachts ankäme, allerdings klang das hier auch eher, als würde im Mundstück des Schlauchs irgendwas feststecken.

Er stellte die Pumpe ab, trat an das Loch im Boden heran und blickte nach unten.

Tja, dort war nichts zu sehen. Da musste er wohl die Taschenlampe zu Hilfe nehmen.

Die Pumpe würde doch wohl nicht so kurz vor Feierabend den Geist aufgeben? Verdammter Mist.

Er richtete den Lichtkegel nach unten, konnte aber nur schwarzes Wasser sehen, also ruckte er mehrmals fest am Schlauch. Vielleicht löste sich so, was auch immer sich dort verkeilt hatte.

Verflucht noch mal, da war wirklich etwas … etwas Rundes, in der Größe eines Fußballs …

Ein Fußball mit kurzen blonden Haaren.

Als Mama schon anderthalb Wochen weg ist, klopft das Jugendamt an die Tür. Ich weigere mich, jemanden reinzulassen, weil Mama uns genau davor gewarnt hat.

»Wenn ihr die reinlasst, dann sehen wir uns nie wieder«, hat sie gesagt.

Meine kleine Schwester Ulla hat vor dem Jugendamt eine Heidenangst. Sie glaubt, das wäre, als würde man eine Horde blutrünstiger Piraten hereinlassen. Wir haben Mama hoch und heilig versprochen, die Tür zu verrammeln, sobald die hier auftauchen.

Trotzdem kommen sie rein. Ich hab die Tür zwar abgesperrt, aber sie sehen Licht im Fenster, und unsere Haustür ist dermaßen morsch, dass ein anständiger Ruck ausreicht. Drei Männer und eine Frau gehen herum, gucken streng und sehen angeekelt aus, obwohl ich versucht habe zu putzen. Allerdings merke ich jetzt, dass ich ein paar Flaschen unter dem Sofa übersehen habe, und schäme mich.

»Habt ihr heute schon etwas gegessen, Kinder?«, fragt die Frau.

Ulla nickt schüchtern. »Ja, mein Bruder hat uns was gekauft.«

Das stimmt nicht ganz. Ich hatte ja kein Geld, aber meine Winterjacke hat große Taschen, und ich kann ziem-

lich schnell rennen. Zwei Packungen Nudeln haben problemlos in die Taschen reingepasst, dazu ein paar Dosen mit Fischfrikadellen. Ich weiß auch nicht, warum ich ausgerechnet die eingesteckt habe. Ich finde die nicht mal lecker, aber ich hatte es eilig.

Die Frau sagt, dass wir jeder eine Tasche packen sollen.

»Und wo sollen wir hin?«, erkundige ich mich.

Eine Antwort bekomme ich nicht. Die Amtsleute sehen sich weiter um. Mit spitzen Fingern heben sie Sachen hoch, als könnten sie sich daran verbrennen, und machen sich Notizen. Das Ganze macht mich echt wütend. Unser Haus sieht zwar nicht bilderbuchmäßig aus, es ist alt und voll mit Omas Zeug, aber es ist immer noch unser Zuhause.

Wir packen ein paar Sachen. Ulla kriegt den grünen Rucksack, ich selbst finde keine geeignete Tasche, deshalb muss eine Supermarktplastiktüte herhalten. Eine Jeans, ein paar T-Shirts, mein Brillenetui, die Kortisonsalbe und die Schuhe, die am wenigsten durchgelatscht sind.

Als wir fertig gepackt haben, gehen wir in den Flur. Ulla umklammert meine Hand.

»Und wo sollen wir jetzt hin?«, frage ich erneut.

»Eure Mutter muss eine Zeit lang ins Krankenhaus«, erklärt die Frau. »Ihr könnt hier nicht allein wohnen bleiben, das versteht ihr doch bestimmt.«

»Natürlich können wir das«, entgegne ich. »Wenn wir Geld für Essen kriegen, dann geht das total gut.«

Die Frau geht vor Ulla in die Hocke. Ich wünschte mir, ich hätte zu Ulla gesagt, dass sie sich das Gesicht waschen soll. Sie hat getrockneten Rotz an der Nase. So was sieht ungepflegt aus, hat Oma immer gesagt.

»Du darfst eine Zeit lang woanders wohnen«, sagt die Frau mit süßlicher Stimme. »Was hältst du davon, meine Kleine?«

»Und wo?«, murmelt Ulla.

»In einem neuen, ordentlichen Haus. Du kriegst dein eigenes Zimmer, gutes Essen und saubere Bettwäsche. Klingt das nicht toll?«

Ulla sieht zu mir hoch. Ich kann ihr ansehen, dass sie das mit dem guten Essen und der sauberen Bettwäsche klasse findet, dass sie sich aber nicht traut, es laut auszusprechen, weil mich das traurig machen könnte. In unserem Haus haben wir nicht mal warmes Wasser, und an saubere Bettwäsche hab ich gar nicht gedacht. Wir benutzen schon ziemlich lange ein und dieselbe.

Und was kann ich schon tun? Sie sind vier Erwachsene gegen zwei Kinder.

»Dann gehen wir eben mit, verdammt«, murmele ich.

Vor dem Haus stehen zwei Autos. Die Frau führt Ulla zu einem davon, und sie setzen sich auf die Rückbank. Ich will gerade in dasselbe Auto einsteigen, als einer der Männer sagt, dass ich in dem anderen mitfahren muss.

»Und warum?«, frage ich.

»Dann ist es nicht so eng«, antwortet der Mann.

Eigentlich passt mir das nicht, aber Ulla schaut mich so verängstigt an, und ich möchte nicht, dass sie noch mehr Angst bekommt.

»Okay, okay«, sage ich. »Dann bis gleich.«

Die Autos fahren los, und wir lassen unser Haus hinter uns. Erst jetzt fällt mir ein, dass ich nicht abgeschlossen habe. Das muss man immer machen, sagt Mama. Allerdings ist das Amt ja trotzdem reingekommen, obwohl abgeschlossen war, insofern ist es wahrscheinlich auch egal.

Erst fahren die Autos hintereinander her, aber dann passiert etwas Schreckliches.

Wir fahren auf die Kreuzung am Supermarkt zu, und plötzlich stehen die Autos nebeneinander. Ich sehe gerade noch Ullas verschreckten Blick, als mein Auto auch schon nach rechts abbiegt und ihres geradeaus fährt.

»Stopp!«, schreie ich. »Wir haben uns verfahren!«

»Halt den Mund«, sagt der Mann.

Ich schlage, so fest ich nur kann, um mich. Werfe mich gegen die Autotür, will sie aufstoßen und dem anderen Auto hinterherlaufen. Ich schreie, spucke, versuche sogar, den Mann, der neben mir auf der Rückbank sitzt, zu beißen, aber er ist stärker als ich. Irgendwann gebe ich auf.

Ich bin so wütend, dass ich kaum noch Luft kriege und meine Augen brennen, aber ich weine nicht. Ich weine nie. Damit hab ich vor langer Zeit aufgehört.

Wir fahren ziemlich lange. Ich traue mich nicht zu fragen, wohin wir unterwegs sind. Ich kann ja sehen, dass die Typen sowieso nicht antworten würden. Ich selbst komme mit so etwas klar, aber ich mache mir krasse Sorgen um Ulla. Ich hoffe nur, dass diese Tussi uns nicht ins Gesicht gelogen hat, sondern dass dieses neue Haus mit der sauberen Bettwäsche und dem guten Essen wirklich existiert und es Ulla dort gut gehen wird.

Ich versuche, mir die Strecke einzuprägen, damit ich wieder nach Hause finde. Irgendwann bremst das Auto vor einem Eisentor in einer Klinkermauer.

»Ach. Und jetzt steckt ihr mich in den Knast?«, frage ich.

Denn das hier ist ja wohl ein Gefängnis, das sieht man auf einen Blick.

Der Mann am Steuer findet meine Frage anscheinend witzig.

»Also bitte, das hier ist der Kastanienhof – genau das Richtige für Jungs, die klauen, sich prügeln und die Schule schwänzen.«

Also eine Erziehungsanstalt. Ich bin ja nicht blöd. Ein Gefängnis, nichts weiter.

»Und was passiert mit Ulla?«, frage ich.

»Die kommt in eine Pflegefamilie. Einen Halbstarken wollten sie dort nicht, aber ein kleines Mädchen war okay. Da wird vielleicht doch noch was Anständiges aus ihr.«

»Sie ist schon anständig!«, murmele ich. »Anständiger als gewisse andere hier!«

Trotzdem bin ich erleichtert. Ulla kommt in eine Pflegefamilie, und das ist womöglich sogar okay. In einem Kinderheim oder Erziehungsheim hätte sie sich bestimmt nicht wohlgefühlt. Ich hoffe nur, dass die Familie nett zu ihr ist, dann wird sie schon zurechtkommen, bis wir wieder nach Hause zurückkehren können. Und dann wechsele ich auch die Bettwäsche.

Wir fahren an einem Schotterplatz vorbei, an mehreren grauen Gebäuden mit Flachdach und weiter auf ein größeres Gebäude zu.

An der Ecke stehen ein paar Jungs, die rauchen und in unsere Richtung glotzen. Einige sind größer als ich, aber ich bin stärker, als ich auf den ersten Blick aussehe, und hab auch keine Angst davor, mich zu prügeln. Mehrere von Mamas Typen haben mich in der Vergangenheit vermöbelt, und das hab ich auch weggesteckt. Zumindest solange Ulla sich verstecken konnte, während ich zurückgeschlagen und -getreten habe.

»Wie lange soll ich denn hierbleiben?«

»Bis auch aus dir etwas Anständiges geworden ist«, antwortet der Mann. »Mit anderen Worten: Das kann einige Zeit dauern.«

Ich hab nicht mal einen Fuß in den Kastanienhof gesetzt und hasse ihn jetzt schon aus tiefstem Herzen.

Ich will wieder nach Hause. Ich will Ulla zurückhaben. Ich will, dass Oma noch lebt. Als sie noch gelebt hat, war das Haus immer sauber. Da war die Vorratskammer voll, und Mama war noch eine Mama.

Meine Augen brennen schon wieder, aber diese Idioten werden mich nicht heulen sehen.

Ich rücke meine Brille zurecht, neige den Kopf leicht seitlich und lächele den Typen an.

»Ach, danke, lieber Onkel Fleischberg. Das hier wird ganz bestimmt die beste Zeit meines Lebens.«

KAPITEL 2

Wetter heult, Wetter weht,
Mutter schlägt die Türe zu.
Der Kleine liegt im Bett und schläft,
und Gottes Engel seh'n ihm zu.

Dienstag

Früh am Morgen war eine neue Kaffeemaschine in die
Dienststelle geliefert worden und stand jetzt im Per-
sonalraum. Vorsichtig näherte Anna sich der Neuan-
schaffung, die ziemlich protzig aussah, und drückte auf
eine Taste.

Eine schlammbraune Brühe tropfte in den beigen
Pappbecher. Dieses traurige Gesöff war also ein Cappuc-
cino? Anna nippte daran und verzog das Gesicht.

»Jetzt fühlst du dich, wie auf einer sonnigen Piazza in
Venedig, oder?«, fragte Märta Hansson.

»*O sole mio*«, erwiderte Anna kopfschüttelnd.

Auch Märta drückte auf die Cappuccinotaste, hatte
aber noch weniger Glück: Die Maschine weigerte sich,
einen Pappbecher auszuwerfen, und das Getränk tröp-
felte direkt in den Auffangbehälter.

»Mensch, reiß dich mal zusammen, du blödes Ding!«,
rief Märta.

»Du darfst nicht so streng damit sein. Sag was Nettes,
dann wird die Maschine vielleicht kooperativer.«

»Ach ja? Liebe, süße Kaffeemaschine, spuck jetzt einen
Kaffee aus, sonst werde ich rabiat.«

Prompt erschien in dem kleinen Display eine Antwort. *Bohnen nachfüllen.*

»Siehst du«, kommentierte Anna, »du warst ihr zu unfreundlich. Das hat sie dir übel genommen.«

Hauptkommissarin Annette Käld ging draußen auf dem Flur vorbei und bedachte die beiden mit einem säuerlichen Blick. Offenbar war sie der Meinung, dass Annas und Märtas Wortwechsel angesichts der aktuellen Situation ein wenig zu beschwingt war. Aber so waren die beiden nun mal: Je anstrengender der Arbeitstag, umso kindischer ihr Humor – wahrscheinlich eine Art Selbstschutzmechanismus.

Märta versetzte der Kaffeemaschine einen resignierten Klaps.

»Ich laufe schnell rüber zur Tankstelle und hole mir dort einen Kaffee, sonst schlafe ich noch ein.«

Weder Anna noch Märta hatten in der vergangenen Nacht ein Auge zugetan. Im Gullyschacht auf dem Spielplatz am Bruksvägen war eine Frauenleiche entdeckt worden, und sie hatten die Nacht weitestgehend im Freien, sprich: im Regen und in der Kälte verbracht. Anna hatte auf dem Sofa im Aufenthaltsraum nur ein kurzes Nickerchen halten können, andererseits sorgte das Adrenalin dafür, dass sie die Müdigkeit derzeit noch verdrängen konnte. Tatsächlich fühlte sie sich wie elektrisiert – wie die Hattifnatten aus den Mumin-Büchern.

Sie nahm noch einen Schluck. Vielleicht würde sie sich an diesen Pseudo-Cappuccino ja irgendwann gewöhnen.

»Wie läuft's?« Benny Westlander betrat gut gelaunt den Pausenraum. »Du siehst aus wie eine Komparsin aus *The Walking Dead.*«

»Schnauze, Shrek«, murmelte Anna.

Benny nahm es ihr nicht im Mindesten krumm, ganz

im Gegenteil: Er grinste noch breiter und spannte die Muskeln an.

Insgeheim befürchtete Anna, dass sein Vergleich der Wahrheit ziemlich nahe kam.

Die Leiche aus dem engen Gullyschacht zu bergen war nicht einfach gewesen. Es hatte geregnet und gestürmt, so dass die Planen nicht gehalten hatten, mit denen man versucht hatte, den Leichenfundort abzuschirmen. Die Einsatzfahrzeuge waren kaum durchgekommen, weil die Straßen in der Nachbarschaft dermaßen schmal waren und überall Autos geparkt hatten.

Überdies hatte ihr Aufgebot neugierige Gaffer auf den Plan gerufen, die mit ihren Handykameras im Anschlag den Spielplatz belagert hatten ...

Aus dem Aufenthaltsraum hörten sie Annette Käld rufen: »Hallo? Wo bleiben denn alle? Jetzt ist mal Schluss mit der Faulenzerei!«

Die Kolleginnen und Kollegen versammelten sich im Besprechungsraum. Als Letzte stieß Märta mit zwei Pappbechern in der Hand zu ihnen. Einen stellte sie vor Anna ab.

»Das Beste, was die Tankstelle zu bieten hatte. Es sei denn, du bevorzugst inzwischen das Teufelsmaschinengesöff.«

»Na endlich«, sagte Annette schrill. »Allen einen guten Morgen. Wir haben eine ereignisreiche Nacht hinter uns. Anna, kannst du uns ins Bild setzen?«

Anna stand auf.

»Natürlich. Gestern spätabends wurde eine Frau, mutmaßlich die als vermisst gemeldete Yrsa Manner, siebenundfünfzig Jahre alt, in einem Gullyschacht auf dem Spielplatz am Bruksvägen tot aufgefunden. Der Schacht war übergelaufen, weil es das ganze Wochenende lang geregnet hatte. Aus diesem Grund war ein Pumpfahrzeug dorthin beordert worden, und der Fahrer hat die Leiche entdeckt.«

Der Arme war vollkommen erschüttert gewesen. Er war auf dem Spielplatz auf und ab getigert, hatte sich fahrig im Nacken gekratzt und irgendwas Verworrenes von dreiundzwanzig Plastikschäufelchen vor sich hingemurmelt. Anna war zu dem Schluss gekommen, dass er nicht mehr fahrtauglich war, deshalb hatte die Feuerwehr sein Einsatzfahrzeug abtransportiert. Den Fahrer hatten sie mit einem Taxi nach Hause geschickt.

»Wie habt ihr sie denn da rausgekriegt?«, erkundigte sich Benny interessiert.

»Das war eine ziemliche Plackerei. Aber jetzt liegt die Leiche im Bezirkskrankenhaus, und der Spielplatz ist abgesperrt. Filip Johansson ist derzeit vor Ort.«

Filip Johansson war der Spurentechniker. Er war skeptisch gewesen, ob er nach der nächtlichen Bergungsaktion im aufgewühlten Schlamm überhaupt noch Spuren finden würde. Andererseits war Filip Johansson von Natur aus skeptisch, lieferte aber in der Regel trotzdem Ergebnisse.

Benny lehnte sich auf seinem wackligen Plastikstuhl zurück und verschränkte die Hände im Nacken.

»Wir reden also von einem ganz normalen Abwasserschacht. Mit Gullydeckel.«

»Genau. Ein Gullyschacht.«

»Und der Deckel? Lag der obendrauf, als der Pumpwagen kam?«

»Gute Frage. Dem Fahrer zufolge war der Schacht verschlossen, als er dort vorfuhr. Er hat den Deckel eigenhändig zur Seite gehoben, bevor er mit der Arbeit anfangen konnte.«

»Schau an. Dann ist die Dame ja wohl kaum versehentlich dort reingestolpert«, schlussfolgerte Benny.

»Ganz richtig«, warf Märta Hansson ein. »Zumindest muss jemand den Deckel zugeschoben haben, nachdem sie dort runtergestürzt war. Oder? Wäre es möglich, dass sie in den Schacht geklettert und den Deckel selbst hinter sich zugemacht hat?«

»Warum sollte sie so etwas tun?«, schnaubte Benny.

»Keine Ahnung. Aber wäre das theoretisch denkbar?«

Anna schüttelte den Kopf.

»Nein, ich glaube nicht. Der Schacht ist drei Meter tief und der Deckel bleischwer. Wer auch immer ihn zurückgeschoben hat, muss es von oben auf der Straße getan haben.«

»Dann gehen wir von einem Tötungsdelikt aus?«, hakte Märta nach.

Annette nickte. »Zumindest können wir es zum jetzigen Zeitpunkt nicht ausschließen.«

»Klingt ein bisschen, wie wenn in Zeichentrickserien Fallen gestellt werden: Irgendwer hebt eine Grube aus und lauert darauf, dass ein anderer hineinfällt.« Benny untermalte seine Ausführungen mit einem albernen Trickfilmgeräusch.

Seine gute Laune war wirklich unangebracht. Trotzdem brachte Anna es nicht fertig, ihn zurechtzuweisen. Manchmal kam es ihr vor, als wäre Benny einfach nur ein zu groß geratener Zwölfjähriger. Doch mit der Zeit hatte sie sich an ihn gewöhnt. Es kam sogar vor, dass sie ihn halbwegs nett fand, allerdings würde sie ihm das nicht auf die Nase binden.

»Wie gesagt«, fuhr sie fort, »die Frau ist noch nicht identifiziert, aber es deutet alles darauf hin, dass es sich um eine gewisse Yrsa Manner handelt, die …«

Annas Handy fing auf dem Besprechungstisch vor ihr an zu vibrieren.

Hast du Goffes Krankenkassenkarte gesehen? Kann sie nirgends finden.

Anna seufzte.

»Gut, also … Yrsa Manner. Ihre Schwester Lena Manner hat sie gestern erst als vermisst gemeldet. Die Frau aus dem Gullyschacht hatte zwar keine Papiere bei sich, aber einen Haustürschlüssel in der Jackentasche und ein Handy, das sie praktischerweise in einer Plastikschutzhülle aufbewahrt hat. Ihr wisst schon – so eine Hülle, mit der Leute an den Strand gehen.«

»Sie hatte ihr Handy wasserdicht verpackt? Dann wusste sie offenbar, dass sie baden gehen würde!«, platzte es aus Benny heraus.

Annette seufzte demonstrativ. »Jetzt reiß dich zusammen, Benny. Es hat tagelang geschüttet, da packe selbst ich mein Handy in eine Hülle, wenn ich mit dem Hund Gassi gehe.«

Aram Demir, der IT-Spezialist aus der spurentechnischen Abteilung, beugte sich ein Stück vor.

»Ich habe mir das Handy schon ganz kurz ansehen können. Ein bisschen Wasser ist eingedrungen, aber sobald das Gerät wieder trocken und aufgeladen ist, bringe ich es in Gang. Ihr müsst mir nur sagen, wonach ich suchen soll.«

»Großartig«, sagte Anna. »Fang am besten mit Profildaten, der Anrufliste, SMS, Chat-Nachrichten und so weiter an.«

»Wird gemacht.«

»Wissen wir schon, wie lange die Frau in dem Schacht gelegen hat?«, fragte Annette.

»Die Sanis wollten sich dazu lieber nicht äußern, weil

es so kalt im Wasser war, dass die Frau fast tiefgefroren war … Aber wenn es sich wirklich um Yrsa Manner handelt, dann wissen wir, dass sie am Donnerstag noch gelebt hat – also bis vor fünf Tagen –, weil sie da zuletzt mit ihrer Schwester gesprochen hat.«

»Dann wäre das unsere Zeitspanne? Sie ist irgendwann zwischen Donnerstagabend und Sonntagabend in dem Schacht gelandet?«, hakte Märta nach.

»Na ja«, sagte Anna, »ich war gestern in Yrsa Manners Wohnung, und da lag die Sonntagszeitung auf der Fußmatte, die Samstagsausgabe aber nicht. Womöglich können wir deshalb von einem Zeitrahmen zwischen Samstagmorgen und der Nacht von Sonntag auf Montag ausgehen.«

Benny stand auf und trat an den Stadtplan, der im Besprechungsraum an der Wand hing.

»Ist das hier der Spielplatz, von dem wir reden?«, fragte er und stocherte so fest mit seinem dicken Zeigefinger auf die Karte ein, dass Anna schon befürchtete, er würde ein Loch hineindrücken.

»Ja, genau. Der Spielplatz am Bruksvägen. Einer der bestbesuchten der Stadt. Dieses Klettergerüst dort, das wie ein Boot aussieht, ist wirklich der Hit.«

»Und drum herum stehen überall Wohnhäuser, oder?«

»Stimmt«, sagte Anna. »Wir werden die Nachbarschaft abklappern müssen, vor allem diejenigen Anwohner, die den Spielplatz von ihren Fenstern aus einsehen können. Die Tat ist relativ gesichert abends oder in der Nacht verübt worden, weil dort tagsüber schon mal viel los sein kann. Da wäre es eher schwierig geworden, jemanden in den Gullyschacht zu schubsen.«

»Wurde die Schwester schon informiert?«, erkundigte sich Annette.

»Noch nicht«, sagte Anna. »Aber darum kümmere ich mich im Anschluss an diese Besprechung.«

»Okay, Märta und Anna kümmern sich um die Schwester. Sie soll die Tote bitte identifizieren. Benny und Markus, ihr übernehmt die Nachbarschaft.«

»Okay«, erwiderte Benny.

»Und ich kümmere mich unterdessen um Schadensbegrenzung«, murmelte Annette und massierte sich die Schläfen.

»Was soll das heißen?«, wollte Benny wissen.

Annette hielt ihr Handy in die Höhe und klickte einen Videomitschnitt an.

»Irgendein Idiot hat gestern Nacht alles gefilmt und es auf Twitter gestellt. Das waren richtig unschöne Bilder, als die Frau aus dem Schacht gezogen wurde. Den Clip müssen wir irgendwie sperren lassen. Anna und Märta, fahrt bitte jetzt gleich zu der Schwester. Wir können nur hoffen, dass sie das Filmchen noch nicht gesehen hat.«

Mimmi Strandberg keuchte auf, als sie die Headline auf ihrem Handydisplay sah.

»O Gott! Hast du das gesehen?«

»Was?«, fragte Juha desinteressiert.

»Die Nachrichten … Sie haben auf unserem Spielplatz eine Leiche im Gullyschacht gefunden! Dort waren wir erst gestern, und der halbe Spielplatz war überschwemmt! Das muss gewesen sein, bevor … Gott, wie schrecklich!«

»Mhm.«

»Veera hat in dem Wasser geplanscht! Himmel, wie ekelhaft …«

»Dann wasch ihre Sachen. *Fuck!* Ich bin zu spät dran!«

Juha sprang regelrecht vom Frühstückstisch auf und

verschwand hinauf in den ersten Stock. Mimmi warf einen Blick zu Veera, die sich im Wohnzimmer völlig versunken einen Zeichentrickfilm ansah. Pfui, Teufel – diesen Spielplatz am Bruksvägen würden sie so bald nicht mehr besuchen. Da mussten sie sich etwas anderes überlegen.

Hast du die Nachrichten schon gesehen? Über den Spielplatz?, schrieb sie an Tomas.

Sofort tauchten die drei blinkenden Punkte auf.

Ja, Anna musste deshalb spätabends noch ausrücken.

Anna, ja richtig, so hieß Gottfrids Mutter.

Juha kam in die Küche zurück. »Wo ist mein Portemonnaie, verdammt?«

»Da drüben, neben der Kaffeemaschine«, antwortete Mimmi.

Einen Dank bekam sie nicht, lediglich einen missmutigen Blick. Als hätte *sie* das Portemonnaie irgendwo hingelegt, wo es sonst nie lag, dabei war Juha ziemlich gut darin, seine Sachen selbst zu verlegen.

In letzter Zeit hatte sie das Gefühl, dass Juha zusehends ihr die Schuld für alles gab, was schiefging – besonders, wenn es sich um Veera drehte.

Mimmi war diejenige gewesen, die vorgeschlagen hatte, ein Pflegekind bei sich aufzunehmen. Sie hatte seit jeher von einer großen Familie geträumt, aber keine eigenen Kinder bekommen. Alle zwei Wochen wohnte Juhas siebzehnjähriger Sohn Melvin bei ihnen, und Mimmi hatte ihr Bestes gegeben, um ihm eine gute und freundliche Bonusmama zu sein, aber leicht war es nicht. Vor allem konnte ein missmutiger Teenager-Stiefsohn ihre Sehnsucht nach einem eigenen Kind nicht stillen, mit dem sie kuscheln, dem sie in den Nacken pusten konnte …

Eine von Mimmis Kundinnen im Salon hatte ihr ganz nebenbei etwas von Pflegeelternschaft erzählt, und sofort hatte es bei Mimmi Klick gemacht. Vor Aufregung hatte sie sogar den letzten Termin zum Schneiden und Färben abgesagt, war nach Hause gerast und hatte die ganze Nacht online recherchiert.

Anscheinend gab es jede Menge Kinder, die ein Zuhause brauchten – und es gab Frauen wie Mimmi, die kinderlos waren, einem Kind aber ein fantastisches Zuhause bieten konnten. Das war doch fabelhaft – *meant to be!*

Juha hingegen war skeptisch gewesen, hatte sich zu guter Letzt aber erweichen lassen. Während der Gespräche und Kurse hatte er begeistert und zugeneigt getan, während er sich zu Hause hinter verschlossenen Türen ganz anders verhalten hatte.

»Ich hoffe, dir ist klar, dass das hier dein Projekt und deine Verantwortung ist«, hatte er gesagt.

Und kurz nach Weihnachten vor vier Jahren war Veera bei ihnen eingezogen. Ein einziger Blick auf das kleine Würmchen mit den großen, pfefferkuchenbraunen Augen und der Stupsnase hatte Mimmi genügt, um zu wissen, dass dies das Kind war, auf das sie immer gewartet hatte. Ihre Veera. Ihre Tochter.

Das Mädchen war so unterernährt und schwächlich gewesen, dass es Mimmi fast das Herz gebrochen hatte. Obwohl es schon ein ganzes Jahr alt gewesen war, war es in seiner Entwicklung weit zurück. Es war ihm im ersten Lebensjahr wirklich nicht gut ergangen, doch binnen weniger Wochen hatten Mimmis Fürsorglichkeit und schier besinnungslose Liebe Veera zu einem ganz neuen Menschen gemacht.

Mimmi konnte sich noch genau daran erinnern, wann

Veera ihr zum ersten Mal ein scheues Lächeln geschenkt und sie Mama genannt hatte.

Mit Juha indes war die Situation eine andere. Natürlich kümmerte er sich um die Kleine, wann immer es nötig war, doch sobald ihm das Mädchen auch nur ein klein wenig lästig wurde, konnte Mimmi das unausgesprochene »Hab ich's nicht gesagt?« als Gewitterwolke über ihnen spüren. Sie hoffte inständig, dass Juhas Missmut verfliegen würde, sobald die chaotischen Kleinkindjahre ausgestanden wären.

Eine weitere Nachricht von Tomas traf ein.

Gucke mir heute mit Goffe eine Kita an, wollen anschließend im Kyrkparken spielen gehen. Seid ihr dabei?

Mimmi schoss die Röte in die Wangen. Natürlich war dies zuallererst eine Einladung an Veera, die mit Gottfrid spielen sollte. Aber vielleicht fand Tomas ja, dass ein Treffen mit Mimmi auch ganz nett wäre? Hoffentlich!

It's a date, schrieb sie zurück und bereute es im selben Moment, da sie auf Senden gedrückt hatte. Das hatte womöglich ein bisschen geklungen, als wollte sie flirten.

Juha rief etwas aus dem Bad.

»Was hast du gerade gesagt, Liebling?«, rief Mimmi zurück.

»Ich hab gesagt, es wäre gut, wenn du allmählich die Hemden bügeln könntest, die noch im Schlafzimmer hängen. Die muss ich heute Abend mitnehmen!«

Ja, richtig, Juha ging wieder auf Dienstreise.

»Okay, wird gemacht«, erwiderte Mimmi. »Schaffst du noch ein Abendessen mit uns?«

»Nein.« Inzwischen stand Juha im Flur.

Mimmis Handy vermeldete Tomas' Antwort.

Ein Zwinkersmiley.

Die Sozialarbeiterin Maud Silén musste sich regelrecht vom Küchenstuhl hochstemmen, um ein paar schnelle Dehnübungen zu machen. Sie brauchte dringend Bewegung, aber woher sollte sie die Zeit und die Energie nehmen? Sobald sie ihr Tagessoll endlich erfüllt hatte, brachte sie kaum noch die Kraft auf, zu essen und zu duschen, fiel oft einfach nur noch ins Bett, wachte dann gegen vier Uhr nachts wieder auf und konnte nicht mehr einschlafen, weil ihr die Arbeit nicht mehr aus dem Kopf ging.

Hatte sie bei Familie X etwas übersehen? Hatte sie für Familie Y womöglich die falsche Entscheidung gefällt? Würde ein potenzieller Fehler ernsthafte Konsequenzen nach sich ziehen? Wann würde ihr Arbeitspensum sich endlich ein wenig entspannen?

»Darf ich reinkommen?«

Vorsichtig schob Erik den Kopf durch die Tür. Es war doch verrückt, dass er um Erlaubnis bat, die eigene Küche betreten zu dürfen. Trotzdem war Maud dankbar dafür, dass er so feinfühlig war, wenn es um ihren Job ging.

»Komm nur rein.«

Statt seiner üblichen bequemen Klamotten für zu Hause trug er ein Hemd und seine neueste Chino. Frisch rasiert war er auch.

»Du siehst ja schick aus! Hast du etwas vor?«

Er lächelte zufrieden.

»Ich hab kurzfristig eine Fahrt reingekriegt. Einen Rentnerverein auf Theaterreise nach Helsinki. Der Kollege, der ursprünglich fahren sollte, hat sich den Magen verdorben.«

»Was? Wie toll! Also ... nicht, dass er sich den Magen verdorben hat, sondern dass sie dich angerufen haben!«

»Ende der Woche habe ich noch eine Fahrt, eine Schulklasse auf Wandertag. Und nächste Woche scheinen es auch zwei zu werden! Dazwischen kann ich ein paar mehr Taxitouren machen. Das ist zwar nicht so gut bezahlt, aber jetzt, da Auslandsreisen wieder möglich sind, wollen die Leute auch wieder zum Flughafen kutschiert werden.«

Sofort fühlte sich sogar Mauds Rücken ein bisschen besser an.

Dass ihr Arbeitsbienchen Erik in den letzten Jahren untätig auf der Couch hatte sitzen müssen, war hart für sie gewesen, aber zu Coronazeiten hatten Busunternehmen nun mal nichts mehr zu tun gehabt. Vereinsreisen und Schulausflüge hatten nicht mehr stattgefunden, und Touristen hatten durch Abwesenheit geglänzt. Erik hatte sich ein kleines Zubrot als Fahrlehrer und Aushilfstaxifahrer verdient. Seine Angestellten hatte er freistellen und die Busse in seiner Halle einmotten müssen.

Doch jetzt stand er wieder glatt rasiert und vergnügt vor ihr. Ihr wurde ganz warm ums Herz.

»O, wie schön, Erik!«

»Ja, allmählich geht es wieder aufwärts. Vielleicht kannst du ja irgendwann deine Arbeitsstunden reduzieren, wenn es bei mir wieder besser läuft? Du hast in letzter Zeit ja für zwei gearbeitet.«

Erik war wirklich ein Schatz. Insgeheim wünschte Maud sich, sie könnte weniger arbeiten, doch ihre größte Sorge waren nicht mal die Finanzen, sondern: Was würde aus all den Kindern werden, für die sie verantwortlich war, wenn sie weniger arbeitete? Die Familien brauchten sie doch!

Aber damit wollte sie Erik jetzt, da er endlich wieder Licht am Ende des Tunnels sah, nicht belasten.

»Ja, zumindest könnte ich dann endlich wieder zum Friseur gehen. Ich sehe schon aus wie ein Heuhaufen!«

Erik lachte.

»Heuhaufen sind doch ein hübscher Anblick! Aber klar, geh nur und lass dich ein bisschen verwöhnen.«

»Wann bringst du die Rentner denn wieder nach Hause?«

»Morgen im Lauf des Tages, sobald sie aufgestanden sind und gefrühstückt haben.«

Sie umarmten einander, und Maud schoss durch den Kopf, dass es bestimmt komisch wäre, wieder allein zu schlafen. Bis vor ein paar Jahren war Erik mehrmals monatlich auf Reisen gewesen, doch inzwischen gehörte sein leises, wohliges Schnauben in der Nacht irgendwie dazu.

Erik machte sich auf den Weg, und Maud schaltete den Wasserkocher an. Ein Becher Tee und ein Butterbrot wären jetzt gut. Eigentlich müsste sie eine richtige Mittagspause machen, aber dafür hatte sie nur selten Zeit. Das Telefon hatte zwar gerade eine Weile stillgehalten, aber es war nur eine Frage der Zeit, bis der Frieden ein Ende finden würde.

Mit einem flüchtigen Blick streifte sie die Schachtel mit den Muskelrelaxantien, die in der Vorratskammer neben den Teebeuteln lagen. Die waren ihre Rettung, wenn der Rücken so richtig schlimm wehtat, allerdings war sie damit lieber vorsichtig. Es war ein starkes Medikament, und wenn sie es einnahm, schlief sie oft sofort ein und lag wie bewusstlos bis zum nächsten Morgen im Bett.

Mitunter spielte sie mit dem Gedanken, zwischendurch doch eine Tablette zu nehmen – nicht wegen ihres Rückens, sondern einfach nur, um zur Abwechslung eine komplette Nacht ohne Unruhe und Alpträume durchzuschlafen. Aber das wäre gefährlich. Womöglich gewöhnte sie sich noch daran, sich mit Medikamenten zu betäuben. Bei der Arbeit sah sie schließlich tagtäglich, wozu die leichtfertige Einnahme von Tabletten mitunter führen konnte.

Nein, auf das Medikament würde sie nur im äußersten Notfall zurückgreifen.

Von der Wohnungstür war ein Klappern zu hören, und ein Stoß Werbeprospekte flatterte durch den Briefschlitz auf den Läufer im Flur.

Werbeprospekte, zwei Rechnungen, eine Gratiszeitung – und ein Brief! Mit einer handgeschriebenen Adresse! Fast schon übereifrig schlitzte sie mit der Küchenschere den Umschlag auf. Wer schickte denn heutzutage noch Briefe?

Der Inhalt war derart entsetzlich, dass sie das Blatt Papier auf der Stelle fallen ließ und unwillkürlich zurückwich.

Es handelte sich um ein ausgedrucktes Foto eines kleinen, ausgemergelten Kindes, das an ein Gitterbettchen gekettet war. Über das Bild hatte jemand mit roter Tinte geschrieben: *Jugendamt = Sadisten.*

Maud war schlagartig schlecht. Wer hatte ihr das geschickt? Und obendrein an ihre Privatadresse!

Sie riss sich zusammen, nahm das Foto hoch und sah es sich genauer an. Das Bild war grässlich, aber nicht neu. Maud schätzte, dass es sich bei dem Kind um eins der rumänischen Kinderheimbewohner handelte, deren Schicksal in den 1980er-Jahren die ganze Welt erschüttert hatte. Je länger sie das Foto betrachtete, umso sicherer war sie sich: Hier wollte sie jemand mit einem scheußlichen alten Foto ins Bockshorn jagen.

Derartige Post bekam Maud nicht zum ersten Mal.

Dass Eltern wütend auf das Jugendamt waren, gehörte zu ihrem Beruf dazu. Da musste man als Sozialarbeiterin einen kühlen Kopf bewahren, streng gemäß Regelwerk vorgehen und sich immer vor Augen führen, dass man einzig und allein das Wohl des Kindes im Sinn hatte. Dabei war es schlichtweg ein Ding der Unmöglichkeit, dass sämtliche erwachsenen Beteiligten in einem Fall mit den Jugendamtsbeschlüssen glücklich waren.

Trotzdem fühlte sich dieser Brief unverhältnismäßig bedrohlich an. Das Schlimmste daran war, dass jemand ihn an ihre Privatadresse geschickt hatte. Wer immer Maud diesen Schrecken hatte einjagen wollen, wusste offenbar, wo sie wohnte.

Sie würde die Angelegenheit mit ihrem Teamleiter besprechen und ab sofort nachts die Tür abschließen müssen. Typisch, dass das ausgerechnet heute passierte, da Erik über Nacht verreist war! Gleichzeitig war es wohl besser, dass er von dem Brief nichts mitbekommen hatte, sonst hätte er womöglich darauf bestanden, hier bei ihr zu bleiben.

Und er war so froh gewesen, weil er nach so langer Zeit endlich wieder einen Auftrag an Land gezogen hatte. Da wollte sie ihn nicht beunruhigen.

Maud schob den Brief zuunterst in einen der Papierstapel auf dem Küchentisch und hatte gerade Teewasser in ihren Becher gegossen, als ihr Diensthandy klingelte.

In den darauffolgenden Stunden war Maud ununterbrochen mit ihren Klienten beschäftigt.

Den Brief vergaß sie vollkommen.

»Wir sollten allmählich etwas essen«, sagte Märta Hansson. »Auch wenn einem das hier vielleicht den Appetit verdirbt …«

Die Kollegin hatte ja recht. Es war schon weit nach Mittag, und Anna hatte seit den matschigen Bolognese-Resten vom Vorabend kaum etwas zu sich genommen. Trotzdem hatte sie nicht wirklich Appetit.

Wie erwartet war Lena Manner schwer erschüttert gewesen, als Anna und Märta ihr die Nachricht vom mutmaßlichen Tod ihrer Schwester überbracht hatten. Trotzdem hatte sie darauf bestanden, sofort mitzufahren, um die Leiche zu identifizieren. Es war töricht gewesen, sie sofort mitzunehmen – und unnötig obendrein. Lena Manner hatte auch ohne den Besuch im Leichenschauhaus bestätigen können, dass das Handy und der Schlüsselbund, die bei der Leiche gefunden worden waren, Yrsa gehörten, und das hätte fürs Erste vollkommen gereicht.

Die abgrundtiefe Verzweiflung, die Lena Manner an den Tag gelegt hatte, kaum dass sie ihre tote Schwester vor sich sah, war weit über ein erwartbares Maß hinausgegangen. Erschrocken hatte Anna festgestellt, dass auch ihr selbst ein paar Tränen über die Wangen liefen. Seit Gottfrid auf der Welt war, war sie fürchterlich gefühlsduselig geworden. Diese verdammten Hormone.

Zum Glück hatte Märta die Ruhe bewahrt und eine Bekannte von Lena Manner kontaktiert. Diese war sofort ins Krankenhaus gekommen und hatte versprochen, sich um Lena zu kümmern, solange es nötig wäre.

»Hast du gehört, was ich gesagt habe?«, fragte Märta. »Wir müssen etwas essen, sonst werde ich noch ganz wirr im Kopf. Worauf hast du Lust?«

»Worauf hast du denn Lust?«, entgegnete Anna.

»Auf eine Poke Bowl.«

»Was? Können wir nicht einfach eine Pizza essen?«

»Klar. Ich wollte dich nur testen.«

Märta bog ab in Richtung Innenstadt, und Anna schloss für einen Moment die Augen. Das Bild der toten Yrsa Manner hatte sich in ihre Netzhaut eingebrannt. Yrsa war ein zartes älteres Persönchen gewesen. Um sie in den Schacht zu bugsieren, war sicher kein Muskelprotz nötig gewesen.

»Irgendwas ist mit diesem Schacht ...«, murmelte Anna.

»Was soll das heißen?«

»Warum der Aufwand? Den Deckel beiseiteschieben, Yrsa Manner dort reinstoßen, den Deckel wieder zurückschieben ...«

»Na ja, um die Leiche zu verstecken?«

»Schon ... Aber kann es nicht trotzdem ein Unfall gewesen sein? Hatte irgendwer den Schacht aus einem anderen Grund freigelegt, und Yrsa Manner ist versehentlich dort reingefallen? Immerhin war es dunkel.«

»Vielleicht, aber da hätte sie wirklich ungeheures Pech gehabt. Diese Schächte sind nicht gerade breit – und auf einem so großen Spielplatz ausgerechnet in dieses Loch zu fallen ...«

Allmählich kam Anna in Fahrt und hörte kaum noch, was ihre Kollegin sagte.

»Oder irgendwer wollte Yrsa Manner gezielt schaden. Aber warum hat man sie dann nicht einfach niedergeschlagen? Weshalb hat sie in diesem Schacht landen müssen? Und war sie schon tot, als sie dort gelandet ist? Oder hat sie gelebt und ist dann ertrunken? Pfui, Teufel, das wäre ja schrecklich!«

»Das klärt die Rechtsmedizin«, sagte Märta. »Agneta Eriksson ist aus ihrem Sabbatical zurück, und sie arbeitet superschnell. Wir brauchen also gar nicht erst zu spekulieren.«

Doch Anna wollte nicht aufhören zu spekulieren.

»Und weshalb ausgerechnet *dieser* Schacht? In der Stadt gibt es unzählige. Dass es ausgerechnet *dieser* Schacht auf *diesem* Spielplatz war – ist das von Bedeutung? Ich meine, gibt es eine Verbindung zu diesem Ort? Yrsa Manner hat doch in einer Schule gearbeitet, also mit Kindern, und ist auf einem Spielplatz gestorben. Kann es da einen Zusammenhang geben? Oder ist das zu weit hergeholt?«

»Ich glaube, wir sind beide zu erschöpft, um dieses Rätsel jetzt gleich zu lösen«, erwiderte Märta. »Warten wir ab, was die Rechtsmedizinerin sagt – und Aram, sofern er das Handy in Gang bringt. Und Benny und Markus, die die Nachbarn befragen.«

Natürlich hatte Märta recht.

»Mhm. Im Augenblick sind wir zwei womöglich nicht gerade die hellsten Lichter im Kronleuchter …«

Märta versuchte, das Thema zu wechseln.

»Hast du in letzter Zeit mal was von Rolf gehört?«

Rolf Månsson war ihr Kollege gewesen, ehe er ein paar Jahre zuvor aus gesundheitlichen Gründen frühpensioniert worden war.

»Dem geht es richtig gut«, antwortete Anna.

»Und was ist mit Max?«

»Nichts Neues, soweit ich weiß. Die Chemo ist abgeschlossen, aber das heißt noch nicht, dass sie angeschlagen hat wie gewünscht. Jetzt heißt es: abwarten und Tee trinken.«

»Himmel, macht einen das nicht verrückt? Ich drücke den beiden jedenfalls die Daumen!«

»Aber gut, dass du Rolf erwähnst – ich rufe ihn gleich mal an und frage ihn, ob er Yrsa Manner kannte. Er kennt hier in der Stadt schließlich jeden, und vielleicht weiß er ja, ob sie mit jemandem im Clinch lag.«

Märta stöhnte. »Jetzt fängst du doch wieder an …«

»Aber eins ist mal sicher«, fuhr Anna ungerührt fort. »Lena Manner wusste bei Weitem nicht alles über ihre Schwester.«

»Nicht?«

»Sie war sich ganz sicher, dass Yrsa im vergangenen Jahr die Wohnung kaum noch verlassen hat. Dass sie nur rausging, wenn es absolut nötig war, weil sie solche Angst hatte, sich anzustecken. Aber hast du gesehen, was sie für Kleidung trug?«

»Klar. Sportsachen, und zwar ziemlich teure.«

»Genau. Sie war draußen und hat Sport gemacht. Vielleicht hatte sie ja eine Trainingspartnerin oder einen Trainingspartner? Aber ist das nicht komisch, dass sie auf ihrer Runde ausgerechnet den Spielplatz überquert hat? Immerhin ist der eingezäunt. Vielleicht hat jemand sie dort hineingelockt. Wahrscheinlich gibt es noch mehr, was Lena Manner nicht über ihre Schwester wusste. Und …«

»Ich bestelle jetzt eine Calzone und stecke sie dir quer in den Mund«, sagte Märta und stellte den Wagen ab. »Anders kommt man hier ja überhaupt nicht mehr dazu, in Ruhe zu essen!«

»Menschenskinder, wenn das mal nicht Kommissar Månsson ist!«

Rolf Månsson stand im Supermarkt vor dem Gewürzregal im K-Markt und zuckte zusammen. Zum Glück hatte er der Frau, die ihn angesprochen hatte, den Rücken zugekehrt, so dass er seine Gesichtszüge unter Kontrolle bringen konnte, ehe er sich umdrehte.

»Madame Moberg! Hallo, lang ist es her!«

Siw Mobergs Augen hinter der kornblumenblauen

Brille funkelten ihn an, und die roten Lippen leuchteten wie ein Heckscheinwerfer. Sie hatte sich die Haare wachsen lassen, so dass sie ihr nun fast bis zur Taille reichten. Rolf fragte sich, wie sie sich hinsetzen konnte, ohne dass sie sich selbst an den Haaren zog.

»Lustig, dass wir uns hier begegnen! Fast als hätte das Schicksal seine Finger im Spiel!«

Rolf wusste nicht, was er dazu sagen sollte. War das hier ein Annäherungsversuch? Bitte nicht …

»Ich würde dich ja umarmen«, fuhr Siw fort, »aber damit muss man heutzutage ja vorsichtig sein.«

»Jaaa, stimmt … Ist wohl besser, wenn wir auf Abstand bleiben. Heutzutage.« Er lachte gekünstelt.

Verstohlen sah er sich nach einem Fluchtweg um, aber er saß in der Falle. Siw Moberg war eine laute und lebhafte Person und leider auch wahnsinnig anstrengend. Es gab keinen Verein, keinen Vorstand, kein Komitee in der Stadt, in dem Siw nicht mitwirkte. Daran war an sich nichts verkehrt, aber sie hatte obendrein das unfehlbare Talent, andere für sich einzuspannen, ob man nun wollte oder nicht. Sobald man Siw Moberg den kleinen Finger reichte, waren die Hand, der Arm, der ganze Oberkörper und der eigene Seelenfrieden dahin. Rolf war geliefert, das war ihm klar. Er lächelte nervös und machte sich auf alles gefasst.

Es dauerte nur wenige Sekunden.

»Ist das mit dem Holmborg nicht *ganz, ganz schrecklich*?«

»Äh … ja?«, erwiderte er verunsichert.

»Das ist doch ein Skandal, Rolf! So etwas darf doch nicht passieren!«

Komisch. Gehörte Siw wirklich zu den Leuten, die ein hässliches altes Schulgebäude bewahren wollten?

»Na jaaa«, wagte Rolf sich vor, »das Gebäude ist aber auch in einem schlechten Zustand ...«

»Schlecht ist ja gar kein Ausdruck! Dass man es derart hat verkommen lassen, ist wirklich ungeheuerlich. Als hätten die Leute vollkommen vergessen, was sich dort drinnen befindet!«

Inzwischen verstand Rolf nur noch Bahnhof. Was war denn dort drinnen? Demolierte Spindschränke? Leere Bierdosen? Verdreckte Schulklos?

»Ich muss zugeben, Siw, ich kann dir nicht folgen. Was befindet sich denn im Holmborg?«

Siw verzog die roten Lippen.

»Ach, dann hast du gar nicht mitbekommen, dass in unserer Stadt ein kleiner Kunstschatz schlummern soll?«

»Was soll hier schlummern? Da schau einer an!«

Sie nickte nachdrücklich. »Wie bewandert ist der Herr Kommissar denn in Sachen zeitgenössische Kunst? Sagt dir der Name Jeremias etwas?«

Natürlich sagte ihm der Name etwas. Rolf wusste sehr wohl von der Existenz dieses weltbekannten Künstlers. Dass er den Namen kannte, hatte er Max zu verdanken, der Rolf vor einiger Zeit dazu genötigt hatte, sich eine ausführliche Netflix-Doku anzusehen. Rolf war zwar nach der Hälfte eingenickt und erst wieder aufgewacht, als er sich fast den Rotwein über die Hose gekippt hätte, aber an den Anfang der Doku konnte er sich noch erinnern.

»Klar sagt der mir etwas. Wer kennt den nicht? Du meinst diesen geheimnisvollen deutschen Kultkünstler?«

»Richtig, aber es ist gar nicht gesichert, dass er Deutscher ist. Es wird angenommen, dass er inzwischen in Deutschland wohnt, aber wo er ursprünglich herkommt, weiß niemand genau. Sofern wir es überhaupt mit einem Mann zu tun haben. Auch das ist ja gar nicht gesagt.«

»Stimmt, so war das … Aber was hat dieser Jeremias mit dem Holmborg zu tun?«

Siw Moberg zwinkerte ihm verschwörerisch zu. »Ich sehe schon, jetzt hab ich dein Interesse geweckt, Rolf. Was würdest du sagen, wenn ich dir erzählen würde, dass sich im alten Holmborg-Gebäude ein frühes Jeremias-Fresko verbirgt? Es soll entstanden sein, noch bevor die Schule überhaupt eröffnet wurde. Na? Was sagst du jetzt?«

»Äh … vielleicht: ›Ist ja ein Ding‹?«

»Die Freunde der Kunst treffen sich morgen um elf Uhr in meiner Galerie. Schreib dir die Uhrzeit gleich auf. Am besten schreibst du: ›Krisentermin zu Jeremias’ verschollenem Fresko‹.«

»Ah, ja …«

»Und erzähl auch anderen davon. Je mehr wir werden, umso besser!«

Siw Moberg warf ihr ergrautes Rapunzelhaar nach hinten und legte einen aufsehenerregenden Abgang in Richtung des Katzenfutters hin.

Rolf hatte zwar seinen Kalender nicht bei sich, aber zu Hause würde er sich sofort »Moberg-Termin wegen Wandbild« notieren.

Dass dieses Weibsbild mich schon wieder am Haken hat!, stellte er für sich fest und musste unwillkürlich schmunzeln, als er weiter in Richtung des Brotregals schlenderte.

Als Aram Demir in Annas Bürotür auftauchte, sah er so zufrieden aus, dass sie lachen musste.

»Was für ein beeindruckender Anblick – dieser Stolz! Was hast du herausgefunden?«

»So einiges«, antwortete Aram knapp. »Wollt ihr es hören? Dann kommt mal mit!«

Anna und Märta folgten ihm in den Besprechungsraum. Benny und Markus waren noch immer auf Achse
und befragten die Anwohner am Bruksvägen, doch Annette saß bereits mit ungeduldigem Gesichtsausdruck
am Besprechungstisch.

»Dann schieß mal los, Aram.«

»Okay.«

Aram verkabelte seinen Laptop und projizierte seinen
Bildschirm auf die Zimmerwand.

»Yrsa Manners Handy hat die Zeit im Gullyschacht
unbeschädigt überlebt. Ich musste es nur wieder aufladen und konnte loslegen. Dann wollen wir doch mal
sehen ... Wo war es gleich wieder ...«

Der Mauszeiger wanderte über zig kleine App-Icons
auf Arams Desktop-Hintergrundbild, das seine Töchter
zeigte.

»Hier, seht euch das an! Vielleicht interessiert euch ja,
wie Yrsa Manner üblicherweise spazieren gegangen ist?
Die Antwort ist nämlich: Sie war extrem routinebewusst
und konsequent.«

»Wie kommst du darauf?«

»Sie hatte eine Handy-App installiert, die sämtliche
Strecken aufgezeichnet hat. Wir können ihre Laufrunden
über Jahre zurückverfolgen. Hier: Bis März 2020 ist sie
immer montags, mittwochs und freitags im Fitnessstudio gewesen. Ab März war damit Schluss.«

»Nicht weiter verwunderlich«, warf Märta ein. »Haben Fitnessstudios da nicht alle schließen müssen?«

»Genau. Stattdessen ist sie offenbar walken gegangen.
Sie hat jeden Abend um Punkt neun Uhr die Wohnung
verlassen und ist eine Runde gegangen oder gejoggt.
Hier.«

Er klickte eine Karte nach der anderen an. Überall war

eine orangefarbene Schlinge zu sehen – die Runde, die Yrsa Manner gelaufen war.

»Ist das wirklich immer dieselbe Strecke?«

»Mehr oder weniger, ja. Manchmal hat sie auf dem Heimweg an der Kyrkogatan kurz gestoppt.«

»Da gibt es einen Supermarkt«, kommentierte Märta. »Bestimmt war sie unterwegs einkaufen.«

Anna bat Aram, die App-Karten langsam durchzuklicken. Was er gesagt hatte, stimmte tatsächlich: Yrsa Manner war mit ihren Abendrunden unglaublich konsequent gewesen. Sie war immer um kurz nach neun Uhr abends gestartet.

Bestimmt war sie der Ansicht gewesen, dass es dann leer genug war auf den Straßen, um sich hinauszutrauen, mutmaßte Anna.

»Wie ihr hier seht, ist sie auf ihrer Runde immer auch an besagtem Spielplatz vorbeigekommen«, fuhr Aram fort.

»Vorbeigekommen – aber durchquert hat sie ihn nie«, bemerkte Annette.

»Außer beim allerletzten Mal«, sagte Aram. »Da hat sie den Spielplatz betreten. Hier haben wir Yrsa Manners letzte Laufrunde.«

Die anderen verstummten, als sie die halbe orangefarbene Schlinge auf der Karte vor sich sahen.

»Ganz schön makaber«, stellte Märta fest.

»Aber damit hätten wir wohl den exakten Tatzeitpunkt«, warf Annette ein.

»Genau richtig. Die Runde bricht am Samstagabend um 21.18 Uhr ab. Mitten auf dem Spielplatz.«

Bisher hatte Annas Gehirn eher in Zeitlupe funktioniert, doch mit Arams Entdeckung fielen die Puzzleteile zusehends an ihren Platz.

»Mit anderen Worten war es für einen potenziellen Täter kinderleicht, Ort und Zeit zu planen.«

»Stimmt«, sagte Märta, »er musste bloß gegen Viertel nach neun am Spielplatz warten, weil sie dort früher oder später auftauchen würde. Und am vergangenen Samstag war zudem so fieses Wetter, dass auf den Straßen nichts los war.«

»Das heißt aber doch, dass unser Täter Yrsa Manner gekannt haben musste«, wandte Annette ein, »oder sie und ihre Routinen zumindest im Blick gehabt hatte.«

Aram räusperte sich. »Wollt ihr wissen, was ich sonst noch auf ihrem Handy gefunden habe?«

»Wenn du darauf bestehst?«

»Gut. Auf den ersten Blick gab es keinerlei Hinweise darauf, dass sie eine Beziehung gehabt hätte. Die Einzigen, mit denen sie kommuniziert hat, waren die Schwester und ein paar Kolleginnen und Kollegen aus der Schule. Wenn ihr wollt, bekommt ihr die kompletten Nachrichtenverläufe. Allerdings war sie auch viel auf Facebook unterwegs, und zwar in bestimmten Gruppen.«

»Aha?«

»Unter anderem in dieser hier: ›Politik und Behörden: Finger weg von unseren Kindern!‹. Einige dieser Gruppen könnte man vorsichtig formuliert als impfkritisch bezeichnen.«

»Richtig«, sagte Anna, »das hatte ihre Schwester erwähnt: Yrsa hat sich geweigert, sich impfen zu lassen.«

»In diesen Gruppen war sie jedenfalls ziemlich aktiv und hat mehrmals am Tag Beiträge gepostet. Ich hab sie mir noch nicht alle genau durchlesen können, aber soll ich mich in der Richtung weiter umschauen?«

»Definitiv«, sagte Anna. »Allzu viele andere Anhaltspunkte haben wir derzeit nicht. Vielleicht hat sie sich mit ihrem Engagement ja Feinde gemacht, wer weiß? Ich dachte mir, ich könnte mal zu ihrer Schule fahren und mit den Vorgesetzten und Kollegen sprechen.«

»Mach das«, sagte Annette.

»Und ich könnte mir die Chats angucken«, schlug Märta vor, »wenn du sie mir weiterleiten könntest, Aram?«

»Du hast sie in drei Sekunden in deiner Inbox … sprich: jetzt.«

»Danke dir«, sagte Märta. »Bild dir besser nichts darauf ein, aber du bist echt ein Genie!«

»Ooooh«, erwiderte Aram, »das sagst du jetzt doch nur, weil wir demnächst getrennte Wege gehen.«

»Wie – getrennte Wege?«

Verblüfft sahen die anderen Anna an.

»Wusstest du das gar nicht?«, fragte Aram. »Ich ziehe um. Sofia hat eine Stelle in Brüssel angenommen. Ich gehe als Hausfrau mit, also, als Hausmann oder wie auch immer das inzwischen heißt.«

Er lächelte zwar, sah aber angesichts von Annas Reaktion zugleich ein wenig bedröppelt aus.

»Aber«, stammelte sie, »was wird denn dann aus uns?«

»Mit uns geht es den Bach runter«, stellte Märta fest. »Ist ja wohl klar.«

»Na, na«, meldete Annette sich zu Wort. »Jetzt macht Aram doch kein schlechtes Gewissen, weil er geht! Aber ja, es wird nicht leicht werden, dich zu ersetzen, aber das weißt du bestimmt selbst.«

Aram bekam ganz rote Wangen. »Jetzt hört aber auf, das ist mir jetzt peinlich!«

Veera war nicht ganz so vernarrt in Goffe wie Goffe in sie. Er war noch so klein – und noch dazu ein Junge. Aber dafür konnte er ja nichts.

Und Mama wollte so gern, dass sie zusammen spielten, also gab Veera sich alle Mühe.

Heute hatten sie bereits geschaukelt, sie hatten Einhorn gespielt (Veeras Idee), einen Kanal zwischen zwei Pfützen gebuddelt (Goffes Idee) und nassen Sand gegen ein Brett geworfen, was sie laut Mama jedoch nicht hätten tun dürfen.

Mama saß auf einer Bank und unterhielt sich mit Goffes Papa. Bla, bla, bla.

Goffe wühlte in seiner Buggytasche und zog etwas Grünes heraus.

»Was is' das?«, wollte Veera wissen.

»Das ist der Hulk.«

»Hulk is' doch kein Name!«

»Wohl. Der heißt Hulk.«

»Hm. Kann ich mal sehen?«

Goffe drückte ihr den Hulk in die Hand.

Es war eine Plastikfigur. Er hatte eine Unterhose an und sonst nichts. Und er war total grün, total wütend und superstark, das sah man an den Muskeln.

Nee, Veera mochte ihre L.O.L.-Surprise-Puppe lieber. Sie gab Goffe den Hulk zurück.

»Ganz gut«, sagte sie, was aber eher nett gemeint als die Wahrheit war.

Sie spähte zu ihrer Mutter, die immer noch redete und redete.

»Sollen wir hinters Klettergerüst gehen und noch mal Sandklumpen werfen?«

Da würde Mama nicht mitkriegen, was sie machten.

»Au jaaa!«, flüsterte Goffe begeistert.

Kichernd schlichen sie los, suchten sich eine gute Stelle und schoben sich je einen Sandhaufen zurecht. Goffe trällerte vor sich hin. Das Lied hieß »Popatrol, Popatrol«. Veera kannte es aus dem Fernsehen.

Als sie aufblickte, war sie etwas überrascht.

Ein Stück entfernt stand ein Mann und sah in ihre Richtung – fast als wäre der Hulk wieder aus der Tasche gesprungen und hätte sich in einen Menschen verwandelt.

Er war zwar nicht grün und hatte auch nicht bloß eine Unterhose an, aber er sah ziemlich wütend aus und hatte riesige Muskeln.

Veera sah den Hulk interessiert an.

Und komischerweise schien dem nicht zu gefallen, dass sie ihn ansah, weil er sich umdrehte, in ein Auto einstieg und sofort davonfuhr.

Im Kastanienhof hab ich zwei neue Namen gekriegt. Das Personal nennt mich Junge 78, die anderen nennen mich Eule. Weil ich eine Brille habe. Macht aber nichts, es hätte schlimmer kommen können. Ein anderer aus der Abteilung heißt Dünnpfiff.

Ich teile mir ein Stockbett mit Junge 52, Poris. Er hat fiese Pickel, ansonsten ist er okay. Zumindest hält er still, wenn er schläft, und da hab ich Glück. Einige andere wälzen sich im Schlaf die ganze Zeit hin und her, so dass das gesamte Bett wackelt, aber Poris legt sich wie Graf Dracula auf den Rücken, und dann merke ich kaum noch, dass er einen Meter unter mir liegt.

Poris ist schon seit acht Monaten im Kastanienhof und hat an die dreihundert Punkte. Ich habe gerade mal fünfzehn. Wir kriegen Punkte, wenn wir arbeiten, allerdings nur, wenn wir gehorchen und alles richtig machen. Poris arbeitet in der Schreinerei. Da will ich auch hin, wenn ich darf. Wir Neuen müssen putzen. Die Treppe im Wohnheim muss jeden Tag mit der Wurzelbürste geschrubbt werden, sämtliche drei Stockwerke. Nicht dass es nötig wäre, das ist bloß Schikane, damit wir gedemütigt werden.

Ich schrubbe und schrubbe, weil ich Punkte haben will, aber dann kommt immer irgend so ein Idiot mit dreckigen

Schuhen, wenn ich fast fertig bin, und da werde ich sauer. Und wenn man flucht oder tobt, kriegt man gar keine Punkte.

Deshalb hab ich auch nur fünfzehn. Das reicht nicht mal, um eine Raucherlaubnis zu kriegen. An sich rauche ich gar nicht, trotzdem hätte ich die Erlaubnis gern, falls ich mal Lust habe, damit anzufangen.

Nach der ersten Woche hab ich versucht, aus dem Kastanienhof auszubrechen. Mein Plan war, durch den Wald bis zu der breiten Straße zu rennen und dann nach Hause zu trampen und nachzusehen, ob Mama zurück ist. Wenn nicht, hätte ich bei den Nachbarn geklopft und gefragt, ob die wüssten, wo sie Ulla hingebracht haben oder in welchem Krankenhaus Mama liegt.

Am wichtigsten wäre gewesen, Ulla zu finden und mit eigenen Augen zu sehen, dass es ihr gut geht.

Aber das mit dem Ausbruch hat nicht geklappt, das hatte ich nicht gut durchdacht. Ich hab gewartet, bis ein Auto durchs Tor kam, und bin einfach losgerannt wie der Teufel. Aber sie haben mich sofort wieder aufgegriffen. Meine Punkte wurden gestrichen, ich bekam Briefeverbot und saß einen Tag lang in der Zelle.

Ja, in der Zelle. Wie soll man sonst dazu sagen? Ein kleines Zimmer in der Nähe des Rektorats, ungefähr in der Größe einer Besenkammer. Die Zelle hat nur ein Fensterchen hoch oben in der Wand, so dass man nicht mal rausgucken kann, und ein Bett mit der dünnsten Matratze der Welt. In der Ecke steht ein Eimer mit Wasser, mit dem man sich wäscht, und ein zweiter, in den man reinpinkelt.

In der Zelle kann man rein gar nichts tun. Man sitzt nur da und denkt nach.

»Beim nächsten Mal sitzt du hier länger«, hat der Direktor gesagt, als sie mich wieder rausgelassen haben.

Beim nächsten Mal schmiede ich einen viel besseren Plan, damit ihr mich gar nicht erst erwischt, dachte ich nur.

Ein Teil der Jungs im Kastanienhof ist sogar ganz in Ordnung. Allerdings gibt's hier auch richtig fiese Mistkerle.

Knister zum Beispiel. Der hat versucht, seine alte Schule abzufackeln, weil er seine Lehrer gehasst hat. Die kamen natürlich alle mit heiler Haut davon – der Hausmeister aber leider nicht. Der hatte so schlimme Brandverletzungen, dass er jetzt keine Ohren mehr hat. Das war aber nicht Knisters Absicht, weil er mit dem Hausmeister nun ausgerechnet gar kein Problem hatte.

Robo aus meiner Abteilung ist auch so ein Kapitel für sich. Der ist von seinem Vater so heftig verprügelt worden, dass er im linken Arm kein Gefühl mehr hat. Auf den Arm kann man so hart draufschlagen, wie man will. Robo grinst nur und sagt dann, er habe schon Mückenstiche gehabt, die mehr wehgetan hätten. Obwohl er die Schläge nicht spürt, wird der Arm trotzdem komplett blau und grün, deshalb sollten wir vielleicht damit aufhören.

Das Personal ist allerdings noch viel kranker als die Schüler. Die wollen uns einfach nur fertigmachen.

Koskinen ist der Schlimmste. Poris meint, Koskinen ist ein Sadist. Was das genau heißt, weiß ich zwar nicht, trotzdem stimmt es genau.

Die Sache mit Koskinen ist, dass man es ihm nie recht machen kann. Es ist total egal, ob man sein Bett macht, die ganze Treppe geschrubbt hat, pünktlich zur Abendandacht erscheint, still am Esstisch sitzt oder Schlägereien aus dem Weg geht: Koskinen findet trotzdem einen Grund, um einem Punkte wegzunehmen oder einen in die Zelle zu stecken.

Viele Jungs haben Angst vor ihm. Ich nicht. Kein Heimaufseher der Welt kann ekliger sein als ein paar von Mamas Typen, und die hab ich schließlich auch überlebt.

Koskinen ist einfach nur ein kleiner Scheißer. Manchmal tritt man halt in einen Scheißhaufen, aber dann kratzt man die Sohle eben an einem Zaun oder was weiß ich wieder ab. Das denk ich mir jedes Mal, wenn Koskinen mir eins auswischen will.

KAPITEL 3

Weit ist es von Ost nach Westen,
kleiner, kleiner Lasse.
In der Ferne ist's gut, daheim aber am besten,
kleiner, kleiner Lasse.
Zacharias Topelius

Das Lillåker-Schulgebäude war neu, gepflegt – und ganz fürchterlich langweilig. Hellgrauer Zement und Paneele mit schwarz lackierten Metallstangen. Das Gebäude war zwar nicht annähernd so düster wie sein Vorgänger, die Holmborg-Schule, aber so gewaltig war der Unterschied auch wieder nicht. Wer hatte eigentlich mal beschlossen, dass Schulen nicht mehr bunt und gemütlich sein durften?

Ein blonder Mann Mitte dreißig riss Anna aus ihren Gedanken.

»Hallo. Sind Sie von der Polizei? Kalle Trast, ich bin der Direktor der Lillåker-Schule.«

Anna stellte sich ihm vor und folgte ihm anschließend in sein Büro. Es war überraschend leise in der Schule. Hinter den geschlossenen Klassenraumtüren war bloß gedämpftes Gemurmel zu hören.

»Tja, die Stimmung ist derzeit ein bisschen gedrückt«, sagte Kalle Trast. »Die arme Yrsa …«

»Hatte sie viele Freundinnen und Freunde im Kollegium?«

»Na jaaa … Nicht direkt. Sie war etwas eigen, muss ich schon sagen.«

»Eigen?«

»Sie war schon vor der Pandemie eher eine Eigenbrötlerin, blieb lieber in ihrem Büro, als sich zu uns anderen ins Lehrerzimmer zu setzen. Sie hat auch nie an Festen teilgenommen, und seit Corona wollte sie überhaupt nicht mehr herkommen, sondern nur noch von zu Hause aus arbeiten.«

»Hat das mit den Schülern denn funktioniert?«

»Sogar richtig gut, soweit ich es beurteilen kann. Die Schülerinnen und Schüler mochten sie, weil sie nett, effizient und auf Zack war. Wenn sie Probleme hatten, hat Yrsa die im Handumdrehen für sie gelöst, sie mussten ihr bloß eine SMS schreiben. So etwas mögen Teenager ja. Je mehr sie per Handy erledigen können, umso besser.«

»Was wissen Sie über ihre Familiensituation?«

»Soweit ich informiert bin, hatte sie keine Familie. Eine Schwester, ja, aber weder Mann noch Kinder.«

»Gibt es jemanden in der Lehrerschaft, der sie ein bisschen besser kannte?«

»Das wäre allenfalls Monica, unsere Hauswirtschaftslehrerin. Die kann ich dazubitten, wenn Sie möchten?«

»Gern.«

Der Direktor tippte eine Nachricht und bekam anscheinend postwendend eine Antwort.

»Sie kommt gleich.«

»Wunderbar«, sagte Anna. »Eine weitere Sache, die mich interessiert, wäre Yrsa Manners Einstellung zur Impfung …«

Seufzend verdrehte Kalle Trast die Augen.

»Jaaa, das war auch so ein Thema …«

»Wie meinen Sie das?«

»Yrsa war vehemente Impfgegnerin. Wenn ich es richtig verstanden habe, dann war sie ganz generell gegen Impfstoffe. So etwas kann ja jeder für sich entscheiden, aber sie hat ständig diese Pamphlete ans Kollegium geschickt oder Links zu irgendwelchen Weltuntergangs-artikeln, die wir dringend lesen sollten. Ich bin da mehrmals eingeschritten. Aber dann schien sie diese Propaganda sogar in der Schülerschaft zu verbreiten, denn ich habe von Eltern diverse Beschwerden erhalten.«

»Von welchen Eltern genau?«

»Das darf ich Ihnen nicht sagen. Datenschutz.«

»Wir haben es hier mit einer Mordermittlung zu tun. Ich bräuchte bitte die Namen der Eltern.«

»Ah, okay, dann suche ich die raus … Da ist Monica schon!«

Eine Frau in den Fünfzigern betrat das Büro und stellte sich als Monica Höök, Hauswirtschaftslehrerin, vor.

»Wir haben uns gerade über Yrsa und das Impfen unterhalten«, erklärte der Direktor.

»Oje«, sagte Monica, »das war zuletzt wirklich ihr einziges Thema …«

Anna sah, wie die Frau mit den Tränen kämpfte.

»Ich habe gehört, dass Sie und Yrsa befreundet waren. Mein Beileid.«

»Danke. Freundinnen waren wir früher mal, aber mit Yrsa befreundet zu sein war nicht ganz leicht. In der letzten Zeit wollte sie keinen Kontakt mehr.«

Anna nickte. Lena Manner hatte bereits erwähnt, dass ihre Schwester sich zurückgezogen und wie eine Einsied-lerin gelebt hatte.

»Wann hat sie sich so verändert, was würden Sie sagen?«

»Als das mit Corona losging. Yrsa war seit jeher hypochondrisch veranlagt, aber da wurde sie dann vollends panisch, dass sie sich anstecken könnte. Außerdem hatte sie Angst vor den Behörden, weil die uns angeblich einen lebensgefährlichen Impfstoff aufzwingen wollten.«

»Hat sie sich über das Thema mit jemandem überworfen? Wissen Sie das?«

Kalle Trast und Monica Höök schüttelten beide den Kopf.

»Nein«, sagte Monica. »Viele waren genervt. Aber dass irgendwer sich mit ihr richtig gestritten hätte? Nein.«

»Wie lange hat sie denn hier gearbeitet?«

Kalle Trast dachte kurz nach.

»Das dürften gut fünfzehn Jahre gewesen sein. Sie hat noch vor mir hier angefangen.«

»Das stimmt«, sagte Monica. »Sie hat 2005 hier angefangen ... Nein, das muss 2006 gewesen sein.«

»Und wo hat sie zuvor gearbeitet?«

»Das weiß ich nicht«, antwortete Monica. »Sie war da sehr verschwiegen. Und solange ich sie gekannt habe, war sie alleinstehend. Allerdings hatte ich das Gefühl, dass es früher einmal einen Mann in ihrem Leben gegeben hat, allerdings weiß ich das nicht mit Gewissheit.«

Anna machte sich eine Notiz und bedankte sich.

Wir müssen die Schwester zu Yrsas Anstellungen vor Lillåker und nach früheren Partnerschaften befragen, schrieb sie an Märta, als sie die Schule verließ.

Gegen halb vier Uhr nachmittags war Veera endlich eingeschlafen.

Mimmi Strandberg stand so vorsichtig auf wie nur möglich. Sie hoffte, dass ihre steifen Gelenke nicht so laut knackten, dass Veera davon wieder aufwachte – und dass auf dem Weg aus dem Kinderzimmer nicht irgendwo noch ein scharfkantiger Legostein oder eine andere Trittfalle herumlag.

Veera brauchte noch immer ein Mittagsschläfchen, sonst war sie abends richtig übel gelaunt. Allerdings wollte sie, dass Mimmi beim Einschlafen neben ihr saß, was sich mitunter als ziemlich zeitraubend erwies. Man hätte meinen können, dass mehrere Stunden mit Goffe auf dem Spielplatz das Mädchen müde gemacht hätten – aber nein.

»*Shit, shit, shit!*«, flüsterte Mimmi, als ihr Handy in der Küche anfing zu klingeln.

So schnell es nur ging, huschte sie die Treppe hinunter und achtete gar nicht auf die Nummer im Display, sondern drückte direkt auf das grüne Hörersymbol. Kurz lauschte sie noch in Richtung Obergeschoss, aber von dort war zum Glück nichts zu hören.

»Hallo?«, flüsterte sie.

»Hallo, Mimmi, Maud Silén hier, vom Jugendamt.«

»Ah. Hallo, Maud!«

Gott, wie gekünstelt fröhlich sie klang! Mimmi war immer sofort leicht panisch, wenn das Jugendamt sich meldete, und übertrieben gut gelaunt, um ihre Nervosität zu überspielen.

Maud Silén war für Veeras Unterbringung zuständig gewesen. Sie meldete sich in regelmäßigen Abständen und kam sogar hier und da zu Besuch, deshalb war es auch nicht weiter verwunderlich, dass sie jetzt anrief. Doch mit jedem Kontakt wurde Mimmi daran erinnert, dass Veera rein juristisch nur eine geliehene Tochter war.

»Wie geht es Ihnen allen?«, erkundigte sich Maud.

»Danke, sehr gut. Veera ist gerade eingeschlafen, deshalb rede ich auch so leise. Wir waren lange auf dem Spielplatz. Wenn sie wach wird, wollen wir Haferkekse backen.«

Letzteres war Mimmi spontan eingefallen. Das klang doch nun wirklich schön heimelig.

»Wie nett. Ich rufe an, weil ich heute ein ernstes Anliegen habe …«

Sofort krampfte sich alles in Mimmi zusammen. Ein ernstes Anliegen? Das klang irgendwie unheilvoll.

»Veeras leibliche Mutter hat sich wieder bei uns gemeldet.«

Verdammt.

»Aha?«

»Sie will Veera gern wieder öfter sehen und wird daher einen Antrag auf erweiterten Umgang stellen.«

»Okay … Und wie oft soll das sein?«

Veeras leibliche Mutter Jutta hatte die Kleine im vergangenen Jahr für eine Stunde alle zwei Wochen sehen dürfen. Mimmi hatte sich nie gegen die Treffen verwehrt, aber um ehrlich zu sein, waren die Begegnungen nicht immer gut gelaufen. Veera schien sich in Juttas Anwesenheit unwohl zu fühlen. Wann immer sie sich auf den Weg zum Familienzentrum machen wollten, fing Veera an zu trödeln, und anschließend verhielt sie sich oft viel unbändiger als sonst.

Den letzten Termin hatten sie absagen müssen, weil Veera erkältet gewesen war. Insgeheim hatte Mimmi Erleichterung verspürt.

»Ich möchte gern wöchentliche statt zweiwöchentliche Treffen vorschlagen.«

Mimmi biss sich auf die Lippe. Doppelt so viele Treffen bedeuteten auch doppelt so viele Schreiabende und doppelt so viel Stress. Aber der Wunsch war natürlich legitim, das war Mimmi durchaus klar.

Sie hatte nie verschwiegen, dass Jutta Veeras leibliche Mutter war. Es war schon okay, wenn die beiden sich kennenlernten, auch wenn Mimmi in jeder anderen Hinsicht als der biologischen Veeras Mama war. Sie würde Jutta niemals verzeihen, dass sie Veera durch ihre Fahrlässigkeit fast umgebracht hätte. Andererseits würde es Veera ohne Jutta nicht geben. Und eine Sucht war nun mal eine Krankheit, versuchte Mimmi sich einzureden. Jutta war krank und deshalb nicht zwangsläufig böse.

Ein Pflegekind zu sich zu holen war eben mit Gefühlskomplikationen verbunden.

»Tja, dann machen wir es so«, antwortete sie.

»Ach, schön. Aber – Mimmi, ich will ganz ehrlich sein. Es ist überdies so, dass Veeras leibliche Mutter ...«

Maud musste husten und keuchte eine Weile vor sich hin, während Mimmi nervös abwartete.

»Entschuldigung! Also, es ist so, dass sie sich große Hoffnungen macht, Veera eines Tages wieder zu sich holen zu dürfen.«

Es fühlte sich an wie ein Schlag mit einem Baseballschläger über den Hinterkopf.

»Nein«, platzte es spontan aus ihr heraus. »Das geht nicht!«

»Mhm. Ich habe ihr erklärt, dass es wahrscheinlich nicht dazu kommen wird, aber sie hat sich wirklich wahnsinnig Mühe gegeben, hat sich eine Arbeit gesucht, eine Wohnung gefunden, ihren Alltag und Lebensstil überdacht ...«

»Schön für sie«, murmelte Mimmi. »Aber Veera kriegt sie nicht mehr zurück.«

Maud schwieg einen Moment.

»Also, wie gesagt, fangen wir erst einmal damit an, dass wir den Umgang erweitern ...«

»Was soll das heißen – damit anfangen? Und wie geht es dann weiter? Sind Sie vom Amt allen Ernstes der Ansicht, dass Veera wieder zu Jutta ziehen sollte?«

Erneut herrschte am anderen Ende Schweigen, und

Mimmi bekam kaum noch Luft. Das konnte doch nicht wahr sein!

»Maud? Das kann doch nicht ernsthaft eine Option sein?!«, flüsterte sie.

»Ich will nur, dass Sie im Bilde sind, Mimmi. Wir wollen doch alle, dass Veera es so gut hat wie nur irgend möglich, nicht wahr?«

»Veera könnte es woanders unmöglich besser haben als hier. Ich ... Wir tun alles für sie.«

»Das weiß ich, Mimmi. Wir sehen einfach weiter. Das nächste Treffen ist ja schon morgen, oder? Da wird das Wetter schlecht, deshalb bleiben wir im Familienzentrum. Sobald es wieder wärmer wird, können wir ja mal ausprobieren, wie Veera auf einem Spielplatz mit ihrer Mutter interagiert.«

»Ihrer *leiblichen* Mutter«, korrigierte Mimmi sie.

»Natürlich. Wir sehen uns dann morgen!«

Sie beendeten das Telefonat.

Es dauerte einige Zeit, ehe Mimmi ihre weichen Knie wieder unter Kontrolle hatte und die Treppe hinaufgehen konnte. Sie schob die Tür zum Kinderzimmer auf und schaute hinein.

Die zerzausten Haare auf dem Kissen, die Decke mit dem L. O. L.-Surprise-Bettbezug, die sich über der Kleinen hob und senkte, die abgeliebte Plüschkatze namens Bulle ...

Das da ist *mein* Kind, dachte Mimmi.

Und wehe, jemand ist anderer Meinung.

»Rolf! Rooolf!«

Max kreischte wie am Spieß, und Rolf ließ alles fallen (in diesem Fall Spülbürste und Knoblauchpresse) und stürzte sofort ins Wohnzimmer.

»Was ist passiert? Ist alles okay?«

»Ich glaube, deine Bekannte hat recht!«, rief Max aufgeregt.

Rolf stöhnte laut. »Hast du mich erschreckt, verdammt! Ich dachte schon, du würdest sterbend am Boden liegen und rufst mit letzter Kraft nach mir.«

»Ach was, wenn ich sterbend am Boden liege, dann singe ich eine Arie oder irgendwas anderes Schwülstiges. Aber jetzt komm mal her, das hier musst du dir ansehen!«

Max ging näher an den Bildschirm heran.

»Ganz ehrlich? Das klingt doch verrückt, dass ein Weltstar wie Jeremias irgendwas mit diesem Kaff hier zu tun haben könnte! Aber jetzt, da ich mich ein bisschen einlese, glaube ich tatsächlich, dass an der Sache etwas dran sein könnte. Wie cool wäre das denn, bitte schön?«

»Cool, ach ja?«, murmelte Rolf leicht missmutig im feinsten Hochschwedisch. Das Wort »Kaff« war ihm nicht entgangen.

Gleichzeitig freute er sich, seinen Ehemann derart begeistert zu sehen. Gerade noch hatte Max mit den Zähnen geknirscht, weil es hier an aufregenden kulturellen Events mangelte – doch dann hatte Rolf ihm ein waschechtes Kunstmysterium auf dem Silbertablett serviert.

»Was hat die Alte gleich wieder gesagt? Über die Schule und das Wandbild?«

»Na ja, alt und alt … Du und Siw Moberg, ihr seid etwa im selben Alter. Sie war ziemlich geheimnistuerisch, erzählte nur etwas von einem verschollenen Jeremias-Fresko in der Holmborg-Schule und dass sie sofort ein Krisentreffen einberufen wolle, weil das Gebäude doch abgerissen werden soll.«

Max riss die Augen auf. »Und woher weiß diese Siw, dass sich in der Schule ein Jeremias befinden soll?«

»Keine Ahnung. Besuch dieses Krisentreffen und frag sie einfach selbst.«

»Das kannst du vergessen. Aber hör dir das an, ich übersetze es dir von dieser deutschen Seite: ›Jeremias ist das Pseudonym eines anonymen Anarchokünstlers der späten 1900er und frühen 2000er Jahre. Er ist hauptsächlich für seine gesellschaftskritischen Wandgemälde bekannt und gilt derzeit als bedeutendster ...‹ Hörst du mir überhaupt zu?«

»Na klar, na klar«, sagte Rolf und goss nebenbei die schlaffen Zimmerpflanzen auf dem Fensterbrett. »Das haben sie doch schon in dieser Doku gesagt.«

»Die du verschlafen hast wie Dornröschen.«

»Ach was! Zumindest am Anfang war ich hellwach.«

Max las weiter laut vor.

»›Trotz seiner enormen Popularität gelingt es Jeremias bis heute, seine wahre Identität geheim zu halten. Allerdings gibt es Hinweise, dass er in der zweiten Hälfte des 20. Jahrhunderts in Nordeuropa aufgewachsen ist.‹ Hallo? Finnland ist Nordeuropa! Dann könnte es wirklich stimmen!«

»Ich verstehe ja nicht, wie man deckenhohe Wandbilder malen und trotzdem anonym bleiben kann«, erwiderte Rolf. »Steht da nicht irgendwann mal jemand daneben und guckt zu? Oder malt der mit Strumpfmaske?«

»Das wurde in der Doku erklärt, Dornröschen.«

»Ach ja?«

»Wenn er arbeitet, dann nur unter höchster Geheimhaltung. Da werden ganze Gebäude durch eine Armee aus Wachen und Assistenten abgeschirmt. Manchmal inszenieren die sogar Fake-Sessions, um Kunstdetektive auf eine falsche Fährte zu locken.«

»Klingt wahnsinnig kompliziert. Und diese Wachen und Assistenten – plaudern die nicht?«

»Anscheinend nicht.«

»Und wozu die Heimlichtuerei?«

»So ist das wohl, wenn man drauf und dran ist, zur Ikone zu werden. Speziell wenn man weiter so scharfzüngig und kritisch sein will wie dieser Jeremias. Aber wann ist diese Schule, die jetzt abgerissen werden soll, eigentlich genau erbaut worden?«

»Äh, irgendwann Anfang der Siebzigerjahre ... Ich glaube, im Herbst 1972 waren sie fertig.«

»Hm. Da muss Jeremias noch sehr jung gewesen sein. Stell dir vor, er käme tatsächlich hier aus der Gegend! Vielleicht kennst du ihn sogar? Du kennst doch auch sonst jeden, der mal einen Fuß in diese Stadt gesetzt hat.«

»Du meinst, dass einer meiner Sandkastenfreunde womöglich Kultkünstler in Deutschland geworden ist? Nee, tut mir leid. Die meisten machen sehr viel langweiligere Sachen, als gesellschaftskritische Wandbilder zu malen. Aber wer weiß?«

Niedergeschlagen musste Rolf eingestehen, dass er wieder eine Orchidee umgebracht hatte. Dass Orchideen aber auch so schwierig waren! Er versuchte wirklich, sie regelmäßig zu gießen, sie vor direktem Sonnenlicht zu schützen, trotzdem gingen sie jedes Mal ein. Traurig, traurig.

Max mutmaßte weiter.

»Wenn Jeremias in unserem Alter wäre, muss er zu Anfang der Siebziger rund zwanzig gewesen sein ...«

»Mhm.«

»Inzwischen ist er viel zu etabliert für Auftragsarbeiten, aber vielleicht ist er damals als junger, aufstrebender

Künstler damit beauftragt worden, die neue Schule ein bisschen aufzuhübschen? In schwedischen Schulen hatten wir in den Siebziger- und Achtzigerjahren jede Menge solcher Kunst-für-Kinder-Projekte.«

»Mag sein«, sagte Rolf. »Aber ich habe drei Kinder durch diese Schule geschleust und nie irgendein Wandbild gesehen – außer Kloschmierereien natürlich. *Jack was here 4 kack.*«

»Stimmt schon. Und hier steht ja auch, dass es verschollen sein soll. Sofern diese Siw überhaupt recht hat …«

Rolf stellte die Gießkanne ab und sah Max nachdenklich an.

»Was würde denn passieren, wenn sich im Holmborg tatsächlich ein Wandgemälde befinden sollte? Könnte man das denn bewahren? Wandbilder hängt man ja nicht so einfach ab …«

»Nein, aber da bin ich mit Siw einer Meinung: Wenn es hier in diesem Kaff tatsächlich ein bislang unbekanntes Werk eines der bekanntesten Künstler der Gegenwart geben sollte, dann muss das verdammt noch mal bewahrt und gerettet werden.«

Wieder das Wort »Kaff«. Pfft.

»Ich glaube ja, du und Siw, ihr solltet euch mal miteinander unterhalten.«

»Mama!«

Wie eine Kanonenkugel schoss Gottfrid im Schlafanzug durchs Wohnzimmer und warf sich Anna an den Hals, die um ein Haar rückwärts umkippte.

»Vorsicht! Mama ist gerade ein bisschen wacklig auf den Beinen«, lachte sie und hatte Mühe, ihr Gleichgewicht wiederzuerlangen. »Wo steckt denn Papa?«

»Papa schläft. Schnaaarch«, sagte Gottfrid.

»Er schläft?«

Mit ihrem Sohn auf dem Arm betrat Anna das Schlafzimmer, das sie sich zu dritt teilten, und tatsächlich: Tomas lag im Bett – im Schein der Nachttischlampe und mit einem Stapel Bilderbüchern auf dem Bauch – und schnarchte unüberhörbar vor sich hin.

»Oh, oh«, flüsterte Anna. »Hast du ihn schlafen gelegt?«

»Mhm. Goffe hat Papa schlafen gelegt.«

»Und du selbst bist gar nicht müde?«

»Nee.«

»Ist ja ein Ding. Aber könntest du Mama dann Gesellschaft leisten, während sie zu Abend isst? Magst du noch ein Glas Milch?«

»Okay.«

Anna selbst war todmüde, aber insgeheim dankbar für diesen kleinen Moment der Zweisamkeit mit ihrem Sohn. In letzter Zeit war bei der Arbeit viel los gewesen, und oft hatte Gottfrid schon tief und fest geschlafen, wenn sie endlich nach Hause gekommen war. Doch jetzt tischte sie ein kleines Nachtmahl für zwei auf (Milch, Knäckebrot, Schinken und einen klitzekleinen Whiskey für Mama) und setzte sich mit ihm an den Küchentisch.

Gottfrid hob feierlich sein Milchglas, und Anna stieß mit dem Whiskey mit ihm an. Es war schon bemerkenswert, wie ähnlich Gottfrid seinem Vater war. Es fühlte sich an, als säße ihr ein kleiner Mini-Tomas gegenüber – mal abgesehen von dem unbändigen Haarschopf, den ihr armer Sohn von seiner Mutter geerbt hatte. Womöglich wurde es allmählich Zeit für einen Besuch beim Friseur. Anna hatte Goffe einmal selbst die Haare geschnitten, woraufhin er ausgesehen hatte wie ein Mini-

Fußball-Hooligan. Nein, sie sollte beim nächsten Mal lieber einen Profi ranlassen.

Gottfrid plapperte wie ein Wasserfall, und Anna versuchte, bei seiner Erzählung mitzukommen. Hauptsächlich ging es um jemanden namens Veera.

»Ist Veera deine Freundin?«

»Ja, Veera ist meine beste Freundin. Veera war auf dem Spielplatz schwimmen und musste heim, aber dann haben wir Sand auf die Einhörner geworfen.«

»Was? Sie war auf dem Spielplatz schwimmen? Das muss aber kalt gewesen sein!«

»Mhm, voll kalt! Und Mimmi ist Papas beste Freundin.«

»Ach, und wer ist Mimmi?«

»Veeras Mama.«

»Da schau an.«

Wie hieß es so schön? Betrunkene und Kinder sagten die Wahrheit, dachte Anna amüsiert. Wenn Tomas aufwachte, sollte sie sich vielleicht mal nach seiner besten Freundin erkundigen.

Gottfrid putzte sich bereitwillig ein zweites Mal die Zähne, für eine weitere Gutenachtgeschichte war er dann aber zu müde. Als Anna ihn ins Bett gebracht und die Nachttischlampe ausgeknipst hatte, kniff sie Tomas in den Zeh.

»Huhu, ich bin wieder zu Hause.«

Tomas setzte sich verwirrt auf und sah zwischen Anna und Gottfrid hin und her, als hätte er zwei wildfremde Menschen vor sich.

»Bin ich eingeschlafen?«

»Die Beweislage ist ziemlich eindeutig.«

Gottfrid atmete in seiner Ecke des Schlafzimmers bereits ruhig und tief, als seine Eltern hinausschlichen und die Tür hinter sich zuzogen. Tomas gähnte wie ein Nilpferd und steckte Anna damit an, die den Mund ebenfalls weit aufriss.

»Wann bist du denn nach Hause gekommen?«

»Vor einer halben Stunde. Ich muss gleich noch duschen, bevor ich ins Bett gehe. Ich fühle mich ganz schmuddelig.«

Anna hatte schon halb mit Einwänden gerechnet – oder mit einem dummen Spruch nach dem Motto: »Oh, ich stehe auf schmutzige Frauen!«, doch Tomas schlurfte bloß kommentarlos an ihr vorbei in die Küche und nahm sich ein Glas Wasser.

»Und … wer ist eigentlich Mimmi?«, fragte Anna in scherzhaftem Tonfall.

»Bitte?«, stieß Tomas zwischen zwei Schlucken hervor.

»Goffe hat erzählt, dass Papa eine beste Freundin namens Mimmi hat.«

»Ach so, na ja, wenn er meint … Das ist eine Mutter, die oft zur selben Zeit wie wir auf den Spielplatz geht. Ihre Tochter und Goffe spielen gern miteinander. So bleibt es uns Eltern erspart, durch den Schlamm zu robben, um die Kinder zu bespaßen.«

»Aha.«

Es war natürlich albern, trotzdem verspürte Anna einen Hauch Eifersucht. Natürlich glaubte sie nicht wirklich, Tomas könnte an dieser Mimmi interessiert sein. Aber es versetzte ihr einen Stich, dass eine andere Mutter Zeit mit Tomas und Goffe verbrachte, während Anna immer nur arbeiten musste.

»Ich hab diesen Job übrigens nicht gekriegt«, sagte Tomas.

»Was? Ach, wie doof. Also … doof für sie, dass sie dich nicht gekriegt haben!«

Tomas rieb sich seufzend die Augen.

»So ist es nun mal. Aber die Jobsuche ist heutzutage echt superschwierig. Da werden Videopräsentationen verlangt und Leistungsnachweise im Voraus und solcher Mist. Ist alles nicht so leicht, wenn ich mit Goffe allein zu Hause bin.«

»Kannst du nicht Rolf und Max anrufen? Die würden ihn dir sicher gern für ein paar Stunden abnehmen.«

»Das will ich aber nicht. Die zwei haben in letzter Zeit so oft ausgeholfen, und Max wirkt irgendwie erschöpft.«

Anna behagte sein Tonfall nicht. Tomas klang ziemlich erledigt, was völlig verständlich war, aber auch ein klein wenig vorwurfsvoll – auf dem besten Wege zum Märtyrertum.

»Das tut mir sehr leid. Aber meine Arbeitstage haben in letzter Zeit gar kein Ende mehr genommen. Es ist gerade ziemlich crazy …«

Erneut hoffte sie auf einen versöhnlichen Kommentar – etwa: »Ist doch nicht deine Schuld, Liebling.« Doch sie hoffte vergebens. *Nada.*

»Ich geh dann mal wieder schlafen, ich bin fix und fertig«, murmelte Tomas nur.

»Ich auch. Muss wie gesagt nur noch duschen.«

Als Anna eine Viertelstunde später neben ihm ins Bett krabbelte, war Tomas bereits eingeschlafen. Sie überlegte kurz, den Arm um seine Taille zu legen, weil sie auf ein verschlafenes Zeichen der Zärtlichkeit hoffte. Im Grunde jedoch war ihr klar, dass daraus an diesem Abend nichts mehr werden würde. Deshalb drehte sie Tomas den Rücken zu und schlief innerhalb von Sekunden ein.

Mimmi war kaum eingenickt, als sie von einem schrillen Schrei geweckt wurde. Sie sprang mit solchem Schwung aus dem Bett, dass sie mit dem Bein gegen die Nachttischkante stieß und all die verstaubten Taschenbücher, die sie seit vier Jahren nicht mehr aufgeschlagen hatte, mit lautem Getöse auf den Boden fielen. Nur gut, dass Juha über Nacht weg war, sonst hätte sie sich von ihm auch noch einen Rüffel eingehandelt.

Das Geschrei hielt immer noch an, und Mimmi eilte, so schnell sie nur konnte, ins Kinderzimmer. Verdammt, das hatte wehgetan, das gibt unter Garantie einen blauen Fleck …

Veera hatte sich wie so oft in ihre Bettwäsche eingewickelt und sah aus wie eine kleine, strampelnde Mumie.

»Schhh, schhh, Mama ist ja da! Das war nur ein Alptraum, alles ist gut«, flüsterte Mimmi, während sie das Mädchen aus den Laken befreite und in die Arme nahm.

Es dauerte eine Weile, bis Veera sich endlich beruhigt hatte, doch nach und nach gingen die Schreie in atemlose leise Schluchzer über. Sie klammerte sich so fest an ihre Mama, dass es fast wehtat.

»So ist es gut, alles gut, alles, alles gut …«

Draußen auf dem Flur waren Schritte zu hören, und dann tauchte ein Körper in der Tür auf, der zu kindlich für einen erwachsenen Mann war, aber bereits zu groß für einen Jungen.

Juhas siebzehnjähriger Sohn Melvin trug Baggy Jeans und Hoodie, obwohl es mitten in der Nacht war.

»Mal ernsthaft …«, schnaubte er. »Jede verdammte Nacht?«

»Entschuldige, wenn wir dich aufgeweckt haben«, flüsterte Mimmi und strich Veera weiter über die verschwitzten Löckchen.

Melvin murmelte noch etwas Unverständliches in sich hinein und verschwand in Richtung Bad.

Mimmi blieb noch eine Weile an Veeras Bettkante sitzen. Die Kleine schien sich wieder beruhigt zu haben, atmete tief, und der kleine Körper hing schlaff in ihren Armen, als Mimmi ihn vorsichtig zurück auf die Matratze bettete und die Decke umdrehte, damit die kühlere Seite nach unten zeigte.

Auf dem Weg zurück ins Schlafzimmer kam sie an der Tür zum Zimmer ihres Stiefsohns vorbei. Normalerweise war diese von innen verriegelt und verrammelt. Der Junge war allein zum Baumarkt gefahren, hatte sich ein Schloss besorgt und es eigenhändig und ohne fremde Hilfe an der Tür angebracht. Sogar Juha war beeindruckt gewesen. Seitdem hatten sie keinen Zutritt mehr zum Zimmer des Teenagers gehabt.

Doch jetzt gerade war die Tür bloß angelehnt, und Mimmi wagte es, einen Blick hineinzuwerfen. Sie rechnete mit einem ausgewachsenen Durcheinander; zumindest hatte sie dort seit Jahr und Tag nicht mehr gestaubsaugt, und sie bezweifelte stark, dass Melvin selbst je einen Staubsauger zur Hand genommen hatte.

Aber so schlimm sah es gar nicht aus: ein bisschen Unordnung auf dem Schreibtisch, ein paar Energydrink-Dosen und Kabelsalat. Das Bett war ungemacht, und der Laptop lief. Was trieb Melvin eigentlich mitten in der Nacht? Sie konnte den Bildschirm nicht einsehen, aber wenn sie die Tür nur ein Stückchen weiter aufschieben würde …

»Was soll das, verdammt?«

Mimmi schnappte nach Luft. Melvin war hinter ihr aufgetaucht, ohne dass sie ihn hätte kommen hören. Er war einen Kopf größer als sie, und angesichts seiner wü-

tenden Miene wich sie augenblicklich bis an den Türrahmen zurück.

»Ich wollte bloß nachsehen, ob du da drin schmutzi-
ges Geschirr hast ...«

»Hab ich nicht. Gute Nacht.«

Damit verschwand er in seinem Zimmer und drückte
die Tür hinter sich ins Schloss. Mimmi hörte noch, wie
er den Schlüssel herumdrehte.

Siw Moberg zog die Hülse von ihrem Lippenstift und
malte sich mit ruhiger Hand die Lippen korallenrot.
Caribbean Sunset hieß die Farbe – was für ein alberner
Name. Trotzdem mochte Siw den Ton. Damit leuchtete
ihr Mund wie eine rote Ampel. Die langen Haare hatte
sie sich geflochten und zu einem Knoten am Oberkopf
hochgezwirbelt. Seit ihren Zwanzigern war dies ihre Sig-
nature-Frisur gewesen, und sie funktionierte noch immer, obwohl ihre Mähne inzwischen einen Hauch dün-
ner und um einiges grauer geworden war.

Man konnte Siw Moberg so manches vorwerfen, aber
dumm war sie nicht. Natürlich sah sie, wie diverse Bekannte eilig die Straßenseite wechselten, sobald sie sie
entdeckten. Andere gingen nicht ans Telefon, wenn sie
anrief, obwohl Siw genau wusste, dass sie zu Hause saßen und Däumchen drehten. All das machte ihr nichts
aus. Sie hatte rein gar nichts dagegen, als anstrengend zu
gelten, denn das war nun mal der Preis, den man zah-
len musste, wenn man wollte, dass gewisse Sachen erledigt wurden. Forderungen konnten gewisse Menschen
regelrecht lähmen, vor allem jene, die zu Trägheit und zu
Faulheit neigten oder die konfliktscheu waren.

Siw war nichts von alledem. Sie lächelte ihr Spiegel-
bild an.

Wenn das Lokalradio oder die Zeitung sie interviewten – was gar nicht mal so selten vorkam –, wurde sie gern als Enthusiastin bezeichnet. Das gefiel ihr. Oder Kulturfanatikerin – auch das verstand sie als Kompliment.

Doch an diesem Abend hätte man sie ebenso gut als Detektivin bezeichnen können.

Portemonnaie, Schlüssel, Handy, Mund-Nasen-Schutz … Sie hatte alles bei sich. Halt, nein – die Taschenlampe! Die Handyfunktion war einfach zu schwach. Sie würde garantiert anständiges Licht brauchen.

Auf dem Sicherungskasten wurde sie fündig und probierte die Taschenlampe direkt aus. Der Lichtkegel war stark, das Licht klar – perfekt.

Draußen war wieder Schmuddelwetter und die Stadt so kurz vor Mitternacht menschenleer. Mit langen Schritten machte Siw sich auf den Weg und war nach einer guten Viertelstunde am Ziel: die alte Holmborg-Schule. Das Gebäude sah dunkel und düster und zweifellos gruselig aus, trotzdem fühlte sie sich unwiderstehlich davon angezogen.

Natürlich war der Zutritt dort strengstens verboten, aber Siw war eindeutig nicht die Erste, die sich dem Verbot widersetzte. Rund um das Schulgebäude war ein Bauzaun errichtet worden, doch dahinter lagen bergeweise leere Getränke- und Spraydosen, Kippen und aller möglicher Unrat. Ganz eindeutig war in dieser verrammelten Schule noch immer einiges los.

Siw musste nur kurz suchen, ehe sie einen Spalt zwischen zwei Bauzaunrahmen fand. Sicherheitshalber sah sie sich um. Immerhin war sie keine rebellische Jugendliche mehr, sondern eine elegante ältere Dame, und sie ahnte bereits, dass sie sich nicht einfach problemlos durch den Spalt würde zwängen können. Dort passte vielleicht ein bierdurstiger Teenager hindurch, aber Siw würde ein bisschen zu kämpfen haben.

Tatsächlich gelang es ihr weit besser als gedacht, und im Handumdrehen stand sie auf dem einstigen Schulhof. Als Nächstes würde sie sich Zutritt zum Gebäude verschaffen.

Sie hielt sich im Schatten, während sie langsam weiterging und die Fassade in Augenschein nahm. Schmutzige Ziegel, kaputte Fenster, rostige Fallrohre – schwer vorstellbar, dass bis vor sieben Jahren an diesem Ort noch ein normaler Schulbetrieb möglich gewesen war. Hunderte Schüler waren hier tagtäglich durch die schweren Glastüren am Eingang ein- und ausgegangen, und draußen auf dem Schulhof hatte lebhaftes und lautstarkes Treiben geherrscht. Inzwischen war es vor dem Gebäude gespenstisch still, wenn man mal vom Pfeifen des Windes und dem entfernten Verkehrsrauschen absah.

Rund sieben Jahre zuvor waren sowohl aus der Lehrerals auch aus der Schülerschaft erste Klagen gekommen, dass im Gebäude die Luft schwer zu atmen sei, und ein kleiner Junge mit Asthma war eines Tages direkt aus dem Theatersaal ins Krankenhaus gekommen.

Danach war alles ziemlich schnell gegangen.

Schüler- und Lehrerschaft hatten überstürzt das Gebäude geräumt und andernorts in der Stadt den Unterricht abgehalten: in Vereinsheimen, in der finnischsprachigen Schule, in den Räumlichkeiten der Volkshochschule.

Siw hatte weder Kinder noch Enkel, deshalb wusste sie nicht genau, wie all das organisiert worden war, aber in der ganzen Stadt waren Schulkinder unterwegs und die Eltern nur noch wütend und genervt gewesen.

Als dann klar wurde, dass die Holmborg-Schule ein massives Schimmelproblem hatte, das zu beheben weit mehr kosten würde, als gleich eine neue Schule zu bauen, hatte die Stadt überraschend schnell reagiert. In Rekordzeit war ein neues Schulgebäude, die Lillåker-Schule, entstanden und das Holmborg verbarrikadiert worden. Noch stand der Siebzigerjahrekoloss – allerdings nur so lange, bis die Stadtverwaltung endgültig grünes Licht für den Abriss gäbe.

Und genau hier kam die tatkräftige Siw Moberg ins Spiel.

Kein einziger Ziegel würde abgetragen werden, bevor nicht das Rätsel um das verschollene Wandbild gelüftet worden wäre.

Auch wenn Siw selbst nie am Holmborg zur Schule gegangen war, hatte sie vor Jahren mal davon gehört, dass ein Künstler in der damals brandneuen Schule mit einem Wandgemälde beauftragt worden war. Das Ergebnis musste dann aber so missglückt oder empörend gewesen sein, dass man das Bild wieder abgedeckt hatte.

Ein paar Wochen lang war in der Stadt darüber geredet und gelacht worden, und es hatte amüsante Spekulationen gegeben, was auf dem Wandbild wohl zu sehen gewesen war – bestimmt etwas Anzügliches, was den Direktor zur Weißglut getrieben hatte. Jahrzehntelang hatte Siw keinen Gedanken mehr daran verschwendet, doch das Gerücht hatte sich offenbar irgendwo in ihrem Hinterkopf festgesetzt. Während einer Berlinreise kurz vor Ausbruch der Pandemie war es ihr nämlich wieder eingefallen.

In einem alten Lagergebäude, das mittlerweile zu einem Kunst- und Kulturzentrum umgebaut worden war (ein ganz wunderbarer Ort, warum gab es so etwas nicht auch in Finnland?), hatte man ein Jeremias-Bild entdeckt, das sich über eine komplette Wand erstreckte. Das Bild war entstanden, während der alte Speicher leer gestanden hatte, und als bekannt geworden war, dass es sich um einen waschechten Jeremias handelte, hatte man einfach die Gelegenheit genutzt und drum herum ein Kunstzentrum errichtet.

Aber so arbeitete Jeremias – er nahm keine Auftragsarbeiten an, sondern schwamm (trotz des großen Aufwands) gegen den Strom. Was mit seinen Bildern passierte, sobald sie fertiggestellt waren, war das Problem von anderen. Jeremias malte bloß und tauchte wieder ab.

Siw hätte das Berliner Bild stundenlang bewundern können. Leider war ihrer Reisebegleiterin, Gunnel, irgendwann warm geworden, und sie hatte ein kühles Bier gebraucht, deshalb hatte Siw sich von dem Gemälde losreißen müssen. Als sie sich kurz darauf in ein Lokal gesetzt hatten, hatte Siw in der Broschüre geblättert, die sie aus dem Raum mit dem Jeremias-Gemälde mitgenommen hatte. Darin hatte sie etwas gelesen, was sie in helle Aufregung versetzt hatte.

Jeremias gab keine Interviews. Seine Kunst sollte für sich sprechen. Doch für diesen Flyer hatte wohl einer seiner Helfershelfer ein paar Fragen beantwortet. Siw vermutete, dass der Assistent für diese Indiskretion teuer bezahlt hatte, nachdem er sich erdreistet hatte, die Geheimnisse seines Maestros auszuplaudern.

Eine der Fragen hatte dem Motiv gegolten, das Jeremias im späteren Kunstzentrum gemalt hatte – eine moderne Variation des Jüngsten Gerichts: *War dieses Motiv neu für den Künstler?*

Der Assistent hatte geantwortet: *Zu Beginn seiner Karriere hat Jeremias mal ein ganz ähnliches Motiv in einer*

Kleinstadtschule gemalt. Damals war er nach eigener Aussage noch jung, radikal und wütend, und das Bild wurde anschließend auch überdeckt. Allerdings hat Jeremias oft über eine Neuinterpretation des Jüngsten Gerichts nachgedacht, zumal das Motiv nicht nur im Christentum zu finden ist: Der Islam hat seinen Yaum ad-din, die nordische Mythologie hat Ragnarök. Der Tag des Jüngsten Gerichts ist uns also vertraut, was das Motiv aktueller denn je macht.

Siw bekam heute noch eine Gänsehaut, wenn sie darüber nachdachte, wie sie dort im lärmenden Brauhaus mit der bierdurstigen Gunnel gesessen und sich gefragt hatte, ob es tatsächlich sein konnte, dass …

Ein altes Wandbild in einer Kleinstadtschule. Ein Motiv, das provoziert hatte und verdeckt worden war. Ein geheimnisumwobener Künstler, von dem niemand wusste, woher er stammte.

Natürlich konnte er ebenso gut aus Finnland wie sonst woher stammen!

Und die Kleinstadt, die konnte doch Siws Heimatstadt sein? Warum denn nicht?

In den vergangenen Jahren hatte Siw entsprechend recherchiert und fleißige Detektivarbeit geleistet. Je tiefer sie in die Causa abgetaucht war, umso überzeugter und umso begeisterter war sie geworden. Sie hatte Jeremias-Expertinnen und -Experten aus mehreren Ländern angeschrieben, und jene, die sich zumindest die Mühe gemacht hatten zu antworten, waren zum einen leicht herablassend, zum anderen höchst skeptisch gewesen. Doch niemand hatte Siws Mutmaßungen zweifelsfrei aus der Welt räumen können. Natürlich hatte sie versucht, auch mit Jeremias selbst Kontakt aufzunehmen – zumindest mit seinem Management oder wie immer das hieß. Aber sie hatte nie eine Antwort erhalten.

Sie hatte sich auch in ihrer Heimatstadt umgehört, aber außer ihr selbst schien sich niemand mehr an das alte Gerücht vom abgedeckten Wandbild erinnern zu können. Siw hatte unermüdlich nachgebohrt, wer das Bild ursprünglich in Auftrag gegeben haben, wer in den frühen Siebzigern mit dem Künstler Kontakt gehabt und das Bild finanziert haben könnte. Doch auch diesbezüglich war sie leider nicht weitergekommen. In Sachen Wandbild war nichts dokumentiert, und wer auch immer damals im Schulvorstand gesessen hatte, war inzwischen verstorben.

Siw hatte jeden Stein umgedreht, um dem Mysterium auf den Grund zu gehen. Nur eine einzige Sache hatte sie noch nicht getan: Sie hatte das Holmborg noch immer nicht selbst betreten und persönlich nach dem Wandgemälde gesucht. Die Schule war mittlerweile verbarrikadiert und abgesperrt, und sie hatte es ein paarmal versucht, sich auf legalem Wege Zutritt zu verschaffen und dort die Wände abzusuchen, war aber immer abgewiesen worden.

Sich auf legalem Wege Zutritt verschaffen ... Jeremias tat dies genauso wenig, wenn er seine Bilder malte. Daher würde Siw ebenfalls darauf pfeifen. Es gab nur einen Weg, um sich zu vergewissern, ob sie mit ihrer Theorie richtiglag.

Siw würde das verschollene Wandbild finden. Ein Wandgemälde konnte man schließlich nicht in Stücke reißen oder verbrennen – schlimmstenfalls hatte man es übermalt. Aber in diesem Fall würde ein Restaurator es freilegen können.

Als in der vergangenen Woche der Stadtrat den Beschluss zum endgültigen Abriss der Schule durchgeprügelt hatte, war ihr klargeworden, wie sehr es eilte. Inzwischen reichte es nicht mehr, E-Mails hierhin und dorthin zu schicken und Kunstbücher zu wälzen. Es war an der Zeit, Fakten zu schaffen. Morgen würde ihr Krisentreffen stattfinden. Sie hoffte, möglichst viele Bewohnerinnen und Bewohner der Stadt für die Sache begeistern zu können. Je mehr protestierten und die richtigen Fragen stellten, umso schwieriger würde es für die Stadtvertreter werden, die kritischen Stimmen zu ignorieren.

Doch zunächst musste sie die Schule absuchen. Es würde einen unguten, ja unseriösen Eindruck erwecken, ein Krisentreffen einzuberufen, ohne erst selbst einen Erkundungsgang gemacht zu haben.

Auf der Suche nach einem Eingang schlich sie weiter um das Gebäude herum. Die Türen waren natürlich alle verriegelt, aber auch die Jugendlichen, die sich abends dort herumtrieben, mussten ja irgendwo hineingekommen sein.

Unmittelbar neben dem Haupteingang war ein großes Fenster zu Bruch gegangen – oder womöglich eingetreten worden.

Dort würde sie nur einen großen Schritt machen und auf die Scherben aufpassen müssen, dann wäre sie drin.

Ein stechender Geruch schlug ihr entgegen, und Siw zog ihren Mund-Nasen-Schutz aus der Manteltasche. Kein Zweifel, dass die Schule verschimmelt war. Blieb nur zu hoffen, dass die Wand mit dem Gemälde nicht allzu schlimm in Mitleidenschaft gezogen war.

Siw blieb stehen und sah sich erneut kurz um. Noch benötigte sie ihre Taschenlampe nicht, denn das Licht der Straßenlaternen vor dem Schultor fiel bis in den Eingangsbereich. Sie sah eine Reihe Kleiderhaken vor sich, links einen Treppenaufgang und rechter Hand eine zugezogene Falttür, hinter der es zur Sporthalle ging, wenn sie sich recht erinnerte. Siw hatte die Schule vor vielen Jahren anlässlich der Weihnachtsbasare besucht, doch an die genaue Raumverteilung konnte sie sich nicht mehr erinnern.

Sie spitzte die Ohren. Vielleicht waren außer ihr ja auch Jugendliche hier? Aber nein, es war alles ruhig. Sie war allein, und das war auch gut so. Schließlich wollte sie sich ungestört umsehen.

Dann mal sehen … Wo genau hätte man in einer brandneuen Schule ein Wandgemälde haben wollen?

Vielleicht in der Schulkantine oder in der Aula? An einem Ort jedenfalls, wo alle zusammenkamen und das Bild bewundern konnten. Unwahrscheinlich, dass dafür ein Klassenzimmer ausgewählt worden war.

Siw wollte an diesem Abend erst einmal nur den mutmaßlichen Standort des Gemäldes identifizieren. Sie würde die Wand fotografieren, um die Fotos tags darauf beim Treffen der Freunde der Kunst zu zeigen. Der nächste Schritt wäre, herauszufinden, wie sich die Wand untersuchen ließ, ohne das Wandgemälde zu beschädigen.

Sie musste erneut an das große Jeremias-Bild aus Berlin denken. Derart große Flächen waren in einem Schulgebäude kaum zu finden, trotzdem musste ein Wandbild doch ein paar Meter hoch und breit und obendrein auf einem glatten Untergrund aufgebracht worden sein. Daher kamen die Ziegelwände mit ihren Fugen von vornherein eher nicht infrage.

Siw gab sich einen Ruck. Sie fing mit der Eingangshalle an, in der sie stand, und fotografierte drauflos.

Das Bild könnte sich hinter den Spindschränken befinden, schoss es ihr durch den Kopf. Hoffentlich hatte niemand den fatalen Fehler begangen und dort Kleider-

haken angebracht. Dann wäre das Kunstwerk durch-
löchert …

Sie schoss noch ein paar Fotos und schlenderte danach allmählich weiter in Richtung des angrenzenden
Raums, der früher die Schulkantine gewesen war. Hier
ging es schneller, weil nur eine Wand hinreichend breit
für ein Wandgemälde war. An den übrigen Seiten befan-
den sich Türen und Fenster sowie die Durchreiche aus
der Schulküche.

Als Nächstes wollte sie sich die Sporthalle vornehmen.
Doch die Falttür ließ sich nicht bewegen, sosehr sie auch
daran zerrte.

»Mist!«, stieß sie verärgert hervor, so dass ihre Stimme
durch den Eingangsbereich hallte.

Die Sporthalle hatte auch als Aula gedient, deshalb
wäre es sogar naheliegend, dass das Wandbild sich ausgerechnet dort befand. Die Aula war schließlich das
Herz der Holmborg-Schule gewesen.

Siw versuchte, sich ins Gedächtnis zu rufen, wie es
dort ausgesehen hatte.

An zwei Seiten Sprossenwände. Die Falttür hatte
einen Großteil der dritten Wand eingenommen, und gegenüber befand sich eine Bühne. Wenn sie sich richtig
erinnerte, dann war links und rechts davon ziemlich viel
Platz gewesen. Diese Wand hätte sie sich nur zu gern angesehen. Aber wie sollte sie hineingelangen?

Vielleicht … Ja, jetzt kam ihr eine Idee. Es hatte dort
drin noch eine Tür gegeben. Vermutlich hatte sie zu den
Umkleiden geführt, und vielleicht käme sie ja über einen
Umweg durch den Keller in die Halle hinein?

Einen Versuch war es wert. Wie gut, dass sie die Taschenlampe dabeihatte.

Zielstrebig durchquerte Siw die Eingangshalle und

nahm die Treppe ins Untergeschoss. Auf halbem Wege knipste sie die Taschenlampe an.

Vor ihr an der Wand stand: *Umkleide Mädchen.*

Eine Stahltür schien sowohl zu den Umkleiden als auch zu einem Luftschutzkeller zu führen. Die Tür war zwar schwer, aber unverschlossen. Siw sah sich nach etwas um, was sie in den Türspalt legen konnte, weil sie nicht riskieren wollte, dass die Tür hinter ihr zuschlug und sie nicht wieder rauskam.

Auf dem Boden entdeckte sie ein Schild, das von der Wand gefallen war. *Werkraum.*

Kurzerhand klemmte Siw das Schild zwischen Tür und Rahmen und drehte sich um. Als sie den Lichtkegel der Taschenlampe durch den Gang schweifen ließ, war sie plötzlich verunsichert.

War dieser Ausflug nicht vielleicht doch ein klein wenig leichtsinnig? Sie irrte in der Dunkelheit durch ein verwaistes Schulgebäude – allein. Noch dazu mitten in der Nacht. Ohne dass irgendwer wusste, dass sie hier unterwegs war.

Aber ich kann doch verflixt noch mal jetzt nicht mehr umkehren – womöglich kurz vor dem Ziel, dachte Siw.

Nein, sie musste sich einfach am Riemen reißen.

Mit der Taschenlampe fest im Griff drang Siw Moberg immer tiefer in die Katakomben der Holmborg-Schule vor.

Es war bedrückend still hier unten. Jeder Atemzug, jeder vorsichtige Schritt erzeugte ein Echo.

Sie glaubte schon, den Durchgang zu den Umkleiden gefunden zu haben, doch dann stellte sich heraus, dass sie stattdessen vor dem Werkraum gelandet war. Sogar die alten Werkbänke standen noch herum – und sahen in der Dunkelheit irgendwie gruselig aus, wie mittelalterliche Folterbänke.

Urplötzlich meinte sie, ein Geräusch zu hören. Hatte da jemand gerufen?

Sie blieb wie angewurzelt stehen und lauschte. Aber nein, das hatte sie sich eingebildet. Oder das Geräusch war von draußen gekommen.

Sie setzte ihren Weg den Flur entlang fort.

Vor ihr tauchten die Umkleiden auf. Rechts die Jungs, links die Mädchen und an der Stirnseite eine Tür. Dahinter würde doch bestimmt wieder eine Treppe hinauf zur Sporthalle führen!

Unwillkürlich ging Siw schneller. An der Tür legte sie die Hand auf die Klinke und drückte, so fest sie nur konnte, doch sie bewegte sich keinen Millimeter.

»Verdammt«, murmelte sie enttäuscht.

Im selben Moment hörte sie erneut etwas – ein Geräusch von hinten. Es klang wie Metall auf Metall, gefolgt von einem dumpfen Knall. Als hätte jemand das *Werkraum*-Schild aus dem Türspalt gezogen und die schwere Kellertür zufallen lassen.

Helsinki, Stadtteil Vuosaari

»Willst du noch eins, Rankku? Ich mache nämlich gleich Schluss für heute.«

Amanda beugte sich über den Tresen und schenkte ihrem letzten Gast an diesem scheußlichen Abend ein Lächeln.

»Danke, nein«, antwortete der alte Mann. »Ich werde ja gleich abgeholt.«

Amandas Blick fiel auf eine Lamettagirlande, die immer noch an einer Lampe hing. Ach, sollte die doch hängen bleiben. Bevor man sich's versah, stand Weihnachten schon wieder vor der Tür.

»Brauchst du Hilfe mit deinem Rollator, wenn der Fahrer kommt?«, fragte sie, obwohl sie wusste, dass die Antwort erneut Nein lauten würde.

Ragnar – oder Rankku, wie Freunde ihn nannten – war Stammgast in ihrer Kneipe. Fast jeden Abend gegen neun Uhr schob er seinen Rollator durch die Tür und setzte sich auf die Lederbank in der Ecke, von wo aus er den ganzen Gastraum im Blick hatte. Meist saß er allein dort und schien damit vollauf zufrieden zu sein. Amanda hatte einmal mitbekommen, wie die anderen Stammgäste gemunkelt hatten, dass man Rankku nicht über den Weg trauen könne und dass er ein schlimmer Miesepeter sei. Sie selbst konnte sich nicht über ihn beklagen. Solange er sein Bier und zwei, drei Whiskey bekam, war er stets freundlich und still, und in der Regel machte er sich gegen halb zwölf wieder auf den Heimweg.

Sie kam hinter dem Tresen hervor und hielt ihm die Tür auf. »Dann mal gute Nacht, Rankku«, sagte Amanda, »und schlaf gut.«

»Gute Nacht«, erwiderte Ragnar und schlurfte langsam auf den Wagen zu, der ein Stück entfernt parkte.

Amanda sah ihm noch kurz hinterher und ärgerte sich insgeheim über den Fahrer. Warum stieg der nicht aus und ging dem alten Mann zur Hand?

Dann piepte der Geschirrspüler, und Amanda kehrte hinter den Tresen zurück, zog die Klappe auf und ließ den Wasserdampf entweichen. Na dann. Endlich konnte sie abschließen. Sie schaltete die Beleuchtung im Gastraum aus und freute sich schon auf zu Hause.

Nach einem guten halben Jahr im Kastanienhof kommt ein neuer Junge in unsere Abteilung. Poris und ich sehen auf einen Blick, dass 83 einer wird, auf den sich Koskinen sofort einschießt, und dann hat er bestimmt weniger Zeit, auf uns herumzuhacken. Super für uns, weniger toll für 83.

Koskinen ist jetzt für unsere Abteilung zuständig – war ja klar, dass wir den Sadisten abbekommen. Eines ist trotzdem gut: Koskinen hat eine Heidenangst vor dem Direktor. Der Direktor ist kein Sadist auf dieselbe Art wie Koskinen, aber ein »Freund von Zucht und Ordnung«, und er hat eine scheißlange Liste mit Regeln erstellt, die sowohl das Personal als auch die Schüler einhalten müssen.

Eine gute Regel ist, dass Schüler nicht geschlagen werden dürfen. Koskinen befolgt diese Regel allerdings nicht immer zu einhundert Prozent. Der Direktor hat ihn schon mehrmals verwarnt, und wenn er nicht aufhört, kriegt er die Kündigung. Dünnpfiff sagt, dass Koskinen keine Familie und auch noch nie zuvor einen Job gehabt habe, bevor der Direktor ihm hier eine Chance gegeben habe. Deshalb wüsste er gar nicht, wo er ansonsten hinsolle.

Ich bin an sich auch nicht besonders gut darin, Regeln zu befolgen. Wir dürfen zum Beispiel nicht vorn am Zaun stehen und den Mädels hinterherrufen, die von der Schule in der Stadt nach Hause radeln. Aber manchmal mache ich es trotzdem.

Wir dürfen bei den Mahlzeiten auch kein Knäckebrot klauen, dennoch hab ich manchmal die Taschen so voll, dass es beim Rausgehen knackst wie bescheuert. Aber ich kann mit den Konsequenzen leben: Ich hab immer noch erst fünfundsechzig Punkte, aber zumindest inzwischen die Raucherlaubnis. Und da blieb mir ja nichts anderes übrig, als mit dem Rauchen anzufangen. Also rauche ich inzwischen. Meistens schnorre ich mir eine oder leihe mir Tabak von anderen, weil ich ja kein Geld habe, um welchen zu kaufen.

Poris bricht nie irgendeine Regel. Er ist fast ununterbrochen still, immer pünktlich, schreinert und malt und hält den Mund.

Er hat nicht ein einziges Mal versucht auszubrechen.

»Was hätte ich denn davon? Zu Hause ist es doch noch viel schlimmer«, sagt er.

Poris will nie von seinem Zuhause erzählen, hört aber immer geduldig zu, wenn ich über Ulla reden will.

Ich mache mir jeden Tag Sorgen um sie. Ich hab versucht, ihr zu schreiben, dem Jugendamt, Mama, den Nachbarn zu Hause, aber irgendwie scheinen meine Briefe nicht durchzugehen. Zumindest hat mir nie jemand zurückgeschrieben. Vielleicht haben sie mich auch vergessen, jetzt, wo ich nicht mehr da bin und die ganze Zeit nerve. Vielleicht finden die das ja gut? Mir würde eine superkurze Nachricht reichen, einfach nur eine Postkarte. Wenn ich nur wüsste, dass es Ulla gut geht, würde ich sofort Ruhe geben.

Ich hab auch keine Ahnung, wie es Mama geht, aber bei ihr mache ich mir nicht solche Sorgen. Die ist immerhin erwachsen. Aber Ulla ist noch so klein, sie braucht jemanden, der auf sie aufpasst. Sie braucht mich.

All das hab ich Poris fast täglich erzählt, nicht weil er etwas unternehmen könnte, aber er hört mir einfach zu. Poris ist echt ein feiner Kerl.

Ich bin womöglich der Einzige im Kastanienhof, der überhaupt weiß, dass Poris ziemlich witzig ist. Also, so richtig wahnsinnig witzig. Heute früh bei der Morgenandacht hat er mir, während der Direktor mit verzücktem Gesichtsausdruck an uns vorbeiging, zugeflüstert: »Verehrte Herrschaften, ich bitte darum, berichten zu dürfen, dass der morgendliche Stuhlgang von überaus angenehmer Konsistenz war, daher meine erleichterte, ja, beglückte Miene.«

Ich wäre vor Lachen fast von der Bank gefallen. Poris kann wirklich so ziemlich jeden nachmachen und zeichnen, und er ist echt sehr einfallsreich.

Er ist gerade sechzehn geworden. Wenn man sechzehn ist, braucht man nicht mehr zurück zu den Eltern zu ziehen, sobald man aus dem Kastanienhof freikommt, sondern man wird dabei unterstützt, sich eine eigene Wohnung und Arbeit zu suchen. Allerdings nur, wenn man sich in seiner Zeit hier ordentlich benimmt, gute Noten schreibt und solche Sachen. Poris träumt mit Sicherheit davon, siebzehn zu werden und endlich anfangen zu können, sein eigenes Leben zu führen.

Aber zurück zu Junge 83.

Er sieht ziemlich komisch aus, vor allem weil er lange blonde und total lockige Haare hat. Wenn man ihn von hinten sieht, könnte man meinen, er wäre eine Tussi.

Der Vater von 83 hat anscheinend seine Frau ins Grab und damit sich selbst in den Knast geprügelt. Man könnte also meinen, dass 83 eher düster vor sich hin schweigt, aber das Gegenteil ist der Fall.

Er kann einfach nicht die Klappe halten. Er labert und labert von früh bis spät. Beim Appell, beim Essen, während der Andachten, beim Treppenschrubben – er labert und labert. Und wenn er gerade nicht labert, dann singt er. Egal, was gerade im Radio läuft, 83 singt mit. Er will Popstar werden, sagt er immer, und vielleicht wird er das ja, denn er kann wirklich gut singen. So wie Poris den Direktor perfekt nachmachen kann, so kann 83 sämtliche Sänger nachmachen. Besonders lustig ist es, wenn er Katri Helena imitiert, dann klingt er zum Verwechseln wie sie und kann sogar all die Tänze.

Deshalb hat 83 auch den Spitznamen LB für Laberbacke gekriegt.

Das Personal kann ihn nicht ausstehen, am allerwenigsten Koskinen.

LBs Bett bleibt nachts ziemlich oft leer, weil er in der Zelle schläft.

Er tut Poris echt leid.

»Der meint das doch nicht böse«, sagt Poris. »Der kann eben einfach die Klappe nicht halten.«

Genau das glaube ich auch. Ich glaube, LB redet und singt die ganze Zeit, weil er Angst vor der Stille hat. Vielleicht will er sich nicht daran erinnern, wie es war, als sein Vater seine Mutter totgeschlagen hat (und wer würde sich daran schon erinnern wollen?), deshalb labert er vor sich hin, damit seine Gedanken erst gar keine Chance kriegen.

Aber ich bin ja nun kein Scheißpsychologe, was weiß denn ich.

KAPITEL 4

Ene mene moll,
mach den Topf schön voll,
hier kommen drei leere Bäuche.
Einer hinkt,
einer blind,
der dritte durch den Wind,
steht draußen ganz benommen
und traut sich nicht zu kommen.

Mittwoch

»Er ist da!«, rief Märta Hansson.

Verwirrt blickte Anna von ihrem zweiten Automaten-Cappuccino des Tages auf.

»Wer ist da?«

»Der Bericht aus der Rechtsmedizin zu Yrsa Manner. Gerade frisch eingetrudelt.«

»Ach, den hab ich ja schon ganz vergessen! Schieß los!«

»Besser, du rufst ihn mal auf, dann gucken wir ihn uns zusammen an.«

Märta setzte sich neben Anna, die sofort die E-Mail von Agneta Eriksson aus der Rechtsmedizin anklickte.

»Okay … Die Laborergebnisse kommen später, aber jetzt wollen wir doch mal sehen … Yrsa Manner, geboren am 21. Juli 1963 … anhand äußerlicher Verletzungen … ist die Todesursache eine Schädelfraktur!«

»Eine Schädelfraktur? Dann ist sie nicht in dem Schacht ertrunken?«

»Anscheinend nicht. Keine nennenswerte Wassermenge in der Lunge, steht da.«

»Und was heißt das für uns? Dass sie einen Schlag auf den Kopf gekriegt hat und anschließend in den Schacht geworfen wurde?«

»Oder dass sie sich beim Sturz in den Schacht den Kopf angeschlagen hat.«

»Hat Filip etwas zu der oberen Kante gesagt? Er muss doch Proben vom Gullyschacht genommen haben.«

Märta zuckte bloß mit den Schultern. »Da musst du ihn schon selbst fragen. Wir sind ja keine siamesischen Zwillinge.«

Mitunter betrat Anna ein Minenfeld, wenn sie den Namen Filip Johansson erwähnte. Er und Märta hatten in den letzten paar Jahren eine On-off-Beziehung geführt, und Anna war in Sachen Beziehungsstatus nicht immer auf dem aktuellen Stand. Doch Märtas unterkühltem Tonfall nach zu urteilen waren die beiden derzeit eher in einer Off-Phase.

»Mach ich«, sagte Anna nur.

Eine Weile saßen sie stumm beieinander und studierten eingehend den Bericht auf dem Bildschirm.

»Dann hat Agneta also keine augenscheinlichen Hinweise auf einen Überfall gefunden«, murmelte Anna.

»Eine gesunde, normalgewichtige Frau. Ein Teil der Verletzungen an Armen und Beinen dürfte vom Sturz in den Brunnen stammen. Wir wissen aber noch nicht, ob Alkohol oder Drogen im Spiel waren. Das erfahren wir erst, wenn der Laborbericht vorliegt.«

»Dann sind wir jetzt auch nicht viel klüger«, stellte Anna fest.

»Nein, nicht so richtig. Anhand des Berichts können wir weder einen Unfall noch eine vorsätzliche Tat ausschließen. Letztlich könnte es sogar ein echt schlechter Scherz gewesen sein, der in einer Tragödie geendet hat.«

»Was meinst du damit?«

»Na ja, es könnte ja jemand aus Spaß den Gullydeckel weggezogen haben, und Yrsa Manner ist versehentlich dort reingefallen.«

»Aber das hieße doch, der Täter wäre vor Ort geblieben und hätte den Deckel wieder zugeschoben, statt zu versuchen, Yrsa Manner zu helfen«, wandte Anna ein.

»Schon. Unmöglich wäre es nicht. Die Leute tun die merkwürdigsten Dinge, wenn sie in Panik geraten.«

»Also, ich weiß nicht …«

»Ich auch nicht, wenn ich ehrlich sein soll.« Märta lachte tonlos. »Ich hab einfach nur laut nachgedacht.«

Anna überflog abermals den Bericht der Rechtsmedizinerin.

»Der Zeitpunkt stimmt jedenfalls mit der Uhrzeit überein, die Aram aus der Sport-App auf dem Handy ausgelesen hat. Agneta schätzt auch, dass Yrsa Manner zwischen Samstagabend und Sonntag gestorben ist. Zumindest dahingehend wissen wir also Bescheid.«

»Warte, das hier haben wir übersehen«, sagte Märta. »Yrsa Manner hatte ältere Verletzungen, die darauf hinweisen, dass sie in der Vergangenheit entweder einen Unfall gehabt hat oder misshandelt wurde. Allerdings gibt es in ihrer Krankenakte keinerlei Hinweise darauf. Überhaupt scheint sie nach 2014 nicht mehr allzu oft bei Ärzten gewesen zu sein.«

»Hm. Yrsa Manner war ja Impfgegnerin. Vielleicht war sie der Schulmedizin gegenüber generell skeptisch eingestellt?«

»Dazu kann die Schwester uns sicher etwas sagen«, meinte Märta. »Und zumindest können wir Lena Manner jetzt erzählen, dass Yrsa nicht lange leiden musste.«

Es war tatsächlich ein kleiner Trost. Schlimmer wäre

es gewesen, wenn bei der Obduktion herausgekommen wäre, dass Yrsa Manner in dem engen Gullyschacht ertrunken war. Diese Nachricht wäre der Angehörigen um einiges schwerer zu vermitteln gewesen.

»Ich rufe mal diese Freundin an, die zu Lena ins Krankenhaus gekommen ist«, sagte Märta. »Die kann uns hoffentlich sagen, in welcher Verfassung Lena mittlerweile ist.«

»Mach das«, erwiderte Anna. »Und ich rufe unterdessen Filip an.«

Es klingelte eine Weile, dann ging Filip Johansson mit seinem gewohnt barschen »Ja?« ans Telefon.

»Hey, du Sonnenschein! Ich hab da mal eine Frage.«

»Hm?«

»Laut Obduktionsbericht ist Yrsa Manner an einer Verletzung am Hinterkopf gestorben.«

»Und?«

Anna fragte sich, wie viele einsilbige Antworten der Spurentechniker noch auf Lager hatte.

»Ich wollte mal hören, ob du am Gullyschacht Spuren gefunden hast. Könnte sie sich den Kopf angeschlagen haben, als sie dort reingefallen ist?«

Am anderen Ende blieb es kurz still, dann antwortete Filip beinahe einen Hauch enthusiastisch: »Ja.«

»Dann hast du am Schacht also Spuren gefunden? Haare?«

»Nee. Das Ding war komplett überschwemmt. Aber Agneta Eriksson hat gerade angerufen und will eine weitere Probe ins Labor schicken.«

»Was denn für eine Probe?«

»Irgendwelche Splitter, die sie in den Haaren des Opfers gefunden hat. In der Nähe der Kopfwunde. Sie meinte, die sähen aus wie rostiges Metall und Sand.«

»Ach. Und könnten das Spuren vom Gullyschacht sein?«

»Japp.«

»Aber du weißt es nicht sicher.«

»Nein.«

»Okay. Danke.«

Filip brummelte einen Abschiedsgruß und legte auf.

Anna schüttelte den Kopf. Sie fragte sich, wie es wohl wäre, einen romantischen Abend mit Filip Johansson zu verbringen. Auf welche Weise brachte dieser Mann seine Gefühle für Märta zum Ausdruck? »Hi. Von mir aus. Nacht.« Oder wurde er im Angesicht der richtigen Person zum Verbalvirtuosen?

Annas Blick blieb an dem Foto hängen, das sie von Yrsa Manners Kühlschranktür abgenommen hatte. Yrsa und Lena Manner lächelten in die Kamera – die eine sorglos und fröhlich, die andere eindeutig reserviert, beide jedoch völlig ahnungslos, welche Tragödie ihnen bevorstand.

Märta kam zurück, und Anna berichtete ihr, was Filip ihr am Telefon gesagt hatte.

»Okay«, sagte Märta. »Ich hab übrigens diese Freundin erreicht. Sie meinte, Lena Manner gehe es schon wieder besser, und sie sei zu Hause, wenn wir mit ihr reden müssten. Sollen wir zusammen hinfahren?«

»Kannst du allein fahren? Ich wollte die Eltern befragen, die sich beschwert hatten, weil Yrsa in der Lillåker-Schülerschaft Impfgegnerpropaganda verbreitet hat.«

»In Ordnung, so machen wir es.«

Draußen auf dem Flur waren Schritte zu hören. Es gab nur einen Kollegen, den man in der ganzen Abteilung hörte, wenn er kam, und erwartungsgemäß steckte im nächsten Moment Benny Westlander den Kopf zur Tür herein.

»Jetzt haben wir verdammt noch mal selbst mit der allerletzten Nase rund um diesen Spielplatz gesprochen.«

»Und?«

»Nada. Nichts. Niente.«

»Gar nichts?«

»Nein. Ein paar kannten Yrsa Manner zwar persönlich – das waren Leute mit Kindern, die auf die Lillåker-Schule gehen –, aber niemand hat an dem Abend, als sie in dem Schacht gelandet ist, irgendetwas gesehen.«

»Trotzdem gute Arbeit«, sagte Anna aufmunternd.

Allerdings war Benny mit seiner Tirade noch nicht fertig.

»Wir haben gestern den ganzen Abend gebraucht, bis es irgendwann so spät war, dass die Nachbarn regelrecht die Hosen voll hatten, wenn wir bei ihnen angeklopft haben. Und als ich gerade nach Hause fahren und mich schlafen legen wollte, hat Annette mich ... Na, ihr könnt euch wahrscheinlich schon denken, wo sie mich hingeschickt hat.«

»Zum Holmborg«, sagten Märta und Anna wie aus einem Mund, was so albern klang, dass sie beide lachen mussten.

»Exakt. Zu dieser verfluchten Holmborg-Schule. Ein Nachbar hatte jemanden draußen an der Absperrung herumschleichen sehen, aber die Teenies waren schon wieder weg, als ich dort ankam.«

»Also das Übliche.«

»Ich kann es kaum erwarten, dass dieses Elend endlich dem Erdboden gleichgemacht wird! Diese Jugendlichen werden doch immer dreister! Die hatten sogar die Tür zu einem alten Luftschutzraum aufgekriegt. Was wollen die denn da unten? Ich hab sie wieder zugemacht. Und heute Morgen ging es dann in aller Herrgottsfrüh wieder los, um noch die letzten Anwohner dieses verdammten Spielplatzes zu erwischen, bevor sie zur Arbeit fahren würden. Aber da hätte ich genauso gut ausschlafen können, weil natürlich keiner irgendwas gesehen hat ...«

Benny hatte nicht bemerkt, dass Annette Käld inzwischen hinter ihm stand.

»Das tut mir aber leid für dich, Benny«, sagte sie. »Jetzt kommen mir fast die Tränen.«

»Öh.« Mehr brachte Benny nicht zustande. Er sah ein wenig beschämt aus.

»Habt ihr die Überwachungskameras auch gecheckt?«, wollte Annette wissen. »Vielleicht ist irgendwo Yrsa Manner oder eine potenziell verdächtige Person zu sehen, die ihr folgt.«

»Aram kümmert sich darum«, sagte Anna. »Vielleicht kann Benny ihn ja unterstützen?«

»Okidoki«, murmelte Benny.

»Dann ist jetzt mal Schluss mit Kaffeeklatsch«, sagte Annette. »Los geht's, alle an die Arbeit!«

Um die Mittagszeit stand ein enttäuschtes Grüppchen vor Siw Mobergs Galerie. Rolf kannte fast alle von früher: Runar aus dem Männerchor, die frühere Bibliothekarin Birgitta, Siws oftmals widerwillige Steigbügelhalterin Gunnel und noch einige mehr. Das Durchschnittsalter betrug knapp siebzig Jahre, aber nichts anderes war zu erwarten gewesen, wenn ein Treffen zu einer Uhrzeit anberaumt wurde, zu der jüngere Menschen arbeiten gingen.

Allerdings glänzte eine Person durch Abwesenheit – Siw. Und das war verwunderlich. Womöglich sogar ein wenig beunruhigend? Doch Gunnel, die Siw von allen Versammelten am nächsten stand, schien sich keine allzu großen Sorgen zu machen.

»Sie war in letzter Zeit wirklich *sehr* durch den Wind. Komplett in ihrer eigenen Welt. Bestimmt hat sie von einem Jeremias-Buch gehört, das einen Ort weiter in der Bibliothek steht, ist sofort ins Auto gestiegen und hingefahren.«

»Meinst du wirklich?«, hakte Rolf nach.

»Ja. So lief das in letzter Zeit ständig. Sie hat schon mehrere Verabredungen einfach verschusselt.«

»Dann müssen wir also nicht alle Gullyschächte absuchen?«, fragte Runar, doch dann dämmerte ihm, dass sein Witz ziemlich geschmacklos gewesen war, und er verstummte.

»Tja«, sagte Rolf, »dann müssen wir wohl warten, bis Siw einen neuen Termin vorschlägt.«

Das Grüppchen zerstreute sich.

Max machte ein langes Gesicht. »Was für eine Enttäuschung«, brummelte er.

»Stimmt. Sollen wir stattdessen etwas anderes unternehmen? Sollen wir essen gehen?«

»Wir haben doch gerade erst gefrühstückt!«

Rolfs Magen knurrte trotzdem. Er hoffte, dass Max es nicht hörte.

»Willst du dann vielleicht beim Holmborg vorbeispazieren? Dann könntest du das Gebäude zumindest mal sehen.«

Max' Miene hellte sich auf. »Ja, das machen wir.«

Und so spazierten sie los.

Maud Silén schob sich die Laptoptasche auf die andere Schulter. Die alte Möhre wog gefühlt eine Tonne, und seit ihr Rücken mal wieder Probleme machte, war es die reinste Folter, den Laptop ständig mit sich herumzuschleppen. Obendrein streikte das Ding inzwischen, so dass sie es schleunigst in die IT-Abteilung bringen musste.

Sie warf einen flüchtigen Blick auf die Uhr. Heute standen noch drei wichtige Hausbesuche sowie ein Termin im Familienzentrum an. Es würde knapp werden, aber ohne den Laptop wäre sie vollkommen aufgeschmissen.

Sie schob die Tür zum Foyer des Jugendamts auf. Der Empfang war verwaist, doch als sie die Dienstzimmer erreichte, sah sie, dass dort Licht brannte. Sie wusste, dass zumindest ihr IT-Kollege Marko schon da war. Den hatte sie gleich frühmorgens angerufen, als der Laptop sich geweigert hatte hochzufahren.

»Oje«, sagte Marko und seufzte schwer, als Maud das alte Gerät aus der Tasche zog. »Wäre es nicht mal an der Zeit, einen neuen zu beantragen?«

»Hab ich schon gemacht. Das ist zwei Jahre her, und ich warte immer noch auf eine Antwort.«

»Hm.«

Marko steckte das Laptopkabel ein und fing an, auf die Tastatur einzuhämmern. Maud fand, dass er unnötig rabiat zu Werke ging, dabei pfiff der Rechner ohnehin schon aus dem letzten Loch.

»Du meintest, der hätte sich in letzter Zeit öfter aufgehängt?«

»Ja, das macht er ständig! Ich muss ihn mehrmals täglich neu starten, was ziemlich lästig ist, wenn ich beispielsweise versuche, etwas nachzuschauen, während ich gleichzeitig Klienten am Telefon habe. Und heute Morgen wollte er dann gar nicht mehr starten.«

»Hm. Ich fürchte, das Ding hat seinen Dienst

eingestellt … Aber gib mir eine halbe Stunde, dann checke ich noch ein paar Sachen. Vielleicht können wir ihn ja künstlich am Leben erhalten, bis du einen neuen Laptop bekommst.«

»Eine halbe Stunde?«, keuchte Maud. »In einer halben Stunde muss ich im Familienzentrum sein!«

»Dann in einer Viertelstunde.«

Maud bedankte sich und eilte den Flur entlang auf ihr Dienstzimmer zu. Hier in der Abteilung war alles beim Alten, obwohl sie schon länger nicht mehr hier gewesen war. Als zu Beginn der Pandemie alle von zu Hause aus arbeiten sollten, hatte Maud schnell festgestellt, dass sie fast eine geschlagene Stunde an Fahrzeit einsparte. An den Tagen, an denen sie Hausbesuche machte, fuhr sie mittlerweile gar nicht erst in ihr Büro an der Skolgatan, sondern direkt von zu Hause zu ihrem Termin. Und Besprechungen mit den Kolleginnen und Kollegen funktionierten online einwandfrei – im Gegensatz zu den Treffen mit ihren Klienten.

Hoffentlich wäre Marko mit irgendeinem Trick erfolgreich, damit sie ihren Rechner schnell wieder zurückbekäme.

Die einst so prächtige Monstera auf ihrer Fensterbank hatte ihre Abwesenheit nicht überlebt. Sollte sie die in den Müll werfen? Ach, die durfte noch ein Weilchen stehen bleiben.

In einem anderen Dienstzimmer am Flur klingelte ein Telefon, und ein Mann ging ran.

Maud zuckte zusammen, als sie Håkan Lunds Stimme wiedererkannte. Håkan war Teamleiter und seit ein paar Monaten auch Mauds Vorgesetzter.

Ach, dann war er im Büro? Wie praktisch. Wenn sie ihn schon mal unter vier Augen erwischte …

Sie wartete, bis er aufgehört hatte zu telefonieren, und klopfte an seine Tür.

Håkan Lund war allenfalls Anfang dreißig und betonte oft und gern, dass ein so hoher Posten im Sozialwesen für jemanden in seinem Alter überaus ungewöhnlich sei. Maud hatte sich hier und da schon gefragt, ob ihm seine Karriere nicht insgeheim wichtiger war als die vernachlässigten Kinder, mit denen sie es zu tun hatten. Håkans Vorgänger war vom exakt gleichen Schlag gewesen, hatte den Chefposten an sich gerissen und ihn als Sprungbrett benutzt, um sich die nächstbeste noch höhere Position zu angeln. Inzwischen arbeitete er bei einem berüchtigten Pflegedienst, der im städtischen Auftrag zwar billige, aber eben auch unzureichende Altenpflege leistete.

»Maud, wie lustig! Gerade noch hab ich davon geredet – die guten alten Zeiten!«

Maud wusste natürlich, dass es ein Witz sein sollte, war aber trotzdem ein bisschen beleidigt. Natürlich hatten Håkan und sie sich schon seit einer Weile nicht mehr persönlich gesehen, aber sie nahmen Woche für Woche an denselben Besprechungen teil, und Maud gehörte eindeutig zu den fleißigen Arbeitsbienen in Håkans Team. Betrachtete er sie wirklich als eine Erinnerung an vergangene Zeiten?

»Hallo. Ich musste meinen Laptop zu Marko bringen, weil das Ding Probleme macht. Er wird wohl nicht mehr lange durchhalten.«

»Ach, Magic Marko bringt ihn schon wieder in Gang, keine Bange!«

Håkan drehte seinen Schreibtischstuhl herum, um Maud zu verstehen zu geben, dass sie nun hinreichend Small Talk betrieben hätten und er sich wieder wichtigeren Dingen zuwenden musste. Doch Maud rührte sich nicht von der Stelle.

»Ähm, Håkan, wo ich schon mal hier bin, wollte ich dich etwas fragen …«

»Hm?«

»Wie sieht es denn an der Bewerberfront aus? Anitas Stelle ist immer noch nicht nachbesetzt worden, und Pia-Maria und ich gehen am Krückstock.«

Håkan Lund lehnte sich zurück und verschränkte die Hände über seinem Bäuchlein, wich ihrem Blick aber aus.

»Wir sind dran, wir sind immer noch dran.«

»Aber was glaubst du denn, wann wir Verstärkung bekommen? Könnten wir nicht vorübergehend mit Aushilfen arbeiten? Pia-Maria muss zweiundvierzig und ich achtundvierzig Familien betreuen. Das kann so nicht weitergehen.«

»Dann soll Pia-Maria ein paar von deinen Familien übernehmen. Ich schreibe ihr gleich eine Mail.«

Maud schüttelte nachdrücklich den Kopf. »Nein, nicht! Pia-Maria ist genauso fertig wie ich, und sie hat ja auch noch eigene Kinder! Wir brauchen Unterstützung. Wir haben in letzter Zeit nicht ein einziges Mal die Möglichkeit gehabt, zusammen an einem Fall zu arbeiten. Wir fahren nur noch allein zu den Familien, dabei wäre es hier und da extrem wichtig, zu zweit vor Ort zu sein. Allein könnte einem vielleicht etwas durchrutschen.«

Es fühlte sich albern an, ihrem Chef dies alles erklären zu müssen. Immerhin sollte ihm klar sein, wie der Alltag im Jugendamt aussah. Trotzdem war Maud sich nicht sicher, ob Håkan Lund überhaupt je richtig mit Menschen gearbeitet hatte.

Inzwischen studierte er mit großem Interesse den Tacker auf seinem Schreibtisch.

»Maud, ich verstehe dich ja. Aber du weißt doch, wie es ist …«

Maud spürte, wie sich ihr Puls beschleunigte. Ja, *sie* wusste ziemlich genau, wie es war – aber die Frage war doch eher, ob Håkans Einschätzung der Arbeitsrealität stimmte.

Hatte er überhaupt eine Ahnung, dass die Arbeitsbelastung während der Pandemie regelrecht explodiert war? War ihm überhaupt klar, dass ausgerechnet bei den Kindern und Jugendlichen, die zuvor schon am schlimmsten dran gewesen waren, das Leben in den eigenen vier Wänden in dieser Zeit so richtig den Bach runtergegangen war?

War ihm klar, dass Schulbedienstete und Lehrkräfte nur noch hilflos feststellen konnten, dass sie gar nicht mehr wussten, wie es ihren betreuungsintensivsten Schülerinnen und Schülern zu Hause erging, da sie sie seit Monaten nicht mehr zu Gesicht bekommen hatten?

Wusste er, dass viele Kinder sich weigerten, in die Schule zurückzukehren? Und dass Maud, Pia-Maria und ihresgleichen einen Großteil ihrer Arbeitszeit im Auto verbrachten, damit sie jeden Tag bei so vielen Familien wie nur möglich vorbeischauen konnten? Hatte er überhaupt eine Ahnung davon, dass sowohl die Familien als auch die Sozialarbeiterinnen die Besuche oft als vollkommen missglückt empfanden?

»Ich glaube nicht, dass du verstehst, wie schlimm es inzwischen ist, Håkan«, entgegnete Maud und versuchte, ihre Stimme ruhig zu halten.

»Ach?«

»Ich kann dir ein aktuelles Beispiel geben. Ich bin die verantwortliche Familienhelferin für ein kleines Mädchen, das in einer Pflegefamilie untergebracht wurde.

Jetzt auf einmal will die leibliche Mutter die Kleine zurück. Sie behauptet, sie habe mit den Drogen aufgehört und könne dem Mädchen ein sicheres Zuhause bieten. Aber da müsste man sehr sorgfältig hinsehen, bevor man irgendeine Entscheidung trifft. Nur haben wir dafür keine Zeit! Und währenddessen verlangen die Mütter Antworten von mir – Antworten, die ich ihnen nicht geben kann!«

»In der Sozialarbeit sind viele derzeit erschöpft«, sagte Håkan Lund.

»Für einen so komplizierten Fall bräuchte ich Unterstützung. Es wäre schon eine große Hilfe, wenn mal eine Kollegin mitfahren und die Situation unvoreingenommen betrachten könnte. Ich … Ich hab Angst, dass ich etwas Wesentliches übersehen und eine falsche Entscheidung treffen könnte, weil ich so kaputt bin. Ausgerechnet dieser Fall ist wahnsinnig schwierig für mich, weil ich von Anfang an involviert war, als das Mädchen in Obhut genommen wurde – und diese Erfahrung werde ich nie vergessen!«

Håkan schwieg und schien tatsächlich erst einmal nachzudenken.

»Und kann Pia-Maria wirklich nicht mitfahren zu dieser Familie?«

»Nein, sie ist genauso dicht getaktet wie ich.«

»Dann komme ich bei deinem nächsten Besuch dort einfach selbst mit, sowohl zu der Pflegefamilie als auch zu der leiblichen Mutter. Bestimmt hilft das für unsere Einschätzung.«

Maud blieb der Mund offen stehen. Mit dieser Lösung hatte sie nicht gerechnet. Sie hätte lieber gehört, dass sie wieder eine der Aushilfen, mit denen sie in der Vergangenheit schon gut zusammengearbeitet hatte, hinzuziehen solle. Da gab es mehrere, zu denen sie Vertrauen und mit denen sie sich gut verstanden hatte.

Aber vielleicht wäre es gar nicht so dumm, wenn der Chef persönlich mit rausfahren würde? Wenn er hautnah mitbekäme, wie schwierig die Arbeit mitunter war, würde er sich vielleicht endlich stärker um die Neubesetzung der freien Stelle bemühen.

»Ich soll heute noch ein Treffen des Mädchens mit seiner Mutter überwachen, und das schaffe ich allein. Aber morgen um zehn Uhr ist ein Hausbesuch bei der leiblichen Mutter geplant.«

»Perfekt. Da fahre ich mit.«

Er tippte den Termin in seinen Handykalender ein und lächelte sie breit an.

»Also dann, Maud, das fühlt sich hoffentlich schon etwas besser an für dich. Und wenn du kaputt bist, dann kann ich dir nur raten, dein Arbeitshandy nach Feierabend abzuschalten und etwas Schönes zu unternehmen, was dir guttut – einen flotten Spaziergang zum Beispiel.«

»Aber man kann doch nicht einfach den Hörer aufknallen, wenn jemand verzweifelt ist, nur weil Feierabend ist! Ich kann niemanden abwimmeln, der klingt, als hätte er Drogen genommen, wenn ich doch genau weiß, dass die Person allein mit einem Baby zu Hause ist.«

»Ich weiß, ich weiß, Maud … Aber wer einen einfachen Job will, der muss sich in anderen Branchen umsehen.«

»Wenn wir mehr Leute wären, wäre es etwas anderes. Wir bräuchten mindestens zwei zusätzliche Sozialarbeiterinnen, um die Arbeit angemessen zu bewältigen. Ich hab seit Juni nicht mehr freigehabt, es ist einfach zu viel, ich …«

»Durchhalten – mehr kann ich dir im Moment nicht

raten. Aber dann sehen wir uns morgen, ja? Sollen wir sagen: halb zehn hier im Büro? Dann können wir zusammen fahren. Und jetzt müsstest du mich bitte entschuldigen, ich habe gleich eine Besprechung.«

Mauds Handy vibrierte in ihrer Handtasche. Während des kurzen Gesprächs mit ihrem Teamleiter hatte sie drei Anrufe von Klienten verpasst.

Draußen auf dem Flur rief Marko nach ihr, also schob sie das Handy zurück in die Tasche und ging in sein Büro.

»Es hat keinen Zweck«, sagte er. »Das hier wird einige Zeit in Anspruch nehmen.«

»Oh nein … Und was mache ich jetzt?«

»Du bekommst einen Leihrechner von mir. Da sollten sämtliche Programme drauf sein, die du brauchst. Unterdessen mache ich mit diesem Uropa hier weiter.«

Unwillkürlich und trotz ihrer Erschöpfung musste Maud schmunzeln. Uropa war ein netter Name für den schwerfälligen, aber immerhin treuen alten Laptop.

»Danke, Marko. Dann kümmere dich mal gut um den Uropa. Ich muss nämlich schon wieder weiter.«

»Dir ist hoffentlich klar, dass das hier eine Schnapsidee ist, oder?«

Rolf ahnte bereits, dass er mit seiner Frage auf taube Ohren stieß. Max war bereits ein gutes Stück vorausmarschiert, und obwohl er so dünn geworden war, strahlte er einen ungezügelten Enthusiasmus und Tatkraft aus.

»Schau mal, da ist ein Loch im Zaun! Da könnten wir durchschlüpfen!«

Noch bevor Rolf Einwände erheben konnte, hatte Max sich auch schon durch die Lücke im Zaun gezwängt und stand auf dem verwaisten Schulhof des Holmborg.

Rolf sah sich um. Dann folgte er ihm widerwillig und murmelte fortwährend Verwünschungen in sich hinein.

Zwei alte Männer, die in ein abgesperrtes Gelände eindringen!

Ausgerechnet ein pensionierter Polizeibeamter sollte Absperrungen doch wohl respektieren!

Mit einem Krebspatienten ein verschimmeltes Haus betreten – was für eine Bombenidee!

Abgesehen davon kam Rolf nicht annähernd so flink durch die Lücke im Zaun – und blieb prompt darin stecken.

»Zieh den Bauch ein«, riet Max ihm überaus hilfreich.

»Schnapsidee«, wiederholte Rolf leise und riss sich los.

Bei der Aktion büßte er einen Jackenknopf und ein wenig seiner Würde ein, doch dann stand auch er auf dem Schulhof.

Max hielt bereits so zielstrebig auf das Schulgebäude zu, dass man gar nicht glauben konnte, wie schlecht es ihm im letzten Jahr gegangen war. Natürlich freute das Rolf einerseits, andererseits wünschte er sich, dass etwas weniger Wahnsinniges den Lebensfunken wiederentfacht hätte. Minigolf, Singen, Aquarellmalerei, was auch immer …

»Und wo kommt man hier rein?«, raunte Max in seine Richtung.

»Man kommt gar nicht rein!«

»Hör schon auf! Wir sehen uns doch nur kurz um.«

»Tja. Wenn man unbedingt ein mutwilliger Vandale sein will, funktioniert ein zerschlagenes Fenster sicher gut als Eingang …«

Prompt sah Max umso begeisterter aus. »Dann komm jetzt, du Vandale!«

»Also, aber … Was genau willst du denn machen?

Wenn es ein verschollenes Wandbild in der Schule gibt, dann ist es doch … verschollen?! Glaubst du wirklich, du würdest es einfach so finden?«

»Ich will doch nur die Stimmung einfangen. Du weißt doch, dass ich Jeremias toll finde. Wenn da drin irgendwo ein Werk von ihm ist, dann spricht es ja vielleicht zu mir.«

»Herr im Himmel«, murmelte Rolf, aber inzwischen war Max schon durch das kaputte Fenster geklettert und in der Dunkelheit verschwunden.

Rolf hatte keine andere Wahl und kletterte hinterher.

Die Eingangshalle der Schule bot einen schlimmen Anblick, dabei war der Bereich einst voller Leben gewesen. Wie viele junge Menschen hatten hier herumgealbert, einander herumgeschubst, gestritten, waren gestresst gewesen, verknallt … Mittlerweile war alles düster, verlassen und heruntergekommen. Außerdem roch es nach altem Spüllappen.

»Also, ich höre hier kein Wandbild zu uns sprechen«, brummelte Rolf. »Gehen wir wieder heim.«

»Warte!«

Max hatte sein Handy gezückt und die Taschenlampenfunktion aktiviert. Er ging die Wände im Eingangsbereich ab.

»Ach, herrliche Siebzigerjahre …«, schwärmte er. »Weiß getünchte Ziegelmauern und rissiges Linoleum … Ich wette, sie hatten auch Marimekko-Vorhänge im Lehrerzimmer!«

»Jetzt, da du es sagst … Ich glaube, die hatten sie wirklich!«

»Ha!«

Rolf bemerkte, dass er immer noch inmitten der Glasscherben des zerbrochenen Fensters stand. Er machte einen langen Schritt vorwärts, rutschte aus und verlor das Gleichgewicht. Zum Glück landete er nicht in den Scherben, sondern rettete sich mit einem lauten Krachen hinein in ein paar Spindschränke, die an der Wand aufgereiht waren.

Das Krachen war ohrenbetäubend laut und hallte sekundenlang durch das leere Gebäude.

»Dann hast du dich also doch für einen großen Auftritt entschieden«, kommentierte Max, als das Echo verklungen war. »Du hast dir hoffentlich nicht wehgetan?«

»Nein. Aber jetzt spitz die Ohren, falls das Bild nach dir rufen sollte. Sonst gehen wir nämlich heim und essen zu Mitt...«

Im selben Moment hörten sie wirklich jemanden rufen.

Max und Rolf sahen einander wie versteinert an.

»Hast du das auch gehört?«, wisperte Rolf.

»Ja.«

Dann hörten sie es erneut. Irgendwo tief im Gebäude rief jemand, allerdings hätten sie beide nicht sagen können, aus welcher Richtung der Ruf gekommen war.

»Hallo?« Rolf legte alle Kraft in seine Baritonstimme.

»Ha... llooo ...«, kam die Antwort.

»WO SIND SIE?«

»Hier ... unten ... Hilfe!«

»Sie ist im Keller! Da drüben ist die Treppe!«

Diesmal war Max an der Reihe, zur Vorsicht zu mahnen, während Rolf Månsson sich binnen eines Wimpernschlags in einen Polizisten im Dienst verwandelt hatte. Jemand brauchte ihre Hilfe, und da durfte man keine Zeit verlieren.

»Warte, Rolf! Sollten wir nicht lieber jemanden anrufen?«

»Warte hier! Ich gehe nach unten. Aber gib mir die Taschenlampe!«

»Das glaubst auch nur du«, entgegnete Max und lief ihm hinterher.

Als sie sich im Licht der Handy-Taschenlampe die Treppe hinabgetastet hatten, rief Rolf: »Wir sind jetzt auf der Treppe. Rufen Sie laut, damit wir hören, wo Sie sind!«

»Huhuuu!«

Und mit einem Mal erkannte Rolf die Stimme. »Siw, bist du das?«

»Jaaa ...«

Inzwischen waren sie vor der Stahltür angelangt, die zu den Umkleiden und zum Werkraum führte. Die Tür war bleischwer, überdies hatte der Keller früher mal als Luftschutzkeller gedient, und die Stahltür hätte Bombenangriffen und Detonationen standgehalten. Tatsächlich hätte sie von beiden Seiten zu öffnen sein müssen, aber anscheinend waren die Scharniere verrostet und die Tür für Siw zu schwer gewesen.

»Sie muss sich dort eingesperrt haben«, stellte Rolf fest. »Geht es dir gut, Siw?«

»Na jaaa ...«

»Halt durch! Wir versuchen, die Tür aufzumachen ...«

Rolf und Max rissen und zerrten gemeinsam an der Tür, und Rolf legte alle Kraft hinein, die er aufbringen konnte.

Irgendwann gab die Tür nach, und eine Gestalt kam durch den Türspalt auf sie zugetaumelt.

Die arme Siw Moberg sah aus wie ein Gespenst: Sie hatte blutunterlaufene Augen, war von Kopf bis Fuß mit Staub bedeckt, und der kunstvolle Haarknoten, der sonst oben auf ihrem Kopf thronte, war ihr übers rechte Ohr gerutscht.

Sie warf sich Max an den Hals, der zufällig näher bei ihr stand, und klammerte sich an ihm fest.

»Jemand hat mich dort eingesperrt!«, wimmerte sie.

»Du Arme! Wie lange warst du denn da drin?«

»Keine Ahnung! Wie viel Uhr ist es? Was für ein Tag ist heute? Meine Taschenlampe hat den Geist aufgegeben, und hier unten hatte ich keinen Handyempfang.«

»Aber was in aller Welt hast du denn hier gemacht?«, fragte Rolf.

»Sie hat natürlich nach dem Wandbild gesucht«, antwortete Max und tätschelte Siw den Rücken.

Erst in diesem Moment fiel Rolf auf, dass sich die beiden, die einander so vertraut in den Armen lagen, nie zuvor begegnet waren.

»Oh, richtig … Siw, das ist Max, mein Ehemann. Und Max, das ist Siw. Ihr zwei habt eindeutig euer leidenschaftliches Interesse an Anarchokunst und euren Hang zu Schnapsideen gemein.«

Maud lief auf die Tür des Familienzentrums zu. Sie war fast zwanzig Minuten zu spät dran, und das war inakzeptabel.

Jutta Rossi stand im Eingangsbereich. Sie trug einen voluminösen Daunenmantel, der Ähnlichkeit mit einem Schlafsack hatte. Man konnte zwischen den Stoffmengen gerade so den missmutig verzogenen Schmollmund und die eisblauen Augen erkennen.

»Hallo, Jutta! Entschuldigen Sie die Verspätung!«

»Tja, die anderen sind auch noch nicht da, insofern ist es wohl egal, *I guess*«, erwiderte Jutta und warf einen genervten Blick durch die Eingangstür.

Mimmi Strandberg und Veera waren tatsächlich nirgends zu sehen. Maud zückte ihr Telefon. Vielleicht hatte Mimmi ja geschrieben? Aber nein, nichts.

»Womöglich stehen sie auch im Stau ... Aber wir können ja schon mal reingehen und dieses Puzzle heraussuchen, das Veera so gern mochte?«

Doch allem Anschein nach hatte Jutta heute schlechte Laune.

»Ich darf meine Tochter alle zwei Wochen für eine Stunde sehen! Da ist eine Verspätung von zwanzig, bald fünfundzwanzig Minuten ehrlich gesagt ziemlich unverschämt!«

»Das stimmt, das ist wirklich unglücklich ... Aber bald werden die Treffen ja öfter stattfinden.«

Maud und Jutta zogen ihre Jacken aus. Jutta trug ein eng sitzendes Langarm-Poloshirt und Baggy Jeans. Unwillkürlich kam Maud ein Verdacht: Solche Oberteile trug man doch nur, wenn man etwas zu verbergen hatte – etwa Blutergüsse oder Einstiche von Nadeln?

»Sonst alles gut?«, fragte sie.

»Ja, warum sollte nicht alles gut sein?«

»Schön zu hören. Und Ihrer Mutter, geht es ihr auch gut?«

»Ja, alles bestens. Aber sie vermisst ihre Enkelin.«

Maud hatte Jutta Rossis Mutter Carita nie persönlich getroffen, obwohl sie im Lauf der Jahre mehrmals miteinander zu tun gehabt und telefoniert hatten. Damals, als Jutta die elterliche Sorge für Veera entzogen werden sollte, hatte Carita Rossi sich nicht ansatzweise dagegen verwehrt. Sie selbst war aus gesundheitlichen Gründen in Frührente und hatte weder die Möglichkeit noch die Kraft gehabt, sich um ihre einjährige Enkeltochter zu kümmern.

Maud konnte sich noch gut daran erinnern, was Carita damals gesagt hatte.

»Lassen Sie um Himmels willen nicht zu, dass Jutta die Kleine je wieder zurückkriegt! Sie kann sich ja nicht mal um sich selbst kümmern!«

Dass jemand so etwas über das eigene Kind sagte ...

Doch wenn Carita Rossi inzwischen tatsächlich Bettchen und andere Kindersachen auf Flohmärkten kaufte, musste sie ihre Meinung geändert haben. Offenbar hoffte sie mittlerweile darauf, dass Jutta Veera zurückbekäme.

»Carita darf übrigens gern ebenfalls zu unseren Treffen hinzukommen, wenn Sie das möchten.«

»Hm. Eigentlich will ich lieber allein Zeit mit meinem Kind verbringen, ohne dass meine Mutter dabei ist und alles, was ich tue, kritisiert.«

Mimmi und Veera waren immer noch nicht eingetroffen. Jutta hatte sich auf einem der Kinderstühle niedergelassen und ihr Handy gezückt. Maud trug die Spielsachen zusammen, die Veera am liebsten hatte.

»Wie sind Sie denn heute hergekommen?«, fragte Maud. »Wieder mit dem Bus?«

»Ein Freund hat mich gefahren.«

»Ach, wie nett. Und der Freund wollte nicht mit reinkommen?«

»Nein.«

»Mhm.«

Mit einem Mal war aus der Eingangshalle lautes Weinen zu hören.

»Mamaaa, ich will nich' ...«

Maud stand sofort auf, um Veera und Mimmi entgegenzueilen. Jutta hingegen blieb mit dem Blick aufs Handy gerichtet sitzen.

Veera klammerte sich an Mimmi fest und kreischte, als hätte ihr letztes Stündlein geschlagen. Mimmi war vor Anstrengung schon ganz rot im Gesicht.

»Ich weiß, wir sind zu spät dran! Das war keine Absicht! Aber erst ist mein Auto nicht angesprungen, und dann hat es ewig gedauert, bis ein Taxi kam. Veera hatte schlecht geschlafen und ist … Na ja, ist ja wohl nicht zu übersehen …«

»Hallo, kleine Maus«, sagte Maud mit ihrer freundlichsten Stimme. »Sollen wir uns schnell die Hände waschen gehen? Dann können wir danach ein bisschen puzzeln. Das L. O. L.-Surprise-Puzzle, weißt du noch? Ich hab es schon für dich rausgesucht.«

Doch Veera schüttelte nur den Kopf.

»Hier wäre übrigens die Kopie des Antrags von Veeras leiblicher Mutter auf erweitertes Umgangsrecht«, fuhr Maud fort und überreichte Mimmi einen Stapel Unterlagen, die Mimmi in ihre Handtasche stopfte.

Schließlich gelang es Maud, das kleine Mädchen von Mimmi wegzulocken und in Richtung Spielzimmer zu führen.

»Bis später, mein Liebling!«, rief Mimmi ihnen nach. »Mama kommt nachher wieder und holt dich hier ab.«

Maud konnte nicht überhören, dass Mimmi das Wort »Mama« übertrieben betonte. Doch dann schloss sie die Tür und sagte, so fröhlich sie nur konnte: »So, Veera, dann wollen wir doch mal sehen, welches lustige Spielzeug deine Mama Jutta heute für dich rausgesucht hat.«

Jutta riss den Blick von ihrem Handy los und legte es langsam beiseite.

»Hey, Veera.«

Die Kleine sah ihre Mutter nicht einmal an. Stattdessen flüsterte sie: »Mord, ich will wieder heim!«

Mord – so hatte sie Mauds Namen immer schon ausgesprochen.

»Aber wenn wir doch schon mal hier sind, spielen wir doch noch ein bisschen«, schlug Maud vor und wünschte sich, Jutta würde sich ebenfalls ein bisschen um das Mädchen bemühen, doch sie saß bloß weiter auf dem Kinderstuhl und sah Veera und Maud ausdruckslos an.

»Da sehen Sie, was sie gemacht hat«, presste Jutta nach einer Weile hervor.

»Was meinen Sie?«

»Diese Übermutter mit ihrem falschen Lächeln! Die hat mein Kind doch gebrainwasht!«

Mimmi Strandberg hätte am liebsten genauso laut wie Veera geschrien, als sie die Treppe vor dem Familienzentrum hinunterging, aber sie riss sich zusammen.

»Es wird alles gut, es wird alles gut«, flüsterte sie immer noch vor sich hin, obwohl Veera sie gar nicht mehr hören konnte.

Es fiel Mimmi bei jedem Mal schwerer, Veera zu diesen Umgangstreffen zu fahren. Es war, als wüsste das Mädchen bereits beim Frühstück, was ihm bevorstand, denn es sträubte sich ab dem Moment gegen so ziemlich alles. Womöglich gelang es Mimmi nicht, ihre eigene Unruhe und den Widerwillen zu verbergen, und das Mädchen schnappte ihre Stimmung auf? Denn Veera selbst konnte sich doch wohl nicht mehr daran erinnern, wie schlecht Jutta sie als Säugling behandelt hatte? Da war sie doch viel zu klein gewesen.

Heute hatte es nicht mal geholfen, dass Maud ebenfalls da gewesen war. Veera mochte die Familienhelferin, und wenn *Mord* bei ihnen zu Hause vorbeischaute, machte Veera normalerweise alles mit, zeigte ihre Spielsachen und plapperte wie ein Wasserfall. Doch heute hatte Veera die Krallen ausgefahren.

Es wäre womöglich leichter gewesen, wenn Mimmi bei dem Treffen hätte dabei sein können, aber das durfte sie nicht. Andererseits hätte sich Mimmi auch schwergetan, sich im selben Raum wie Jutta Rossi aufzuhalten.

Sie nahm die Unterlagen, die Maud ihr gegeben hatte, aus ihrer Tasche und überflog sie.

Ziel des Antrags, stand zuoberst auf einem der Blätter. Und Jutta hatte dort eingetragen: *Damit mein Kind wieder zu mir zurückzieht, wo es hingehört.*

Was, wenn es wirklich dazu käme? Zu Jutta, die um ein Haar ihr eigenes Kind umgebracht hätte! Dieser Antrag durfte nicht bewilligt werden. Das durfte doch einfach nicht sein!

Mimmi hatte den ganzen Morgen über die Fassung bewahrt, um Veera nicht zusätzlich zu verunsichern. Doch als sie jetzt endlich allein war, brachen alle Dämme. Sie war nur wenige Meter vom Familienzentrum entfernt, als ihr die Tränen kamen. Sie strömten ihr nur so über die Wangen.

Wenn sie mir Veera wegnehmen, dachte sie, dann überlebe ich das nicht. Natürlich habe ich immer noch Juha und Melvin, aber die brauchen mich nicht! Und ich brauche jemanden, der mich braucht. Jutta Rossi ist nicht in der Lage, sich um Veera zu kümmern. Und beim nächsten Mal wird es richtig schlimm ausgehen …

Hinter ihr rief jemand ihren Namen, und Mimmi versuchte – vergebens –, sich mit dem Jackenärmel die Tränen von den Wangen zu wischen. Kam da jemand aus dem Familienzentrum?

Nein, es war Tomas, der auf sie zuschlenderte. Gottfrid schlief im Buggy tief und fest.

»Was für ein Zufall«, sagte Tomas beschwingt. »Wo hast du denn Veera gelassen?«

Erst jetzt schien er ihr gerötetes Gesicht zu bemerken, blieb wie angewurzelt stehen und sah sie bestürzt an.

»Aber … Was ist denn los? Ist alles in Ordnung?«

»Ich …«, setzte Mimmi an, wusste aber zunächst nicht weiter.

Doch dann platzte alles nur so aus ihr heraus: ein unzusammenhängendes Gestammel über Alpträume, durchwachte Nächte, schlechte Nachrichten vom Jugendamt, das Umgangstreffen, das derzeit im Familienzentrum stattfand, dass Mimmi nicht wisse, wie sie weiterleben solle, wenn sie ihr Veera wegnähmen, dass sie Angst um die Kleine hätte, wenn sie zurück zu ihrer leiblichen Mutter ziehen müsste …

Tomas hörte sich alles schweigend an. Mimmi redete und redete, bis sie völlig atemlos war und nichts mehr zu sagen hatte. Am Ende stand sie nur mit hängenden Schultern vor ihm.

»Ach, du Schande«, sagte Tomas.

Beide schwiegen einen Moment.

Dann nahm Tomas die Hände vom Buggy, trat ein paar Schritte vor und nahm Mimmi in die Arme. Sie war zugleich froh und überrumpelt, erlaubte sich dann aber, ihrem ersten Impuls nachzugeben und ihn fest zu umklammern. Ihre letzte anständige Umarmung war schon ziemlich lange her – mal abgesehen von Veeras Umarmungen. Aber eine Fünfjährige konnte einen nicht richtig festhalten. Tomas' Umarmung hingegen war warm, stark und versprach Sicherheit. Gott, und er roch auch noch gut, oje …

Sie hätte nicht sagen können, wie lange sie so dastanden, und wenn es nach Mimmi gegangen wäre, hätte sie sich bis in alle Ewigkeit von ihm umarmen lassen. Doch irgendwann musste sie sich dazu zwingen loszulassen und sah ihn beschämt an.

»Das ist mir jetzt peinlich«, flüsterte sie.

»Warum denn?«

»Weil ich Pflegemutter bin. Da hat man Verantwortung. Man kann nicht einfach irgendwem von seinem Kind und von der leiblichen Mutter erzählen. Das gehört nun mal zum Deal.«

»Mag sein, aber wenn du alles nur in dich hineinfrisst, wirst du doch wahnsinnig!«

»Das stimmt.«

»Ich erzähle es auch niemandem, und er hier kann ebenfalls schweigen wie ein Grab.«

Tomas zeigte auf den immer noch schlafenden Gottfrid im Buggy.

Mimmi lächelte verlegen. Aber Tomas hatte recht: Jetzt, da sie alles herausgelassen hatte, fühlte sie sich schon ein klein wenig besser.

»Dann glaubst du nicht, dass ich hysterisch und eine total nutzlose Mutter bin?«

Er lächelte sie freundlich an. »Nein. Ich finde eher, dass du aussiehst, als könntest du einen Kaffee vertragen.«

»Das … ist womöglich richtig.«

»Sollen wir uns an der Tankstelle einen Kaffee kaufen und eine Runde spazieren gehen? Gottfrid schläft bestimmt noch eine Weile.«

Mimmi sah auf die Uhr. Eine halbe Stunde würde das Treffen von Veera und Jutta noch dauern.

»Gern«, sagte sie. »Und … danke!«

Anna sah auf die Uhr und musste ein Gähnen unterdrücken. Vielleicht sollte sie ausnahmsweise mal zu einer normalen Uhrzeit nach Hause fahren? Bei den Ermittlungen im Fall Yrsa Manner traten sie auf der Stelle. Märta hatte zwar erneut mit Lena Manner gesprochen, die hatte aber auch keine neuen Informationen liefern können und war noch immer durcheinander und nicht ganz bei der Sache gewesen.

Yrsa habe in jüngeren Jahren mal einen Partner gehabt, hatte Lena erzählt, aber das sei schon lange her.

Zu den alten Verletzungen, die an Yrsas Leiche festgestellt worden waren, hatte Lena nichts sagen können. Allerdings hatte diese Information sie sehr aufgewühlt, und laut Märta hatte Lena anschließend erst recht nichts Sinnvolles mehr beitragen können.

»Ich glaube, da waren wir ein bisschen zu forsch«, hatte Märta zurück im Revier gesagt. »Wir müssen Lena Manner noch ein bisschen Zeit geben.«

Anna hatte ihrerseits die Eltern abtelefoniert, die sich über Yrsas Anti-Impf-Propaganda beschwert hatten. Doch auch das hatte sich als Sackgasse erwiesen.

Unterdessen hatte Aram die Aufnahmen der Überwachungskameras rund um den Spielplatz ausgewertet, aber nichts von Interesse gefunden.

»Da sind ein paar Autos herumgefahren, aber die Kennzeichen waren aufgrund des Kamerawinkels nicht zu erkennen«, hatte er erklärt.

Nur eine einzige Spaziergängerin war etwa zehn Minuten vor der Tat durchs Bild gelaufen. Allerdings waren sie sich bei der Person einig gewesen, dass es sich wohl kaum um Yrsas Mörderin handeln konnte: Die Person hatte wie eine zierliche ältere Frau ausgesehen, die schwerlich den Gullydeckel hätte anheben können.

Also hatten weder die Überwachungsbilder noch die Befragungen der Nachbarn sie weitergebracht.

»Was sollen wir denn noch machen?«, seufzte Anna.

Im selben Moment klingelte ihr Telefon.

»Hallo, Rolf!«

»Hey, wie geht's? Und wie geht's meinem Patenkind?«

»Dem geht's gut – und selbst?«

»Danke, danke, gut ...«

Anna hatte sofort das Gefühl, dass ihr Exkollege etwas auf dem Herzen hatte. Sie wartete ab.

»Du, hör mal«, fuhr Rolf prompt fort, »uns ist da heute etwas passiert ...«

»Aha?«

»Max und ich waren spazieren und kamen zufällig an der alten Holmborg-Schule vorbei. Da haben wir von drinnen jemanden rufen hören.«

Anna runzelte die Stirn. »Ihr habt draußen auf der Straße und quer über den Schulhof gehört, wie jemand in der Schule gerufen hat? Ihr zwei müsst ja ein verflixt gutes Gehör haben!«

Rolf ging auf ihren Einwurf nicht weiter ein. »Da hat also jemand um Hilfe gerufen, und deshalb mussten wir natürlich sofort nachsehen gehen.«

»Jemand hat um Hilfe gerufen? Und wer?«

»Wie sich herausgestellt hat, war es Siw Moberg. Sagt dir der Name etwas?«

»Ja, um die kommt man ja in dieser Stadt nicht herum.«

»Tja, also ... Sie hatte sich jedenfalls in der Schule umgesehen und wurde im Keller eingesperrt. Also ... Sie meinte, es hätte sie jemand vorsätzlich dort eingesperrt! Ich fand, ihr solltet das wissen. So etwas ist doch lebensgefährlich, wenn da jemand feststeckt und die Schule plötzlich abgerissen wird!«

»Moment mal, Rolf. Wann hat Siw ihre Erkundungstour durch die Schule gemacht?«

»Gestern Abend.«

»Und warum genau war sie dort?«

Rolf zögerte. »Sie war neugierig, genau wie die ganzen Jugendlichen, die dort hin und wieder einsteigen. Darf man als älterer Mensch jetzt nicht mehr neugierig sein?«

»Aber klar, nur … Rolf, ausnahmsweise glaube ich, dass ich dieses Rätsel im Handumdrehen lösen kann.«

»Wirklich?«

»Ja. Benny Westlander hat heute Vormittag erzählt, dass er gestern Abend zur Schule gerufen worden sei, weil dort angeblich jemand gesehen wurde. Er hat sogar erwähnt, dass er irgendeine Kellertür zugemacht habe. Allerdings habe er erst gerufen, um sicherzustellen, dass der Keller auch wirklich leer war.«

»Mach Sachen! Also … Das klingt wirklich nach einer einleuchtenden Erklärung. Vielleicht hört Siw ja nicht mehr so gut.«

»Und du sagst jetzt bitte deinen Freunden und Bekannten, dass sie sich von der Schule fernhalten sollen. Wir kriegen hier noch einen Nervenzusammenbruch, wenn wir in einem fort dort hinfahren müssen, um alle möglichen Eindringlinge wieder zu verscheuchen.«

»Mhm. Okay«, sagte Rolf. »Aber … du, wann dürfte ich denn mal wieder vorbeikommen und Prinz Gottfrid den Ersten besuchen?«

»He, was soll *das* denn?«

Mimmi zuckte so heftig zusammen, dass ihr die Bürste aus der Hand fiel.

Warum schrie Juha so herum? Sie eilte aus dem Badezimmer und zu Veeras Zimmer.

Veera saß auf ihrem Bett, drückte Bulle an ihre Brust und starrte eingeschüchtert zu Boden. Juha stand vor ihr. Sein riesiger, kantiger Körper, der nach der Dienstreise immer noch in einem grauen Anzug steckte, wirkte in dem pastellfarbenen Zimmer fehl am Platz und bedrohlich.

»Was ist los?«, keuchte Mimmi.

Juha hielt etwas hoch, und es dauerte einen Augenblick, ehe Mimmi erkannte, worum es sich handelte: das hellblaue Plüschkaninchen, das Veera von Juhas Kollegen geschenkt bekommen hatte. Nur dass es keine Ohren mehr hatte.

»Oh! Was ist denn mit dem Kaninchen passiert?«, fragte Mimmi.

Juhas Wut pulsierte regelrecht durchs Kinderzimmer.

»Du beantwortest jetzt meine Frage, Veera! Hast du das Spielzeug kaputt gemacht?«

Veera kniff die Augen zu und schüttelte panisch den Kopf.

Sah Juha denn nicht, dass er dem Mädchen Angst einjagte? Mimmi ging vor Veera in die Hocke und legte ihr behutsam eine Hand aufs Knie.

»Veera? Hast du dem Kaninchen die Ohren abgeschnitten? Kannst du uns erzählen, warum du das gemacht hast?«

Veera schüttelte erneut den Kopf.

»Was haben wir dir zum Thema Lügen gesagt?«, donnerte Juha.

»Bitte, Juha, hör auf zu schreien!«, sagte Mimmi. »Das war doch nur ein Plüschtier ...«

Schnaubend verließ Juha das Zimmer. Dann polterten

die Schranktüren im Schlafzimmer. So klang es immer, wenn er nach Hause kam und seine Arbeits- gegen Freizeitkleidung eintauschte.

Vorsichtig schlug Veera die Augen wieder auf, wich aber weiterhin Mimmis Blick aus.

»Hör mal, Veera«, sagte sie sanft, »man darf doch nicht einfach Spielsachen kaputt machen. Das weißt du doch.«

»'schuldigung.«

»Ich rede mit Papa. Und dann lesen wir zwei ein schönes Buch, einverstanden?«

»Papa is' sauer …«

»Ach, das geht auch wieder vorbei. Warte kurz!«

Mimmi ging rüber ins Schlafzimmer und schob die Tür hinter sich zu. Sie wollte nicht, dass Veera hörte, worüber sie sprachen. Hoffentlich würde Juha begreifen, dass sie leise reden sollten.

Er hatte ihr den Rücken zugewandt, allerdings konnte sie an seiner Körperhaltung sehen, wie wütend er war.

»Du verhätschelst sie.«

»Kann schon sein, aber …«

»Es ist doch absurd! Jeden Abend die gleiche Leier – immer braucht sie Stunden, um einzuschlafen. Keiner hier kann nachts mehr durchschlafen, weil du ständig hinrennen und sie trösten musst. Und du weist sie nicht mal zurecht, wenn sie sich nicht an Regeln hält.«

»Aber Juha, sie ist nicht wie andere Kinder. Wir müssen nachsichtig mit ihr sein …«

»Und sie wird auch nie wie andere Kinder werden, wenn du so weitermachst! Hab ich erzählt, was Melvin sich erlaubt hat, als er in ihrem Alter war? Er hatte ein schweineteures Legoschloss bekommen und mehrere Teile verloren. Hab ich das mal erzählt?«

Hatte er. Mehrfach. Juha hatte die Gelegenheit beim Schopf gepackt, um dem damals sechsjährigen Melvin Manieren beizubringen. Als Strafe für seine Schusseligkeit hatte der Junge keine Weihnachtsgeschenke bekommen. Auch der Kinobesuch, auf den er sich so sehr gefreut hatte, war abgesagt worden, genau wie die Muffins-Party, für die Melvins Mutter bereits sämtliche Zutaten eingekauft hatte.

Wegen ein paar verloren gegangener Legosteine.

Es war geradezu unheimlich zu sehen, wie gut Juha sich noch an seine erzieherische Meisterleistung erinnern konnte.

»Und hat er seither je wieder etwas verloren? Nein. Kinder müssen lernen, dass sie für ihre Sachen verantwortlich sind. Und wo zur Hölle sind meine Haushosen?«

»Da auf dem Stuhl.«

Hatte es überhaupt einen Zweck, mit Juha zu diskutieren, wenn er so wütend war? Auch Juhas Kindheit war nicht leicht gewesen. Er war schon in jungen Jahren auf sich allein gestellt gewesen und erzählte nur ungern Einzelheiten von früher.

Mimmi fragte sich manchmal, ob Melvin wirklich ein Wunschkind gewesen war. Vater und Sohn waren mitunter wie Hund und Katze. Vielleicht war Juha sogar auf merkwürdige Weise eifersüchtig auf Melvin und Veera, die in einem sicheren Umfeld und einem schönen Haus aufwachsen durften und sich keine Sorgen um Geld und dergleichen machen mussten.

Mimmi wollte ihm gern Verständnis entgegenbringen, musste ihre Tochter aber nichtsdestoweniger in Schutz nehmen.

»Ich verstehe ja, dass du wütend geworden bist, als du das Kaninchen gesehen hast. Aber Juha … Du weißt doch, welchen Background sie hat. Du kannst nicht dieselben Anforderungen an sie stellen, die du beispielsweise an Melvin gestellt hast. Wir müssen ihr Zeit geben …«

»Wie viel denn noch? Sie ist mittlerweile groß genug. Warum geht sie eigentlich immer noch nicht in den Kindergarten?«

»Weil sie Angst bekommt und gestresst ist, wenn mehrere Kinder im selben Raum um sie herumtoben. Aber in letzter Zeit hat sie auf dem Spielplatz wirklich schön mit einem Jungen gespielt. Der ist zwar kleiner als sie, aber …«

»Und wie lange willst du noch warten? Soll sie in den Kindergarten gehen, wenn andere ihr Abi machen? Oder was ist der Plan?«

»Ich weiß es nicht! Wir nehmen es, wie es kommt. Und du würdest es ganz ähnlich sehen, wenn du mal öfter zu Hause wärst …«

Mimmi biss sich sofort auf die Zunge. Aber was gesagt war, war nun mal gesagt.

Juha richtete sich gerade auf. »Aha«, sagte er nur.

Anschließend war er so lange still, dass Mimmi schon hoffte, er würde die Sache auf sich beruhen lassen. Aber weit gefehlt.

»Ich hab die Unterlagen gesehen«, sagte er.

»Welche Unterlagen?«

»Die in der Küche. Die Papiere vom Jugendamt.«

»Worauf willst du hinaus?«

»Jutta will also ihr Kind zurück. Ist doch toll, dass es ihr wieder gut geht.«

»Nein«, flüsterte Mimmi.

»Ich meine, immerhin haben wir es auch nicht leicht gehabt, seit du aufgehört hast zu arbeiten. Ich schufte den lieben langen Tag, um uns alle zu versorgen, denn du kannst ja nicht arbeiten, weil du mit dem Mädchen hier zu Hause sitzt. Ist doch ein Geschenk des Himmels, dass die leibliche Mutter ihr Leben wieder auf die Reihe kriegt! So kannst du wieder deine Dauerwellen machen und auch finanziell etwas beitragen.«

»Juha, nicht …«

Inzwischen lächelte er – ein triumphierendes, ein höhnisches Lächeln.

»Na, na, jetzt guck doch nicht so! Wir machen es so, wie du gerade gesagt hast, und nehmen es, wie es kommt. Man weiß ja nie, was die Zukunft bringt, oder?«

Veera konnte nicht schlafen. Das konnte sie nie, wenn sie Mama und Papa streiten gehört hatte. Die beiden glaubten, Veera würde nichts mitbekommen, aber das tat sie sehr wohl. Sie klammerte sich an Bulle, Mammi und Gullika fest, doch es half alles nichts. Das waren ja nur Spielsachen.

Veera hatte eine Dummheit begangen. Das fiese Kaninchen – sie hätte es nicht zerschneiden dürfen. Und jetzt wollte Papa Veera nicht länger hierhaben.

Papa wollte, dass Veera auszog. Papa war der Bestimmer, und dagegen konnte nicht einmal Mama etwas tun.

Dabei wollte Veera nicht wegziehen. Sie wollte hierbleiben.

Am liebsten wäre Veera zu Mama ins Schlafzimmer gelaufen und zu ihr ins Bett gekrochen. Aber dort lag schon Papa, deshalb traute sie sich nicht.

Trotzdem stand sie auf und zog vorsichtig ihre Zimmertür auf.

Sie konnte hören, dass Mama und Papa schliefen: Mama schnarchte ganz leise und Papa ganz laut. Es war dunkel im Haus – außer an einem Ort.

Unter Melvins Zimmertür war Licht zu sehen. Melvin war noch wach. Sie konnte ihn da drin sogar hören.

So leise sie konnte, schlich sie auf seine Tür zu und klopfte vorsichtig an. Einen Moment später ging die Tür auf.

»Was ist?«

»Ich kann nich' schlafen.«

»Aha.«

»Darf ich mit dir Computer gucken?«

Melvin sah sie scharf an. Er war supergroß und Veera ziemlich klein, deshalb musste sie den Kopf in den Nacken legen.

»Okay.«

An einem ganz normalen Montag stirbt plötzlich der Direktor. Knall auf Fall, wie es so schön heißt.

Wir hören nicht mal, dass der Rettungswagen kommt, weil wir gerade im Werkraum sind und die Kreissäge derart laut ist, dass vor dem Fenster eine Atombombe hochgehen könnte, ohne dass wir es mitbekämen.

Aber wir sehen, wie sie ihn mit einem Laken bedeckt nach draußen tragen.

Sofort ist die Rede davon, dass der Direktor ermordet wurde. Von Koskinen beispielsweise.

»Vielleicht wird Koskinen jetzt Direktor«, argwöhnt LB und sieht leicht panisch aus.

Der Werklehrer sagt, es war ein Herzinfarkt. Was vorkommt, wenn man alt und fett ist, so wie es der Direktor war.

Und Koskinen wird auch nicht der neue Direktor, das wird einer namens Holmborg. Und der ist weder alt noch fett, deshalb dürfte er fürs Erste auch keinen Herzinfarkt kriegen.

Leider, muss man wohl sagen.

»Der«, sagt Poris nämlich, »der ist nicht nur ein Sadist, der ist ein kompletter Psychopath.«

Das stimmt. Ein kompletter Psychopath, der liebend gern Strafen verhängt.

Der alte Direktor, der jetzt gestorben ist, hat auch jede Menge idiotischer Strafen verhängt. Man konnte Punkte verlieren, eine Woche lang keinen Nachtisch bekommen, stattdessen Briefeverbot oder eine Nacht in der Zelle. Jetzt im Nachhinein fühlt sich das an wie die guten alten Zeiten.

Holmborg liebt die Zelle. Er hat direkt mehrere einrichten lassen, damit mehr Platz ist für uns. Eine Besenkammer und ein Lagerraum in der Nähe seines Büros sind jetzt ebenfalls Isolierzellen. Und seine Strafen dauern lange.

Oft sitzen wir tagelang da drin.

Ein Teil der Jungs hat Todesangst, in der Zelle zu landen. Angeblich ist einer aus der Abteilung unter uns mal da drin durchgedreht und hat angefangen, den Kopf gegen die Wand zu schlagen, bis er geblutet hat, hat Scheiße an die Wände geschmiert und solche Sachen. Dabei hat er nur zwei Tage absitzen müssen.

Irgendwann danach ist er verschwunden. Ich nehme an, er wurde woandershin verlegt.

Ich selbst finde die Isolation nicht so wild. Langweilig wie die Hölle, aber das liegt auch ein bisschen daran, wie man selbst tickt.

Wir dürfen nichts mitnehmen in die Zelle, weder Papier und Stift noch Bücher oder andere Sachen, mit denen man sich die Zeit vertreiben könnte. Das Einzige, was man in der Zelle lesen darf, sind die Bibel und ein paar Geschichtsbücher, das hat Holmborg so bestimmt. Also lese ich Geschichte. Und schlafe. Und bewege mich.

Als ich noch klein war und eine normale Schule besucht habe, hatten wir einen Sportlehrer aus Deutschland. Herr Schäfer hieß er, genau wie die Hunderasse. Herr Schäfer mochte diese altmodische Art von Gymnastik, bei der man in einer Reihe steht und sich dehnt und Arme und Beine schwingt. Meine Mutter hat immer Hitlerjugend-Training dazu gesagt.

In der Isolationszelle funktioniert das Hitlerjugend-Training ziemlich gut. Ich kann mich an die meisten Übungen noch erinnern und mache sie, wenn ich mal eingesperrt bin, immer gleich mehrmals am Tag. Dehnen, Hüpfen, Armeschwingen, Kniebeugen. Damit beschäftige ich mich.

Koskinen sieht richtig enttäuscht aus, wenn er durch die Klappe in der Tür späht und sieht, dass ich da drin vollauf zufrieden bin.

Vor dem alten Direktor hatte Koskinen Angst, aber in Holmborg ist er fast schon verliebt. Das sieht man von Weitem.

Holmborg liebt seine Regeln und Strafen für Schüler – aber das Personal selbst darf machen, was es will. Koskinen darf uns also wieder schlagen, ohne dass Holmborg ihm mit der Kündigung droht. Sogar Poris kriegt manchmal Schläge, obwohl er überhaupt nichts gemacht hat.

Allerdings kriegt unser Laberkönig LB es richtig schlimm ab. Es macht fast den Eindruck, als würde alles, was LB sagt oder tut, bei Koskinen einen Schalter umlegen.

Eines Tages, als ich gerade aus der Zelle rauskomme und in meine Abteilung zurückgehe, kauern Poris und LB in einer Ecke unseres Zimmers. In LBs langen Locken klebt Blut. Koskinen, total klar.

»Das geht so nicht mehr weiter«, flüstert Poris. »Koskinen bringt ihn noch um!«

Doch LB wäscht sich das Blut einfach ab und tut am nächsten Tag so, als wäre nichts gewesen.

Ich glaube schon, Koskinen erlaubt sich einen schlechten Scherz, als er ein paar Tage später einen Briefumschlag auf mein Bett wirft und sagt: »Post für 78.«

Ich hab die Hoffnung schon lange aufgegeben. Ich

schreibe immer noch manchmal an Ulla, und weil ich nicht weiß, wo sie wohnt, schicke ich die Briefe an Omas alte Adresse.

Doch die Handschrift auf dem Umschlag ist keine Kinderschrift. Es ist auch nicht Mamas Schrift, die hätte ich wiedererkannt.

Ich reiße den Umschlag auf und ziehe den Brief heraus.

Er ist von unserem Nachbarn! Dem hatte ich auch irgendwann mal geschrieben, weil er ja vielleicht Ullas Adresse wissen könnte. Aber er antwortet erst jetzt.

Gleich ist Abendandacht, und Poris ruft schon, aber ich stehe da wie angewurzelt. Ich kann jetzt nicht – nicht ehe ich den Brief gelesen habe. Ich gehe ganz langsam los, während ich gleichzeitig lese.

»Hoffentlich geht es dir gut in deinem Schülerheim. Wir haben uns oft gefragt, wie du dort zurechtkommst, aber deine Mutter scheint darauf keine Antwort zu haben. Die kleine Ulla ist vor ein paar Monaten wieder nach Hause gezogen, aber das weißt du bestimmt. Wir haben uns sehr gefreut, weil sie so gesund und aufgeweckt wirkte. Anscheinend ging es ihr bei der Pflegefamilie richtig gut. Du weißt sicher auch, dass deine Mutter versucht hat, dich aus dem Heim zurückzuholen, der Direktor aber Nein gesagt hat. Das ist schade, weil ich glaube, dass es der kleinen Ulla guttäte, wenn ihr Bruder wieder da wäre. Jetzt gehe ich vielleicht ein bisschen zu weit, aber deiner Mutter scheint es nicht so gut zu gehen. Und Ulla ist auch nicht mehr das gesunde, lustige Mädchen, das sie bei ihrer Rückkehr war. Womöglich liegt es an dem neuen Mann im Leben deiner Mutter, über den ich leider nichts Gutes schreiben kann, deshalb lasse ich es lieber ganz ...«

Weiter komme ich nicht, weil Holmborg mir den Brief aus der Hand reißt.

»Was soll das?«, fragt er.

»Geben Sie mir verdammt noch mal den Brief zurück!«

Garantiert klinge ich unhöflich, aber ich hab zwei lange Jahre auf Post gewartet! Ich muss den Brief lesen! Ich lasse das, was ich bislang schon gelesen habe, sacken – dass es Ulla nicht gut geht, seit sie zurück bei unserer Mutter und ein neuer Mann auf der Bildfläche erschienen ist ...

»Geben Sie mir den Brief zurück«, sage ich erneut. »Ich verspreche auch, dass ich ihn erst nach der Andacht zu Ende lese ... Entschuldigung.«

Ich versuche es mit einer anderen Taktik, aber Holmborg interessiert das nicht. Und was macht dieses Arschloch als Nächstes? Er hält mir den Brief vor die Nase und reißt ihn in Stücke!

Ich kreische los wie ein Feueralarm und will mich auf ihn stürzen, doch Koskinen und ein anderer halten mich fest.

»Aber Holmborg, das war doch wirklich unnötig. Die Schüler müssen doch das Recht haben, Post von ihren Familien zu kriegen.«

Es ist der Werklehrer. Den hab ich immer gemocht. Er ist streng, aber gerecht. Einer der wenigen Erwachsenen im Kastanienhof, auf den Verlass ist.

Holmborg lässt meine Briefschnipsel auf den Boden rieseln.

»78 in die Zelle!«

Als sie mich zwei Tage später rauslassen, erfahre ich, dass dem Werklehrer gekündigt wurde.

KAPITEL 5

Schlaf gut, Mamas Kindelein
Will mir einen Keks verdien'
Wenn es keinen Keks geben sollt
Bleibt auch die Wiege steh'n
Da darf das Kindlein greinen

Donnerstag

»Mama?«

»Hm?«

»Mamaaa!«

»Was ist?«

»Das Piepen soll aufhören!«

Anna setzte sich in ihrem Bett auf und sah sich verwirrt um. Neben ihr schlief Tomas immer noch tief und fest, und zwischen ihnen saß ein zerzauster Gottfrid im Schlafanzug.

Wie spät war es denn? Himmel, fast zehn Uhr!

»Wir haben verschlafen!«, rief sie und stieß Tomas an.

Und irgendwo piepte es tatsächlich hartnäckig. Annas Handy, natürlich. Sie eilte in die Küche, wo das Handy am Ladekabel hing.

Annette Kälds Name im Display. Oh-oh.

»Annette, es tut mir leid! Wir haben allesamt verschlafen! Ich bin in einer Viertelstunde da!«

»Ach. Na, dann komm mal her, und zwar so schnell wie möglich.«

Die Chefin klang nicht sonderlich sauer, eher gefasst.

»Ist etwas passiert?«

»Das kann man wohl sagen. Die Polizei in Vuosaari –

östliches Helsinki – hat uns kontaktiert. Sie haben eine Leiche gefunden, in einem Gullyschacht. Mit geschlossenem Deckel.«

»Oha!«

»Wir haben in einer Viertelstunde mit Vuosaari einen Video-Call.«

»Bin schon unterwegs, ich beeile mich!«

Anna versuchte, gleichzeitig aus ihrer Schlafanzughose zu steigen und ins Bad zu laufen, was um ein Haar damit geendet hätte, dass sie sich die Zähne am Türrahmen ausschlug.

»Leise«, murrte Gottfrid im Bett.

Während sie sich kaltes Wasser ins Gesicht spritzte und sich alle Mühe gab, ihre Haare irgendwie in den Griff zu kriegen, versuchte Anna, die Worte ihrer Vorgesetzten zu verarbeiten.

Eine Leiche in einem Gullyschacht. Nur Tage nach dem Mord an Yrsa Manner. Das konnte doch kein Zufall sein. Hatte irgendein Irrer den Clip aus dem Internet gesehen, in dem Yrsa Manners Leiche aus dem Schacht geborgen worden war, und sich davon inspirieren lassen?

Oder gab es eine Verbindung zwischen den beiden Toten? Konnte es sich um ein und denselben Täter handeln?

Anna zwirbelte sich die Haare zu einem Knoten zusammen und versuchte, mit ein wenig Concealer ihre dunklen Augenringe zu verdecken. Es funktionierte nur mäßig, musste aber reichen.

Als sie aus dem Bad gesprintet kam, stand Tomas vor ihr und drückte ihr einen Becher mit dampfendem Kaffee in die Hand.

»Mein Held!«, seufzte Anna, nahm einen großen Schluck und verbrühte sich prompt die Lippe.

»Unfassbar, dass wir dermaßen verschlafen haben.«

»Ich weiß – und stell dir vor, Goffe wäre nicht wach geworden!«

»Wird es heute wieder spät?«

Anna konnte den Hauch Resignation in der Stimme ihres Partners hören.

»Möglich«, sagte sie zerknirscht. »Aber ich versuche mein Bestes.«

»Mhm.«

»Ernsthaft! Wäre doch schön, mal wieder in Ruhe beisammenzusitzen und gemeinsam zu essen. Also, du und ich – sobald Goffe im Bett liegt. Ich melde mich zwischendurch, sobald ich weiß, wie der Tag läuft.«

»Gut, mach das. Ich könnte den Eintopf kochen, den du so gern magst.«

»Au ja, das wäre toll!«

Sofort sah Tomas ein wenig besänftigt aus. Anna kippte die letzten heißen Schlucke in sich hinein und gab ihrem verschlafenen Freund ein Küsschen.

»Ich muss los. Tschüss, Goffe!«

»Nich' so laut!«, drang eine erschöpfte Kinderstimme aus dem Schlafzimmer.

Maud Silén und Håkan Lund überquerten den zwar inzwischen schneefreien, aber immer noch rutschigen Parkplatz und gingen an einem Spielplatz vorbei, der zu dieser Jahreszeit betrüblich aussah. Die Sandkästen waren geleert und die Schaukeln abgenommen worden. Aber immerhin gab es hier einen Spielplatz. Den würde Maud in ihrem Bericht erwähnen.

Håkan wirkte erstaunlich gelassen, obwohl er üblicherweise nicht mit raus zu Familien fuhr. Maud hatte versucht, die Gelegenheit zu nutzen und noch während der Fahrt das Thema Aushilfen wieder zur Sprache zu bringen, bei dem sie tags zuvor nicht weitergekommen waren. Håkan jedoch schien eher daran interessiert zu sein, die Regeln durchzukauen, nach denen die Unterbringung eines Kindes bei Pflegeeltern vonstattenging. Daran war an sich auch nichts verkehrt. Trotzdem ging Maud sein oberlehrerhafter, fast schon überheblicher Tonfall mächtig auf die Nerven. Wollte das Ei allen Ernstes der Henne erklären, wie sie zu brüten hatte?

»Die Unterbringung wird beendet, sobald dafür kein Grund mehr vorliegt und die Rückführung nicht zulasten des Kindes geht«, hatte er heruntergeleiert.

»Allerdings gibt es da ein paar Punkte, die man beachten sollte, bevor man so eine Entscheidung trifft«, hatte Maud erwidert. »In Veeras Fall müssen wir vor allem daran denken, dass sie inzwischen eine enge Bindung zu ihren Pflegeeltern aufgebaut hat und gar nichts anderes kennt als ihre Pflegefamilie.«

»Mhm.«

»Außerdem war das Mädchen in einer erbärmlichen Verfassung, als wir eingeschaltet wurden und der Mutter die Sorge entzogen haben. Wir müssen immer das Kindeswohl im Blick behalten.«

»Klar.«

Maud, die Jutta Rossi auch schon zuvor zu Hause besucht hatte, führte ihren Teamleiter auf den richtigen Treppenaufgang zu und rief den Aufzug.

»Es ist im dritten Stock.«

Jutta machte ihnen auf, kaum dass sie geklingelt hatten. Maud argwöhnte, dass sie bereits hinter der Tür gestanden und durch den Spion gespäht hatte.

»Hallo, Jutta. Wie geht es Ihnen?«, fragte Maud freundlich.

»Danke, gut.«

»Das hier ist mein Kollege Håkan.«

Maud war zu dem Schluss gekommen, dass es womöglich besser wäre, nicht zu erwähnen, dass sie ihren Vorgesetzten mitgebracht hatte, weil Jutta sonst eventuell einen falschen Eindruck von der Bedeutsamkeit ihres Besuchs bekommen hätte. Als wäre ihr Fall derart dringend, dass sogar der Chef hatte mitkommen müssen. Doch ganz offensichtlich hatte Håkan darüber nicht nachgedacht.

»Ich bin der Abteilungsleiter, Håkan Lund, hallo«, sagte er und gab Jutta die Hand.

»Schön, Sie kennenzulernen«, erwiderte Jutta lächelnd.

Maud wunderte sich über deren sonniges Auftreten. Jutta war sonst gern mürrisch und defensiv, wenn Maud vorbeikam, und sie erkannte die rotwangige, herzliche junge Frau kaum wieder. Die pastellfarbene Kleidung in Kombination mit den zu zwei Knoten hochgesteckten Haaren führten ihr die Ähnlichkeit mit der kleinen Veera nur allzu deutlich vor Augen. Man hätte fast meinen können, dass die beiden Schwestern und nicht Mutter und Tochter waren. Andererseits war Jutta gerade erst achtzehn gewesen, als sie schwanger geworden war.

Maud und Håkan zogen Schuhe und Jacke aus und folgten Jutta hinein in die Wohnung.

»Das ist aber schön hier«, stellte Håkan fest.

»Danke. Ich fühle mich auch sehr wohl. Ich bin wirklich froh, dass ich die Wohnung bekommen habe.«

»Und Sie meinten, Sie hätten für Veera bereits ein Zimmer eingerichtet?«, fragte Maud. »Wäre schön, wenn wir uns das ansehen könnten.«

»Mhm. Es ist noch nicht fertig, aber das wird schon … Hier.«

Sie betraten ein kleines Zimmer mit heruntergelassenen Jalousien und einer beigefarbenen Tapete. Die Bauteile eines Kinderbetts lehnten an der Wand, und ein gebrauchter Sacco-Sitzsack aus rosafarbenem Kunstleder lag auf dem Boden.

»Ein Kollege hat noch Kindermöbel übrig, die bekomme ich ganz umsonst«, sagte Jutta. »Einen kleinen Tisch und zwei Stühle. Ich dachte mir, die könnte ich ans Fenster stellen. Dann kann Veera dort sitzen und basteln. Und natürlich können wir hier drin malen ...«

Jutta war wirklich außerordentlich redselig. So viel am Stück hatte Maud sie nur reden hören, wenn Jutta wütend war und sich mal wieder über das Jugendamt empörte. Während der Hausbesuche war sie sonst immer eher wortkarg.

»Klingt doch richtig gemütlich«, bemerkte Håkan.

»Ich hab das hier absichtlich noch nicht fertiggestellt, weil Veera ja mitreden soll, bei der Wandfarbe, bei Bildern, Kissen und so weiter. Ich weiß ja gar nicht, was sie mag, weil ich sie so selten treffen durfte.«

Ihre letzte Bemerkung wurde von einem vorwurfsvollen Blick in Mauds Richtung begleitet, als wäre das Ganze deren Schuld. Håkan Lund sah sich weiter um.

»Na, aber das ist doch auch clever! In dem Alter ändern sie ja ständig ihre Vorlieben. In der einen Woche mögen sie Teddybären und in der nächsten nur noch Einhörner. Oder Dinosaurier!«

Jutta lachte, als wäre dies das Lustigste, was sie je im Leben gehört hätte.

»Genau so ist es!«

Maud war von dem Zimmer nicht gerade begeistert. Bei ihrem letzten Telefonat hatte Jutta ihr erzählt, es wäre quasi bezugsfertig, dabei war noch nicht mal das

Bett aufgebaut. Sofort sah sie Veeras Kinderzimmer bei ihren Pflegeeltern vor sich. Es war mindestens dreimal so groß, hatte puderrosa Wände, ein Himmelbett, eine Spielecke mit Dutzenden Plüschtieren sowie ein Bücherregal mit Veeras Lieblingsbüchern. Natürlich waren Spielzeug und Einrichtungsgegenstände nicht entscheidend für ein glückliches Leben, ein Kind konnte selbst in einem todschicken Elternhaus Höllenqualen leiden – trotzdem …

Håkan und Maud folgten Jutta durch den Rest der Wohnung: ein Wohnzimmer, eine kleine Küche und ein größeres Schlafzimmer.

Das Doppelbett war nicht gemacht, und Maud sah sofort, dass dort zwei Personen geschlafen hatten. Im Wohnzimmer standen zwei ziemlich zerschlissene Ledersessel vor einem Fernseher – und auf dem Couchtisch lagen zwei dieser Dinger, die man für Videospiele brauchte.

»Aber Sie wohnen allein?«, erkundigte sich Maud betont beiläufig.

Jutta nickte, und Maud sah sie aufmerksam an.

»Ich frage nur deshalb, weil Sie in Ihrem Antrag angegeben haben, dass Sie allein wohnen und dass es für den Fall, dass Veera zu Ihnen zurückkäme, nur Sie beide wären.«

»Ich bin Single«, erwiderte Jutta prompt.

»Wirklich?«

»Meine Mutter kommt hin und wieder vorbei, und manchmal kommen Freunde zu Besuch. Ist das etwa verboten?«

Letzteres war – mitsamt einem strahlenden Lächeln – an Håkan gerichtet.

»Nein, Freunde sind wichtig«, pflichtete er ihr sofort bei.

Maud hätte ihm am liebsten einen Knuff in die Seite verpasst. Anscheinend hatte Jutta Rossi ihn bereits um den Finger gewickelt. An sich hatte er ja recht – natürlich waren Freunde wichtig. Aber Freunde, mit denen man sich das Bett teilte, waren etwas anderes, zumal Maud von Juttas früheren Freunden nicht allzu viel gehalten hatte.

Maud machte sich eine Notiz. *JR behauptet, Single zu sein.*

»Haben Sie denn noch Kontakt zu Veeras leiblichem Vater?«

»Nein«, antwortete Jutta einen Hauch zu schnell.

»Dann wissen Sie auch nicht, wo er sich derzeit aufhält?«

»Nein, und ich will es auch gar nicht wissen. Zwischen Joni und mir ist Schluss, *finito*.«

»Verstehe.«

Maud hoffte inständig, dass dies der Wahrheit entsprach.

Sie hatte keinen Grund, daran zu zweifeln, dass Jutta die Drogen hinter sich lassen wollte. Doch solange Joni ein Teil ihres Lebens war, wäre das gewiss schwierig. Joni war ein gutes Stück älter als Jutta und als Jugendlicher selbst in der Obhut des Jugendamts gewesen. Seither hatte er ein Gutteil seines Erwachsenenlebens teils auf der Straße, teils im Gefängnis verbracht. Ein tragisches Schicksal, wirklich – aber das Jugendamt konnte nicht auch noch Erwachsenen helfen. Mauds Aufgabe bestand vielmehr darin, Kinder von Menschen wie Joni fernzuhalten.

Unterdessen hatte Jutta angefangen, von ihrem Job im Supermarkt zu erzählen. Håkan Lund war ganz Ohr und warf immer wieder ein, wie beeindruckend er all das fand.

Maud bereute inzwischen, dass sie ihn zu diesem Hausbesuch mitgenommen hatte. Sie hätte sich irgendeine Ausrede einfallen lassen müssen. Sein übertrieben ermutigendes Auftreten musste bei Jutta doch falsche Hoffnungen wecken. Allerdings konnte Maud ihren Vorgesetzten nicht vor einer Klientin zurechtweisen. Stattdessen drehte sie noch eine kleine Runde durch die Wohnung.

Auf der Ablage über dem Waschbecken im Bad stand eine Zahnbürste, daneben lagen eine Tube Zahnpasta und Schminkutensilien. Auffällig war allerdings, dass die halbe Ablage leer war, als hätte jemand eilig alles zusammengeklaubt, was zuvor dort gestanden hatte.

In der Küche füllte Jutta unterdessen ein paar Formulare aus. Dann legte sie mit fast schon triumphaler Miene einen negativen Drogentest und ihren jüngsten Gehaltsnachweis vor.

Damit war der Hausbesuch beendet. Maud legte sich insgeheim bereits zurecht, was sie in ihren Bericht schreiben würde.

Sie würde den Drogentest erwähnen, den Spielplatz, dass das Kinderzimmer in Arbeit war, dass Jutta kooperativ gewirkt hatte und die Anforderungen des Jugendamts brav einzuhalten schien.

Aber wie sollte sie das schwer zu fassende ungute Gefühl beschreiben, das sie in Juttas Wohnung beschlichen hatte? Das Gefühl, dass nicht alles so war, wie es den Anschein haben sollte? Dass Jutta zwar ungewohnt fröhlich und aufgeräumt, aber nicht aufrichtig gewirkt hatte?

Im Flur gab es keinen Stuhl, so dass Maud ungeschickt auf einem Bein balancierte, während sie sich die Schuhe anzog. Schließlich verlor sie doch das Gleichgewicht und stieß gegen den Schrank zu ihrer Rechten, so dass die

Schranktür ein Stück weit aufglitt – gerade weit genug, um die schmutzigen Sneakers zu sehen, die darin standen und die eindeutig zu groß waren, als dass sie Jutta Rossi gehören konnten.

»Dann bedanken wir uns«, sagte Håkan Lund.

»Kommen Sie gern jederzeit wieder«, flötete Jutta.

Maud ahnte bereits, dass sie zu ihrer nächsten Klientin zu spät kommen würde, deshalb bat sie Håkan auf dem Weg zum Auto, sich ein wenig zu beeilen.

»Das muss doch eine Erleichterung sein«, sagte er.

»Was?«

»Na, dieser Hausbesuch? Ist doch toll, wenn ein Mensch, der am Boden lag, eine solche Kehrtwende hinlegen kann.«

»Na jaaa …«

»Gibt es einen Grund, warum Veera ihre Mutter nicht in deren Wohnung besuchen darf? Sie sehen sich bisher nur im Familienzentrum, oder?«

»Schon«, murmelte Maud. »Juttas frühere Wohnung war für den Besuch eines Kindes schlichtweg nicht geeignet. Aber vielleicht kann Veera sie unter Aufsicht in der neuen Wohnung besuchen, stimmt.«

»Du klingst skeptisch.«

Obwohl sie es eilig hatte, blieb Maud stehen.

»Das ist jetzt schwer zu erklären … aber ich muss auf mein Bauchgefühl hören und daran denken, was das Beste für Veera ist. Ich glaube, dass Jutta ein gewisses Talent dafür hat, bei Bedarf diese fröhliche, gesunde Person zu spielen. Aber dieses Verhalten stimmt nicht mit ihrer Art überein, wenn wir telefonieren. Da kann sie ziemlich aggressiv werden. Und ich glaube auch nicht, dass sie allein wohnt, ganz im Gegenteil. Mir war ziemlich schnell klar, dass dort ein Mann ein und aus geht, und falls es sich dabei um Veeras leiblichen Vater handeln sollte, dann mache ich mir große Sorgen.«

Håkan Lund sah sie ernst an.

»Danke, dass ich mit dabei sein durfte, Maud. Das hier war sehr lehrreich für mich.«

Als Anna in Annette Kälds Dienstzimmer platzte, hatten ihre Vorgesetzte und Märta den Video-Call mit einem grauhaarigen, mürrisch dreinblickenden Polizisten bereits eröffnet.

»Entschuldigt bitte«, murmelte Anna und strich sich die Haare glatt, bevor sie sich ebenfalls vor die Kamera setzte.

»Das ist Anna Glad«, stellte Annette sie auf Finnisch vor. »Sie leitet die hiesigen Ermittlungen. Dies hier ist Tapio Salonen aus Vuosaari.«

»*Terve, terve*«, keuchte Anna.

Du liebe Güte, ihre Finnischkenntnisse waren während der Pandemie schlimm eingerostet. Small Talk ging gerade noch, aber ein Dienstgespräch würde schwierig werden, da musste sie sich konzentrieren.

Annette fasste die Lage für sie alle zusammen.

»Es sieht also folgendermaßen aus: Am vergangenen Wochenende wurde hier in der Stadt in einem Gullyschacht auf einem Spielplatz die Leiche einer Frau entdeckt. Die Todesursache sind Schädelverletzungen, die sie sich mutmaßlich beim Sturz in den Schacht zugezogen hat. Und der Gullydeckel war wieder zurück über den Schacht gelegt worden. Tapio, ihr habt einen ähnlichen Fall bei euch.«

»Mhm«, brummte das versteinerte Gesicht auf dem Computerbildschirm.

Anna glaubte schon, dass der Rechner sich aufgehängt

hätte, weil Tapio Salonen beim Sprechen kaum die Lippen bewegte. Doch anscheinend hatte der Mann nur eine sehr reduzierte Mimik.

»Es scheint eine ganze Reihe Parallelen zu geben. Wir haben es mit einem älteren Mann zu tun, der ebenfalls in einem Gullyschacht steckte. Unserer ersten Einschätzung zufolge lag er dort mehrere Stunden.«

»Und der Gullydeckel?«, hakte Märta nach.

»Der lag auf dem Schacht, allerdings schief. Genau deshalb ist gestern eine Spaziergängerin darauf aufmerksam geworden. Die Frau war mit ihrem Hund unterwegs und wäre beinahe über den Deckel gestürzt. Außerdem hat sie bemerkt, dass ein Stück entfernt ein Rollator im Gebüsch stand, vermutlich der des Opfers. Und der Hund wollte partout nicht weitergehen. Ihm ist es wohl zu verdanken, dass wir die Leiche gefunden haben.«

»Ja, wirklich außergewöhnlich, dass zwei so ähnliche Vorfälle innerhalb derselben Woche passieren«, sagte Annette Käld, »wenn auch in einiger räumlicher Entfernung voneinander.«

»Na ja, so weit weg ist es doch gar nicht«, wandte Märta ein. »Mit dem Auto gerade mal eine gute Stunde.«

»Wir haben jedenfalls sofort die Ähnlichkeit zu eurem Fall gesehen«, fuhr Tapio Salonen fort. »Immerhin kursiert im Netz dieser Videoclip, auf dem ihr das Opfer aus dem Schacht zieht.«

»Mhm.« Annette sah leicht beschämt aus.

»Wie gehen wir denn nun weiter vor?«, wollte Anna wissen.

»Unsere Spurentechniker sind immer noch vor Ort. Die Leiche ist aber wie gesagt schon in der Rechtsmedizin. Dort haben sie wie immer viel zu tun, deshalb bekommen wir den Bericht frühestens morgen.«

»Dann fährt Polizeioberkommissarin Anna Glad gleich morgen früh nach Helsinki«, beschloss Annette.

»Ach so? Okay …«, murmelte Anna.

»Und wir sollten uns fürs Erste darauf konzentrieren, potenzielle Verbindungen zwischen den beiden Opfern zu finden – und womöglich auch Ähnlichkeiten hinsichtlich des Tathergangs?«

»Okay«, murmelte Anna und schrieb sich die Kontaktdaten auf, die der versteinerte Tapio ihr diktierte.

Dann verabschiedeten sie sich voneinander.

Annette bedachte Anna mit einem verärgerten Blick. »Das war nicht in Ordnung, Anna.«

»Ich weiß.«

»Wir sind unterbesetzt, zig Kollegen sind krank, und Springer haben wir derzeit auch keine. Da kann man doch nicht verschlafen!«

»Kommt nicht wieder vor.«

»Was glaubst du, schaffst du den Ausflug in die Hauptstadt morgen allein? Mir wäre lieber, wenn ihr beide fahren könntet, aber Märta wird hier gebraucht.«

»Klar schaffe ich das.«

»Gut. Es wird allmählich Zeit, dass wir im Fall Yrsa Manner vorankommen.«

Anna war leicht gekränkt. Normalerweise war sie immer pünktlich, und sie hatte im Fall Yrsa Manner ganz gewiss nicht auf der faulen Haut gelegen, ganz im Gegenteil. Trotzdem schien ihre Vorgesetzte andeuten zu wollen, dass sie ihre Aufgaben schleifen ließ. Unterdessen fand Tomas, dass Anna die Familie vernachlässigte … Wie sie es auch drehte und wendete – niemandem konnte sie es recht machen. Das funktionierte einfach nicht.

»Hast du mir das Geld schon überwiesen?«, fragte Märta, als sie und Anna das Büro ihrer Chefin verließen.

»Geld? Was denn für Geld?«

»Für Arams Abschiedsgeschenk. Zwanzig Euro von jedem. Er kriegt eine schöne Flasche Rum. Markus hat schon eine bei Alko bestellt.«

»Ach ja! Sorry, das hab ich ganz vergessen! Ich kümmere mich sofort darum.«

Ein Hauch Wehmut machte sich in ihr breit. Aram Demir würde ihr fehlen – sein diskreter Humor, die zupackende Art. Er war jemand, auf den man sich verlassen konnte, der nicht die Ellenbogen ausfuhr oder Konflikte schürte. Sie ahnte schon jetzt, dass die Dynamik im Team eine andere sein würde, sobald Aram nicht mehr an seinem Arbeitsplatz säße. Es würde schwierig werden, jemanden zu finden, der in seine moosgrünen Crocs-Fußstapfen treten konnte.

Im selben Moment dämmerte ihr jedoch auch etwas Gutes: Wenn sie erst tags darauf in die Hauptstadt fahren sollte, könnte sie tatsächlich rechtzeitig zum Abendessen mit Tomas zu Hause sein.

Unser Date klappt <3, schrieb sie eilig.

Es geschehen noch Zeichen und Wunder, schrieb er zurück.

Rolf konnte nicht anders und musste laut lachen, als er seiner Ex-Frau die Tür öffnete. Mias Teint erinnerte ihn an das braune Ledersofa, das sie beide in den Achtzigern besessen hatten. Aber das sagte er ihr natürlich nicht.

»Das nenne ich mal eine ordentliche Sonnenbräune!«

»Danke«, erwiderte Mia vergnügt.

Mia und ihr ... tja, was war Ronnie inzwischen, ihr Freund? Jedenfalls hatten die beiden drei ganze Monate an der Costa del Sol verbracht. Sie waren erst kürzlich wiedergekommen, damit sie an der Geburtstagsfeier für

Enkel und Augenstern Leo teilnehmen konnten. Nicht dass Leo sich noch groß für Oma und Opa interessiert hätte, seit er die Freuden eines Smartphones für sich entdeckt hatte. Doch das würde sie alle nicht davon abhalten, ihn nach Strich und Faden zu verwöhnen.

Rolf half Mia aus ihrem Mantel.

»Magst du einen Kaffee? Oder trinkst du inzwischen nur noch Sangria?«

»Jetzt, da du's sagst – eine Karaffe mit Sangria und eine kleine Siesta wären eigentlich genau das Richtige! Aber Kaffee geht auch. Hallo, Max! Gut siehst du aus!«

Das entsprach nicht ganz der Wahrheit. Max sah ausgerechnet heute nicht sehr gesund aus. Ihr kleiner Ausflug in den Holmborg-Keller hatte ihn erschöpft, und er war auch nicht sonderlich begeistert gewesen, als Mia ihren Besuch angekündigt hatte. Widerwillig brachte er ein Lächeln zustande und brummelte: »Sieh einer an, was für eine sonnenverwöhnte Señorita da in unserem Flur steht!«

Rolf eilte in die Küche, wo schon Kaffee und Zimtschnecken auf einem Tablett bereitstanden.

Als er die Leckereien ins Wohnzimmer trug, hatte Mia in ihrem einstigen Lieblingssessel Platz genommen (der inzwischen zu Max' Lieblingssessel avanciert war) und erzählte von einer legendären Paella, die sie in einem kleinen Strandlokal in Málaga gegessen hatten. Sie sprach den Namen des Gerichts »Pa-eja« aus, und Rolf brauchte ein paar Sekunden, um zu begreifen, wovon sie überhaupt sprach.

»Ich war komplett geschockt, als sie endlich kam. Wir hatten eine geschlagene Dreiviertelstunde darauf gewartet, weil sie die Pa-eja dort frisch machen, wenn jemand sie bestellt. Und dann war sie schwarz wie die Nacht!

Die haben sie aber ordentlich verkokelt, meinte Ronnie noch – hahahahaha! Dabei *sollte* sie schwarz sein! Die machen sie dort mit Tintenfischtinte.«

»Ist ja ein Ding«, kommentierte Max.

»Und lecker war sie! Delikat! Wir hatten in der Zwischenzeit aber auch schon ordentlich Wein getrunken und waren ausgehungert, als sie serviert wurde. Trotzdem war sie wirklich delikat. *De-li-kat.*«

»Delikat war sie also. Sieh an.«

Anscheinend entging ihr Max' säuerlicher Tonfall – oder sie scherte sich einfach nicht darum.

»Und, Rolf, du hättest dich sicher Hals über Kopf in ein Dessert namens Crema Catalana verliebt!«

»Die hab ich schon mal gegessen«, sagte Rolf. »Ein spanischer Sahnepudding.«

»Aber nein! Wo denkst du hin! Crema Catalana wird völlig anders gekocht! Und der Geschmack ist nicht zu beschreiben. Sie war einfach nur ...«

»Delikat«, half Max aus.

Rolf bedachte seinen Ehemann mit einem tadelnden Blick.

»Aber genug von mir«, fuhr Mia fort. »Ist in der Zwischenzeit hier etwas Spannendes passiert?«

»Ja, tatsächlich«, sagte Rolf und goss Kaffee in drei Becher.

Mit Milch für Mia, schwarz für Max, und er selbst trank den Kaffee schwarz mit Zucker.

»Erzähl«, forderte Mia ihn auf.

»Max und ich haben gestern eine Heldentat vollbracht. Wir haben Siw Moberg gerettet, die sich in der alten Holmborg-Schule im Keller eingesperrt hatte.«

»Wie bitte? Siw? Was hatte die denn dort zu suchen?«

Mit offenem Mund lauschte Mia Rolfs Erzählung und

Max' hier und da eingeworfenen Kommentaren zu ihrem Einbruch und Rettungseinsatz in der Schule. Rolf versuchte obendrein, ein paar Infos zu Jeremias und dem Wandgemälde einzuflechten.

»Und wer hatte sie dort unten eingesperrt?«

»Anscheinend mein Nachfolger bei der Polizei, Benny Westlander. Natürlich nur versehentlich. Er hatte gerufen, bevor er die Kellertür zugemacht hat. Offenbar hat sie ihn nicht gehört.«

»Diese Verrückte … Dass ausgerechnet ihr so etwas passiert, wundert mich kein bisschen«, sagte Mia. »Allerdings seid ihr zwei ja genauso durchgeknallt. Was wolltet ihr denn in der alten Schimmelschule?«

Darauf hatte Rolf spontan keine vernünftige Antwort. Stattdessen nippte er an seinem Kaffee.

»Daran bin ich schuld«, antwortete Max an Rolfs Stelle. »Ich bin ein großer Jeremias-Fan. Die Aussicht, dass sich in der Schule eins seiner frühen Werke befinden könnte, hat mich vollkommen verrückt gemacht. Der arme Rolf hatte gar keine andere Wahl, als mir hinterherzulaufen.«

»Aber was für ein Glück für Siw, dass du den Verstand verloren hast und ich immer alles tue, was du sagst«, stellte Rolf trocken fest.

»Was soll das denn für ein Werk sein? Ihr meint aber nicht dieses Wandbild vor dem Lehrerzimmer?«

»Vor dem Lehrerzimmer war kein Wandbild«, erwiderte Rolf.

»Nein, inzwischen nicht mehr, aber bevor die Schule neu eröffnet wurde, war dort eins.«

Schlagartig herrschte Stille. Max war der Erste, der die Sprache wiederfand.

»Und woher weißt du das?«

»Na, Herrgott noch mal – Rolf, das habe ich dir doch erzählt! Damals im Sommer 1972! Kannst du dich gar nicht mehr daran erinnern?«

»Äh …«

Mia verdrehte die Augen und wandte sich direkt an Max.

»Im Sommer 1972 war ich am Gymnasium Schülersprecherin. Habt ihr in Schweden auch so etwas? Also, jedenfalls war das zur selben Zeit, als das Holmborg gerade fertiggestellt worden war, und kurz bevor die Schule eröffnet werden sollte, musste ich dort irgendeine Bescheinigung im Sekretariat abholen. Der Hausmeister hat mich reingelassen, weil offiziell noch geschlossen war. Sie hatten noch nicht mal die Pulte in die Klassenzimmer gestellt. Genau weiß ich nicht mehr, was das für eine Bescheinigung war … Womöglich hatte es etwas mit den neuen Schülern zu tun.«

»Und weiter?«, ging Max ungeduldig dazwischen. »Da hast du ein Wandgemälde gesehen?«

»Ja. Oder besser – nein, aber ich sollte mich wegen dieser Bescheinigung im Lehrerzimmer melden, und da stand ein Typ und bemalte die Wand direkt daneben, genau bei der Treppe, die nach oben führt.«

Max saß stocksteif auf seinem Stuhl.

»Das hast du nie erwähnt«, brummte Rolf.

»Natürlich, und nicht nur ein Mal! Du hast das einfach vergessen, oder du hast mir nicht zugehört. Genau wie damals, als wir zum Sommerhaus der Lindbergs fahren wollten und du plötzlich keine Ahnung mehr hattest, dass …«

»Das Wandbild!«, unterbrach Max sie fast schreiend.

»Ja, ja, ja. Als ich dort ankam, stand jedenfalls der Direktor dort und brüllte den Maler an. Es sei eine Schande und ein Skandal, und er – also, der Direktor – sei hinters Licht geführt worden. Er tat mir richtig leid. Er ist ja schon lange tot ...«

»Der Maler?«

»Nein, der Direktor ist schon lange tot. Den Maler hatte ich nie zuvor gesehen. Und später auch nicht mehr, wenn ich mich recht erinnere. War irgend so ein junger Typ ...«

»Aber inwiefern war der Direktor hinters Licht geführt worden?«

»Na ja, das Kunstwerk selbst war verdeckt, da hing eine Plane drüber, fast so eine Art Zelt. Sonst hätte ich mir das gern angesehen ...« Mia kicherte. »Der Typ muss etwas ziemlich Versautes gemalt haben, weil der alte Adolfsson derart ausgerastet ist.«

Sie schmunzelte weiter vor sich hin, während Rolf und Max einander anstarrten.

»Vor dem Lehrerzimmer, sagtest du?«

»Ja, genau. In diesem Vorraum direkt an der Treppe. Aber Rolf, das hab ich dir doch erzählt! Jedes Mal, wenn wir zum Elternabend mussten, hab ich dir die Wand gezeigt. Weißt du das denn wirklich nicht mehr?«

»Doch, jetzt, da du es sagst ...«

Natürlich war das geschwindelt. Er konnte sich nicht im Mindesten daran erinnern, dass Mia je über ein Wandbild in der Schule der Kinder gesprochen hatte. Andererseits war seine Ex-Frau wirklich recht gesprächig, und es war schlichtweg ein Ding der Unmöglichkeit, sich an alles zu erinnern, was sie während ihrer Ehejahre von sich gegeben hatte.

Max stand auf. »Ich glaube, ich rufe mal meine neue Freundin Siw Moberg an.«

»Essen ist fertig!«

Vorsichtig setzte Mimmi den Topf mit Spaghettisoße auf dem Esstisch ab. Damit sich niemand daran den Mund verbrannte, hatte sie den Topf noch kurz abkühlen lassen, nachdem die Soße stundenlang auf dem Herd vor sich hin geköchelt hatte. Das Rezept hatte sie von Tomas bekommen, der behauptet hatte, diese Bolognese sei magisch, müsse allerdings eine Ewigkeit kochen.

Melvin liebte Spaghetti. Veera war, was ihre Essvorlieben anging, eher sprunghaft: Was in einer Woche ihr absolutes Leibgericht war, konnte in der nächsten schon »wäääh, eeeklig« sein. Doch diese Bolognese-Soße duftete auf jeden Fall himmlisch.

»Hallo? Hört ihr mich? Essen ist fertig!«

Juha war noch gar nicht zu Hause, aber wo steckten die Kinder?

Mimmi hatte für Veera den Tinkerbell-Film eingeschaltet, um das Essen kochen zu können, doch jetzt war das Wohnzimmer leer.

Sie ging die Treppe hoch, doch auch in ihrem Kinderzimmer war die Kleine nicht.

»Veera? Wo steckst du denn?«

Irgendwo in der Nähe konnte sie leises Gekicher hören. Es schien aus Melvins Zimmer zu kommen, und die Tür war nur angelehnt, so dass Mimmi hineinschauen konnte.

Veera saß auf Melvins Schoß und gluckste, und beide waren in Melvins Laptopbildschirm vertieft.

Unwillkürlich musste Mimmi lächeln. Hatten die beiden vielleicht endlich eine Art geschwisterliches Verhältnis entwickelt? Melvin hatte an seiner kleinen Schwester bislang kein Interesse gezeigt, doch jetzt saß sie auf seinem Schoß, und er hielt sie an der Taille fest.

»Was macht ihr denn Schönes?«, fragte Mimmi.

Die beiden wirbelten zu ihr herum. Veera strahlte übers ganze Gesicht, während Melvin eher verlegen aussah.

»Gucken Melvins Computer an«, rief Veera.

»Oh, das ist aber nett von ihm. Was habt ihr euch denn angesehen?«

Melvin setzte das Mädchen eilig auf dem Fußboden ab und schlug den Laptop zu.

»Gibt's bald Essen? Ich hab einen Bärenhunger.«

»Bääänhunga!«, pflichtete Veera ihm bei.

»Das Essen steht schon auf dem Tisch. Kommt!«

Vom Flur her war ein Klappern zu hören. Juha war nach Hause gekommen.

»Perfektes Timing!«, rief Mimmi. »Wir wollten gerade anfangen zu essen.«

Sie hatte sich noch mehr Mühe gegeben als sonst. Heute sollten sie alle gemeinsam zu Abend essen. Das letzte Mal war lange her, weil Juha so viele Dienstreisen hatte machen müssen und Melvin jede zweite Woche bei seiner Mutter war. Mimmi hoffte überdies, dass mit einem gemütlichen, ruhigen Abend zu Hause der Streit vom Vorabend vergessen wäre. Juha war so früh am Morgen aufgebrochen, dass sie sich nicht hatten aussprechen können.

Juha sah nicht gerade versöhnlich gestimmt aus, als er den Poststapel auf der Küchenanrichte durchsah.

»Guck mal, Veera, Papa ist zu Hause«, sagte Mimmi.

Veera sah schüchtern zu ihm hoch, doch als Juha sie keines Blicks würdigte, kletterte die Kleine auf ihren Stuhl.

Melvin kam als Letzter in die Küche.

»Du müsstest eine Rechnung bezahlen«, sagte er an seinen Vater gewandt.

»Ach, und was für eine Rechnung soll das sein?«

»Meine Fahrstunden. Mama sagt, du wärst an der Reihe. Sie hat die letzte Rechnung bezahlt.«

»Das ist doch … Als ich meinen Führerschein gemacht habe, hab ich den mithilfe von Ferienjobs selbst finanziert.«

»Oh. Wow.«

»Wie läuft's denn mit den Fahrstunden, Melvin?«, erkundigte sich Mimmi.

Sie wollte zumindest versuchen, für gute Stimmung zu sorgen.

»Gut.«

»Glaub ja nicht, dass du mit meinem Wagen fahren darfst, wenn du den Führerschein hast«, grollte Juha. »Da nimmst du erst mal die Karre deiner Mutter, um noch ein bisschen zu üben.«

»Meinetwegen.«

»Oder mein Auto«, warf Mimmi ein. »Allerdings müsste das erst in die Werkstatt. Ich weiß auch nicht, was damit los ist. Es ist heute Vormittag nicht angesprungen. Könntest du es dir später mal ansehen, Liebling?«

Juha seufzte tief auf, als hätte sie ihn um etwas ungeheuer Anstrengendes gebeten.

Nein, es wurde kein besonders gemütliches Abendessen, obwohl Mimmi sich solche Mühe gegeben hatte. Veera wirkte nervös, Melvin schien mit den Gedanken woanders zu sein, Juha war aus irgendeinem Grund wütend, und Mimmi, die mehrmals versuchte, das Gespräch auf etwas Erfreuliches zu bringen, gab zu guter Letzt auf.

Den Rest des Abendessens verbrachten sie schweigend. Mimmi freute sich jedoch, als beide Kinder sich Nachschlag nahmen.

»Danke fürs Essen«, sagte Melvin nach einer Weile und richtete sich gerade auf.

»Gerne. Hat's geschmeckt?«

»Mhm.«

»Es gibt auch noch Nachtisch«, sagte Mimmi. »Ich hab Eis gekauft.«

Unter seiner Kapuze kam ein gedämpftes Brummeln hervor, das vermutlich »Nein danke« heißen sollte, und dann war Melvin wieder in seinem Zimmer verschwunden.

Juha hatte seine volle Aufmerksamkeit auf sein Handy gerichtet, obwohl sie eigentlich gemeinsam die Regel aufgestellt hatten, dass Handys am Esstisch tabu waren.

Irgendwann war Veera ebenfalls fertig und schlüpfte ins Wohnzimmer, wo immer noch Tinkerbell und ihre Elfenfreunde liefen.

»Liebling?«

»Hm?«

»Wir müssen reden.«

»Ach ja? Über Veera?«

»Ja, aber ich bin auch ein bisschen besorgt wegen Melvin.«

Juha riss seinen Blick vom Handy los.

»Und warum?«

»Na ja, er verbringt seine komplette Zeit nur in seinem Zimmer.«

»Er ist ein Teenager. Was erwartest du denn?«

»Aber machst du dir denn gar keine Gedanken? Außerdem scheint er nächtelang wach zu sein. Was treibt er da drin?«

Juha lachte laut auf. »Ein Siebzehnjähriger, der sich in seinem Zimmer einsperrt und nächtelang vor dem Rechner sitzt, was treibt der wohl? Willst du ihn jetzt auch noch fragen, warum ihm die rechte Hand weh-tut?«

»Du meinst …« Mimmi senkte die Stimme. »Du meinst, er guckt Pornos?«

»Bingo. Sofern er ein normaler Junge ist, tut er genau das.«

Mimmi war schlagartig mulmig zumute. Bestimmt hatte Juha mit seiner Vermutung recht, trotzdem wollte sie lieber nicht darüber nachdenken.

»Ich mache mir hauptsächlich Sorgen, weil er nicht genug schläft. Es wäre vielleicht gut, wenn du mal mit ihm sprichst.«

»Mimmi, bitte. Lass mich einfach in Ruhe essen.«

Sie saßen eine Weile schweigend da. Das einzige Ge-räusch war der laufende Fernseher.

»An dem Jungen ist nichts verkehrt«, sagte Juha nach einer Weile. »Er ist vielleicht ein bisschen phlegmatisch und verkorkst, aber so sind Jugendliche nun mal.«

»Ich hab doch auch gar nicht gesagt, dass irgendwas verkehrt …«

»Ich finde, du solltest dir eher Sorgen um sie machen«, fiel er ihr ins Wort und zeigte in Richtung Wohnzimmer.

»Was soll das heißen?«

»Wann fängt sie endlich an, klar und deutlich zu re-den – und mal die Nacht durchzuschlafen?«

Mimmi bekam heiße Wangen.

»Darüber können wir doch nicht reden, während sie uns hört!«

»Sie ist nicht wie wir. Sie hat von Anfang an nicht zu uns gepasst.«

»Psst!«

Juha schnaubte, schob seinen Teller von sich weg und stand auf. Im Unterschied zu seinem Sohn machte er sich nicht die Mühe, seinen Teller in die Spüle zu stellen, ehe er die Küche verließ.

Mimmi versuchte, sich zusammenzureißen, was leichter gesagt war als getan. Doch nach einer Weile hörten zumindest ihre Wangen auf zu glühen.

»Willst du ein bisschen Eis, Veera-Schätzchen?«, rief sie so munter, wie sie nur konnte.

Der Fernseher lief weiter, doch das Sofa war verwaist.

»Schätzchen?«

Ein leises Räuspern verriet ihr, wo sich das Mädchen versteckt hatte. Sie war in die Lücke zwischen den Vitrinenschrank und Juhas Designersessel gekrochen.

Mimmi hatte das Gefühl, ihr würde es gleich das Herz zerreißen, als sie dem Mädchen in die Augen sah. Es hatte eindeutig gehört, worüber Juha und sie geredet hatten.

»Was is' zu uns pass'?«, flüsterte Veera.

»Papa hat nur einen Scherz gemacht«, sagte Mimmi und nahm Veera hoch. »Papa ist eben ein Witzbold, das weißt du doch.«

Die Freunde der Kunst hatten sich an der inzwischen leer stehenden Taboil-Tankstelle versammelt. Rolf fragte sich insgeheim, wie es Siw gelungen war, sie alle so kurzfristig zusammenzutrommeln. Sie waren rund zwanzig Personen, und alle blickten erwartungsvoll drein.

»Wahnsinn, wie viele gekommen sind«, murmelte Rolf.

»Und warum sind die alle so komisch gekleidet?«, erwiderte Max im Flüsterton.

Das Gleiche hatte Rolf sich auch schon gefragt. Ein Teil der Kunstfreunde sah in schwarzer Kleidung samt Lederhandschuhen tatsächlich so aus, als hätten sie vor, gleich eine Bank auszurauben.

Siw Moberg selbst trug wie sonst auch einen quietsch-bunten Mantel. Ihre Wangen leuchteten mit ihren knallroten Lippen um die Wette, als sie in die Hände klatschte, um die anderen zur Ruhe zu rufen.

»Bevor wir gleich anfangen, will ich drei Dinge beto-nen«, begann sie.

Die Gruppe lauschte gespannt.

»Erstens: Denkt daran, dass das Schulgebäude inzwi-schen ein gesundheitsgefährdender Ort ist. Wer Atem-wegsbeschwerden oder sonstige Einschränkungen hat, sollte besser Abstand halten, besonders wenn wir anfan-gen, die Wand vor dem Lehrerzimmer zu untersuchen. Zweitens: Legt bei Bedarf einen Mund-Nasen-Schutz und eine Schutzbrille an. Und drittens: Wir betreten ab-gesperrtes Gelände. Genau genommen verstoßen wir da-mit gegen das Gesetz. Hier muss jeder für sich selbst ent-scheiden, wie er damit umgeht.«

»Klingt, als hätte sie ihre Ansprache eingeübt«, flüs-terte Max.

»Und zwar inspiriert von einem amerikanischen Kriegsfilm«, pflichtete Rolf ihm bei. »General Mo-berg ...«

»Und damit«, rief Siw, »übergebe ich das Wort an Kommissar Rolf Månsson.«

»Äh ...?«, stieß Rolf hervor.

Darauf war er nicht vorbereitet. Zwanzig erwartungs-volle Gesichter drehten sich zu ihm um.

»Was ... was wollt ihr denn wissen?«

»Erzähl einfach, was wir Neues über das Wandbild er-fahren haben«, forderte Siw ihn auf.

»Ah, okay ... Also, Max und ich haben einen Tipp be-kommen, wo das Wandbild sich befinden könnte. Eine Person, die im Sommer 1972 etwas im Gebäude erledigen musste – sprich: noch bevor die Schule eröffnet wurde –, hat tatsächlich mitbekommen, wie das Bild entstanden ist.«

Er beschloss kurzerhand, Mias Namen zu verschweigen, damit sie den wütenden Blicken entging, wenn sich herausstellen sollte, dass sie falschgelegen hatte.

»Allerdings«, fuhr Rolf fort und versuchte, wieder wie ein Polizist zu klingen, »habt ihr alle gehört, was Siw gesagt hat: Lauft bitte bloß nicht irgendwo in dem Gebäude herum. Das könnte lebensgefährlich sein. Mir persönlich wäre ja am liebsten, wenn alle draußen warten würden …«

Letztere Bemerkung hätte er sich auch sparen können. Es war offensichtlich, dass die Kunstfreunde darauf brannten, in die Schule einzudringen, um dabei zu sein, falls sie das Wandbild entdeckten.

»Na dann«, rief Siw, »los geht's!«

»Oh-oh«, murmelte Rolf noch und versuchte, mit den anderen Schritt zu halten, die sich bereits durch die Lücke im Zaun zwängten.

Dieser Feldzug schien unaufhaltbar zu sein. Max und Rolf hatten ja nicht geahnt, dass Siw die halbe Stadt zusammentrommeln würde. Sie hatten geglaubt, sie würden sich womöglich unter sechs Augen in das Gebäude schleichen und sich dort diskret umsehen. Doch sogar Janne Rosbäck von der Lokalzeitung war mit der Handykamera im Anschlag mit von der Partie und schien alles zu filmen, was gerade passierte. Na großartig.

»Wie gut, dass ich schon pensioniert bin und nicht mehr gekündigt werden kann«, murmelte Rolf.

Er bereute mit jedem Schritt mehr, was er hier angezettelt hatte. Wie würde er dastehen, wenn Mia sich geirrt hatte? Hoffentlich kam niemand in der Schule zu

Schaden. Wie hatte Rolf, der vierzig Jahre lang ein vernünftiger Mensch und verantwortungsbewusster Polizeibeamter gewesen war, zur treibenden Kraft bei diesem Irrsinn werden können?

Doch dann sah er in die blitzenden Augen seines Ehemanns und wusste wieder, wer den Funken entzündet hatte.

»Das hier ist doch wohl unfassbar spannend!«, sagte Max.

Anna betrachtete sich im Badezimmerspiegel und war froh, dass sie ausnahmsweise nicht am liebsten zurückgezuckt wäre und das Gesicht verzogen hätte.

Sie hatte sich die Haare gewaschen und geföhnt und sogar ein bisschen Foundation und Lidschatten aufgetragen. Außerdem hatte sie sich einen möglichst pillingfreien Pulli und eine frisch gewaschene (und damit leider auch ziemlich enge) Jeans herausgesucht.

Bereit.

Gottfrid, der auf dem Sofa herumlümmelte und sich *PAW Patrol* ansah, war bereits vielversprechend müde. Und drüben in der Küche bereitete Tomas etwas vor, was ganz unglaublich roch.

Sie konnte sich kaum noch daran erinnern, wann sie zuletzt einen freien Abend gehabt hatte. Heute würde nichts und niemand Tomas und sie stören, beschloss sie und stellte ihr Handy stumm. Sie würde zwischendurch allenfalls einen flüchtigen Blick darauf werfen.

»Polizei«, teilte Goffe ihr mit, als sie sich neben ihn aufs Sofa setzte und ihm den Nacken streichelte.

Es dauerte eine Weile, ehe ihr dämmerte, dass er nicht sie, sondern einen braunen Hund mit blauer Mütze meinte.

»Mhm, der ist von der Polizei, genau wie Mama. Nur dass Mama nicht so eine schöne Mütze hat.«

»Nee, Mama hat keine Mütze. Und kriegt Ohrnsensunden.«

»Was?«

»Ohrnsensunden.«

»Ohrenentzündung«, rief Tomas aus der Küche. »Wer keine Mütze anzieht, kann eine Ohrenentzündung kriegen.«

»Ah ja. Stimmt, das merke ich mir. Danke, Gottfrid.«

Sie sahen noch zusammen fern, doch Gottfrid fielen allmählich die Augen zu.

Als Tomas schließlich in der Küchentür auftauchte und vorschlug, jetzt die Zähne zu putzen, ließ ihr Sohn sich widerspruchslos von seinem Vatr hochheben.

Anna deckte den Tisch, während Tomas Gottfrid ins Bett brachte. Sie nahm die besseren Weingläser, die so teuer gewesen waren, dass sie todtraurig wäre, wenn eines kaputt gehen würde. Trotzdem war es idiotisch, sie für alle Zeit unbenutzt im Schrank zu verwahren.

Anschließend zündete sie Kerzen an, nahm einen Schluck Wein und stellte sich betont sexy an die Spüle. Ein paar Minuten später kehrte Tomas in die Küche zurück. Merkte er überhaupt, dass sie sich zurechtgemacht hatte? Doch Tomas hatte nur Augen für den Eintopf auf dem Herd.

»*Shit, shit, shit*, hoffentlich ist er nicht angebrannt! Nein, ist noch okay …«

»Hmm, duftet der gut!«, sagte Anna.

»Ja, der hat auch den ganzen Nachmittag vor sich hin geköchelt. Bekomme ich auch ein Glas Wein? Ich bin fix und alle.«

Anna beeilte sich, ein Glas einzuschenken, und

drückte es ihm mit ihrem verführerischsten Lächeln in die Hand.

»Zum Wohl, schöner Mann.«

»Zum Wohl«, erwiderte Tomas und nahm einen riesigen Schluck. »Hast du übrigens noch Sahne gekauft?«

»Nein, sollte ich?«

»Ich hab dir doch eine Nachricht geschrieben. Tja, dann wird der Nachtisch ein bisschen langweilig.«

»Der ist bestimmt trotzdem sehr lecker!«

Sie setzten sich beide. Tomas' Fleischtopf war sehr heiß, aber wahnsinnig gut. Er selbst fand, er hätte ihn versalzen.

»Cool, so ein Date zu Hause«, stellte Anna fest.

»Mhm. Cool, dass wir ausnahmsweise mal alle gleichzeitig zu Hause sind.«

»Ich weiß … Es war in letzter Zeit ziemlich chaotisch, aber jetzt sind wir ja hier.«

»Mhm.«

Schweigend machten sie sich über das Abendessen her. Das war ungewöhnlich, denn Tomas und Anna hatten sich sonst immer etwas zu erzählen. Doch heute kam ein Gespräch nur schwer in Gang.

»Ist … ist alles in Ordnung bei dir?«, fragte Anna zögerlich. »Du bist so still.«

»Du bist heute auch nicht gerade ein Plappermaul.«

»Nein, aber du wirkst irgendwie …«

Anna versuchte fieberhaft, ein Wort zu finden, das nicht vorwurfsvoll klang.

»… als wärst du mit den Gedanken woanders«, sagte sie schließlich.

Tomas nickte.

»Ja, stimmt, ich bin vielleicht ein bisschen geistesabwesend.«

»Ist etwas passiert?«

»Nicht wirklich … Mir geht bloß eine Sache nicht mehr aus dem Kopf, die eine Bekannte erzählt hat.«

»Wer denn?«

»Die Mutter von Goffes Spielplatzfreundin Veera. Mimmi.«

Die Gabel verrutschte in Annas Hand, so dass das Stück Fleisch, das sie sich gerade in den Mund hatte schieben wollen, zurück in die Soße fiel, die bis hoch in ihr Dekolleté spritzte. Autsch!

Schon wieder diese Mimmi!

»Was erzählt sie denn?«

»Veera ist nicht ihre leibliche Tochter, sondern ein Pflegekind. Und jetzt scheint Mimmi drauf und dran zu sein, die Kleine zu verlieren. Die leibliche Mutter will das Mädchen zu sich zurückholen.«

»Oje. Aber … ist das nicht oft so bei Pflegekindern, dass sie irgendwann wieder nach Hause ziehen?«

Tomas seufzte. »In diesem Fall *ist* Veera ihr Zuhause. Sie lebt schon bei Mimmi seit ihrem ersten Lebensjahr. Sie kennt ihre leibliche Mutter kaum. Das Ganze fühlt sich echt verkehrt an.«

»Und was sagt der Pflegevater dazu?«

»Keine Ahnung. Der scheint nicht allzu engagiert zu sein.«

»Hm.« Anna nippte an ihrem Wein.

Das Thema schien Tomas zu beschäftigen. Vielleicht wäre Schweigen doch besser gewesen.

»Da stimmt doch etwas nicht im System«, fuhr er fort. »Ich hab von einem Fall gehört, bei dem Polizisten mitten am Tag ein Kind aus der Schule geholt und an einen unbekannten Ort gebracht haben, zu wildfremden Leuten. Dafür sind wir doch gar nicht ausgebildet, oder? Familien zu zerreißen und Kinder aus einer sicheren Umgebung herauszuholen?«

»Nein.«

»Das macht mich so wütend!« Er nahm noch einen großen Schluck Wein.

»Zu Recht«, sagte Anna.

Am besten pflichtete sie ihm einfach bei. Vielleicht würden sie dann ja das Thema wechseln und über etwas Erfreulicheres reden können.

»Hör mal, nächste Woche brauchen wir einen Babysitter. Glaubst du, deine Eltern könnten einspringen? Wir sind nämlich auf einer Party eingeladen.«

»Ich kann sie ja mal fragen. Was denn für eine Party?«

»Arams Abschiedsparty.«

»Aram Demir?«

»Ja, oder kennst du noch einen anderen Aram?«

»Willst du damit sagen, dass er bei euch aufhört?«

»Ja, leider. Seine Frau hat einen richtigen Spitzenjob im Ausland angenommen, und die Familie zieht mit. Er wird mir fehlen. Auf jeden Fall ist die Party …«

»Aram hört auf, und das erzählst du erst jetzt? Wann hast du das denn erfahren?«

Anna war von seiner Reaktion vollkommen überrumpelt. Warum sah er denn plötzlich so wütend aus?

»Ich … Vor ein paar Tagen …«

Und dann fiel der Groschen. Natürlich! Tomas war auf Jobsuche hier in der Gegend, und Anna hatte gar nicht daran gedacht, ihm von einer Stelle zu erzählen, für die er allemal qualifiziert wäre. De facto hatten Tomas und sie sich ein paar Jahre zuvor überhaupt erst kennengelernt, weil Aram im Urlaub gewesen war und Anna Hilfe bei der Durchsuchung des Computers eines Opfers gebraucht hatte. Die Stelle wäre perfekt für Tomas!

»Tomas, ich bin eine Idiotin! Bitte entschuldige! Ich hab total vergessen, das zu erwähnen!«

»Ach.«

»Aber ich nehme an, dass die kriminaltechnische Abteilung die Stelle bald ausschreibt. Darauf *musst* du dich natürlich bewerben!«

Tomas lehnte sich auf seinem Stuhl zurück und seufzte.

»Ja. Nur dass unsere Familiensituation nicht gerade leichter wird, wenn wir beide als Polizisten arbeiten – obendrein in derselben Dienststelle. Was sollen wir denn mit Gottfrid machen, wenn wir abends oder am Wochenende arbeiten müssen?«

»Das sehen wir, sobald du den Job hast«, entgegnete Anna und bemühte sich um einen aufmunternden Gesichtsausdruck.

»Hm.«

Tomas sah wenig überzeugt aus.

Im selben Moment fing Annas Handy an zu vibrieren. Sie beschloss, es zu ignorieren. Wichtiger war jetzt, mit Tomas wieder ins Reine zu kommen.

»Kannst du nicht einfach nachsehen, wer da anruft?«, fragte Tomas verärgert. »Das Ding blinkt seit einer Viertelstunde ununterbrochen wie ein Raumschiff.«

»Wenn du meinst …«

Sieben verpasste Anrufe von Rolf! Schlagartig war ihr eiskalt. Hoffentlich war ihm nichts zugestoßen!

Und eine Nachricht, ebenfalls von Rolf.

»Bitte entschuldige – das ist Rolf, da muss ich eben nachsehen …«

Maud Silén war so müde, dass sie keinen klaren Gedanken mehr fassen konnte, aber ausnahmsweise hatte sie das

Unmögliche möglich gemacht. Die heutigen Hausbesuche waren erledigt, und es war Abend geworden. Nach
dem Besuch bei Jutta Rossi war sie bis ans andere Ende
der Stadt gefahren, um einen fünfzehnjährigen Jungen
zu besuchen, der schon mehrfach von zu Hause ausgeris-
sen war und inzwischen bei seiner Großmutter wohnte.
Das Arrangement war nicht ideal, weil die Großmutter
Probleme mit dem Herzen hatte und der Junge derzeit
auf ADHS getestet wurde, was hoffentlich dazu führen
würde, dass er die geeignete Therapie gegen seine Aus-
brüche bekäme. Maud machte sich in diesem Fall ebenso
sehr Sorgen um die alte Frau wie um den Jungen, aber
zumindest hatte sie das Gefühl, dass die beiden ein gutes
Verhältnis zueinander hatten, so dass sie fürs Erste nicht
viel mehr tun konnte, als auf das Beste zu hoffen.

Der Besuch bei einer syrischen Flüchtlingsfamilie, deren Asylantrag jüngst bewilligt worden war, war umso
schwieriger gewesen. Beide Kinder und die Erwachsenen waren aufgrund der Erlebnisse vor und während
der Flucht aus ihrem Heimatland schwer traumati-
siert, insbesondere die zwölfjährige Tochter. Allem Anschein nach legte sie dadurch seit einiger Zeit ein selbst-
verletzendes Verhalten an den Tag. Obwohl Maud jede
einzelne kinderpsychologische Praxis im Regierungs-
bezirk abtelefoniert hatte, war ihr Betteln vergebens
gewesen. Sie alle waren bereits überlastet und konnten
keine weitere Patientin mehr aufnehmen. Und selbst
wenn sich eine bereit erklärt hätte, so herrschte auch an
Dolmetscherinnen und Dolmetschern akuter Mangel.

Sie würde ihren Kampf tags darauf fortsetzen, auch
wenn ihr klar war, dass es schwer werden würde. Ihr
morgiger Tag war schon mit anderen Familien und wei-
teren Sorgen verplant.

Doch erst einmal würde sie nach Hause fahren und ihre Notizen ins Reine schreiben – auf dem Ersatzlaptop, mit dem ihr die Arbeit nach wie vor schwerfiel.

Erik war nicht zu Hause. Er hatte eine sechste Klasse in ein Schullandheim gefahren und würde drei Nächte wegbleiben. Es wäre nett gewesen, zusammen zu essen und sich zu unterhalten, aber sie würde bestimmt auch allein klarkommen.

Von ihrem letzten Hausbesuch musste Maud rund zwanzig Kilometer nach Hause fahren. Die Strecke war im Großen und Ganzen beleuchtet, allerdings gab es ein kurzes Stück, auf dem die Kommune sich die Straßenlaternen sparte und sie durch pechschwarze Dunkelheit fahren musste. Im selben Augenblick, da sie an der letzten Straßenlaterne vorbeikam, blendete Maud gewohnheitsmäßig auf, und die Scheinwerfer erhellten den dunklen, aber schneefreien Asphalt. Zu beiden Seiten erstreckte sich Nadelwald, und linker Hand befand sich, wie sie wusste, eine ganz hervorragende Stelle zum Pilzesuchen.

Sie änderte ihre Sitzposition ein wenig, weil ihr Rücken schmerzte, landete dann aber unglücklich auf einem der Mantelschöße, so dass sie die Hand vom Steuer nehmen musste, um den Stoff unter sich hervorzuziehen.

Im selben Moment blendete sie grelles Licht.

Ein Auto näherte sich von hinten, und die hellen Scheinwerfer spiegelten sich im Rückspiegel, so dass Maud für einen Moment nichts sehen konnte.

»Mach dein Fernlicht aus, du Vollidiot«, murmelte sie. »Und musst du so dicht auffahren?«

Sie versuchte, dem anderen Fahrer per Lichtzeichen mit der Warnblinkanlage zu signalisieren, dass er abblenden sollte, doch der schien den Hinweis nicht zu verstehen.

Ein Stück voraus wurde die Straße etwas breiter, und sobald es ihr möglich war, fuhr sie ein Stück weiter rechts, damit der Idiot sie überholen konnte.

»Bitte schön, wenn du's so eilig hast ...«

Sie klang schnippisch, war aber tatsächlich verunsichert. Es war unangenehm, dass ein anderer Verkehrsteilnehmer ihr ausgerechnet auf der dunkelsten, einsamsten Wegstrecke derart dicht auffuhr.

Und dann wollte der Fahrer hinter ihr sie nicht mal überholen! Maud konnte nichts weiter tun, als wieder schneller zu fahren.

Zum Glück sah sie ein Stück voraus bereits Licht. Nicht mehr lange, und die Straßenbeleuchtung setzte wieder ein.

Maud blendete demonstrativ ab. Weit war es ja nicht mehr.

Und jetzt konnte sie den Wagen hinter sich auch ein wenig besser erkennen. Es handelte sich um einen ganz normalen Pkw, womöglich um einen Renault. Schwarz oder grau, irgendwas Dunkles jedenfalls.

»Spinner«, murmelte Maud und setzte schon mal den Blinker, um von der Landstraße abzufahren.

Der Spinner tat es ihr gleich.

Bei der nächsten Kreuzung dasselbe. Der Wagen fuhr immer weiter hinter Maud her. Allmählich wurde ihr mulmig.

Was mache ich denn jetzt? Soll ich nach Hause fahren? Was ist, wenn der Wagen mir bis dorthin hinterherfährt? Und wer könnte das sein?

Alle Müdigkeit war inzwischen verflogen. Vor lauter Angst war sie hellwach. Vor ihr tauchte der kleine

Stadtteil-Supermarkt auf und war verlockend erleuchtet. Maud bog auf den Parkplatz ab und hielt an.

Doch auch dorthin folgte ihr der andere Wagen. Im Rückspiegel konnte sie die Silhouette des Fahrers sehen: aller Wahrscheinlichkeit nach ein Mann, mit einer Kapuze über dem Kopf. Als sie versuchte, einen Blick auf das Kennzeichen zu werfen, drehte sie sich ein wenig zu schnell um und schrie laut auf vor Schmerzen.

Der Hexenschuss war zurück.

Sie hätte heulen können.

Anna nahm den üblichen Weg durch die Lücke im Absperrungszaun, dann quer über den Schulhof in Richtung des eingeschlagenen Fensters neben dem Eingang.

»Rolf, du Spatzenhirn ...«, murmelte sie vor sich hin.

All die Jahre, in denen Anna Glad und Rolf Månsson im Polizeidienst zusammengearbeitet hatten, war Rolf der Vernünftige, Anna hingegen die Impulsive, Unbedachte gewesen. Anscheinend hatten sie jetzt die Rollen getauscht.

Komm, so schnell du kannst, ins Holmborg, hier herrscht das totale Chaos! Rolf, hatte er ihr geschrieben. (Rolf bestand darauf, seine Nachrichten zu unterschreiben, hauptsächlich um sich von »diesen Millennialisten oder wie die heißen« abzugrenzen.)

Gelangweilte Jugendliche aus einem leer stehenden Schulgebäude zu verscheuchen war eine Sache, doch jetzt war Anna anscheinend genötigt, auch noch eine kunstinteressierte Rentner-Gang von dort zu vertreiben.

Aus dem ersten Stock waren ein Klopfen und aufgeregte Stimmen zu hören, und Anna atmete tief durch, als sie auf den Treppenaufgang zuhielt.

Im selben Moment, da sie den oberen Treppenabsatz erreichte, krachte es, und eine Wolke aus Gipsstaub schlug ihr entgegen.

»Pfui, Teufel!« Augen, Mund und Nase füllten sich mit Gott weiß was ... Schimmelsporen? Asbeststaub? Pestbazillen?

Sie konnte kaum etwas sehen, hörte aber, wie mehrere Stimmen irgendwo in der Staubwolke johlten und – ja, jubilierten. So klang es jedenfalls.

»Hallo?«, rief Anna. »Was ist denn hier los?«

Sie stieß mit jemandem zusammen, der sich nach ihr umdrehte. Er trug Schutzbrille und -maske, doch die Stimme erkannte sie sofort wieder. Es war ohne Zweifel Max.

»Hey, Anna, da bist du ja endlich!«

»Was hat da gerade so gekracht?«

»Die Gipskartonwand. Wir haben sie losgekriegt! Solltest du nicht einen Mundschutz tragen? Warte, du kriegst einen von mir ...«

Im selben Moment kreischte jemand laut los. »O mein Gott! Wir haben es gefunden! *Wir haben es gefunden!*«

Der Jubel war ohrenbetäubend. Anna legte sich den Mundschutz an und tastete sich vorwärts. Unterwegs rempelte sie mehrere Menschen an, weil sie nach wie vor kaum etwas sehen konnte.

»Rolf? Hallo? Was geht hier vor? Polizei!«

Doch anscheinend wurde sie komplett ignoriert.

»Taschenlampen! Alle Taschenlampen anschalten und nach vorn ausrichten!«

Auch diese Stimme erkannte Anna. Es war die Stimme dieser Aufrührerin, Siw Moberg.

Allmählich legte sich der Staub, und jetzt, da ein gutes Dutzend Taschenlampen gleichzeitig aufleuchtete, sah Anna rund zwanzig Personen vor sich. Alle trugen Mundschutz, deshalb konnte sie kaum jemanden erkennen. Rolf Månssons Silhouette jedoch hätte sie auf einhundert Meter Entfernung wiedererkannt.

»Seid ihr vollkommen wahnsinnig?«, fauchte sie und packte ihn am Arm. »Gerade du, Rolf! Warum hast du sie nicht aufgehalten?«

Sein Blick über dem Mund-Nasen-Schutz war unverkennbar beschämt.

»Tja, das war vielleicht dumm von mir … Aber schau dir das an!«

Anna drehte sich zu der Wand um, auf der bis hinauf zu der mindestens vier Meter hohen Decke ein riesiges Gemälde prangte.

»Schiebt das mal da weg«, kommandierte Siw Moberg und zeigte auf die Gipskartonbruchstücke, die überall am Boden herumlagen.

Unwillkürlich war auch Annas Neugier geweckt. Was genau hatten sie hier denn entdeckt? Eine Art … Fresko?

Das Motiv war schwer zu erkennen, solange die Taschenlampen auf und ab flackerten.

»Aus dem Weg! Ich hab einen Scheinwerfer hier«, tönte eine Männerstimme.

Ein starker Lichtkegel flammte hinter der versammelten Mannschaft auf, und alle huschten eilig zur Seite.

Das Wandbild war staubig und schmutzig, aber endlich war das Motiv zu erkennen.

»Das ist … einzigartig!«, keuchte jemand hinter Anna.

»Und guckt mal! Ist das dort in der Ecke nicht der Erzengel?«

»Ja! Das ist er! Es *ist* ein Jeremias! Ich *wusste* es!«

Anna spürte, wie sich jedes Härchen an ihrem Körper

aufrichtete, als ihr dämmerte, was das Wandbild in der stillgelegten Schule darstellen sollte.

»Ach du Schande … Rolf, wie kann …?«

Das konnte doch nicht wahr sein!

Die Idee mit der Meuterei stammt ursprünglich von LB.

Erst verziehen alle das Gesicht, weil sich die Laberbacke wohl mal wieder was ausgedacht hat, worüber er quatschen kann. Doch dieses Mal lässt er nicht locker.

»Das kann doch so nicht weitergehen«, sagt er. »Wir müssen Holmborg das Handwerk legen!«

LB kann nicht nur singen, er kann auch gut Reden schwingen – und dann ignoriert ihn keiner mehr. Im Handumdrehen wird ständig über all das gemunkelt, was er vorgeschlagen hat.

Wir müssen etwas unternehmen.

Müssen.

Unternehmen.

Irgendwas.

Poris ist felsenfest davon überzeugt, dass die Bestrafungsmethoden von Direktor Holmborg illegal sind. Man darf Minderjährige nicht so lange in Einzelhaft stecken, wie Holmborg es tut. Außerdem weiß Holmborg genau, dass Koskinen und die anderen Wachen uns schlagen, lässt sie aber gewähren, und die Wachen sind natürlich total übereifrig, wenn niemand sie mehr zurückpfeift. Mit jedem Mal schlagen sie härter und immer noch härter zu.

Holmborg hat ein paar Neue eingestellt, und von denen

ist einer schlimmer als der andere. Brunström ist fast genauso durchgeknallt wie Koskinen. Die beiden scheinen beinahe miteinander zu wetteifern, wer sich die schlimmeren Bestrafungen für uns ausdenkt. Es kommt mir so vor, als würden ihnen die Zellen nicht mehr ausreichen.

Ein dicker Junge muss im Starkregen zwei Runden um den Sportplatz rennen, bis er sich die Seele aus dem Leib kotzt. Das war Brunströms Idee.

Ein kleiner, zarter Junge muss sämtliche Bänke aus dem Lager allein nach draußen tragen. Er schafft es sogar, obwohl er zittrig ist wie ein Grashüpfer. Als Koskinen sieht, wie stolz der Junge am Ende ist, prügelt er ihn windelweich.

Und so geht das ständig.

Und es gibt niemanden mehr, mit dem wir Jungs reden könnten. Nicht nur dem Werklehrer ist gekündigt worden, die Musiklehrerin musste ebenfalls gehen. Sie war LBs Lieblingslehrerin, eine kleine, untersetzte ältere Frau, die während der Andachten am Klavier saß, die aber überdies bemerkt hat, dass LB musikalisch ist, und versucht hat, ihn zum Üben zu ermutigen. Ich glaube nicht, dass viele Erwachsene in LBs Leben ihn überhaupt je zu etwas ermutigt haben. Er war jedenfalls überglücklich. Aber jetzt ist sie ebenfalls weg.

Und dann die Sache mit dem Brief: dass wir die ganze Zeit Briefeverbot haben und der Direktor meinen Brief zerrissen hat. (Auch wenn Poris den Brief gerettet hat: Nachdem ich in die Zelle geführt worden war, hat er in Windeseile die Schnipsel eingesammelt und wieder zusammengeklebt.)

Es kann doch nicht legal sein, dass wir keine Briefe schreiben und empfangen dürfen!

Was mich aber am wütendsten macht, ist, dass Mama und Ulla wieder zu Hause sind und anscheinend versucht haben, mich von hier wegzuholen, und dass Holmborg das nicht zugelassen hat. Der Brief, den ich von unserem Nachbarn bekommen habe, ist der Beweis. Bestimmt macht Holmborg mit anderen Jungs ganz ähnliche Sachen.

Er hat nicht vor, uns hier jemals rauszulassen. Er ist ein Tyrann und total machtbesessen, sagt Poris.

Deshalb plant LB jetzt die Revolution. Holmborg, Koskinen und vor allem Brunström müssen weg, sagt er. Und ich bin ganz seiner Meinung.

Nach einer Weile ist Poris der Einzige, der LB noch widerspricht. Er findet, dass das mit der Meuterei brandgefährlich ist. Poris und LB streiten so oft darüber, dass sie sich inzwischen dafür zurückziehen, damit niemand anderes sie dabei hört. Ich sehe sie zusammen auf der Laufbahn, in der Raucherecke, hinter dem Waschhaus. Sie reden und reden, allerdings könnte ich nicht sagen, wer inzwischen Oberwasser hat.

»Du willst doch nur deshalb nicht mitmachen, weil du bald siebzehn wirst«, schreit LB einmal, »und dann sowieso hier rauskommst! Aber denk auch mal an uns andere! Wir sitzen hier in dieser Scheiße fest, und die machen mit uns, was sie wollen! Wetten, als Nächstes stirbt noch einer?«

An diesem Punkt knickt Poris schließlich ein.

»Okay, macht eure Meuterei. Aber ich mach da nicht mit.«

LB hat tausend Ideen.

Sollen wir dem Präsidenten schreiben und ihm erzählen, was hier passiert?

Sollen wir in einen Hungerstreik treten?

Sollen wir alle auf einmal einen Ausbruch versuchen? Schließlich können sie uns nie im Leben alle gleichzeitig festhalten? Irgendwer wird sich dann doch bis nach Hause durchschlagen können.

Diese Idee beschäftigt uns am allermeisten. Ein Massenausbruch. Das wäre genial.

LB hat sogar schon ein Fahrrad für mich organisiert. Ein paar Mädchen radeln jeden Tag am Kastanienhof vorbei, und LB steht gern mal an der Küchentür, wenn sie kommen. Wenn er dann lächelt und seine blonden Locken schüttelt, dann liegen ihm alle zu Füßen, das hab ich schon gemerkt. Das wird ihn noch weit bringen, wenn er erst ein Popstar ist.

Die Mädchen haben uns jedenfalls schon mit Zigaretten und Schokolade versorgt, und eine von ihnen (sie glaubt, dass LB ihr Freund ist oder so) hat versprochen, das alte Fahrrad ihres Bruders im Wald zu verstecken, damit ich damit fliehen kann. Irgendwie muss ich ja nach Hause kommen und nachsehen, wie es Ulla geht.

Poris hat nicht vor zu fliehen, trotzdem hat er sich den Großteil des Plans ausgedacht. Bei so etwas ist er einfach spitze.

Und so lautet der Plan: Donnerstags zwischen 18 und 19 Uhr spielen wir immer Fußball auf dem Platz vor der Schule. Poris hat festgestellt, dass immer um 18.45 Uhr ein Laster kommt, der das Essen für die kommende Woche im Kastanienhof anliefert. Da stehen die Tore fast eine geschlagene Minute lang offen.

Wenn wir Fußball spielen, sind normalerweise drei oder vier Wachen dabei, die an der Wand sitzen – ein ganzes Stück vom Tor entfernt.

Deshalb ist der Plan ziemlich einfach. Sobald der Laster kommt, rennen wir alle, so schnell wir nur können, in Richtung Tor. Ein paar von uns werden es vielleicht nicht schaffen, aber drei Wachen können unmöglich zwanzig Jungs aufhalten.

Diejenigen, die durchkommen, sollen einen Briefkasten

finden und einen Brief an die Zeitung Helsingin Sanomat *schicken.*

Poris hat den Brief formuliert, wir anderen haben ihn anschließend alle abgeschrieben.

In dem Brief steht, wie es uns hier im Kastanienhof ergeht. Es steht wirklich alles drin: über den Direktor, über Koskinen, Brunström, die Zellen, das Briefeverbot.

Poris glaubt, dass die Zeitung das nicht ignorieren kann, wenn gleich mehrere solche Briefe kommen. Irgendein Reporter wird sich dafür interessieren und anfangen nachzuforschen.

Ich hab die ganze Woche lang Schmetterlinge im Bauch und muss mich zusammenreißen, um mich so gut wie nur möglich zu benehmen. Wie ätzend wäre es denn bitte, wenn ich in der Zelle festsäße, während alle anderen ausbrechen?

Und ich muss nach Hause. Ich muss zu Ulla.

KAPITEL 6

Schlimme Flausen
Sturer Kinder
Vertreibe man mit Weiden.
Mutter, schlag nur milde zu,
So nützet es uns beiden.

Freitag

»Hier, bitte.«

Märta drückte Annette Käld einen Pappbecher mit dampfend heißem Tankstellenkaffee in die Hand.

»Danke.«

Annette stand, wie sie jetzt erst bemerkte, genau in einem Himmel-und-Hölle-Feld auf dem asphaltierten Schulhof der alten Holmborg-Schule. Sie war als kleines Mädchen eine begeisterte Himmel-und-Hölle-Hüpferin gewesen, und fast wäre sie versucht gewesen, die alten Sprünge auszuprobieren. Allerdings hätte es vielleicht komisch ausgesehen, wenn die Polizeichefin angefangen hätte, hier auf dem Schulhof herumzuhüpfen, während um sie herum reger Betrieb herrschte und die ersten Gaffer sich bereits an der Absperrung versammelten.

Nach jahrelangem Schlummer war das Holmborg nun also wieder zum Leben erwacht. Annette hatte schon geglaubt, dass Anna Glad sich einen dummen Scherz mit ihr erlaubt hätte, als sie kurz vor Mitternacht angerufen und ihr von dem Durcheinander in der alten Schule erzählt hatte – und dass dort ein verschollenes Wandgemälde aufgetaucht sei, das irgendein superbekannter Künstler gemalt habe. Diese Nachricht verbreitete sich derzeit auch schon in sämtlichen sozialen Netzwerken …

Obwohl seit dem Fund gerade mal gute acht Stunden vergangen waren, waren bereits zig Menschen vor Ort: Journalisten, Vertreter des Museumsverbands, Lokalpolitiker, Passanten … Was für ein Riesenaufruhr!

Die Polizei hatte ein Grüppchen namens Freunde der Kunst zum Glück endlich hinausgeleiten können, wenn auch nur unter Protest. Doch es wäre unverantwortlich gewesen, einen Trupp starrköpfiger Rentnerinnen und Rentner in einem schimmelverseuchten Gebäude herumlaufen zu lassen.

»Hast du schon einen Blick auf das Bild geworfen?«, erkundigte sich Annette.

»Nur flüchtig«, antwortete Märta.

»Und was hältst du davon?«

»Also, es ist … Na ja, Kunst ist nicht gerade mein Spezialgebiet, aber das Motiv war schon irgendwie gruselig. Und ziemlich aktuell!«

Annette verdrehte die Augen. »Nicht du auch noch!«

Das Gleiche hatte auch Anna Glad erzählt, als sie mitten in der Nacht angerufen hatte.

»Es stellt Schächte dar – Leute in Gullyschächten! So wie Yrsa Manner und der Tote aus Vuosaari ausgesehen haben müssen! Das kann doch kein Zufall sein, das kann einfach nicht sein!«

Annette schüttelte den Kopf. Klar war es außergewöhnlich. Wie hätte Anna eine andere Schlussfolgerung ziehen können? Aber dieses Wandbild in der Schule war an die fünfzig Jahre alt, wenn es stimmte, was die Freunde der Kunst behaupteten. Wie konnte es da einen Zusammenhang zu den Todesfällen der vergangenen Tage geben?

Als hätte Annette nicht ohnehin genug Ärger am Hals …

Sie war hin- und hergerissen gewesen, ob sie Anna in der aktuellen Situation überhaupt in die Hauptstadt schicken sollte. Womöglich erzählte sie Tapio Salonen etwas von der Wandmalerei und diesem Kultkünstler. Andererseits konnte sonst niemand fahren, deshalb hatte Anna sich nach ein paar Stunden Schlaf letztlich doch auf den Weg gemacht.

Überhaupt hatte Annette sich in letzter Zeit öfter Gedanken um Anna Glads Verhalten gemacht. Sicher, Anna hatte ein Kleinkind zu Hause, das anscheinend nachts noch nicht durchschlief, aber der Vater des Kindes war doch daheim, oder? Da durfte sich die innerfamiliäre Situation doch nicht dermaßen auf die Arbeit niederschlagen! Anna war seit jeher eigensinnig und stur, doch bei der Arbeit war sie immer eine Bank gewesen. Es wirkte fast so, als wäre sie seit einigen Monaten zerstreuter als sonst und leicht geistesabwesend.

»Je-re-mi-as, Je-re-mi-as …«

Eine Horde Jugendlicher stand vor der Absperrung und skandierte den Namen des Künstlers. Anscheinend hatten sie in den sozialen Medien Wind von der Sache bekommen und sich kurzerhand zu leidenschaftlichen Kunstkennern ernannt. Jeremias war immerhin das Pendant der Bildenden Kunst zu … Als hätte Annette die aktuelle Musikszene im Blick! Zu Lady Gaga vielleicht?

»Ich hoffe wirklich, dass die Bewachung der Schule nicht auch noch in unser Aufgabengebiet fällt«, murmelte sie. »Wir sind auch so schon überlastet.«

»Mhm«, murmelte Märta. »Wenn jetzt die Massen hier herströmen, brauchen wir eine ganze Armee von Wachleuten – und einen sehr viel besseren Absperrzaun!«

»Es ist allein schon eine Armee vonnöten, um die da auf Abstand zu halten!«

Annette nickte vielsagend in Richtung einer älteren Frau in einem bunten Mantel und mit langen, wallenden Haaren, die auf der anderen Seite der Absperrung wild mit den Armen fuchtelte. Anscheinend war sie die Frontfrau dieser Kunstfreunde. Und obwohl ihre Gefolgschaft irgendwann müde geworden und im Lauf der Nacht nach Hause gegangen war, stand die Frau immer noch unerbittlich am Bauzaun.

»Aber warum hört mir denn keiner zu?«, brüllte sie gerade. »Ich habe wertvolle Informationen zu dem Wandbild! Ich bin seit Jahren mit der Sache vertraut! Hallo?«

»Ich gehe mal rüber und rede mit ihr«, sagte Märta.

Aus dem Gebäude rief jemand nach Annette – der Elektriker, der ein paar Stunden zuvor dazugerufen worden war. Auch er sah verstaubt und müde aus.

»Jetzt sollten Sie Strom im kompletten Flur haben«, teilte er ihr mit.

»Hervorragend.«

Die Beleuchtung war Voraussetzung gewesen, um im Inneren des Gebäudes überhaupt irgendwas unternehmen zu können. Die Sonne ging zwar allmählich auf, aber innerhalb des Gemäuers war es dunkel. Jetzt konnten die Sachverständigen aus dem Museum das Gemälde endlich richtig in Augenschein nehmen. Annette hoffte inständig, dass sie sich schlapplachen und verkünden würden, dass das Bild einfach nur wertloses Geschmiere sei, das man gern abreißen dürfe. Das würde Annettes Alltag bedeutend erleichtern (und für die Stadt sehr viel billiger werden).

Die zerschlagenen Fenster waren mit Sperrholzplatten provisorisch verrammelt und stattdessen die Eingangstür aufgeschlossen worden. Annette legte ihren Mund-Nasen-Schutz an und betrat die Eingangshalle.

Im Schein der Deckenlampen fiel zuallererst auf, wie schmutzig es hier war. Lediglich im ersten Stock auf dem Flur mit dem Gemälde waren die schlimmsten Trümmer beseitigt worden.

Annette trat auf die Wand zu und betrachtete mit verschränkten Armen das Bild, das dort freigelegt worden war.

Zugegeben, es war beeindruckend. Und tatsächlich ein bisschen unheimlich. Das Bild war mindestens fünf Meter breit und reichte vom Boden bis zur Decke. Es war außerordentlich detailreich und zeigte ein Durcheinander aus mehreren kleinen Figuren, die mit unterschiedlichstem Unfug beschäftigt waren: Einige schienen herumzuhüpfen, während andere Zigaretten rauchten oder einander mit riesigen Gabeln oder anderen Gegenständen in der Hand nachjagten.

Doch Annette Kälds Aufmerksamkeit wurde sofort auf einen speziellen Bereich in der Bildmitte gelenkt, auf drei Schächte im Querschnitt, auf deren Grund jeweils eine Figur kauerte.

Vor allem die Darstellung des Mannes im mittleren Schacht verursachte Annette eine Gänsehaut. Sein Gesicht war derart angstverzerrt, als würde er Höllenqualen erleiden. Während der Rest des Bildes eine mehr oder weniger zeitlose Fantasielandschaft darstellte, sahen diese drei Männer regelrecht modern aus – oder zumindest modern für die Siebzigerjahre, mit der typischen Kleidung und einer zeitgenössischen Frisur. Der Mann in der Mitte trug eine seinerzeit moderne kantige Brille.

»Gruselig!«

Märta war von hinten an Annette herangetreten.

»Das kann man wohl sagen. Und abtransportieren kann man es ja wohl auch kaum … Ich hoffe nur, dass der Museumsverband oder das Kultusministerium oder irgendwer sonst die Kosten für den Wachdienst übernimmt.«

»Ist es nicht umwerfend?«, sagte eine weitere Stimme, und Annette wirbelte herum.

Hinter ihr stand die Frau mit den langen Haaren und betrachtete das Gemälde mit funkelnden Augen.

»Das ist Siw Moberg«, erklärte Märta. »Sie hat jahrelang nach dem Gemälde gefahndet. Sie kann uns vielleicht ein paar Fragen beantworten, deshalb habe ich sie mit hereingebracht.«

Am liebsten hätte Annette der älteren Frau ordentlich die Leviten gelesen, weil sie sich hier Zutritt verschafft hatte und für das ganze Durcheinander hauptverantwortlich war. Aber vielleicht hatte Märta ja recht, und diese Siw konnte ihnen eine Erklärung für dieses Chaos liefern.

»Was können Sie uns über das Bild erzählen?«

Siw trat sofort näher. »Es ist ein echter Jeremias, daran besteht kein Zweifel. Sehen Sie den kleinen Engel dort in der Ecke? Den blonden Jungen? Das ist Jeremias' Signatur. Er malt den Engel in jedes seiner Bilder. Das ist der Beweis dafür, dass dies hier echt ist, glauben Sie mir. Das werden Ihnen auch die Kunstsachverständigen bestätigen.«

»Sie meinen wirklich Jeremias? *Den* Jeremias? Den bekannten? Und ausgerechnet hier in dieser Stadt?«

»Genau den meine ich. Ich weiß, es klingt irrsinnig, aber ich habe jede Menge Beweise dafür.«

Annette war nicht im Geringsten begeistert, dass in ihrer Stadt eine Kunstsensation entdeckt worden war.

Sie war einfach nur müde. Wie in aller Welt würde das hier weitergehen?

»Sie müssen versprechen, dass Sie das Kunstwerk nachts bewachen«, fuhr Siw Moberg fort. »Niemand darf es zerstören! Nicht dass so etwas passiert wie mit der Mona Lisa! Und Michelangelos Pietà! Manche Leute sind einfach skrupellos …«

Annette atmete tief ein.

»Als hätten wir sonst nichts zu tun«, murmelte sie in sich hinein.

Maud Silén jaulte laut auf, als sie sich aus dem Bett stemmte. Erik war noch nicht zu Hause, deshalb konnte sie jaulen, so laut sie wollte. Und das machte sie auch, denn ihr Rücken tat fürchterlich weh.

Maud hatte in ihrer Not eine ordentliche Dosis Schmerzmittel genommen, kaum dass sie am Vorabend endlich aus dem Auto gestiegen war. Sie hatte sich, wie sie jetzt erst bemerkte, nicht mal mehr umgezogen, sondern bloß die Hose abgelegt und in Unterwäsche und Bluse geschlafen.

Außerdem hatte sie sich eingeredet, dass ihr Rücken bestimmt über Nacht besser werden würde. Aber das war nicht passiert.

Vornübergebeugt wie der Glöckner von Notre-Dame schleppte Maud sich in die Küche.

Drei Tabletten und ein Schluck Wasser. Bald wären die schlimmsten Schmerzen ausgestanden, das wusste sie aus Erfahrung. Es war schließlich nicht ihr erster Hexenschuss.

Doch zur Arbeit würde sie es ganz gewiss nicht schaffen. Ihr blieb nichts anderes übrig, als Håkan Lund anzurufen.

Ihr Teamleiter war überraschend entgegenkommend.

»Ach herrje, Maud, du Arme! Dann erhol dich mal gut!«

»Schon, aber was wird heute aus meinen Klienten?«, fragte sie. »Vielleicht könnte Päivi als Aushilfe einspringen? Sie hat in der Vergangenheit einige meiner Familien kennengelernt und arbeitet klasse ...«

»Mach dir mal keine Sorgen! Du musst dich jetzt vorrangig um dich selbst kümmern.«

Ungläubig beendete Maud das Gespräch. Eigentlich hätte sie erleichtert sein müssen, aber sie war alarmiert. Sie hoffte inständig, dass Håkan in ihrer Abwesenheit nicht irgendwelche Dummheiten machte.

Allmählich begannen die starken Medikamente zu wirken, und eine lähmende Müdigkeit überkam sie. Sie überlegte kurz, Erik anzurufen, ließ es dann aber lieber bleiben. Ihn zu beunruhigen war unnötig, sie würde schon irgendwie zurechtkommen.

Maud schlurfte zurück ins Schlafzimmer und schlief sofort ein, kaum dass sie sich hingelegt hatte.

Anna fühlte sich merkwürdig, fast schon unangemessen heimisch, als sie in Helsinki durch die Flure des Rechtsmedizinischen Instituts ging. Etwa zehn Jahre zuvor, kurz bevor sie in die Kleinstadt gezogen war, hatte sie mehrmals im Monat dieses Gebäude betreten. Damals war sie eine energische, ehrgeizige frisch gebackene Polizistin gewesen – oder waren ihre Erinnerungen leicht verklärt? Womöglich war sie damals schon der gleiche Morgenmuffel und Schussel gewesen. Doch bei der Arbeit hatte sie stets alles gegeben, und weil sie kinderlos und Single gewesen war, hatte sie deshalb auch nie ein schlechtes Gewissen haben müssen. Es hatte keinen

Partner und auch kein Kind gegeben oder irgendwen der sie enttäuscht hätte ansehen können, wenn die Pflicht sie von zu Hause wegrief.

Wenn ich damals nur hätte sehen können, wie leicht das Leben war, und es mehr genossen hätte, schoss es ihr durch den Kopf.

Und prompt hatte sie ein schlechtes Gewissen und führte den Gedanken fort: Aber *natürlich* bin ich unendlich dankbar für Gottfrid und Tomas, und *natürlich* würde ich sie niemals wieder eintauschen wollen.

Sie hatte kaum die Hand gehoben, um die Klingel zu Abteilung 4 zu betätigen, als die Tür aufging und ein Mann sie ansprach.

»Hey, sind Sie Annette?«

»Fast«, erwiderte Anna und verspürte den kaum zu bändigenden Impuls, sich durchs Haar zu streichen – ein Tick von ihr, wenn sie attraktiven Menschen begegnete. Da war sie sich immer sofort schmerzlich bewusst, wie zerzaust sie meist aussah. Und dieser Mann mit den grünen Augen und dem akkurat gestutzten Bart hätte direkt aus einem Werbeprospekt stammen können.

»Annette ist meine Chefin. Ich bin Anna Glad. Ich leite die Ermittlung im Fall der toten Frau aus dem Gullyschacht.«

Der Mann streckte ihr die Hand entgegen. »Oliver. Ich leite den Fall des toten Mannes aus dem Gullyschacht. Wenn sich herausstellen sollte, dass wir in ein und derselben Sache ermitteln, können wir ja armdrücken, wer von uns das Kommando übernimmt. Haben wir zwei gestern telefoniert?«

»Nein, das muss Annette gewesen sein.«

»Das erklärt einiges. Du siehst nämlich weitaus jünger aus, als du am Telefon geklungen hast.«

Fast zwanghaft strich Anna sich eine widerspenstige Haarsträhne hinter das rechte Ohr. Sie hätte nicht sagen können, ob ihr Gegenüber flirtete oder einfach nur freundlich sein wollte.

»Hm. Wo müssen wir denn hin?«

»Komm mit.«

Er schob eine breite Tür auf der rechten Seite des Flurs auf. Anna hängte ihre Jacke auf und wusch sich ausgiebig die Hände. Dann klopfte Oliver an die nächste Tür.

»Jahaaa«, rief eine Stimme.

Typischer Sektionssaalgeruch schlug ihr entgegen. Sie hatte Jahre gebraucht, um sich daran zu gewöhnen. Inzwischen wusste sie, dass sie ihn binnen weniger Minuten ausblenden konnte.

Die Rechtsmedizinerin war eine kleine Frau fortgeschrittenen Alters, die sich als Nadia vorstellte. Den Nachnamen jedoch konnte Anna nicht verstehen, weil Nadias Stimme hinter dem Mund-Nasen-Schutz gedämpft war. Irgendwas Osteuropäisches jedenfalls.

»Ihr kommt wegen des Mannes aus dem Gullyschacht, ja?«

»Das ist richtig«, sagte Oliver. »Ach, und das hier ist Anna Glad. In ihrem Revier ist es kürzlich zu einem sehr ähnlichen Fall gekommen, deshalb ist sie ebenfalls hier.«

»Stimmt«, warf Anna ein. »In unserem Fall handelt es sich allerdings um eine Frau mittleren Alters, die am vergangenen Wochenende in einem Gullyschacht auf einem Spielplatz gefunden wurde.«

Nadia sah nicht im Geringsten interessiert aus. Hatte sie ihr überhaupt zugehört? Sie führte die beiden Polizisten zu einer abgedeckten Edelstahlbahre ein Stück weiter im Saal.

»Spielplatz, sagtest du?«, hakte Oliver nach. »Das ist

ja interessant. Unser Mann hier wurde zwar nicht *auf* einem Spielplatz, aber nur zehn Meter von einem entfernt gefunden. In der Gegend gäbe es an und für sich so einige Spielplätze, aber das wäre schon mal eine weitere Gemeinsamkeit.«

»Absolut«, bekräftigte Anna.

Ihr Herz raste bereits, dabei durfte man sich als Polizistin nicht so hinreißen lassen. In den seltensten Fällen handelte es sich tatsächlich um einen Serienmörder, wenn zwei Todesfälle einander ähnelten. Das musste die Polizei auch immer sehr deutlich kundtun, wenn Freizeitdetektive aus irgendwelchen Internetforen meinten, sie hätten für dieses und jenes Beweise ergoogelt.

Aber dass diese zwei Todesfälle gleich mehrere Gemeinsamkeiten hatten: den Gullyschacht auf oder bei einem Spielplatz, den zugeschobenen Deckel, ein augenscheinlich harmloses Opfer … Konnte das wirklich Zufall sein?

Und auch das Wandbild im Holmborg schoss Anna durch den Kopf, doch das würde sie erst einmal für sich behalten. Sie war sofort stutzig geworden, als sie das Hauptmotiv – die drei Männer in Brunnenschächten – vor sich gesehen hatte. Doch inzwischen hatte sie eine Nacht darüber geschlafen und eingesehen, dass Annette Käld womöglich recht hatte: Wie in aller Welt sollte es einen Zusammenhang zwischen zwei aktuellen Todesfällen und einem fünfzig Jahre alten Wandbild geben?

»Hier ist er.« Nadia zog das Tuch über der Leiche beiseite.

Der Mann war alt. Weiße Haare und graue Bartstoppeln. Er sah abgezehrt aus, fand Anna, nicht nur wegen seines Alters, sondern womöglich überdies aufgrund eines harten Lebens. Anna tippte auf Alkohol.

»Wurde er schon identifiziert?«, wollte sie wissen.

»Ja«, antwortete Oliver. »Er hatte einen alten Führerschein bei sich. Ragnar Svennblad, geboren 1943. Wohnte nur ein paar Straßen von der Stelle entfernt, wo er schließlich gefunden wurde. Er lebte allein, und in seiner Wohnung haben wir nichts Aufschlussreiches finden können. Allerdings war es dort ziemlich unordentlich, so dass wir sicher noch ein paarmal dort hinmüssen.«

»Und die Todesursache? War es ein Schädelbruch?«

»Nein«, übernahm Nadia. »Einen so eindeutigen Schluss habe ich nicht ziehen können. Die rechte Hüfte ist gebrochen, und ich nehme an, das ist bei seinem Sturz passiert. Aber der Schädel ist intakt. Dass der Mann so lange gelebt hat, grenzt ehrlich gesagt an ein Wunder. Im Grunde hätte die Leber längst den Dienst einstellen müssen.«

»Hm. Und wie ist er dann gestorben?«

»Die Laborergebnisse liegen noch nicht vor, aber wenn ich raten müsste, dann würde ich auf einen Herzinfarkt tippen«, antwortete Nadia.

»Aber ertrunken ist er nicht?«

»In dem Gullyschacht waren nur ein paar Handbreit Wasser«, erklärte Oliver.

Darüber musste Anna nachdenken. Yrsa und Ragnar. Eine gesunde, ja, fast schon gesundheitsfanatische Frau in den Fünfzigern und ein gebrechlicher, vom Alkohol gezeichneter Mann über achtzig. Wohnhaft in unterschiedlichen Städten. Beide hatten allein gelebt, aber das war auch schon die einzige Gemeinsamkeit, die sie spontan erkennen konnte. Außer dass ihre Leichen an vergleichbaren Orten gefunden worden waren …

»Ein Nachbar wusste zu berichten, dass Ragnar jeden Abend in dieselbe Kneipe ging«, fuhr Oliver fort. »Ich wollte dort mal hinfahren und mit dem Personal reden. Möchtest du mitkommen?«

»Ja, gern.«

Doch erst zückte Anna eine Kopie von Agneta Erikssons Obduktionsbericht zu Yrsa Manner und überreichte sie der Rechtsmedizinerin.

»Könnten Sie vielleicht einen Blick hier draufwerfen und nachsehen, ob Sie Ähnlichkeiten finden? Sie können direkt mit Agneta Eriksson Kontakt aufnehmen, wenn Sie Fragen haben. Ihre Kontaktdaten stehen da unten.«

Wenig begeistert nahm Nadia die Papiere entgegen.

»Ich kann's mir ja mal angucken«, sagte sie. »Aber ich habe heute noch mehr Obduktionen auf dem Plan.«

Als Oliver und Anna das Gebäude verließen, schien die Sonne, und sobald sie ihre Maske abnehmen konnte, machte Anna ein paar tiefe Atemzüge.

»Wir fahren in einem Wagen«, schlug Oliver vor, »dann können wir unterwegs weiterreden.«

»Einverstanden. Nehmen wir meinen. Hast du die Adresse?«

»Hier. Die Kneipe heißt Kaivo-Pub.«

»Heißt *kaivo* auf Finnisch nicht *Brunnen*? Du machst Witze!«

»Nein, er heißt tatsächlich so«, erwiderte Oliver. »Irrer Zufall, nicht wahr?«

Mimmi hatte Kopfschmerzen. Sie hatte in der Nacht erneut kein Auge zugemacht. Juha hingegen hatte vollkommen unbekümmert neben ihr im Doppelbett geschnarcht. Ihm schien die Stimmung zu Hause irgendwie nie den Schlaf zu rauben. Am Morgen hatte er unter der Dusche sogar fröhlich vor sich hin gepfiffen.

Veera war am Frühstückstisch ungewohnt still und wollte nicht mal fernsehen.

»Was machen wir denn heute, Schätzchen?«, hatte Mimmi sie gefragt. »Sollen wir auf den Spielplatz gehen? Oder ins Café und diese rosa Brötchen essen?«

Bei der Aussicht auf einen Berliner war Veera sonst sofort Feuer und Flamme, doch diesmal hatte sie bloß mit den Schultern gezuckt.

Melvin hingegen hatte sich wie immer so leise aus dem Haus geschlichen, dass Mimmi gar nicht wusste, ob er noch daheim war oder nicht.

»Hab ich überhaupt noch ein einziges sauberes Unterhemd?«, rief Juha aus dem Hauswirtschaftsraum.

»Doch«, antwortete Mimmi. »Sie liegen im Trockner …«

Juha würde erneut verreisen. Er war inzwischen fast jede zweite Nacht weg. Und eigentlich fand sie das ganz angenehm.

Gerade rief er, dass er gleich in seinem Arbeitszimmer mehrere Online-Meetings in Folge habe und absolut nicht gestört werden dürfe.

Mimmi ging zurück ins Bad und klopfte sich ein Vitaminserum in die Wangen, das ihr angeblich ein frischeres, wacheres Aussehen verleihen sollte. Im selben Moment klingelte es an der Haustür.

»Juha? Kannst du aufmachen?«

Schließlich hatten die Meetings noch nicht angefangen.

»Wer könnte das sein?«

»Keine Ahnung. Hast du etwas bestellt?«

»Ich glaube nicht.«

Mimmi legte ein wenig Wimperntusche auf und schlüpfte in Jeans und Pullover.

»Wer war es denn?«, rief sie dann und eilte die Treppe hinunter.

Ein wildfremder Mann stand neben Juha im Flur. Was für ein Glück, dass sie nicht halb nackt nach unten gerannt war.

»Oh! Hallo!«

»Hallo«, sagte der Mann. »Håkan Lund, Abteilungsleiter im Jugendamt. Ich arbeite mit Maud Silén zusammen, die leider erkrankt ist.«

Sofort hatte Mimmi ein schlechtes Gefühl. Irgendwas an diesem Håkan Lund machte sie nervös. Warum sah er so vorwurfsvoll aus? Und was wollte er von ihnen?

»Ah. Hallo, ich bin Mimmi. Möchten Sie vielleicht einen Kaffee?«

»Nein, danke«, erwiderte Håkan. »Ich bin ein bisschen in Eile. Trotzdem wollte ich Ihnen eine wichtige Sache lieber persönlich mitteilen.«

Mimmi blieb fast das Herz stehen. Zumindest fühlte es sich so an.

»Maud hat ja hoffentlich schon mit Ihnen gesprochen, aber nun ist es so, dass die Mutter der kleinen Veera die Rückführung beantragt hat. Und aus Kinderschutzsicht spricht nichts mehr dagegen. Die Mutter hat ihr Leben wieder unter Kontrolle und kann Veera ein geborgenes, sicheres Zuhause bieten.«

Es fühlte sich an wie ein Faustschlag in den Bauch, der sie quer durch den Flur schleuderte, so dass sie den Boden unter den Füßen nicht mehr spürte.

Aus der Ferne hörte sie die Stimme ihres Mannes.

»Ja, wir wurden bereits informiert. Toll von der Mutter, dass sie eine solche Kehrtwende hinbekommen hat.«

»Ja, nicht wahr?«, hallte Håkan Lunds Stimme durch den Flur.

»Wir wollen natürlich nur das Beste für Veera.«

»Schön, dass Sie das so sehen. Das wollen wir alle.«

Sofern Mimmi sich noch bei ihnen befunden hätte, hätte sie sich auf sie gestürzt, geschrien, gebrüllt, gespuckt und gefaucht.

Seid ihr noch bei Sinnen?

Was redet ihr denn da?

Veera ist *mein* Kind!

Ihr könnt sie doch nicht einer Frau zurückgeben, die sie fast umgebracht hätte!

Doch weil Mimmi sich nicht mehr bei ihnen befand, konnte sie nur hilflos zusehen, wie ihre Körperhülle sich langsam umdrehte und die Treppe hinaufwankte.

»Was mache ich denn falsch?«, platzte es aus Rolf Månsson heraus.

»Kommt darauf an, was du vorhast«, erwiderte Max.

»Ich will mir das Bild auf diesem, diesem … Patt ansehen.«

»Auf welchem Patt?!«

»Auf dem *iPad*, du überheblicher Schwede!«

»Mit Nettigkeiten würdest du weiter kommen.«

»Entschuldige. Hilf mir doch bitte mal, dieses Bild auf dem iPad zu öffnen, du großartiges blondes Wikingerwesen.«

»Aber gerne doch!«

Max tippte ein paar Sekunden lang auf dem Display herum, und das Bild, um das Rolf sich vergebens bemüht hatte, tauchte wie von Zauberhand auf.

»Endlich. Danke!«

»Keine Ursache. Dann schau es dir jetzt ausgiebig an.«

Und das tat Rolf auch, sowie er sich die Brille in die Stirn geschoben hatte. Die Freunde der Kunst hatten allesamt Fotos von dem Wandgemälde geschossen und eifrig in ihrer WhatsApp-Gruppe geteilt. Die meisten waren zu dunkel und unscharf, um Details erkennen zu können. Doch ein Bild war halbwegs gelungen, und das wollte Rolf sich jetzt ganz genau ansehen.

Mithilfe beider Zeigefinger schaffte er es sogar, einige Stellen größer zu ziehen (was anscheinend so albern aussah, dass Max in seinem Sessel kichern musste). Er interessierte sich besonders für den kleinen Engel in der Bildecke sowie den Mann, der im mittleren Brunnenschacht steckte.

»Ich hab fast das Gefühl, als müsste ich diesen Mann kennen«, murmelte er vor sich hin.

»Unmöglich wäre es nicht«, sagte Max. »Jeremias porträtiert in seinen Werken schließlich öfter echte Politiker und Promis – besonders solche, die er nicht ausstehen kann. Könnte das vielleicht ein kontroverser finnischer Politiker aus den frühen Siebzigern gewesen sein, der in dem Schacht feststeckt und vor sich hin jault?«

Rolf zog das Bild abermals größer.

Das Porträt war wirklich unschön: Der Mann auf dem Bild hatte das Gesicht verzogen, als brüllte er um sein Leben. Die Augen waren weit aufgerissen und blutunterlaufen, und die Zunge hing ihm aus dem Mund wie bei einem Reptil.

»Nee, ich glaube nicht … Aber es ist schon kurios, dass es sich ausgerechnet um dieses Motiv handelt, nachdem hier in der Stadt doch gerade erst eine Leiche in so einem Schacht entdeckt worden ist! Darüber werden die Leute sich unter Garantie das Maul zerreißen!«

»Ich muss dabei eher an Dantes Inferno denken«, wandte Max ein.

»An was?«

»Du weißt schon: Dantes Version der Hölle. Sie ist aufgebaut wie ein riesiger grässlicher Trichter. Ganz oben am Rand sitzen diejenigen, die nur mäßig gesündigt haben. Ganz unten sitzt der Teufel persönlich, und der hat drei Gesichter – also ein bisschen wie die drei Männer in den Schächten auf diesem Gemälde ... Im Übrigen kaut der Teufel für alle Ewigkeit auf den größten aller Verräter herum, auf Judas, Brutus und Cassius Longinus.«

»Ach! Judas und Brutus sagen mir etwas. Aber wer war dieser Cassius?«

»Äh, das weiß ich nicht mehr. Müsstest du mal googeln. Jedenfalls hab ich bei dem Wandbild sofort an Dantes Inferno gedacht. Ein Abgrund, in dem drei arme Seelen feststecken und Höllenqualen leiden. Und dazu all diese kleinen Spitzfindigkeiten ringsum – das sieht doch aus wie klerikale Kunst aus dem Mittelalter! Wie bei Hieronymus Bosch! Und es ist weithin bekannt, dass Bosch eine große Inspirationsquelle für Jeremias war.«

»Aha«, sagte Rolf. »Was du alles weißt.«

Max zuckte mit den Schultern. »Im Lauf eines Lebens schnappt man eben das eine oder andere auf. Hast du übrigens gesehen, dass sogar internationale Medien über das Bild berichten? Schau mal, hier – die BBC. Und CNN auch! *Jeremias, is that you? – Art sensation in tiny Finnish town.*«

»Ach, komm! Wie haben die denn Wind davon bekommen?«

Max musste lachen.

»Eine Siw Moberg sollte man nicht unterschätzen, nehme ich an.«

»Du liebe Güte, dann kehrt hier in der Stadt wohl so bald keine Ruhe ein. Die arme Annette! Wie soll sie das denn auch noch schaffen?«

217

»Hör schon auf zu jammern. Kapierst du nicht, wie heftig das ist? Das Bild könnte *die* Touristenattraktion werden, wenn es sich wirklich als echt erweisen sollte. Ein Jeremias – in diesem Kaff!«

Nicht schon wieder …

»Hast du dich mal gefragt, warum die Polizei die Ermittlungen zu diesem verschwundenen Handlauf eingestellt hat?«, erwiderte Rolf, um das Thema zu wechseln.

»Was denn für ein Handlauf? Im Holmborg oder …?«

»Sie hatten nichts, worauf sie sich hätten stützen können.«

Der Kaivo-Pub hatte noch nicht geöffnet, aber drinnen brannte bereits Licht.

»Wir klopfen einfach mal an«, schlug Oliver vor.

Eine junge Frau mit schwarz gefärbten Haaren, die sie sich zu einem Knoten auf dem Kopf hochgezwirbelt hatte, machte die Tür auf und stellte sich ihnen als Amanda vor.

»Wir würden uns gern mit Ihnen über Ragnar Svennblad unterhalten«, sagte Oliver, während sie ihre Dienstausweise vorzeigten. »Ist Ihnen der Name ein Begriff?«

Amanda nickte. »Rankku«, sagte sie. »Der ist Stammgast hier. Was ist mit ihm?«

»Tut mir sehr leid, aber wir müssen Ihnen leider mitteilen, dass er gestorben ist.«

Amanda seufzte. »O nein, das ist ja traurig. Ich mochte Rankku. Allerdings war es wohl nur eine Frage der Zeit. Er muss ja schon über achtzig gewesen sein …«

»Wann haben Sie ihn denn zuletzt gesehen?«

»Am Dienstag. Er kommt mehr oder weniger jeden Abend vorbei, und ich hab mich noch gewundert, warum er gestern und vorgestern nicht hier war.«

»Aber am Dienstag schon? Um welche Uhrzeit war das?«

»Ich hab zwar nicht auf die Uhr geguckt, aber er kommt immer so gegen neun und fährt heim, kurz bevor wir schließen, also ungefähr um halb zwölf.«

»Er fährt?«

»Na ja, er bekommt Taxicoupons oder wie das heißt. Er kommt zu Fuß – mit seinem Rollator, weil es da den Berg runtergeht – und nimmt sich für den Heimweg ein Taxi.«

»Und so war es am Dienstag auch?«

Amanda sah leicht verunsichert aus.

»Ich … Ich glaube schon. Warum fragen Sie? Ist etwas …« Mit einem Mal riss sie die Augen auf. »O Gott! Sagen Sie jetzt nicht, dass das Rankku war … der im *Iltalehti* stand? Der Tote aus dem Gullyschacht?«

Anna und Oliver gaben keine Antwort.

»Es wäre wichtig, wenn Sie uns so ausführlich wie nur möglich erzählen könnten, wie Ragnar den Abend verbracht hat«, sagte Anna stattdessen. »War er in Gesellschaft hier?«

Amanda schüttelte den Kopf.

»Nein. Es war ein ruhiger Abend, und er sitzt meistens allein an diesem Tisch dort drüben.«

»Dann ist er immer allein?«

»In aller Regel schon. Aber hier und da wechselt er ein paar Worte mit anderen Stammgästen oder mit mir.«

»Und das Auto, das ihn abgeholt hat – haben Sie das gesehen? War das ein Taxi?«

»Ich … Nee, das kann ich wirklich nicht sagen … Ich bin davon ausgegangen, dass es ein Taxi war, aber sicher bin ich mir jetzt nicht. Allerdings war es ein größeres

Auto, so eine Art Minibus. Mit solchen ist Rankku immer gefahren. Die heben den Rollator einfach rein und klappen ihn nicht mal zusammen.«

»Okay, also hat gegen halb zwölf ein Minibus auf ihn gewartet«, sagte Anna. »Haben Sie gesehen, wie er eingestiegen ist?«

»Nein«, antwortete Amanda, nachdem sie kurz nachgedacht hatte. »Ich bin wieder reingegangen und habe geputzt. Verdammt ... Tut mir leid, dass ich nicht mehr beitragen kann! Der arme Rankku ...«

Die beiden Polizeibediensteten bedankten sich für die Informationen und verließen die Kneipe.

»Ich würde mir gern diesen Schacht ansehen«, sagte Anna, als sie zurück zum Wagen gingen. »Und vielleicht auch seine Wohnung, falls du den Schlüssel dabeihast?«

»Klar«, sagte Oliver. »Aber sollen wir erst etwas essen gehen? Im Einkaufszentrum gibt es eine richtig gute Pizzeria.«

Er lächelte breit, und erneut war sich Anna nicht sicher, ob er auf einen Flirt aus war oder nur freundlich sein wollte.

Wenn Oliver ihr ein paar Jahre zuvor vor die Füße gefallen wäre, hätte Anna glatt zurückgeflirtet. Wer hätte schon Nein gesagt zu einer richtig guten Pizza in Begleitung eines männlichen Models? Aber inzwischen? Ach nee ...

»Lieber würde ich das Ganze halbwegs schnell hinter mich bringen und wieder nach Hause fahren.«

Obwohl sie seit mehr als vierundzwanzig Stunden nicht geschlafen hatte, war Siw Moberg topfit. Nach so vielen Stunden vor und im Holmborg-Gebäude hatte selbst die Polizei irgendwann einsehen müssen, dass Siw kein Stör-

faktor, sondern eine wichtige Informationsquelle darstellte, und sie hatten ihr zugehört.

Und dann hatte das Telefon angefangen zu klingeln.
Siws unermüdliches Engagement in mehreren Jeremias-
Foren hatte dazu geführt, dass Journalisten auf ihren Namen gestoßen waren, sobald die Meldung von dem entdeckten Wandbild durch die Netzwerke geisterte. Als sie
obendrein erfuhren, dass Siw mit vor Ort gewesen war,
als das Bild freigelegt wurde, war die Lawine nicht mehr
aufzuhalten.

Inzwischen platzte ihr E-Mail-Postfach mit Interview-
und anderen Anfragen aus allen Nähten. Am allermeisten hatte sie sich über die Nachricht eines Jeremias-Experten gefreut, der damals nach Siws Berlinreise einer
der Skeptischsten gewesen war.

Indeed, Mrs Moberg, it appears you were right all along,
hatte er geschrieben.

Nun also richtete sie ihre Frisur mit ein paar zusätz-
lichen Haarnadeln, trug ein bisschen mehr Lippenstift
auf und setzte sich vor den Laptop, weil eine schwedische Abendzeitung ein Video-Interview mit ihr führen wollte.

Siw ging in Position und drückte einen Anruf von
Rolf Månsson weg. Er hatte schon mehrmals versucht,
sie zu erreichen, aber sie schaffte es einfach nicht mehr,
sich um alles zu kümmern. Mit Rolf konnte sie auch
später noch sprechen.

Und jetzt klingelte auch schon Skype. Siw knipste
die Schreibtischlampe an, weil es draußen schon dämmerte, straffte die Schultern und nahm den Anruf entgegen.

»Hallo, hallo! O ja, es war ein ereignisreicher Tag in
unserer kleinen Stadt ...«

Robin Aspelin schnürte seine Laufschuhe und stellte sein Handy auf Flugmodus. Seit dem frühen Morgen hatte er pausenlos in Besprechungen mit Kollegen und Mandanten gesessen. Die Sonne war längst untergegangen, und er hatte kaum einen Fuß vor die Tür gesetzt.

Aber wenn man schon zu Hause festsaß, dann machte Robins Haus es tatsächlich erträglich, wo alles nur vom Feinsten war.

Vor dem Wohnzimmerfenster erstreckte sich der Finnische Meerbusen. Derzeit war es dort draußen bis auf ein paar Lichter auf den Inseln Lauttasaari und Jätkäsaari und die eine oder andere Fähre überwiegend dunkel. Mit seinem Tempur-Bett, einem Indoor-Swimmingpool, dem Weinkeller und einer Gefriertruhe voller Wild hätte Robin ein halbes Jahr lang wie ein König leben können, ohne auch nur ein einziges Mal das Haus verlassen zu müssen.

Doch genau das hatte er jetzt vor. Der Frühling und somit der Marathonlauf im Sommer standen bevor, und in einem schwachen (und vom Barolo verklärten) Moment hatte Robin gewettet, dass er diesen unter vier Stunden schaffen würde.

Er schaltete die Alarmanlage an und trat über die Schwelle. Er würde eine Dreiviertelstunde laufen gehen, mit Tiësto-Sounds in den Kopfhörern. Robin ging zwar auf die Fünfzig zu, aber das hieß schließlich nicht, dass er nur Neunzigerjahre-Mucke hören durfte.

Er legte sofort ein ordentliches Tempo vor. Es war kalt, allerdings nicht so kalt, dass das Atmen anstrengend wäre. Er würde wie üblich ein Stück den Strand entlanglaufen, die Autobahnbrücke überqueren, dann in

Richtung Tapiola, über die schmalen Sandwege durch Parks und den Wald und von dort aus wieder zurücklaufen.

Es war ein tolles Gefühl, sämtliche Probleme und Ärgernisse des Tages beim Laufen abzuschütteln. Manchmal wünschte er sich, dass er nicht auf seine Eltern gehört und sich für etwas anderes als Jura entschieden hätte. Er hätte zum Beispiel Weinimporteur werden können. Als solcher wäre er mit Sicherheit spitze gewesen.

Andererseits war Robin nicht der Typ, der aufgab – nicht mal in den ersten anstrengenden Jahren, in denen er als frisch examinierter Jurist am laufenden Band in unbedeutenden Verhandlungen am Familiengericht gesessen hatte. Diese Genugtuung hatte er Sigge, dem neuen Mann seiner Mutter, nicht geben wollen. Sigge war Robin sein Leben lang mit einem herablassenden Grinsen und einem fiesen Spruch begegnet. Nichts, was Robin tat, hatte Sigge für gut befunden. Die Immobilien, die er sich gekauft hatte, waren nicht protzig, die Weine nie fein genug gewesen, und selbst die Partnerschaft in einer der renommiertesten Anwaltskanzleien Nordeuropas hatte ihm nicht die Anerkennung dieses Mannes eingebracht.

Aber warum scherte sich Robin überhaupt darum, was ein verbitterter alter Sack über ihn dachte? Am meisten tat ihm seine Mutter leid, die sich das Altherrengezeter tagtäglich anhören musste.

Die halbe Strecke war geschafft. Robin ärgerte sich ein wenig, dass er nicht erst noch ein Fläschchen aus dem Weinkeller geholt hatte, bevor er aufgebrochen war. Nach der Dusche hätte er sich ein Glas Rioja gönnen können, der eine Stunde lang geatmet hätte. Aber daran war jetzt nichts mehr zu ändern.

In seinem rechten Ohr verstummte die Musik, und Robin fluchte in sich hinein. Noch etwas, was er vergessen hatte: Er hätte seine Airpods aufladen müssen.

Gerade lief er in einer Bungalowsiedlung über den Bürgersteig, als ihn ein merkwürdiges Gefühl überkam, das er allerdings nicht hätte benennen können. Vielleicht lag es nur daran, dass er beim Laufen normalerweise immer laute Elektromusik hörte. Im Augenblick war da nur seine eigene Atmung und das Dröhnen von Autos aus der Ferne.

Nein, nicht nur aus der Ferne.

Er warf einen Blick über die Schulter. Es war eine kurvige Straße, und ein Fahrzeug schien langsam hinter ihm herzufahren, so als suchte jemand nach einer Adresse.

Und aus unerfindlichen Gründen beschleunigte sich sein Puls.

Erneut sah er sich um. Es war ein Kastenwagen, weinrot, wenn er sich nicht täuschte. Er fuhr auffällig langsam, und in der Dunkelheit war nicht zu erkennen, wer am Steuer saß.

Aber warum irritierte ihn das? Ein Wagen, der langsam durch dasselbe Viertel fuhr, durch das Robin joggte – daran war doch nichts komisch, geschweige denn Furcht einflößend? Trotzdem war Robin erleichtert, als vor ihm die Kreuzung auftauchte, an der er wieder in die Waldwege einbiegen würde. Dorthin würde ihm kein schleichender Kastenwagen folgen können.

Sobald er abgebogen war, hörte er, wie das Fahrzeug beschleunigte und mit merklich höherem Tempo weiterfuhr. Seltsam. Aber es war angenehm, nun nicht mehr auf Asphalt zu laufen, auch wenn der Boden hier hart und gefroren war. An diesem Abend war sonst niemand im Wald unterwegs. Im Sommer war das anders, da musste er zwischen Hundebesitzern und Spaziergängern Slalom laufen.

Mit einer gewissen Verärgerung spürte er, dass er allmählich außer Atem geriet. Der Marathonlauf würde die totale Blamage werden, wenn er ab sofort nicht regelmäßig trainierte. Er beschloss, einen Zwischenspurt einzulegen, ehe er den Waldweg erneut verlassen und zwischen die Hochhäuser abbiegen würde.

Na also, jetzt hielt er sein Tempo doch auf einem akzeptablen Level. So langsam konnte er mit gutem Trainingsgewissen nach Hause zurückkehren.

Er lief ein paar Treppen hoch, dann quer über ein paar abgewetzte Waschbetonplatten, die kippelten, wenn man drauftrat. Verdammt, wie dunkel es hier war! Die Laternen mussten ausgefallen sein. Aber dort vor ihm lag bereits die Straße, und die war beleuchtet.

Im nächsten Moment passierten mehrere Dinge gleichzeitig.

Ein Schatten löste sich aus der Dunkelheit, und Robin wich aus, um einen Zusammenstoß zu verhindern.

Doch dann trat er mit einem Mal ins Leere. Er stürzte, suchte Halt. Fast gelang es ihm, etwas zu greifen, was ihm aber wieder entglitt, so dass er weiter nach unten fiel, bis er auf etwas Hartem, Nassem landete. Bei dem Sturz knickte er mit dem linken Fuß um, und aus dem Sprunggelenk war ein grässliches Geräusch zu hören. Der stechende Schmerz raubte ihm beinahe das Bewusstsein.

Doch noch war er klar genug bei Sinnen, um das Knirschen zu hören und den anschließenden metallischen Knall. Drei Meter über ihm war ein Gullydeckel über den Schacht im Boden gewuchtet worden.

Als Maud Silén ausstieg, drückte der eisige Wind sie fast in die nächste Schneewehe. Sie schaffte es gerade noch, das Gleichgewicht zu halten, und machte ein paar vorsichtige Schritte auf den Streifenwagen zu, der ein Stück voraus wartete.

»Maud Silén vom Jugendamt«, stellte sie sich vor.

Die beiden Polizisten stellten sich ihrerseits als Benny und Markus vor.

»Dann gehen wir mal rein«, sagte Benny.

Der Wohnblock sah nicht gerade einladend aus, auch wenn einige Bewohnerinnen und Bewohner versucht hatten, mit Lichterketten und elektrischen Kerzenleuchtern zumindest ein wenig Weihnachtsstimmung heraufzubeschwören. Die Feiertage waren schon vorbei, es war bereits St.-Knuts-Tag, und zu Hause packte Erik in diesem Moment die Weihnachtsdeko ein. Eigentlich hätten er und Maud das gemeinsam machen wollen, wie es Tradition bei ihnen war: noch ein letztes Mal Weihnachtslieder hören und den letzten Glögg aufwärmen.

Doch dann war der Alarm eingegangen.

Das Dröhnen des Basses war schon im Innenhof zu hören. In der Wohnung musste es ohrenbetäubend laut sein. Außerdem war Kindergeschrei zu hören gewesen – zumindest dem Nachbarn zufolge, der die Polizei gerufen hatte. Daraufhin hatte das Telefon bei Maud zu Hause geklingelt.

Oben im dritten Stock klopfte Benny fest an die Tür.

»Die hören da drin gar nichts, bei diesem Lärm!«

Als die Tür endlich aufging, hätte Maud sich am liebsten die Ohren zugehalten.

Der dürre Mann, der ihnen aufgemacht hatte, ließ sich von Benny beiseitenehmen. Markus betrat die Wohnung und hatte nach einer Weile anscheinend den Lautstärke-regler gefunden, weil das Getöse jäh verstummte.

»Was soll das, verdammte Scheiße?«, kreischte irgend-wo eine Frau.

»Die Nachbarn haben die Polizei gerufen. Nicht gerade überraschend«, kommentierte Markus.

Die Frau fuhr mit ihrem Gezeter fort, während Maud den Flur betrat. Sie warf einen Blick in die Küche, in der jeder Zentimeter Oberfläche mit schmutzigem Geschirr und lee-ren Schnapsflaschen bedeckt war. Geraucht wurde hier offenbar auch, weil unter dem Dunstabzug ein Schraub-glas voller Kippen stand.

Ein Kind war jedoch nirgends zu sehen. Maud ging weiter.

Im Wohnzimmer saßen drei Männer und eine Frau. Einer der Männer schlief tief und fest und hatte die Ankunft der Polizei nicht einmal bemerkt. Der Mann jedoch, der ihnen aufgemacht hatte, sah eindeutig nervös aus. Er hatte sich artig zwischen eine junge Frau in einem ärmellosen Ober-teil und einen Muskelprotz mit kahl rasiertem Schädel aufs Sofa gesetzt. Letzterer sah gefährlich aus, und Maud war heilfroh, dass einer der Polizeibeamten neben ihr stand – Benny, der fast ebenso kräftig aussah wie der Typ auf dem Sofa.

Es war offenkundig, dass diese Leute mehr zu sich ge-nommen hatten als bloß Alkohol. Unter Drogeneinfluss wa-ren Menschen unberechenbar, und das jagte Maud Angst ein. Allerdings hatte sie noch mehr Angst vor dem Grund, weshalb auch sie hergerufen worden war.

»Wo ist das Kind?«, fragte sie.

»Was?«, lallte die junge Frau.

»Die Nachbarn haben ein Kind weinen gehört. Wo ist es?«

Statt ihrem Blick auszuweichen, sah die junge Frau sie unverwandt angriffslustig an. Trotzdem bekam Maud mit, wie der Muskelprotz und der dürre Kerl, der ihnen aufgemacht hatte, verstohlene Blicke wechselten. Sahen sie irgendwie verlegen aus?

»*Fuck*, Veera ...«, stieß der Muskelprotz hervor.

Rechter Hand von Maud befand sich eine geschlossene Tür. Die beiden Polizisten nickten Maud zu, und sie machte sich auf das Schlimmste gefasst, als sie die Hand auf die Klinke legte und die Tür aufstieß.

In dem Zimmer war es stockdunkel. Fäkaliengeruch schlug ihr entgegen. Sie tastete nach dem Lichtschalter.

Als die Deckenlampe anging, fiel Mauds Blick auf ein unbezogenes Doppelbett und dahinter ein Reisekinderbett.

Langsam trat sie an das Kinderbett heran.

Das Erste, was sie entdeckte, war eine kleine Hand, die unter dem verwickelten Bettzeug hervorlugte.

»O Gott, nein ...«

Die Frau im Wohnzimmer hatte erneut angefangen zu krakeelen.

»Weck Veera nicht auf, Scheiße noch mal! Die ist gerade endlich eingeschlafen!«

Vorsichtig hob Maud die Bettdecke an.

Das kleine Mädchen hatte den Mund halb geöffnet, die langen Wimpern lagen auf der bleichen Haut auf, und rund um die Nase war Rotz eingetrocknet. Der Schlafanzug war mit Fäkalien verschmiert.

Und das Mädchen rührte sich nicht.

»Rufen Sie einen Rettungswagen!«, rief Maud den Polizisten zu.

Wahrscheinlich würde es nichts mehr nützen. Aber vielleicht geschah ja ein Wunder, ein allerletztes Weihnachtswunder. Sie beugte sich vor und streckte behutsam die Hand nach dem reglosen Kind aus.

»Wach auf, kleines Mädchen, wach auf …«

Und dann wurde das Wunder Wirklichkeit.

Das Mädchen schlug die Augen auf und stieß einen heiseren Schrei aus.

Mit zitternden Händen hob Maud sie hoch. Sie wog so gut wie nichts.

»Sooo, kleine Veera, jetzt wird alles gut, alles wird wieder gut …«

An dem entscheidenden Donnerstag kann ich mich kaum auf irgendetwas konzentrieren. Wenn ich es schaffen will, mit dem Fahrrad bis nach Hause zu kommen, muss ich ein paar Sachen einpacken. Deshalb stopfe ich eine Jeans und einen Pulli in dieselbe Supermarktplastiktüte, mit der ich an Tag eins im Kastanienhof eingezogen bin. Um die Mittagszeit verstecke ich die Tüte in einem Rhododendronbusch in der Nähe unseres Bolzplatzes.

Ich muss schon sagen, dass die Jungs, die in den Plan eingeweiht sind, wahnsinnig gute Schauspieler sind. Denen würde keiner was anmerken. Wir schubsen uns in der Schlange vor der Essensausgabe herum und machen beim Essen solchen Lärm, dass die Wachen sich irgendwann einmischen müssen. Und als es endlich Zeit ist für Fußball, lassen die Fauleren von uns sich wie immer zurückfallen, obwohl auch die garantiert gleich so schnell rennen werden, wie sie nur können.

Wir spielen völlig chaotisch, aber die Wachen bemerken das nicht. Es ist ein schöner Abend, die Abendsonne beleuchtet die Bank vor der Schulfassade, wo die Männer sitzen und rauchen.

Brunström, Tahvo und Nurmio.

Tahvo ist der Schnellste von ihnen, auf den müssen wir

achtgeben. Brunström ist dick und langsam, und Nurmio geht komisch, als würde er irgendwie leicht hinken oder so.

Poris steht ebenfalls dort, an der Hauswand, und sieht uns zu. Er spielt nie Fußball, sondern schnitzt lieber, malt oder macht andere Sachen mit den Händen. Außerdem will er ja auch nicht ausbrechen. Er will bloß sicherstellen, dass sein Plan funktioniert.

Und dann ist es so weit.

Um 18.48 Uhr (ein bisschen später als erwartet) bremst der Laster vor dem Tor ab. Brunström steht von der Bank auf und geht rüber, um das Tor aufzuschließen. Es ist riesig, schwer und muss komplett aufgezogen werden, damit es nicht wieder zufällt und gegen den Laster kracht.

Im selben Moment stößt LB einen Irrsinnsschrei aus. Er klingt wie ein Ureinwohner aus alten Tarzan-Filmen.

Und wie auf Kommando rennen wir los.

Alle.

Direkt auf das Tor zu.

Ich stürze auf den Rhododendronbusch zu und schnappe mir meine Tüte.

Brunström steht wie angewurzelt am Tor. Der Laster ist noch nicht ganz durch, so dass er das Tor nicht zuschieben kann.

Ich renne, so schnell ich nur kann. LB und ein paar andere sind schon an Brunström vorbei, am Laster und raus durch das Tor.

Hinter mir höre ich Nurmio und Tahvo schreien, aber ich sehe mich nicht um.

Und plötzlich bin auch ich draußen. Fast wird mir schwindlig, aber jetzt muss ich mich zusammenreißen. Ich muss nach rechts rennen, bis ich den alten Strommast sehe. Im Wald dahinter steht das Fahrrad für mich.

Irgendwer schreit hinter mir. Ich glaube, es ist LB, es klingt zumindest nach ihm.

»Scheeeiße!«, kreischt er.

Haben sie ihn geschnappt?

Nein, ich darf mich nicht umdrehen, ich muss weiterrennen. Ich muss zu Ulla.

Und dann sehe ich den Mast. Den Wald hinter dem Mast. Und ja! Ich entdecke das Fahrrad! Ein altes, rostiges Ding. Hoffentlich fährt es überhaupt noch!

Ich springe auf und trete wie verrückt in die Pedale. Kein Flugzeug und kein Rennwagen könnte in diesem Augenblick schneller sein.

Als ich vielleicht eine Viertelstunde lang immer nur geradeaus gerast bin, ohne mich umzusehen, werde ich erstmals langsamer. Und mir dämmert, was ich soeben getan habe.

Ich habe es geschafft. Ich bin frei.

Nach einer Weile dämmert mir allerdings auch, dass ich nicht gründlich genug über alles nachgedacht habe. Dass es nach Hause doch ziemlich weit sein dürfte. Dass ich gar nicht recht weiß, wie ich überhaupt nach Hause komme. Es ist immerhin ein paar Jahre her, seit ich in den Kastanienhof gekommen bin, in einem Auto mit diesen Männern, und ich hab mir damals nicht jede Abzweigung gemerkt.

Als ich ohne Unterbrechung drei Stunden lang gefahren bin, wird es dunkel. Zum Glück ist es ein warmer Abend, so erfriere ich zumindest nicht, wenn ich eine Pause einlege und versuche, ein bisschen zu schlafen. Ich kann ja morgen versuchen, eine Telefonzelle zu finden. Vielleicht sind im Telefonbuch auch Straßenkarten. Und dann werde ich weiter über schmalere Waldwege fahren, um nicht entdeckt zu werden.

Ich bin irgendwo auf dem Land. Ringsum gibt es ein paar Hütten und Scheunen. Ich entdecke eine, die ziemlich verlassen aussieht, und steuere das Fahrrad darauf zu.

Ich ziehe mir Pulli und Jeans über meine Klamotten und bin so fertig, dass ich fast augenblicklich einschlafe, auf einer alten Plane über einem festgetrampelten Erdboden.

Als ich aufwache, steht Holmborg vor mir und starrt auf mich herab.

KAPITEL 7

O all die kleinen Mädchen auf der Blumenwiese
Spielen hübsch für sie, für sie.
O all die kleinen Jungen in der Güllegrube
Schaufeln Dung für sie, für sie.

Samstag

Annette Käld hatte so tiefrote Flecken am Hals, als hätte sie eine heftige allergische Reaktion. Doch Anna kannte ihre Chefin nach all den Jahren: So sah sie immer aus, wenn sie unter Strom stand.

»Also?«, fragte sie. »Wir müssen uns beeilen, ich hab noch tausend andere Sachen zu erledigen.«

Angestrengt mahlten ihre Kiefer. Offenbar hatte sie in letzter Zeit wieder angefangen zu rauchen – *und* sie kaute Nikotinkaugummis. Die Kolleginnen und Kollegen im Besprechungsraum schienen allesamt leicht verschreckt zu sein vom Auftreten der Chefin.

»Ähm ...«, sagte Anna zögerlich. »Sollen wir vielleicht den derzeitigen Stand der Dinge zusammenfassen? Fangen wir mit Yrsa Manner an, die Frau aus dem Gullyschacht auf dem Spielplatz ... Märta?«

»Einverstanden. Seit unserer letzten Besprechung gibt es nicht allzu viel Neues, allerdings ist der Laborbericht aus der Rechtsmedizin endlich gekommen. Yrsa Manner war gesund für ihr Alter und hatte zum Zeitpunkt ihres Todes weder Alkohol noch andere Substanzen im Blut.«

»Dann steht also fest, dass die Schädelverletzung die Todesursache war?«

»Ja. Eigentlich gibt es nur einen Punkt, der noch er-
wähnenswert wäre …«

Märta blätterte durch einen Stapel Ausdrucke.

»Hier. Mit ihren Leberwerten hätte sie nicht gerade
angeben können, und auch die Nieren waren nicht
in bester Verfassung. Trotzdem behaupten alle – die
Schwester und Bekannte –, dass Yrsa kaum Alkohol getrunken habe, außer vielleicht ein Gläschen bei beson-
deren Anlässen. Und sie hat, wie wir wissen, seit Jahren
keine geselligen Anlässe mehr besucht.«

»Ergänzungsmittelchen«, brummte Filip Johansson.

»Wie bitte?«

»Ich war in ihrer Wohnung. Yrsa Manner hatte den
Küchenschrank voll mit Nahrungsergänzungsmitteln:
Heilkräuter, Mineralien, der ganze Mist. Wenn man
sich die alle reinstopft, dann rebellieren irgendwann die
Organe.«

»Stimmt«, sagte Märta. »Daran habe ich gar nicht gedacht. Sie hatte wirklich den ganzen Schrank voller Dös-
chen und Fläschchen. Das erklärt die schlechten Leberwerte. Kluger Einwand!«

»Danke, Märta«, sagte Anna. »Filip, könntest du direkt
weitermachen? Irgendwas Neues vom Leichenfundort?«

Filip Johansson, der für einen Augenblick fast versöhnlich dreingeblickt hatte, nachdem seine Freundin
ihn derart gelobt hatte, machte sofort wieder ein mür-
risches Gesicht.

»*Nope*. Nichts. Wie ich gleich zu Anfang schon gesagt
habe, war auf dem Spielplatz nichts zu finden, weder
Fußspuren noch Fingerabdrücke. Aber der Platz war ja
auch eine einzige Schlammpfütze.«

»Rein gar nichts?«, brummelte Benny Westlander.
»Nicht mal auf der Unterseite des Gullydeckels? Wo-

möglich hat der Täter ja die Finger durchs Gitter geschoben, und damit wären die Abdrücke auf der Unterseite – so in der Art? Hast du da auch nachgesehen?«

Filip sah ihn missmutig an. »Habe ich, ja. Aber nein, da war nichts. Allerdings stimmen die Materialproben vom Gullyrand überein mit den Partikeln, die die Rechtsmedizinerin rund um die Kopfverletzung der Toten gefunden hat.«

»Okay«, sagte Anna. »Dann kann sie sich die Verletzung wirklich beim Sturz in den Schacht zugezogen haben.«

»Richtig.«

»Danke, Filip. Ich habe mit Yrsa Manners Kollegen und Bekannten gesprochen. Leider kam auch dabei nichts Nennenswertes heraus. Keiner von ihnen hatte das Gefühl, sie gut gekannt zu haben. Yrsa hat sich in den letzten Jahren zusehends zurückgezogen, und während der Pandemie ist sie zur waschechten Einsiedlerin geworden. Allerdings hat sie ihren Job im Schulsekretariat einwandfrei ausgeführt und den Schülern sogar von zu Hause aus geholfen. Von einer Liebesbeziehung oder dergleichen hat auch niemand irgendwas gewusst.«

»Darauf weist auch nichts auf ihrem Telefon und in ihrem Computer hin«, warf Aram Demir ein. »Keine Dating-Apps, keine Chats, keine Flirtnachrichten. Yrsa Manner scheint sich nur noch in Foren herumgetrieben zu haben, in denen es um alternative Medizin geht.«

»Und wissen wir, wann dieses Interesse ungefähr begonnen hat?«, fragte Annette Käld durch zusammengebissene Zähne.

»Den Kollegen zufolge hatte sie schon eine Vorliebe für Biolebensmittel und all so was, als sie an der Lilläker angefangen hat, also vor gut sechzehn Jahren«, antwortete Anna. »Aber das Interesse hat anscheinend zugenommen, und zwar im selben Maße, wie sie sich von ihrem Umfeld zurückgezogen hat.«

»Ich frage mich ja«, warf Märta ein, »ob sie in diesen Foren einer speziellen Fragestellung nachgegangen ist. Oder hat sie sich einfach ganz breit für alles interessiert, was mit alternativer Medizin zu tun hat?«

»Jetzt, da du es sagst …«, murmelte Aram. »Yrsa Manners Hauptanliegen in diversen Diskussionen schien immer gewesen zu sein, ›die Kinder zu schützen‹. Und damit meine ich, dass Kinder grundsätzlich nicht geimpft werden und keine Schmerzmittel, keine Antibiotika bekommen sollten und solche Sachen.«

»Ziemlich anstrengende Einstellung, wenn man obendrein in einer Schule arbeitet«, brummte Benny.

»Stimmt«, pflichtete Anna ihm bei. »Yrsas Vorgesetzter hat erwähnt, dass er Gegenwind bekommen habe, als sie ihre Message auch in der Schülerschaft verbreiten wollte. Ich habe mit einigen Eltern gesprochen, die sich bei ihm beschwert hatten, aber ich glaube nicht, dass sie mehr unternommen haben, als dem Direktor gegenüber ihren Unmut zu äußern.«

Anna projizierte Ragnar Svennblads Führerscheinbild auf die Leinwand.

»Genug zu Yrsa. Es gibt nämlich noch einen zweiten Todesfall, den wir uns ansehen sollten. Das hier ist Ragnar Svennblad, geboren 1943. Ein Eigenbrötler, Rentner, Alkoholiker, unverheiratet und kinderlos. Er ist vor drei Tagen in einem Gullyschacht in Vuosaari, Helsinki, tot aufgefunden worden.«

»Hoppla!«, kam es von Benny Westlander.

»Hierfür sind natürlich die Kollegen in Helsinki zuständig, und auf den ersten Blick gibt es nur zwei Gemeinsamkeiten – mal abgesehen von dem Gullyschacht. Sowohl Manner als auch Svennblad waren Eigenbrötler und hatten schlechte Leberwerte. Darüber hinaus haben sie an verschiedenen Orten sehr unterschiedliche Leben geführt.«

»Könnten sie sich im Internet begegnet sein?«, fragte Märta.

»Nein. Svennblad hatte weder einen Computer noch ein Smartphone.«

»Und könnte es sein, dass derjenige, der Svennblad in den Schacht geworfen hat, zuvor vom Fall Yrsa gehört und sich hat inspirieren lassen?«, hakte Märta nach.

»Schon möglich«, antwortete Anna. »Aber wie dem auch sei: Helsinki meldet sich, sobald sie im Fall Svennblad weiterkommen. Unterdessen konzentrieren wir uns auf Manner. Ich glaube, wir sollten noch mal mit der Schwester reden. Wir wissen immer noch nicht, wie Yrsa Manners Leben aussah, bevor sie hierhergezogen ist und an der Lillåker angefangen hat.«

»Von ›wir‹ kann keine Rede sein«, ging Annette dazwischen. »Anna, du machst allein damit weiter. Die anderen brauche ich andernorts.«

»Aber …«, stammelte Anna. »Dies hier ist eine Mordermittlung! Kann nicht wenigstens Märta …«

»Das ist mir durchaus klar, Anna. Trotzdem sind wir derzeit nicht genügend Leute.«

»Wenn man bedenkt, wie viel Wirbel dieser Mord gemacht hat, sollten wir da nicht …?«

»Der Wirbel war im selben Moment Geschichte, als dieser Irrsinn am Holmborg begonnen hat. Jetzt müssen wir rund um die Uhr die Schule bewachen, weil Leute aus der ganzen Welt dort reinwollen, um sich dieses elende Bild anzusehen. Wir haben immer noch keine

Verstärkung bekommen. Ich weiß, es ist Wochenende, aber ich fürchte, wir müssen alle mit anpacken. Tut mir wirklich sehr leid.«

Anna wollte schon widersprechen, sah dann aber ein, dass es zwecklos wäre.

»In Ordnung.«

Wenn sie sich allein um einen Mordfall kümmern sollte, bliebe für ihre Familie kaum noch Zeit. Und Tomas war jetzt schon wütend auf sie. Es war ihr immer noch peinlich, dass sie vergessen hatte zu erwähnen, dass Aram Demir gekündigt hatte. Zudem war ihr gemütlicher zweisamer Abend jäh unterbrochen worden, als Rolf angerufen und ihr von dem Wandbild berichtet hatte. Seitdem war Anna kaum noch zu Hause gewesen.

Warum musste das Leben so anstrengend sein?

Rolf Månsson hatte richtig schlecht geschlafen. Zum einen hatte er komisch geträumt – von Menschen, die in irgendwelchen Brunnenschächten steckten und heulten –, und zum anderen hatte er durch die Nase schlecht Luft bekommen.

Und er wachte auch erst auf, als Max ihn anstupste.

»Was … Wie spät ist es?«

Max war vollständig bekleidet und hatte sogar einen Mundschutz angelegt.

»Tut mir leid, aber ich fürchte, wir müssen auf Abstand gehen«, sagte die düstere Stimme hinter der Maske.

Rolf setzte sich abrupt im Bett auf.

»Was? Wieso?«

Max lachte verlegen.

»Sorry, das klang jetzt vielleicht dramatischer als beabsichtigt. Aber, mein Liebster, du bist offensichtlich mordsmäßig erkältet! Und ich muss am Donnerstag zu all diesen Untersuchungen nach Jyväskylä. Die lassen mich dort gar nicht erst ins Krankenhaus, wenn ich ebenfalls erkältet bin.«

»Stimmt«, sagte Rolf halb erleichtert, halb verlegen.

Max' Termin im Krankenhaus stand seit Monaten in riesigen Lettern im Wandkalender in der Küche. Trotzdem hätte Rolf ihn über den Jeremias-Trubel der letzten Tage hinweg um ein Haar vergessen.

»Willst du, dass ich ausziehe? Vielleicht könnte ich vorübergehend im Sommerhaus schlafen.«

»Spinnst du? Willst du dort herumliegen und zittern wie Espenlaub, so erkältet, wie du gerade bist? Nein, nein, ich fahre. Ich buche mir einfach ein Hotelzimmer in Jyväskylä und reise schon ein paar Tage früher an.«

»Aber willst du gar nicht, dass ich mitkomme?«

»Das wäre natürlich schön, aber du bist krank, du Dummkopf. Du bleibst schön hier, bis du wieder gesund und fit bist.«

»Dann reist du noch heute ab?«

»Ist wahrscheinlich das Beste.«

»Okay ... äh ... Küsschen?«

Rolf musste sich mit einem unbeholfenen Abschiedswinken zufriedengeben, obwohl er nur zu gern aufgestanden wäre und seinen Mann zur Unterstützung fest umarmt hätte.

Sie beide hatten der Untersuchung mit einer merkwürdigen Mischung aus Hoffnung und Schrecken entgegengesehen. Jetzt würde sich zeigen, ob die Chemotherapie das gewünschte Ergebnis erzielt hatte. Entweder hätten sie Grund zu feiern – oder sie müssten erneut alle Kraft zusammennehmen, um auf andere Weise weiterzukämpfen. In jedem Fall hätte Rolf Max gern zur Seite gestanden, aber da war wohl nichts zu machen.

»Ich ruf dich an, sobald ich dort bin«, sagte Max.

»Mach das. Und fahr vorsichtig!«

Rolf wartete noch, bis die Haustür zuschlug, bevor er in die Küche schlurfte. Max hatte Kaffee für ihn gekocht, und auf der Kaffeemaschine lag eine Nachricht.

Gekocht 8.27 Uhr <3

Wie aufmerksam von ihm! Max wusste genau, dass Rolf keinen Kaffee trinken wollte, der schon länger in der Kanne gestanden und schal und bitter wäre.

Sogar die Tageszeitung lag schon bereit. Rolf nahm seinen Lieblingskaffeebecher mit Mumin-Motiv und setzte sich an den Küchentisch.

Rolfs alter Kumpel, Lokalreporter Janne Rosbäck, hatte dafür gesorgt, dass das Wandgemälde aus der alten Holmborg-Schule in der Zeitung jede Menge Raum einnahm. Er hatte sogar eine Handvoll Jeremias-Experten aus dem Ausland interviewt, die sich allesamt einig zu sein schienen, dass das Gemälde erst gründlich untersucht werden müsse, es aber einer Sensation gleichkäme, wenn es sich als echt erweisen würde. Janne hatte überdies den Bauingenieur Magnus Svanström (ebenfalls ein alter Bekannter von Rolf) dazu gebracht, die Möglichkeiten aufzuzeigen, wie man das Bild bewahren könnte, selbst wenn die Schule abgerissen würde. Man könnte die ganze Wand abtragen und abtransportieren, doch das wäre riskant. Svanström war vielmehr der Ansicht, man solle die Wand und jene Teile des Gebäudes, auf denen besagte Wand ruhte, bewahren und kurzerhand etwas Neues drum herum bauen.

Rolf las die Artikel mit großem Interesse, hatte jedoch die ganze Zeit über ein merkwürdig widerstrebendes Gefühl dabei, das er sich nicht recht erklären konnte.

Hing das mit seinen Alpträumen zusammen? Es war lange her, seit Rolf zuletzt so schlecht geträumt hatte. Bestimmt lag es an seiner Erkältung. Trotzdem waren die Träume ungeheuer lebhaft gewesen …

Er griff zu seinem iPad und rief erneut die Fotos von dem Wandgemälde auf.

Es war fast, als klingelte irgendwo in seinem Unterbewusstsein ein leiser Alarm, den er nur leider nicht genau lokalisieren konnte.

Hier und da zoomte er Einzelheiten größer, suchte das ganze Bild ab und blieb wie schon mehrfach zuvor an dem Mann im mittleren Brunnenschacht hängen – an einem Mann mit Hemdkragen und Brille, dessen Gesicht vor Schmerz oder Angst oder beidem ganz fürchterlich verzerrt war.

Wer zum Geier war er? Er kam Rolf eindeutig bekannt vor …

Als das Puzzleteil schließlich an die richtige Stelle fiel, war Rolf so aufgeregt, dass er von seinem Stuhl aufsprang und dabei fast seinen Mumin-Becher umwarf.

Wie hatte er nur derart auf der Leitung stehen können? Die Antwort leuchtete ihm doch regelrecht in Neonfarben entgegen!

»Erik? Kannst du mal kommen? Ich muss aufs Klo.«

Maud schämte sich. Sie fühlte sich, als wäre sie über Nacht steinalt geworden und von einer halbwegs belastbaren Achtundfünfzigjährigen zu einer buckligen Oma mutiert. Aber Scham brachte sie jetzt auch nicht weiter.

Erik kam sofort herbeigeeilt und half ihr aus dem Bett.

»Fühlst du dich inzwischen besser?«

»Eher im Gegenteil.«

»Du Arme! Warum hast du denn nicht angerufen? Ich wäre doch sofort nach Hause gekommen und hätte geholfen!«

»Du hättest doch die Schulkinder nicht einfach zurücklassen können!«

»Ach, die hätten auch nach Hause trampen können.«

Maud tätschelte ihm die Schulter. Dann schlurften sie in Richtung Toilette.

»Ich komme schon klar.«

»Trotzdem bleibe ich jetzt hier, bis es dir wieder besser geht.«

»Aber hattest du nicht noch irgendwelche anderen Jobs angenommen?«

»Ja, vereinzelte Fahrten, aber nur hier in der Stadt.«

Inzwischen waren sie vor der Klotür angekommen.

»Danke für deine Hilfe. Du darfst wieder gehen. Ein bisschen was müssen selbst wir voreinander geheim halten dürfen.«

Erik lachte und machte die Klotür hinter ihr zu. Nur unter großen Mühen ging Maud ihren Bedürfnissen nach und bekam die Hose wieder hoch.

Es war schön, dass Erik wieder zu Hause war, allerdings fühlte sie sich ein wenig zu sehr verhätschelt. Maud hasste es, so hilflos zu sein. Aber natürlich war es herrlich, dass er Kaffee gekocht und auf dem Heimweg sogar noch frisches Brot besorgt hatte.

»O, wie gut das riecht! Ich hab einen Bärenhunger!«

Erik antwortete nicht. Er stand an der Spüle und sah nachdenklich aus. Was hatte er denn da in der Hand? Oh-oh …

»Maud? Was hat das hier zu bedeuten?«

Es war das Foto des ausgemergelten Kindes mit der bedrohlichen Textzeile. Anscheinend hatte er Mauds Arbeitsunterlagen vom Küchentisch genommen und dabei das unselige Foto entdeckt.

»Das ist … nichts. So was gehört zum Job.«

»Aber das ist doch schrecklich! Wer hat dir das geschickt?«

»Keine Ahnung. Das kam mit der Post.«

»Mit der Post? Hierher? An unsere Privatadresse?«

»Ja. Aber Erik, das ist …«

»Dann warst du hier die ganze Zeit allein und hilflos, obwohl du *Drohbriefe* bekommen hast? Bist du noch zu retten, Maud? Das hier müssen wir der Polizei melden!«

»Ich melde es Håkan«, erwiderte Maud. »Und jetzt beruhige dich wieder und hilf mir, damit ich mich hinsetzen kann.«

Erik zog einen Küchenstuhl für sie hervor und half ihr behutsam, sich darauf niederzulassen. Dann goss er ihr Kaffee ein und schob Brotkorb, Margarine und Schinken auf sie zu.

Dankbar belegte Maud sich zwei Brote.

»Ich weiß ehrlich nicht, wann ich zuletzt etwas gegessen habe«, sagte sie.

»Ich habe nur Brot und Milch gekauft. Ich wusste ja nicht, dass der Kühlschrank leer ist«, sagte Erik. »Später nach der Arbeit fahre ich noch zum Supermarkt und mache einen Großeinkauf. Worauf hast du denn besonders Lust?«

Maud schüttelte den Kopf. Die Medikamente raubten ihr den Appetit und den Geschmackssinn. Trotzdem griff sie nach der Schachtel und nahm zwei weitere Tabletten. Die Schmerzen waren einfach unerträglich. Erik würde ihr zurück ins Bett helfen müssen.

»Ist das mein Handy?«, fragte sie, als es irgendwo klingelte.

»Ich hole es dir.«

Auf dem Display stand der Name ihrer Kollegin Pia-Maria.

»Hallo«, krächzte Maud.

»Hallo, Maud, wie geht es dir?«

»Ziemlich schlecht, wenn ich ehrlich sein soll.«

»Schon wieder der Rücken?«

»Ja.«

Pia-Maria räusperte sich – und schien zu zögern. Maud war schlagartig alarmiert. Es war nicht Pia-Marias Art, jemanden im Krankenstand anzurufen, obendrein am Wochenende. So etwas tat man nur im äußersten Notfall, da waren beide sich einig.

»Ist etwas passiert?«, bohrte Maud deshalb sofort nach.

»Ich ... Ach, ich hätte nicht anrufen sollen, weil du doch krank bist und so ...«

»Aber jetzt bist du schon mal in der Leitung, da kannst du es mir auch erzählen, sonst liege ich nur herum und zerbreche mir den Kopf!«

»Okay ... Es geht um unseren hochgeschätzten Chef und Teamleiter Håkan Lund.«

Pia-Marias Stimme triefte vor Sarkasmus.

»O nein ... Was hat er diesmal angerichtet?«

»Ich weiß wirklich nicht, was in ihn gefahren ist – aber er läuft regelrecht Amok! Er hat gleich mehrere deiner Klienten besucht, obwohl ich ihm vorgeschlagen hatte, dass wir eine der Aushilfen schicken sollten. Er hat Hausbesuche gemacht, Anträge durchgewinkt ... Was weiß ich, was er noch angestellt hat! Und das wäre an sich ja gut, wenn nicht ... Ich frage mich wirklich, ob er überhaupt weiß, was er da tut.«

»O nein«, seufzte Maud. »Das ist mir jetzt ein bisschen unangenehm ... aber ich traue ihm genauso wenig über den Weg. Trotzdem ist es womöglich gut, wenn er mal mitkriegt, wie unser Alltag aussieht, und einen Teil unserer Klienten kennenlernt. So sieht er vielleicht endlich ein, dass die Situation nicht mehr tragbar ist.«

»Ja, schon …«

Pia-Maria klang skeptisch, und obwohl Maud versuchte, sich einzureden, dass das unverhoffte Engagement ihres Chefs auch etwas Gutes hatte, blieb ein Rest Zweifel.

»Ich hab zufällig gesehen, was er gestern durchgeboxt hat«, fuhr Pia-Maria fort. »Es ging um eine deiner Familien. Deshalb wollte ich auch mit dir sprechen …«

»Eine meiner Familien? Sag nicht, die Syrer! Hat er endlich einen Kinderpsychologen gefunden?«

»Leider nicht. Es ging um Veera Rossi-Strandberg.«

Schlagartig war Maud eiskalt. »Was hat er getan?«

»Er hat der leiblichen Mutter geholfen, den Antrag zur Rückführung auszufüllen, und dazugeschrieben, dass er sich höchstpersönlich mit dem Fall auseinandergesetzt habe und ihm daran gelegen sei, dass dem Antrag baldmöglichst stattgegeben werde. Und wenn man bedenkt, dass er Chef ist, wird die Sache jetzt bestimmt ohne größere Reibungsverluste durchgehen.«

Maud hatte es die Sprache verschlagen.

Genau das hatte sie befürchtet, als sie gesehen hatte, wie Jutta Rossi Håkan Lund um den Finger gewickelt hatte: dass er völlig unkritisch alles glaubte, was die junge Frau ihm erzählte, ohne sich auch nur die Mühe zu machen, die Akte der kleinen Veera einzusehen.

»Bist du noch dran?«, fragte Pia-Maria beunruhigt.

»Hat er jetzt vollkommen den Verstand verloren?«, flüsterte Maud.

»Ich glaube, da war nicht mehr viel zu verlieren …

Aber jetzt lasse ich dich in Ruhe. Sorry, dass ich gestört habe! Gute Besserung!«

Selbst nachdem Pia-Maria aufgelegt hatte, saß Maud lange da und starrte ins Leere.

»Was ist denn los?«, fragte Erik vorsichtig.

»Ich ... Ich darf eigentlich nicht darüber reden, aber ... Ich hab Angst, dass mein Chef einen übereilten Beschluss gefasst hat – und ich kann nicht das Geringste dagegen tun ...«

»Mimmi?«

Vorsichtig schlug Mimmi die Augen auf, doch der stechende Kopfschmerz zwang sie dazu, die Augen sofort wieder zuzukneifen. Es war dunkel im Schlafzimmer, trotzdem spürte sie, dass Melvin neben ihrem Bett stand.

»W... Was ist?«

»Es ist gleich neun Uhr. Ich hab gleich Fahrstunde und fahr anschließend zu Mama. Ist alles in Ordnung?«

Mimmi versuchte zu begreifen, was er gesagt hatte. War denn schon Morgen? Mimmi hatte eine Migräneattacke gehabt und war nach Håkan Lunds Besuch und der schrecklichen Nachricht von Veeras bevorstehender Rückführung nur noch ins Bett getaumelt. Sie hatte angenommen, dass sie nur ein paar Stunden geschlafen hätte – aber die ganze Nacht?!

»Wo ist denn dein Vater?«

»Wieder auf Reisen. Und Veera schläft.«

Ja, richtig. Juha war mit ein paar Kollegen zum Skilaufen gefahren. Wie konnte er seine Familie einfach allein lassen, nachdem sie erst tags zuvor erfahren hatten, dass man ihnen Veera wegnehmen würde, und Mimmi obendrein Migräne hatte?

Was war Juha eigentlich für ein Mensch? Derzeit fühlte er sich an wie ein Fremder und nicht wie der Mann, mit dem Mimmi zehn Jahre lang ihr Leben geteilt hatte ...

Mühsam stemmte sie sich hoch.

»Danke, Melvin, dass du mich geweckt hast. Ich wollte nicht verschlafen ...«

»Okay.«

Er stand immer noch neben ihrem Bett. Mimmi fühlte sich in Anwesenheit dieses dürren Jungen in übergroßer Kleidung ein wenig verlegen. Es war lange her, dass sie auch nur annähernd so viele Worte miteinander gewechselt hatten. Normalerweise war Mimmi diejenige, die Fragen stellte und nur ein einsilbiges Grunzen als Antwort erhielt.

»Das mit ... Stimmt es, dass ... dass Veera zurück zu ihrer leiblichen Mutter zieht?«

»Hm ... weiß nicht ...«

»Das können sie doch nicht machen!«

»Tja, anscheinend schon.«

»Und du hast zugestimmt?«

Mimmi seufzte und streckte die Hände in seine Richtung aus, doch der Junge zuckte vor ihr zurück.

»Wir werden sehen. Es wird schon irgendwie wieder gut.«

Sie lächelte. Um ihrer selbst und um des Jungen willen. Dabei würde rein gar nichts mehr gut werden.

»Was stimmt nicht mit euch?«, brüllte Melvin unvermittelt und machte dann auf dem Absatz kehrt.

Zu Hause bei Lena Manner ließ Anna sich auf dem Sofa nieder und nahm den angebotenen Kaffee dankend an. Lena wirkte an diesem Tag ruhig und gefasst, sah aber aus, als wäre sie in der vergangenen Woche merklich gealtert. Der Kaffee kam in feinen Porzellantassen mitsamt Untertellern und Silberlöffeln.

»Wir wissen inzwischen mit Sicherheit, dass Yrsa nicht lange leiden musste«, teilte Anna ihr mit. »Sie hat sich den Schädel gebrochen, als sie in den Schacht gestürzt ist, vermutlich an der oberen Kante, und war aller Wahrscheinlichkeit nach sofort tot.«

»Dann ging es wenigstens schnell für sie ... Was für eine Erleichterung! Wann kann ich denn anfangen, die Beerdigung zu planen?«

Dazu wollte Anna lieber noch nichts Verbindliches sagen. Stattdessen fragte sie, ob Lena der Name Ragnar Svennblad etwas sage, aber das war nicht der Fall. Allerdings wusste Lena sehr wohl, dass ihre Schwester zig Kräuterpräparate und Nahrungsergänzungsmittel eingenommen hatte.

»Es war so albern! Ich weiß wirklich nicht, was sie sich dabei gedacht hat. Als könnte sie ewig leben, wenn sie Spirulina und kolloidales Silber und Gott weiß was schluckt. Sie hat öfter versucht, mir das Zeug auch anzudrehen, aber ich meinte immer nur, dass ich mich lieber auf die sieben Nahrungsmittelgruppen und auf normales Aspirin verlasse. Und ewig hat Yrsa dann ja doch nicht gelebt, die Arme ...«

»Ich würde mich mit Ihnen gern über Yrsas früheres Leben unterhalten, bevor sie hier in die Stadt gezogen ist und an der Lillåker-Schule angefangen hat.«

»Okay ...?«

»Ich konnte bis zu ihrem Umzug in die hiesige Wohnung 2005 keine frühere Anschrift finden. Woran könnte das liegen?«

»Ja, richtig«, sagte Lena. »Damals hatte sie eine geschützte Adresse.«

»Warum denn das?«

Lena zuckte mit den Schultern.

»Sie war immer schon sehr, sehr vorsichtig.«

»Hatte sie Angst, dass jemand ihr etwas antun könnte?«

»Sie hatte Angst vor allem und jedem. Das ist mit den Jahren nur noch schlimmer geworden.«

Anna war über Lena Manners Art leicht verärgert. Wenn man bedachte, wie Yrsa gestorben war, musste der Schwester doch der Gedanke gekommen sein, dass Yrsa ja vielleicht gute Gründe gehabt hatte, vorsichtig und ängstlich zu sein. Doch Lena nippte bloß an ihrem Kaffee und sah gedankenverloren aus dem Fenster.

»Sieht ganz danach aus, als würde es allmählich wärmer werden«, sagte sie. »Bald kann man wieder auf dem Balkon sitzen.«

»Aber Sie wussten, wo Yrsa gewohnt hat?«

»Natürlich. In Vuosaari, in einer netten kleinen Mietwohnung. Zwar ohne Meerblick, aber richtig schick, sogar mit verglaster Loggia!«

Anna horchte sofort auf.

»In Vuosaari? Dem Vorort von Helsinki?«

»Genau.«

»Und was hat sie dort gemacht?«

»Sie hat im Jugendamt gearbeitet. Allerdings hat es ihr dort nicht gefallen. Deshalb konnte ich sie irgendwann überreden, hierherzuziehen und sich an der Lillåker zu bewerben.«

»Und weshalb hat es ihr dort nicht gefallen?«

»Das durfte sie nicht erzählen. Sie meinte, wegen der Schweigepflicht. Aber es war wohl sehr anstrengend, tagaus, tagein mit kleinen Kindern zu tun zu haben, denen es nicht gut ging. Sie hatte seit jeher eine Schwäche für Kinder, auch wenn sie nie eigene hatte. Wir beide nicht.«

Anna machte sich eine kurze Notiz. Sie war ganz kribbelig – womöglich war dies der entscheidende Hinweis, der die Ermittlungen endlich voranbringen würde.

Lena sah erneut aus dem Fenster und erzählte weiter.

»Ein Fall hatte ihr besonders zu schaffen gemacht. Dieser kleine Junge, der gestorben war ... Über den stand einiges in der Zeitung, und als ich mit Yrsa darüber gesprochen habe, konnte ich ihr ansehen, dass sie mehr wusste, als sie dazu sagen durfte.«

»Was ist mit dem Jungen passiert?«

»Der arme Kleine ist von seinem eigenen Vater totgeschlagen worden. Fürchterlich war das! Die Geschichte hat Yrsa wahnsinnig mitgenommen. Irgendwann später hab ich sie dann überredet hierherzuziehen.«

»Wann war das?«

»Ich meine, das war 2005 ... Aber von dem Fall haben Sie bestimmt gehört – der kleine Emil.«

Der Fall Emil! Natürlich hatte Anna davon gehört. Sein schlimmes Schicksal war wochenlang in den Zeitungen präsent und bei der Arbeit, in Talkshows, überall in der Stadt ein wiederkehrendes Thema gewesen. Doch das war inzwischen lange her. An die Details konnte Anna sich nicht mehr erinnern.

»Hatte Yrsa damals direkt mit Emil zu tun?«

Lena zuckte mit den Schultern.

»Ich weiß es nicht genau, aber ich hatte irgendwie das Gefühl, dass sie ihn von der Arbeit kannte.«

Anna stand mit mehr Schwung auf als beabsichtigt. Die feine Porzellantasse geriet ins Wanken, kippte aber zum Glück nicht um. Endlich hatte sie etwas, womit sie weiterarbeiten konnte. Yrsa Manners Vergangenheit beim Jugendamt. Und mit Vuosaari hatte sie obendrein eine Verbindung zu Ragnar Svennblad hergestellt.

Sie bedankte sich bei Lena für den Kaffee und lief zurück zu ihrem Auto. Etwa auf halber Strecke klingelte ihr Handy. Oliver war dran.

»Hey«, sagte Anna aufgedreht, »dich wollte ich auch gerade anrufen. Ich habe eine potenzielle Verbindung zwischen Svennblad und Manner gefunden!«

»Tja, leider«, sagte Oliver, »geht diese Runde an mich. Wir haben ein drittes Opfer.«

»Ein drittes Opfer?!«

»Eine dritte Person in einem Gullyschacht. Diesmal allerdings in Espoo.«

»Du machst Witze!«

»Nein. Allerdings gibt es einen wesentlichen Unterschied: Dieser Mann hat überlebt. Er ist gerade auf dem Weg ins Krankenhaus.«

»*Knock yourself out,* wie man so schön sagt. Aber um drei Uhr musst du fertig sein, weil ich dann Feierabend mache.«

Rolf bedankte sich bei Christel Tronning für die Unterstützung. Die Lokalreporterin hatte gelinde gesagt überrascht ausgesehen, als Rolf mit Rotznase hinter dem schiefen Mund-Nasen-Schutz in die Zeitungsredaktion gestürmt war und sich nach Janne Rosbäck erkundigt hatte. Der war jedoch nicht da, und wahrscheinlich war das auch besser so. Rolf wollte erst noch ein paar Dinge überprüfen, bevor er Janne seine Theorie darlegte.

Christel war jedenfalls so nett gewesen und hatte Rolf in das alte Fotoarchiv der Redaktion im Untergeschoss geführt. Jetzt musste er sich nur noch auf die Suche machen.

Janne Rosbäck hatte immer von dem Archiv geschwärmt, das sich nach wie vor in den Redaktionsräumlichkeiten befand, obwohl wiederholt Stimmen laut geworden waren, die den ganzen Plunder in ein externes Lager (oder sogar am liebsten in die Papiertonne) befördern wollten. Als Rolf nun anfing, die ordentlich beschrifteten Karteikarten durchzusehen, konnte er Janne nur beipflichten. Dies hier war weit mehr als ein Pressearchiv: Hier war die komplette Stadtgeschichte seit den Fünfzigerjahren dokumentiert. Was für eine Schatzkammer für jeden Lokalhistoriker! Oder für einen einstigen Polizisten mit Erinnerungslücken …

Rolf zog die Schublade mit der Beschriftung HIM–HUS heraus. Irgendwo dort sollte doch … Hit… Hjä… Hob…

Holmborg! Da war er!

Greger Holmborg.

Der Groschen, der laut scheppernd in Rolfs verschnupftem Schädel gefallen war.

Rolf musste unbedingt ein Bild des Mannes sehen und sicherstellen, dass seine Erinnerung ihn nicht täuschte. Mit Google war er nicht fündig geworden, deshalb war er schließlich ins Archiv geeilt.

Der Karteikarte zufolge war Greger Holmborg zuletzt am 3. Oktober 1975 mit Foto in der Zeitung gewesen. Jetzt musste er nur noch den richtigen Ordner mit der alten Zeitung finden.

Rolf musste gleich mehrmals niesen. Sein Schnupfen schien schlimmer zu werden, außerdem war es hier unten sehr staubig. Die Ordner mit den Zeitungen standen in einem leicht wackligen Lundia-Regal. Die Siebzigerjahre standen natürlich zuoberst, und um ein Haar hätte Rolf Christels *knock yourself out* wörtlich genommen, als er den schweren Ordner aus dem Fach zog. Doch zum Glück ging alles gut.

Während er in der Zeitung blätterte, schlug sein Herz zusehends schneller. Anscheinend konnten sich nicht mehr allzu viele an die Familie Holmborg erinnern. Nicht mal Janne Rosbäck schien den Zusammenhang hergestellt zu haben, sonst hätte es längst in der Zeitung gestanden.

Fast hätte Rolf das Foto von Greger Holmborg übersehen. Erst beim zweiten Durchblättern blieb sein Blick an dem kleinen Porträtfoto unten auf der Seite hängen. Die Bildüberschrift lautete: *Gestorben: Greger Holmborg, 20. September 1975.*

»Ach, verdammt …«

Vollkommen sicher war Rolf sich nicht, aber dieser Greger Holmborg hatte durchaus Ähnlichkeit mit dem Mann auf dem Wandbild.

Und war es nicht fast schmerzhaft offensichtlich? Ein Künstler (ob nun Jeremias oder irgendein anderer) hatte in der Holmborg-Schule ein provozierendes Wandbild gemalt – und Greger, der einzige Sohn der altehrwürdigen Familie Holmborg, spielte auf dem Gemälde eine zentrale, wenn auch wenig schmeichelhafte Rolle.

Klar, dass man da empört reagierte und das Bild wieder verdecken ließ.

Die Frage war nur: Wer hatte einen solchen Groll gegen Greger Holmborg gehegt? Der Künstler hatte ihn kaum ohne Grund wie Brutus und Judas ins Inferno gesteckt?

Rolf blätterte weiter.

Die Schule war nach dem Familienoberhaupt, Lennart Holmborg, benannt worden. Der war seit Langem tot, die Ehefrau auch, aber irgendwann hatte eine großzügige Spende der Familie den Bau des Schulgebäudes ermöglicht.

Anscheinend war Greger, der Sohn, nur ein paar Jahre nach Eröffnung der Schule gestorben. *Nach langer Krankheit*, stand in der Todesanzeige, was alles Mögliche bedeuten konnte: Alkoholmissbrauch, Depressionen, Krebs ... Und kinderlos war er auch gewesen, daher war die Geschichte der Familie Holmborg mit seinem Tod zu Ende gegangen.

Oh, das hier wird Max gefallen!, dachte Rolf. Ich muss ihm unbedingt heute Abend ausführlich Bericht erstatten. Allerdings wird er mit mir schimpfen, weil ich nicht zu Hause geblieben bin und mich ausgeruht habe ... Besser, ich erzähle es ihm erst morgen.

Doch noch war Rolf sich nicht vollends sicher. Er wollte weitere Fotos von Greger finden. Dafür musste er nur die Karteikarten durchgehen, das nächste Datum heraussuchen und den nächsten Ordner aus dem Regal ziehen. Wer brauchte schon ein Fitnessstudio, wenn man sich einfach durchs Bildarchiv der Zeitung arbeiten konnte?

Er schlug einen Ordner aus dem Jahr 1971 auf.

Greger Holmborg hinter einem riesigen Schreibtisch. *Erziehungsanstalt Kastanienhof bekommt neuen Direktor.*

Die Brille, der Anzug, das Hemd, die Gesichtsform ... Damit war jeder Zweifel ausgeräumt. Es handelte sich um ein und denselben Mann.

»Jetzt hab ich dich«, murmelte Rolf.

»Hörst du mich, Anna?«

»Ja, und ich kann dich sogar sehen.«

»Gut.«

Anna beugte sich ein wenig zu ihrem Bildschirm vor. Oliver nestelte weiter an seinem Smartphone, doch dann kam ein blasser, verkniffener Mann um die Fünfzig in einem Krankenbett ins Bild.

»Robin Aspelin«, sagte Olivers Stimme, »das hier ist meine Kollegin Anna Glad. Sie ermittelt in einem Fall, der große Ähnlichkeiten mit dem hat, was Ihnen gestern zugestoßen ist. Ich dachte mir, es wäre gut, wenn sie ebenfalls an diesem Gespräch teilnimmt. Einverstanden?«

»Okay«, sagte der Mann im Krankenbett.

»Hallo, hallo«, rief Anna, fand dann aber, dass ihre Stimme komisch klang, und stellte ihr Mikrofon lieber stumm.

Robin Aspelin war Jurist und hatte am Vorabend eine Laufrunde durch Tapiola gedreht, als er aus heiterem Himmel in einen Gullyschacht geschubst worden war. Allerdings war er mit einer Gehirnerschütterung und einem gebrochenen Fuß davongekommen, hatte Hilfe rufen können und war nach einer halben Stunde aus dem Schacht befreit worden.

Oliver forderte ihn auf, die Geschehnisse in eigenen Worten zu schildern.

»Ich bin dieselbe Runde gelaufen wie immer. Ich versuche, mindestens viermal die Woche zu laufen. Es hilft mir, von der Arbeit abzuschalten.«

»Und Sie laufen immer dieselbe Strecke?«

»Mehr oder weniger, ja. Besonders in dieser Jahreszeit. Im Sommer laufe ich ein Stück weiter.«

»Und bisher ist Ihnen während der Laufrunden nie irgendetwas passiert?«

»Sie meinen, ob ich schon mal angegriffen wurde? Nein.«

»Aber was genau ist da gestern passiert? Sie sind *angegriffen* worden?«

Robin musste kurz überlegen.

»Als Jurist weiß ich selbst nur zu gut, dass nach einem so traumatischen Ereignis nicht unbedingt Verlass ist auf das Gedächtnis. Aber ich habe das Ganze folgendermaßen erlebt: Der Akku meiner Kopfhörer hatte den Geist aufgegeben, kurz bevor ich den Waldweg erreicht habe, und im selben Moment hatte ich das Gefühl, als würde mir jemand in einem Auto folgen. Also bin ich in den Wald gelaufen, hab dann jedoch nicht weiter über das Fahrzeug nachgedacht. Aber als ich wieder zwischen den Häusern herauskam, war plötzlich jemand neben mir. Ich weiß nicht mehr, ob die Person mich überhaupt berührt hat oder nicht. Ich weiß nur noch, dass ich sofort abgestürzt bin. Dann setzte der Schmerz ein, und ich hab für einen Augenblick auf nichts anderes mehr geachtet.«

»Wie sah die Person aus?«

»Die hätte ich gar nicht erkennen können! Die Straßenlaternen haben nicht funktioniert, deshalb hab ich weder den Täter noch den Schacht sehen können, ehe es schon zu spät war.«

Unwillkürlich musste Anna an Benny Westlanders munteren Einwurf über Falltüren in Zeichentrickfilmen denken. Genau so schien der Täter vorgegangen zu sein: Er hatte den Gullydeckel beiseitegeschoben und in einem Versteck gewartet, bis Robin Aspelin vorbeigekommen war. Sicherlich hatte er zudem gewusst, dass an diesem Wegstück die Beleuchtung ausgefallen war.

»Was ist als Nächstes passiert?«, hakte Oliver nach.

»Na ja, ich bin in diese Kloake gestürzt … und hab mir den Fuß gebrochen. Die Ärzte können nicht sagen, ob ich überhaupt je wieder joggen gehen kann. Und dann hat dieser Verrückte den Deckel zugeschoben! Ja, ich nehme an, es war ein Mann, weil solche Deckel ja verdammt schwer sind.«

»Und dann?«

»Ich muss kurz bewusstlos gewesen sein, keine Ahnung ... Aber sobald ich wieder bei Besinnung war, hab ich gebrüllt wie am Spieß. Irgendein Mädchen hat mich gehört und den Notruf gewählt. Das war wirklich verdammtes Glück ...«

Robin Aspelin versagte es kurz die Sprache. Oliver wartete einen Moment, ehe er behutsam die nächste Frage stellte.

»Haben Sie selbst schon darüber nachgedacht, wer das gewesen sein könnte? Könnte irgendwer einen Grund haben, Ihnen etwas anzutun?«

Robin lachte trocken.

»Da könnte ich ganze Bücher füllen! Man schlägt keine Juristenkarriere ein, um es allen recht zu machen. Natürlich gibt es Leute, die einen Groll gegen mich hegen – dabei mache ich nur meine Arbeit. Leider gehört dazu auch, dass Leute wütend werden.«

»Ich würde gern wissen, ob Ihnen zwei Namen etwas sagen. Der erste wäre Ragnar Svennblad.«

Robin schien länger darüber nachzudenken.

»Nein«, sagte er schließlich. »Eigentlich hab ich ein gutes Namensgedächtnis, aber dieser Name sagt mir nichts.«

»Okay. Und Yrsa Manner?«

»Hm.«

Erneut dachte er eine Zeit lang nach.

»Nein«, sagte er dann, »da muss ich auch passen.«

Er sah allmählich müde aus, und Oliver schien das Gespräch beenden zu wollen.

»Ich glaube, das war's fürs Erste. Danke, Robin. Wir unterhalten uns weiter, wenn es Ihnen wieder besser geht – sofern Anna Glad nicht noch eine Frage hat?«

Anna schaltete ihr Mikrofon wieder an.

»Hallo? Ja, ich hätte tatsächlich noch einen Namen. Ich frage mich gerade, ob Sie je von dem Fall Emil aus dem Jahr 2005 gehört haben. Der Junge wurde von seinem Vater zu Tode misshandelt.«

Anna war sich nicht sicher, ob Olivers Telefon oder der Mann im Krankenbett zuckte, aber im nächsten Augenblick sah Robin Aspelin beunruhigt und misstrauisch in die Kamera.

»Warum zur Hölle fragen Sie nach ihm?«

Einatmen, bis drei zählen, ausatmen, bis drei zählen, einatmen …

Mimmi Strandberg lehnte schwer an der Spüle und hoffte, dass die Atemtechnik, die sie Jahre zuvor in einem Meditationskurs gelernt hatte, auch gegen ihr Herzrasen und den Schwindel helfen würde.

Bislang hatte sie den Tag wie in einem Nebel zugebracht, und dafür schämte sie sich. Sie musste sich zusammenreißen und für Veera da sein. Sie durfte nicht zulassen, dass ihre Panik und Besorgnis sie dermaßen beeinträchtigten.

Außerdem musste sie Kampfgeist entwickeln, denn noch war die Schlacht nicht verloren. Vielleicht würde sie die Leute vom Jugendamt ja noch zur Vernunft bringen können?

Sie hatte mehrmals versucht, Maud Silén zu erreichen – vergebens. Doch sie würde es weiter versuchen. Sie hatte das vage Gefühl, dass Maud ihr zur Seite stehen würde, immerhin war sie Veeras persönliche Betreuerin und wusste genau, wie sich die Lage verhielt.

Außerdem würde sie Kontakt zu einem Rechtsanwalt aufnehmen. Zu irgendwem, der sie beraten und sich für Veera starkmachen würde, damit das Mädchen eine Zukunft hatte. Ihr Wohlergehen war schließlich das Wichtigste. Dass dieser Håkan Lund das nicht begriff!

Und Juha ... Mimmi holte erneut tief Luft. Wie stand es eigentlich um ihn? Würde er mit ihr in diese Schlacht ziehen, oder würde er sich auf Håkan Lunds und Jutta Rossis Seite schlagen?

Mimmi hatte in all den Jahren vieles geschluckt. Sie wusste beispielsweise, dass Juha sich während seiner Dienstreisen mit anderen Frauen traf. Vor dieser Art von Verrat hatte sie schicksalsergeben die Augen verschlossen. Sie hatte das Zuhause, das sie zusammen aufgebaut hatten, beschützen wollen und immer gehofft, dass sie doch noch schwanger werden würde. Auf gewisse Weise hatte Mimmi wohl angenommen, dass ein Kind all das wettmachen würde, was in ihrer Ehe nicht gut lief.

Doch das Gegenteil war der Fall.

Juha setzte sich nicht im Geringsten für Veera ein, und diesen Verrat würde Mimmi ihm nie verzeihen können. Aber könnte sie sich in all dem Durcheinander wirklich von ihm trennen? Dass Mimmi und Juha der kleinen Veera ein sicheres Zuhause und zwei Elternteile hatten bieten können, war ihr Ass im Ärmel gewesen. Juhas Einkommen hatte natürlich auch eine Rolle gespielt. Würden Mimmis Chancen, Veera behalten zu dürfen, schwinden, wenn sie Juha verließ?

Ihr Handy vibrierte auf der Anrichte. Tomas hatte geschrieben.

Wir drehen in einer halben Stunde eine Runde durch den Park an der Kirche. Wollt ihr mit?

Tomas. Aber natürlich, Tomas! Mit dem würde sie reden! Anders als Juha würde er ihre Sorgen nachvollziehen können. Außerdem war Tomas Polizist. Vielleicht konnte er ihr ja einen Rat geben, was sie noch unternehmen konnte.

Sehr gern! Bis gleich!, schrieb sie zurück.

Im Wohnzimmer sah Veera sich eine Zeichentrickserie an. Die schrillen Stimmen setzten Mimmi zu und bescherten ihr Kopfschmerzen.

»Was meinst du, Prinzessin, sollen wir rausgehen und mit Goffe spielen?«

»Nein«, antwortete Veera säuerlich. Doch im selben Moment setzte der Abspann ein, so dass sie schließlich einlenkte.

Es war kalt draußen, deshalb zog Mimmi dem Mädchen einen warmen Body und den sündhaft teuren rosa Schneeanzug mit Sternen an.

Beiden brach der Schweiß aus, und Veera maulte laut.

»Waaarm! Kann nich' atmen!«

»Okay, okay, Liebes. Mama ist sofort fertig, und dann gehen wir raus. Wo ist denn der zweite Fäustling?«

»Weiß nich'.«

Veera watschelte in Richtung Haustür und stemmte sie irgendwie auf.

»Noch nicht rausgehen«, rief Mimmi. »Mama muss erst nachsehen, ob der Fäustling noch in der Waschküche liegt.«

Doch da war er nicht. Stattdessen blieb Mimmis Blick an Veeras alten, ausgefransten Winterhandschuhen hängen. Dann nahm sie eben die. Und wo waren ihre Stiefel? Richtig – auf der Heizung im Bad.

Als sie endlich alle Sachen beisammenhatte und zurück in den Flur kam, stand die Tür sperrangelweit offen, und Veera war weg.

»Ich hab doch gesagt, du sollst warten«, rief Mimmi.

Keine Antwort.

»Liebling?«

Mimmi stürzte durch die Tür und sah sich panisch um. Nirgends eine Spur von Veera.

Schlagartig war der Schwindel zurück. Mimmi wäre fast über ihre eigenen Füße gestolpert, als sie die Vordertreppe hinunterrannte und laut rufend das Haus umrundete.

Im Garten saß Veera auf ihrem Schlitten und sah Mimmi missmutig an.

»Ich will nich' laufen. Ich will Schlitten fahren.«

»O Gott ...« Mimmi musste sich erst wieder sammeln, ehe sie reagieren konnte. »Aber, Prinzessin, den Schlitten können wir heute nicht nehmen. Für einen Schlitten brauchen wir Schnee.«

»Gar nich'.«

»Doch, doch!«

»Dann nehm' wir ein Taxi.«

Unwillkürlich musste Mimmi lachen. Nachdem Mimmis Auto einige Male nicht mehr angesprungen war, hatte Veera sich anscheinend an den Luxus gewöhnt, mit dem Taxi zu fahren. Sie hatten sowohl ins Ärztehaus als auch zum Familienzentrum ein Taxi genommen, doch der Park war nur wenige Hundert Meter entfernt.

»Nee, du. Wir gehen zu Fuß. Mama muss nur noch schnell abschließen.«

Veera blieb schmollend auf ihrem Schlitten sitzen. Mimmi eilte zurück um die Ecke, um abzuschließen, als ihr siedend heiß einfiel, dass ihr Handy noch auf dem Küchentisch lag. Dann blieb ihr Blick überdies an einer Tüte mit Kleidungsstücken hängen, aus denen Veera herausgewachsen war. Die würde sie direkt mitnehmen. Auf dem Weg zum Park kamen sie praktischerweise an einem Altkleidercontainer vorbei.

Als sie abermals um das Haus herumlief, stand der rosa Schlitten noch da, doch Veera saß nicht mehr darauf. Allmählich war Mimmi verärgert. Typisch, dass sich das Mädchen ausgerechnet in einem Moment, da Mimmi am Limit war, besonders bockig verhielt.

»Veera, komm jetzt!«

Doch sie bekam keine Antwort.

»Mama wird gleich sauer, Veera. Komm, wir gehen los! Wir können auch noch ins Café gehen, wenn du willst, und rosa Brötchen essen. Wir fragen Goffe, ob er auch mitwill.«

Es herrschte weiterhin Stille.

Als Mimmi ein paar Minuten später geschlagene vier Mal das Haus umrundet, den Garten abgesucht und den Namen ihrer Tochter immer lauter und schriller gerufen hatte, blieb vor dem Gartentor ein älterer Mann mit Hund stehen und erkundigte sich, was los sei.

»Sie ist weg«, flüsterte Mimmi.

Dann wurde plötzlich alles schwarz.

In den Kastanienhof zurückzukehren ist kein schönes Erlebnis. Mir tut nach der Fahrradfahrerei alles weh, teils aber
auch, weil sie mich in meinem Schuppen mit aller Kraft
festhalten mussten. Ich hab natürlich versucht, mich gegen
sie zu wehren, hatte aber keine Chance. Vier Erwachsene
gegen einen Fünfzehnjährigen.

Holmborg verhört mich anschließend ewig.

Wessen Idee war der Ausbruch?

Wer war in den Plan eingeweiht?

Wo hatte ich das Fahrrad her?

Er wird immer wütender und ich im selben Maße ver-
gnügter. Es ist herrlich zu sehen, wie Holmborg sich aufregt.
Sonst hat er immer ein versteinertes Gesicht.

Ich sitze schon den ganzen Tag in seinem Büro und durfte
selbst zum Pinkeln kaum rausgehen. Holmborg kommt und
geht, aber die ganze Zeit bleibt eine Wache bei mir. Ich bin
anscheinend ein gemeingefährlicher Verbrecher.

Als es draußen dunkel wird, werde ich müde. Ich sehne
mich fast schon nach der dünnen Matte in der Zelle. Ich
will nur noch schlafen.

Natürlich bin ich verdammt enttäuscht, dass das mit der
Flucht nicht geklappt hat, aber gleichzeitig bin ich irgendwie aufgedreht. Immerhin war es ganz einfach zu fliehen,

und ich bin ziemlich weit gekommen. Wenn ich den Weg nach Hause besser gekannt hätte, hätten sie mich womöglich nicht erwischt. Ich muss es einfach noch mal probieren.

Allerdings sperren sie mich nicht in die Zelle. Und sie schicken mich auch nicht zurück in meine Abteilung. Stattdessen führen Koskinen und Brunström mich raus auf den Hof und weiter um das Gebäude herum.

Ich bin eher verwirrt als verängstigt. Wollen sie mich jetzt verprügeln? Ich hab Prügel bezogen, seit ich vier Jahre alt war. Glauben die ernsthaft, das würde noch einen Unterschied machen? Was wollen die eigentlich von mir? Dass ich mich entschuldige?

Aber nein, sie scheinen mich auch nicht verprügeln zu wollen. Wir gehen weiter, bis Koskinen auf einmal stehen bleibt.

»Runter«, sagt er.

Erst weiß ich gar nicht, was er meint. Soll ich mich jetzt auf den Boden legen? Doch dann sehe ich ein rundes Loch im Boden. Ein alter, leerer Brunnenschacht. Normalerweise liegt da ein Holzdeckel drauf.

»Ihr meint, ich soll jetzt da runterspringen?«

»Nicht springen. Klettern.«

Da schau einer an. Die kranken Teufel haben sogar eine Leiter in den Schacht gestellt. Ich will ihnen gerade erzählen, dass ich nicht vorhabe, in ein Loch in der Erde zu klettern, als Brunström mir einen Stoß versetzt und ich hinabstürze. Ich krache gegen die Leiter, kriege sie gerade noch zu fassen, aber oben rütteln Brunström und Koskinen schon an der Leiter, damit ich auch garantiert nicht mehr hochkomme. Ich verliere den Halt, und diesmal stürze ich bis runter auf den schlammigen Boden.

Schnell wie der Blitz haben die beiden Idioten die Leiter nach oben gezogen.

»Wofür soll das bitte gut sein?«, schreie ich.

Aber ich bekomme keine Antwort. Anscheinend sind sie schon wieder gegangen.

Ich sitze eine ganze Nacht lang in dem Brunnenschacht. Ich schlafe keine Sekunde, das geht einfach nicht.

Ich bin echt schwer zu knacken, aber allmählich ist es so weit.

Ich heule sogar ein bisschen. Ich, der ich sonst nie heule. Aber man kriegt eben Panik, wenn man in einem Loch tief in der Erde sitzt. Das ist anders als in der Zelle. Hier ist man lebendig begraben. Womöglich holen sie mich nie wieder hoch?

Doch sie tun es.

Ich hatte noch nie solche Schmerzen wie in dem Moment, da ich endlich die Leiter hochklettern darf. Ich hab mein Leben lang Schläge eingesteckt, aber nichts war jemals so schlimm wie das Gefühl in meinem Körper, nachdem ich stundenlang in einem Loch gekauert und gefroren habe. Ich schaffe es gerade so hoch, und als ich oben bin, verliere ich anscheinend das Bewusstsein, weil ich beim Aufwachen in der Krankenstube liege. Keine Ahnung, wie lange ich weggetreten war, aber der Direktor steht schon vor mir. Es wäre schön, zur Abwechslung mal wieder aufzuwachen, ohne seine hässliche Fratze zu sehen.

»Na, junger Mann? Jetzt hattest du ja die Gelegenheit nachzudenken. Wessen Idee war der Ausbruchsversuch? Und wer hat den Brief geschrieben?«

Die Briefe an die Tageszeitung, die alle anderen, die geflohen sind, in den Briefkasten werfen sollten – die hab ich schon total vergessen! Obwohl mir immer noch alles ganz fürchterlich wehtut und ich mich elend fühle, hab ich mit einem Mal Hoffnung. Vielleicht hat der eine oder andere es ja geschafft? Vielleicht klopft demnächst ein Reporter der

Helsingin Sanomat *hier an und will sich den Kastanienhof genauer ansehen?*

»Na?«, knurrt der Direktor.

Ich begnüge mich mit einem Schmunzeln und schüttele den Kopf. Der Brunnen hat mich nicht kleingekriegt, sofern die das glauben. Dort war es grässlich, aber ihre Bestrafungen prallen an mir ab.

Der Direktor starrt mich weiterhin an, und ich lächele freundlich zurück. Am Ende gibt er auf.

»Wie dem auch sei«, brummt er. »Von den anderen ist der eine oder andere vielleicht ein bisschen vernünftiger als du.«

In dem Moment beschleicht mich die Angst. Was, wenn sie andere, die nicht mal eine Nacht in der Zelle überstehen, auch in den Brunnen werfen?

Dann schlafe ich wieder ein. Anscheinend hab ich Fieber, weil ich von Sternen und Monden und kleinen Figürchen träume.

Als ich das nächste Mal aufwache, sind mehrere Tage vergangen.

Das Erste, was ich erfahre, ist, dass LB tot ist.

Sie haben es tatsächlich geschafft.

Sie haben ihn zu guter Letzt umgebracht.

KAPITEL 8

Armes Ding, wie klein du bist,
wankst von Hof zu Hof;
Hände, Füße blau vom Frost
und Augen voller Tränen;
klein und müde,
Füße nass,
hast dir in die Schuh' gepisst.

Annas Handy glühte beinahe, so viel hatte sie in den vergangenen Stunden telefoniert. Nach Robin Aspelins Befragung hatte sie im Grunde nonstop Gespräche geführt: mit Oliver, der versucht hatte, einen Verantwortlichen vom Jugendamt in Vuosaari an die Strippe zu kriegen – und das an einem Samstag. Mit Märta und mit Annette. Anschließend wieder mit Lena Manner. Es hatte kaum geklingelt, als sie rangegangen war.

»Hallo, hier noch mal Anna Glad von der Polizei.«

»Hallo.«

»Ich hab nur eine ganz kurze Frage: Hat Yrsa Ihnen gegenüber je einen gewissen Robin Aspelin erwähnt?«

Bedächtig wiederholte Lena den Namen.

»Jaaa, der Name klingt vage bekannt ... Lassen Sie mich kurz nachdenken. Sie meinen den Anwalt?«

Anna zuckte zusammen. »Ja?«

»O ja, von dem hat sie gar nichts gehalten! Aber das ist ja schon eine Ewigkeit her.«

»Wissen Sie noch, in welchem Zusammenhang der Name gefallen ist?«

»Das war damals, als sie in Helsinki gearbeitet hat, würde ich sagen. Damals, als sie noch Holm hieß.«

Anna glaubte erst, sie hätte sich verhört.

»Wer hieß Holm?«

»Yrsa. Wir hatten eine Zeit lang tatsächlich verschiedene Nachnamen. Manner war unser Vater, aber Yrsa hatte sich nach der Scheidung unserer Eltern mit ihm verkracht. Aus Protest hat sie den Mädchennamen unserer Mutter angenommen. Irgendwann um die Zeit, als sie im Jugendamt gekündigt hat und hierhergezogen ist, hat sie die Namensänderung rückgängig gemacht. Aber das habe ich doch erwähnt?«

»Nein«, entgegnete Anna. »Das ist mir komplett neu. Dann hieß sie bis 2005 Yrsa Holm?«

»Genau.«

Anna bedankte sich und legte auf.

Eine Zeit lang blieb sie mit geschlossenen Augen sitzen und stützte die Stirn auf die geballten Fäuste. Mit einem Mal regnete es all diese Puzzleteile, und wenn sie nur ein bisschen klarer im Kopf wäre, hätte sie das Rätsel vielleicht längst gelöst.

Wie hatte ihr entgehen können, dass Yrsa einen anderen Nachnamen gehabt hatte? Das war peinlich und nicht zu entschuldigen. Andererseits hatte auch sonst niemand auf dieses nicht gerade unwesentliche Detail hingewiesen.

Und was hatte es überhaupt zu bedeuten? Konnte es einen Grund geben, warum Yrsa sich wieder umbenannt hatte? Konnte auch dies aus Sicherheitsgründen geschehen sein, genau wie die geschützte Adresse in Vuosaari? Und hatte all das etwas mit Emil zu tun?

Während Anna herumtelefoniert hatte, hatte sie nebenbei ein Dutzend Zeitungsartikel ausgedruckt und auf ihrem Schreibtisch ausgebreitet. Sämtliche Zeitungen hatten dasselbe Bild gebracht: Emils letztes Schulfoto, allerdings mit einem schwarzen Balken über den Augen, wodurch das Ganze noch gruseliger wirkte.

Acht war er geworden. Auf dem Foto hatte er einen ernsten Gesichtsausdruck, kurz geschnittenes Haar und trug ein gestreiftes T-Shirt. Ein ganz ähnliches hatte Gottfrid auch. Schlagartig war Anna mulmig zumute.

Emils Geschichte war scheußlich, so viel war klar, obwohl nicht mal Einzelheiten veröffentlicht worden waren.

In einem lang gezogenen Sorgerechtsstreit hatte irgendwann der Vater Oberwasser gehabt. Die Mutter war als untauglich beurteilt worden, die elterliche Sorge zu übernehmen, weil sie an einer psychischen Krankheit litt. Trotzdem hatte jeder einzelne Leitartikler und Kolumnist dieselbe Frage gestellt: War die Mutter wirklich noch untauglicher gewesen als der Vater? Hätte Emil überlebt, wenn er bei seiner Mutter hätte bleiben dürfen?

Stattdessen hatte Emil nur wenige Wochen, nachdem er von Amts wegen zurück zum Vater verbracht worden war, tot in dessen Wohnung gelegen. Der Vater war im Gefängnis gelandet, wo er sich rund ein Jahr später das Leben genommen hatte.

Aber was war eigentlich aus der Mutter geworden?, fragte sich Anna.

Oliver versuchte derzeit, Einzelheiten in Erfahrung zu bringen, doch nicht einmal die Polizei hatte uneingeschränkten Zugang zu den Akten des Jugendamts. Was einmal als vertraulich klassifiziert worden war, konnte nur schwer eingesehen werden. Anna jedoch war felsenfest davon überzeugt, dass die Lösung ihres Falles von jenen Informationen abhing.

Emil war der Schlüssel zu allem.

Robin Aspelin hatte es sogar widerwillig bestätigt.

Er war während der Sorgerechtsstreitigkeiten Emils gesetzlicher Vertreter gewesen. 2005 hatte er als frisch examinierter Jurist widerstrebend ein paar Familienrechtsfälle übernommen.

Doch hatte er wirklich sein Bestes gegeben?, fragte sich Anna. Hatte während der Verhandlung denn niemand erkannt, dass der Vater eine Gefahr für den Jungen darstellte?

Vielleicht hatte der frischgebackene Anwalt die Sache ein bisschen zu sehr auf die leichte Schulter genommen?

Er war verlegen gewesen, als Anna und Oliver ihn zu der Sache befragt hatten, und hatte behauptet, dass er sich an Einzelheiten leider nicht mehr erinnern könne. Allerdings musste es doch ein Verhandlungsprotokoll oder ein Urteil oder dergleichen geben …

Die potenzielle Verbindung zwischen dem Fall Emil und Yrsa Manner, damals noch Holm, lag trotz alledem auf der Hand: Yrsa hatte für die Behörde gearbeitet, die für Emil zuständig gewesen war. Sie konnte gut und gern die entscheidende Rolle gespielt haben und war vielleicht sogar Emils Familienhelferin gewesen. Aber genau dies – die Identität der beteiligten Personen – war als vertraulich eingestuft worden. Trotzdem würde Oliver hoffentlich bald an die entscheidenden Infos rankommen.

Und dann war da noch Ragnar Svennblad. Welche Rolle spielte er in dieser Tragödie? Bis jetzt gab es nur die geografische Verbindung, den Stadtteil Vuosaari, wo Svennblad bis zuletzt gewohnt hatte.

Anna hatte das unbestimmte Gefühl, dass die Lösung des Falles zum Greifen nah war. Wenn sie jetzt einen kühlen Kopf bewahrte und …

Es klopfte nachdrücklich an ihrer Bürotür, und ohne

Annas Antwort abzuwarten, stürmte Annette Käld herein.

»Hey«, sagte Anna leicht überrumpelt. »Wir sind endlich ein gutes Stück weitergekommen, glaube ich …«

»Du musst die Manner-Ermittlung leider unterbrechen.«

»Wie bitte? Und weshalb?«

»Ein Kind wird vermisst. Eine Fünfjährige ist vor rund einer Stunde aus dem Garten der Eltern verschwunden. Die Mutter wollte mit ihr in den Park, aber während sie die Haustür abschließen ging, ist die Kleine verschwunden. Fahr dort sofort hin!«

»Aber gibt es denn sonst niemanden, der …?«

»Leider nicht. Benny leitet die Sache. Du musst der Mutter bloß Gesellschaft leisten und melden, wenn etwas passiert. Und jetzt fahr los!«

Die Kirchentür war so schwer, dass Rolf sich mit aller Kraft dagegenstemmen musste, damit sie sich überhaupt rührte. So sollte das nicht sein. Ständig wurde darüber geklagt, dass immer weniger Leute in die Kirche gingen, was aber ja kaum verwunderlich war, wenn sich die Tür zum Himmelreich kaum öffnen ließ!

Irgendwann gab die Tür nach, und Rolf stolperte mit mehr Schwung in den Kirchenraum als beabsichtigt. Von der Sakristei kam lautes Gelächter.

»Dass du mal das Haus des Herrn betrittst, passiert ja nicht allzu oft, aber wenn, dann mit großem Getöse!«

Rolf brachte seine Arme und Beine unter Kontrolle, um Uno Tingman, dem Pfarrer im Ruhestand, zuzuwinken, der bereits über den Mittelgang auf ihn zukam. Sein Rücken war immer noch genauso gerade wie damals, als Rolf ein pickliger Konfirmand gewesen war und Uno frisch ordiniert in seinem orangefarbenen Gewand die Jugendlichen betreut hatte. Kaum zu glauben, dass Uno Tingman bereits vor einigen Jahren seinen Fünfundsiebzigsten gefeiert hatte.

»Sollen wir erst einen Kaffee trinken, oder willst du dein seelsorgerisches Anliegen sofort vorbringen?«, scherzte Uno.

»Zu einem Kaffee sag ich nicht Nein, das weißt du doch. Die Seelsorge überspringen wir besser, allerdings müsste ich tatsächlich etwas mit dir besprechen.«

»Dann gehen wir ins Pfarrbüro. Dort ist heute niemand, und wir sind ungestört.«

Sie plauderten über Gott und die Welt, während sie auf das Pfarrbüro zuschlenderten. Uno zauberte Kaffee und Ballerina-Kekse hervor, während Rolf sein iPad aus der Tasche zog und kurz überlegte, ob es unhöflich wäre, den alten Pfarrer sofort mit seinen Fragen zu bombardieren. Doch es brannte ihm auf den Nägeln, deshalb kam er direkt zur Sache.

»Du hast doch bestimmt schon was von dem Kunstwunder im alten Holmborg mitbekommen?«, fragte er und nahm sich einen Keks.

Uno Tingman hatte davon gehört. Er hatte es in der Zeitung gelesen, und die Gerüchteküche hatte auch gebrodelt. Das Gemälde selbst hatte er noch nicht gesehen, deshalb freute er sich offensichtlich, als Rolf Fotos aufrief.

»Nicht schlecht!«, sagte Uno, nachdem er das Gemälde ausgiebig betrachtet hatte. »Warst du dabei, als es entdeckt wurde?«

»Ja.«

»Das muss doch ein einmaliges Erlebnis gewesen sein.«

»Ach, weißt du, es war hauptsächlich dunkel und staubig … aber natürlich auch irre spannend.«

»Das kann ich mir denken!«

Rolf nahm das iPad wieder an sich und vergrößerte den Mann in der Mitte.

»Das hier ist vielleicht an den Haaren herbeigezogen … aber ein paar Figuren auf dem Gemälde kamen mir sofort irgendwie bekannt vor. Erst konnte ich sie nicht richtig einordnen … Aber was hältst du von dem hier?«

Uno Tingman rückte seine Brille zurecht und beugte sich über das iPad. Rolf versuchte, ihm etwas anzusehen, doch der Pfarrer hatte ein Pokerface aufgesetzt.

»Nee … Mir kommt der nicht bekannt vor«, sagte er nach einer Weile.

»Das Gemälde ist Anfang der Siebziger entstanden, da hast du doch auch schon hier gelebt?«

»Ja, ich bin 1971 hergezogen.«

»Sagt dir der Name Greger Holmborg etwas?«

Der Pfarrer verzog leicht die Lippen.

»Rolf, bist du nicht ebenfalls Rentner, genau wie ich? Du klingst fast, als würdest du wieder als Polizist ermitteln.«

»Ach was, das hier ist doch keine Ermittlung! Aber die Polizei ist derzeit mit anderen Dingen beschäftigt, und ich hab mich an dieser Sache festgebissen … Also, Greger Holmborg – kanntest du ihn?«

»Ja. Um die Familie Holmborg kommt man ja nicht herum, wenn man so lange hier in der Gegend wohnt. Greger war der Sohn, nicht wahr? Und Lennart der Vater. Derjenige, der die Schule gestiftet hat. Und Großvater Konrad Holmborg – war der nicht unmittelbar nach dem Krieg sogar Reichstagsabgeordneter?«

Rolf war beeindruckt. Uno Tingman hatte ein noch besseres Namensgedächtnis als er selbst.

»Genau so war es.«

»Und du meinst, die Person auf dem Bild soll einer der Holmborgs sein? Und wer genau?«

»Greger Holmborg. Ich finde jedenfalls, dass da eine gewisse Ähnlichkeit besteht.«

Rolf rief Gregers Porträtfoto auf, das er im Zeitungsarchiv mit dem Handy abfotografiert hatte.

»Ja, tatsächlich, die beiden sehen sich ähnlich«, sagte Uno Tingman zögerlich.

»Und genau deshalb wollte ich mit dir reden. Als du gerade erst hierhergezogen warst, hast du doch mit Jugendlichen gearbeitet, oder?«

»Das ist richtig. Ich hab mich mein Leben lang um Jugendliche gekümmert. Das mache ich noch heute, zumindest um die, die mit einer Mumie wie mir noch Geduld haben.«

»Greger Holmborg war eine Zeit lang Direktor einer Erziehungsanstalt für Jungen namens Kastanienhof. Der Kastanienhof ist Anfang der Siebziger geschlossen worden. Aber warst du zuvor vielleicht mal dort?«

Uno Tingman schwieg überraschend lange und schien nachzudenken.

»Der Kastanienhof ...«, murmelte er. »Ja, an den Namen kann ich mich vage erinnern. Der lag ein Stück außerhalb der Stadt, nicht wahr?«

»Das ist richtig. Die Gebäude wurden inzwischen abgerissen. Auf dem Gelände ist ein Industriegebiet entstanden.«

»Ja, stimmt, jetzt, wo du's sagst ... Womöglich war ich wirklich ein paarmal dort, als ich neu in der Stadt war. Aber mit den Jungs dort habe ich nie geredet, und an einen Direktor Greger Holmborg kann ich mich ebenso wenig erinnern. Aber jetzt sag schon – warum interessierst du dich für dieses Erziehungsheim?«

Rolf war hin- und hergerissen. Wie viel sollte er dem Pfarrer erzählen? Es war schließlich durchaus möglich, dass er auf dem falschen Dampfer war, und da wäre es mehr als unangebracht, einen Außenstehenden mit seinen Mutmaßungen zu belästigen. Andererseits war Uno Tingman ein alter Bekannter, und wenn Rolf sich nicht irrte, unterlagen Pfarrer der Schweigepflicht.

»Die Frage ist doch: Wer steckt hinter dem Künstler Jeremias? Und da hatte ich eine Idee: Könnte er nicht vielleicht Schüler in diesem Erziehungsheim gewesen sein?«

»Ach, du glaubst …?«

Uno Tingman schüttelte den Kopf, während er gleichzeitig auf dem iPad-Display hin- und herwischte und ein Gesicht nach dem anderen größer zoomte.

»Ein gruseliges Bild. Ganz ähnliche sieht man in mittelalterlichen Kirchen in Mitteleuropa. Nur dass diese Männer in den Gruben hier zeitgenössisch aussehen …«

»Finde ich auch. Und beschleicht dich da nicht das Gefühl, dass der Künstler wütend gewesen sein muss? Dass es eine Art Rache war, so ein Motiv zu malen?«

Uno schüttelte weiter den Kopf, und unwillkürlich war Rolf enttäuscht. Er war sich so sicher gewesen, dass der alte Pfarrer ihm würde helfen können. Doch anscheinend hatte er sich in eine Sackgasse hineinmanövriert.

»Denk daran, Rolf, ich werde langsam alt. Ich kann mich nicht mehr an jeden erinnern, den ich mal getroffen habe. So gern ich es täte.«

»Nein, das verstehe ich.«

»Vielleicht ist einer der armen Jungen von damals ja wirklich ein weltberühmter Künstler geworden. Da wäre ich froh. Die Jungs aus dem Heim hatten nicht gerade den besten Start ins Leben, wenn ich es so sagen darf. Tut mir leid, dass ich dir bei dieser Sache nicht weiterhelfen kann.«

»Ach, keine Ursache«, sagte Rolf. »Trotzdem vielen Dank. Auch für den Kaffee!«

Uno Tingman hielt Rolf die Tür auf, und sie plauderten noch ein bisschen, bevor Rolf sich wieder auf den Weg machte.

Uno seinerseits kehrte ins Pfarrbüro zurück, packte die übrigen Ballerina-Kekse weg und spülte die Kaffeebecher aus.

Anschließend ging er in den Altarraum und saß eine Zeit lang in der vordersten Kirchenbank, um seine Gedanken zu sortieren.

Er sprach ein stummes Gebet. Dann nahm er sein Handy zur Hand und schrieb eine Nachricht.

Ich glaube, die Zeit ist reif. Komm wieder heim, mein Freund.

Anna hatte zwar gesehen, dass Rolf angerufen hatte, doch für einen Rückruf hatte sie im Augenblick keine Zeit. Es würde ja doch nur wieder um dieses Wandgemälde im Holmborg gehen. Sie wusste schließlich, dass er das Motiv mit großer Begeisterung studierte. Doch jetzt gerade hatte sie eindeutig zu viele andere Dinge um die Ohren, da musste Rolf warten.

Kurz schoss ihr durch den Kopf, dass sie Tomas Bescheid geben sollte. Aber womöglich konnte der sich längst denken, dass sie mal wieder spät heimkommen würde.

Doch im selben Moment klingelte ihr Handy. Oliver.

»Hallo«, meldete Anna sich leicht außer Atem. »Ich muss ausrücken, eine andere Sache. Ein Kind ist verschwunden, deshalb muss ich die Gullymorde für einen Moment auf Eis legen.«

»Alles klar«, sagte Oliver. »Mir ist nur gerade eine Sache klargeworden, die wichtig sein könnte.«

»Schieß los!«

»Was ist, wenn wir es mit zwei Tätern zu tun haben?«

»Wie bitte? Wie kommst du darauf?«

»Na ja, wir sind die ganze Zeit davon ausgegangen, dass eine Person ausreicht, um einen Gullydeckel aufzustemmen und ein Opfer dort reinzuschubsen. Aber nachdem wir telefoniert hatten, habe ich mich noch eine Zeit lang mit Robin Aspelin unterhalten, und der erinnert sich klar und deutlich an einen Kastenwagen, der auf seiner Joggingrunde hinter ihm herfuhr. Nun stehe ich gerade vor besagtem Gullyschacht – und das passt alles nicht zusammen.«

»*Was* passt nicht zusammen?«

»Er ist ziemlich schnell, dieser Aspelin. Der Täter hätte entweder den Wagen abstellen und Aspelin irgendwie überholen oder alternativ um den Park herumfahren, parken und sich dann im Schatten neben dem Gullyschacht verstecken müssen. Aber beides funktioniert so nicht. Die Strecke von der Straße zum Gully ist einfach zu weit. Ich bin sie eben selbst abgelaufen.«

»Und was heißt das für uns?«

»Es müssen mindestens zwei gewesen sein. Einer, der Aspelin mit dem Wagen hinterhergefahren ist und dem anderen Bescheid gesagt hat, dass Aspelin gleich vorbeikäme. Der andere hat daraufhin den Deckel vom Schacht geschoben, sich versteckt und ist erst in Erscheinung getreten, als Aspelin kam.«

»Und da bist du dir sicher?«

»Bin ich, ja.«

»Hast du schon was vom Jugendamt gehört?«

»Keinen Mucks. Die wollten sich zu Bürozeiten wieder bei mir melden, aber das reicht mir nicht. Wir müssen an diese Unterlagen herankommen, bevor noch mehr Leute in irgendwelchen Gullyschächten sterben.«

Anna musste das Gespräch beenden, weil sie ihr Ziel erreicht hatte.

Sie ließ ihr Auto schief vor dem Haus der Familie Strandberg stehen und ging zügig zur Tür. Laut Annette war Markus schon dort, aber sobald Anna ankäme, sollte der sich den Suchtrupps anschließen, während sie bei der Mutter blieb.

Sie klingelte und erwartete, dass Markus aufmachen würde. Doch in der Tür stand ein ganz anderer Mann.

»Aber ... was ... Was machst du denn hier?«

»Ich bin gekommen, so schnell ich konnte«, sagte Tomas.

»Warum?«

»Veera ist Goffes Spielkameradin. Wir waren mit Mimmi und ihr zum Spielen verabredet. Als die beiden nicht aufgetaucht sind, hab ich Mimmi angerufen und erfahren, was passiert ist.«

Anna hatte bislang die Verbindung nicht hergestellt, aber dann war Tomas also mit dieser Mimmi befreundet, die ihrerseits die Pflegemutter von Gottfrids bester Freundin war – und Letztere war verschwunden.

»Wo ist Gottfrid denn jetzt?«

»Er ist hier und guckt sich einen Film an. Dein Kollege Markus ist schon vor einer Weile weitergezogen. Ich hab ihm gesagt, dass ich hier auf dich warte.«

Anna schwirrte noch immer der Kopf, trotzdem

streifte sie sich eilig die Schuhe von den Füßen und betrat das geschmackvoll eingerichtete Wohnzimmer.

»Hallo, Mama«, murmelte Gottfrid geistesabwesend. Er war vollkommen in den Film vertieft, den er sich auf einem Laptop ansah.

Tomas hatte sich bereits wieder auf dem hellrosa Samtsofa niedergelassen. Neben ihm saß eine schlanke blonde Frau mit verweintem Gesicht.

Die Situation fühlte sich gelinde gesagt merkwürdig an. Die beiden sahen fast aus wie ein Ehepaar – und Gottfrid hätte ihr Kind sein können. Er erweckte eindeutig den Eindruck, als fühlte er sich hier wie zu Hause.

»Hallo, Mimmi. Mein Name ist Anna Glad, und ich bin Polizistin.«

»I… Ich weiß, wer Sie sind.«

»Gut. Ich soll Ihnen Gesellschaft leisten. Meine Kollegen haben alles stehen und liegen gelassen, um nach Veera zu fahnden.«

»Okay …«

Anna versuchte vergebens zu ignorieren, dass Tomas den Arm um Mimmis Schultern gelegt hatte. War das nur eine freundschaftliche Geste oder …? Und was war überhaupt mit ihr los? Sie hatte jetzt keine Zeit für Eifersüchteleien! Sie musste schleunigst in den Krisenmodus schalten.

»Ist noch jemand hier?«, fragte sie. »Ihr Ehemann?«

»Der ist auf Dienstreise. Ich hab ihn noch nicht erreichen können. Und Melvin, der Sohn meines Mannes, wohnt in dieser Woche bei seiner Mutter.«

»Wie alt ist Melvin denn?«

»Siebzehn.«

»Dann weiß bislang weder Ihr Mann noch Melvin, dass Veera vermisst wird?«

Mimmi sah sie verwirrt an.

»Nein, ich glaube nicht … Juha geht nicht ans Handy, und Melvin … Den hab ich ehrlich gesagt ganz vergessen. Ich rufe ihn sofort an.«

Mimmi nahm ihr Handy und wählte eine Nummer. Nach einer Weile legte sie es zurück auf den Couchtisch und schüttelte den Kopf.

»Er geht auch nicht ran. Das ist doch Wahnsinn! Wo ist meine Familie?«

Sie schlug die Hände vors Gesicht und fing an zu weinen. Tomas zog sie an sich, während Anna das Wohnzimmer verließ, um Benny Westlander anzurufen.

»Hey, Anna hier. Ich bin jetzt bei der Pflegemutter.«

»Gut. Hat sie ihren Mann mittlerweile erreicht?«

»Nein, immer noch nicht. Und den Sohn auch nicht.«

»Okay. Wir gehen in ein paar Minuten mit einer Beschreibung für die sozialen Medien raus. Markus und Märta klappern die Nachbarschaft ab, und ich bin gerade auf dem Weg zur leiblichen Mutter des Mädchens.«

Anna fragte sich schon, ob sie die falsche Nummer gewählt hatte, weil Benny ganz anders klang als sonst. Normalerweise riss er Witze und machte in den unpassendsten Situationen dumme Sprüche, doch in diesem Moment klang er einfach nur ernst und äußerst professionell.

»Dann scheinst du ja alles im Griff zu haben«, stellte Anna fest.

»Ich weiß nicht, ob Markus es dir erzählt hat, aber wir waren vor vier Jahren ebenfalls vor Ort, als das Mädchen aus der Wohnung der leiblichen Mutter rausgeholt wurde. Ich war damals neu in der Stadt, und das war einer dieser Einsätze, die man nie wieder vergisst, auch wenn es einem lieber wäre …«

»Oje. War es so … schlimm?«

»Ja. Wenn die leiblichen Eltern sich die Kleine geholt haben, dann sieht es übel für sie aus. Aber jetzt bin ich dort, wir reden später weiter!«

Er legte auf, noch ehe Anna nachhaken konnte, was »übel« genau bedeutete.

Mit einem mulmigen Gefühl kehrte sie ins Wohnzimmer der Strandbergs zurück. Wenn ein kleines Kind verschwand, war der Druck immer enorm, aber normalerweise tröstete sie sich damit, dass die allermeisten nach kurzer Zeit unversehrt wiederauftauchten. Kinder versteckten sich, verliefen sich oder dachten ganz einfach nicht mehr daran, dass die Eltern sich Sorgen machten, während sie selbst irgendwo spielten und Spaß hatten.

Doch die Vorzeichen in diesem Fall klangen eher unheilvoll.

Und obwohl man im Polizeidienst persönliche Befindlichkeiten außen vor lassen sollte, war sie unendlich dankbar dafür, dass ihr eigenes Kind derzeit in Sichtweite saß und sich pudelwohl zu fühlen schien.

Benny Westlander marschierte von seinem Wagen auf das Haus zu, in dem Jutta Rossi wohnte. Anscheinend war sie seit ihrer letzten Begegnung umgezogen, doch die neue Wohngegend war nicht nennenswert besser als jene, in die Benny vier Jahre zuvor gerufen worden war.

War ihr Bodybuilderfreund vielleicht auch zu Hause? In dem Fall würde Benny womöglich Verstärkung brauchen … Aber fürs Erste musste er allein klarkommen.

Er betätigte mehrmals Juttas Klingel, ohne dass jemand aufmachte. Deshalb drückte er den Briefschlitz auf und spähte in die Wohnung. Doch dort war alles dunkel und still.

Im selben Moment rumpelte der Aufzug hinter ihm, die Tür glitt auf, und eine junge Frau trat hinaus ins Treppenhaus.

»Was soll das, verdammt?«, blaffte sie, kaum dass sie Benny vor ihrer Wohnungstür entdeckte.

Es war Jutta Rossi. Sie sah erwachsener und nüchterner aus als an jenem Abend vor vier Jahren, aber die Aggressivität war noch immer dieselbe.

Und jetzt schien auch sie ihn erkannt zu haben.

»Scheiße noch mal, was …?«

»Benny Westlander, Polizei«, stellte Benny sich streng gemäß Regelwerk vor.

»Was wollen Sie hier?«

»Ich will Ihnen ein paar Fragen stellen.«

»Ach. Dann gehen wir wohl besser mal rein.«

Benny musterte die junge Frau, während sie die Tür aufschloss. Sie hatte eine Einkaufstüte in der Hand und war in helle Jeans und eine dicke Winterjacke gekleidet. Dass ein Polizist vor ihrer Tür gewartet hatte, schien sie aufrichtig überrascht zu haben, doch Jutta Rossi war schwer zu lesen. Es konnte durchaus sein, dass sie über Veeras Verschwinden Bescheid wusste und ihm lediglich etwas vorspielte.

»Bitte, kommen Sie doch rein«, sagte sie übertrieben freundlich.

In der Wohnung herrschte Stille. Es roch abgestanden.

»Wo kommen Sie denn gerade her?«

»Von der Arbeit natürlich. Ich hatte seit sieben Uhr morgens Schicht.«

Benny nickte. Das konnte er bei ihrem Arbeitgeber leicht überprüfen.

»Wollten Sie noch mehr wissen?«, fragte sie ungeduldig.

»Wann haben Sie Ihre Tochter zuletzt gesehen?«

»Veera? Vor ein paar Tagen. Im Familienzentrum. Warum fragen Sie?«

»Und seither hatten Sie keinen Kontakt zu ihr?«

»Nein, das lässt diese Bitch ja nicht zu! Entschuldigung – ich meine natürlich die Pflegemutter.« Jutta Rossi grinste schief. »Aber das wird sich ja bald ändern.«

»Was soll das heißen?«

Sie fing an, ihre Einkäufe auszupacken: Limo, Cornflakes, Tiefkühlpizza, eine Pringles-Packung ...

»Ich hab endlich Kontakt zu einem vernünftigen Menschen im Jugendamt, der dafür sorgt, dass Veera wieder zu mir zurückkommt.«

Benny zuckte zusammen.

»Zurück? Sie meinen – hierher zu Ihnen?«

»Ja. Passt Ihnen das vielleicht nicht?«, entgegnete Jutta höhnisch.

Benny verlor selten die Fassung, wenn er im Dienst war, aber jetzt gerade spürte er, wie sein Puls sich beschleunigte.

War das wirklich wahr? Würde das Jugendamt allen Ernstes zulassen, dass Veera wieder zu ihrer leiblichen Mutter zog? Waren die nicht ganz dicht? Sofort sah er das leblose kleine Mädchen vor sich, das vier Jahre zuvor in einem vor Dreck strotzenden Bett gelegen hatte. Er schüttelte unwillkürlich den Kopf, um die Erinnerung zu vertreiben.

Jutta Rossi sah ihn amüsiert an.

»Alles in Ordnung, Herr Wachtmeister?«

»Wie sieht es denn mit dem Vater aus? Haben Sie noch Kontakt zu ihm?«

»Zu Joni? Nein. Wir haben keinen Kontakt mehr. Aber jetzt wüsste ich doch gern, warum Sie überhaupt hier sind und mir all diese Fragen stellen. Ist etwas passiert?«

Erneut sah sie ihn aufrichtig neugierig an. Benny zögerte kurz, doch dann beschloss er, die Wahrheit zu sagen.

»Veera ist verschwunden.«

Juttas Reaktion war unerwartet. Sie sah weder überrascht noch beunruhigt aus. Stattdessen lachte sie nur herablassend.

»Aha.«

»Sie wirken kein bisschen überrascht.«

»Nicht im Geringsten. War doch klar, dass die irgendwas unternehmen würden.«

»Wer – die?«

»Na, die! Oder vielmehr sie, die Pflegemutter. Ich glaub ja, der Pflegevater interessiert sich einen Scheiß für Veera, also war es diese Mimmi Strandberg.«

»Sie glauben, die Pflegemutter hätte etwas mit Veeras Verschwinden zu tun?«

»Das ist doch offensichtlich! Die will nicht, dass Veera zu mir zurückzieht. Aber der Chef vom Jugendamt ist auf meiner Seite. Das Mädchen gehört hierher, zu mir, zur richtigen Mutter.«

Widerwillig musste Benny sich eingestehen, dass Juttas Überlegungen nicht ganz abwegig waren. Er glaubte zwar nicht, dass Mimmi Strandberg etwas mit dem Verschwinden der Kleinen zu tun hatte, doch Jutta Rossi hatte nun wirklich keinen Grund, ihre Tochter zu kidnappen. Wenn tatsächlich feststand, dass Veera zu ihr zurückziehen würde, ergab es gar keinen Sinn, sie jetzt zu entführen.

»Ich sehe mich noch ganz kurz um. Bleiben Sie gern einfach hier.«

»*Sure.* Aber sagen Sie Bescheid, wenn ich Ihnen den Weg weisen soll. Muss nur schnell ein paar Sachen in den Kühlschrank stellen.«

Benny ließ den Blick durch das schäbige Wohnzimmer schweifen, in dem zwei blaugraue Ledersessel, ein Couchtisch aus Glas und ein riesiger Fernseher standen. Er ging weiter ins Schlafzimmer, das mit einem ungemachten Doppelbett so gut wie vollgestellt war. Das nächste Zimmer war annähernd leer, doch anhand der wenigen Möbel, die dort zum Aufbau bereitstanden, schlussfolgerte er, dass dies Veeras Kinderzimmer werden würde.

Jutta Rossi hatte sich in die Küche gesetzt und aß Pringles. Sie sah fast schon aufreizend gleichgültig aus.

»Sie scheinen sich nicht besonders große Sorgen zu machen«, stellte Benny fest.

Jutta zuckte bloß mit den Schultern.

»Wie gesagt: Dass so etwas passieren würde, war fast zu erwarten.«

»Aber was ist, wenn Sie falschliegen? Immerhin ist Ihre Tochter spurlos verschwunden.«

»Soll sich etwa irgendein ekliger Typ im Busch versteckt und sie verschleppt haben? Wohl kaum! Wenn ich Sie wäre, würde ich das Eigentum der Strandbergs absuchen. Die haben doch bestimmt zig Segelboote und Sommerhäuser, wo sie eine Fünfjährige verstecken könnten, ohne dass ihr irgendwas fehlt. Rufen Sie an, wenn sie wiederauftaucht. Und anschließend können Sie sie gleich hier absetzen.«

Rolf schimpfte mit sich selbst, als er einen ordentlichen Schluck Kognak in seinen dampfend heißen Tee goss. Dass er in seinem Alter in der Gegend herumlief, obwohl er erkältet war! Womöglich hatte er Pfarrer Uno Tingman auch noch angesteckt. Max hatte ihm am Telefon jedenfalls die Leviten gelesen, als er ihn eine Stunde zuvor angerufen hatte.

»Jetzt hörst du gefälligst auf der Stelle auf, Privatdetektiv zu spielen! Mach dir einen Toddy, leg dich hin und ruh dich aus!«, hatte er gesagt.

Und Rolf hatte versprochen zu gehorchen.

Er hatte sich gerade mit seinem Drink in den Sessel gesetzt, als es an der Tür klingelte. Es war nicht abgeschlossen, und Rolf hatte sich kaum aus dem Sessel erhoben, als seine Ex-Frau Mia auch schon das Wohnzimmer betrat.

»Du klangst erkältet«, sagte sie. »Ich hab dir Suppe gekocht.«

Selbst mit verstopfter Nase schlug ihm der Duft einer reichhaltigen Hühnerbrühe entgegen.

»Das ist aber nett von dir.«

»Wie geht es dir? Du siehst elend aus.«

»Nicht besonders … Besser, du hältst einen Sicherheitsabstand.«

»Ach, ich bin gegen alles Mögliche geimpft und hab ein Immunsystem wie nur wenige andere. Komm rüber in die Küche, dann tische ich auf.«

Rolf folgte ihr. Nur gut, dass er keine Probleme damit hatte, Befehle auszuführen: Mit einem Ehemann, der ihn per Telefon herumkommandierte, und einer Ex-Frau, die ihm Order erteilte, war es eindeutig besser, wenn er widerspruchslos gehorchte.

Mias Hühnersuppe war früher *die* Medizin gegen alles gewesen. Was für ein Glück, dass Max derzeit nicht zu Hause war. Bestimmt hätte er Mias Suppenmanöver persönlich genommen – als Konkurrenz zu dem Kognak, auf den er seinerseits schwor. Rolf hingegen schlürfte nur zu gern beides in sich hinein.

»Gut?«, fragte Mia.

»Fantastisch«, murmelte Rolf. »Aber heiß!«

»Gibt's Neuigkeiten von deinem Kunstmysterium?«

Rolf hatte sich die Zunge verbrannt und brauchte ein paar Schlucke Wasser, um sprechen zu können.

»Nee ... Ich dachte, ich wäre einer Sache auf die Spur gekommen, aber da hab ich mich wohl verrannt.«

»Erzähl.«

Mia goss sich selbst einen Kognak ein und sah ihn neugierig an.

»Erinnerst du dich noch an einen gewissen Greger Holmborg?«

Mia schüttelte den Kopf.

»Nein, ich glaube nicht. Ist der mit den Schul-Holm-borgs verwandt?«

»Ja, er war der Sohn. Ich dachte mir, Jeremias könnte vielleicht mit dem Erziehungsheim Kastanienhof zu tun gehabt haben. Kannst du dich daran noch erinnern? Dort war Greger Holmborg eine Zeit lang Direktor.«

Mia lachte laut auf.

»Der Kastanienhof? Na klar erinnere ich mich an einen Ort, an dem ziemlich attraktive böse Jungs ge-wohnt haben!«

Rolf sah sie verdutzt an.

»Böse Jungs?«

»Na klar! Dort sind wir immer absichtlich langsam vorbeigeradelt, weil wir einen Blick reinwerfen wollten. Die Bewohner durften das Gelände nicht verlassen, und wir durften nicht rein, aber irgendwer stand immer am Zaun und hat uns Mädchen hinterhergeschaut.«

»Dann kannst du dich daran noch erinnern?«

»Absolut. Allerdings wurde das Gebäude irgendwann recht übereilt abgerissen und das Gelände dem Erdboden gleichgemacht. Aber was hat das mit deinem Wandbild …? Ah, jetzt! Du glaubst, Jeremias könnte einer der Heimbewohner gewesen sein!«

Mia war nicht umsonst jahrelang die Ehefrau eines Polizisten gewesen. Sie konnte Rolfs mitunter weit hergeholten Gedankengängen immer noch gut folgen.

»Genau das dachte ich … Zeitlich könnte es nämlich passen. Immerhin wird geschätzt, dass Jeremias irgendwann in den Fünfzigern oder Sechzigern geboren wurde. Da hätte er gut und gern diesen Kastanienhof besuchen können, bevor der dichtgemacht wurde.«

»Aber Rolf, das ist ja höchst spannend! Was ist, wenn du damit richtigliegst? Vielleicht war er wirklich einer von denen, mit denen ich in grauer Vorzeit durch den Zaun geflirtet habe?«

»Tja … Nur leider komme ich auf dieser Spur nicht weiter. Als Privatmensch erhalte ich keine Informationen zu den Bewohnern des Kastanienhofs.«

»Kann da nicht einer deiner früheren Kollegen bei der Polizei aushelfen?«

»Die haben alle keine Zeit. Sie müssen sowohl die Schule bewachen als auch aufklären, wie eine tote Schulsekretärin im Gullyschacht auf dem Bruksvägen-Spielplatz landen konnte.«

»Ja, verrückte Sache«, murmelte Mia. »Kanntest du sie? Yrsa Manner?«

»Nein.«

»Ich auch nicht. Aber dass so etwas hier in unserer Stadt passiert! Und den Fahndungsaufruf hast du bestimmt auch schon gesehen, oder?«

»Welchen Fahndungsaufruf?«, fragte Rolf.

»Der gerade durch die Medien geht. Diese arme Fünfjährige, die verschwunden ist? Warte ...« Mia nahm ihr Handy zur Hand und las laut vor: »Hier: ›Die Polizei sucht nach einem fünfjährigen Mädchen, das am Nachmittag aus dem heimischen Garten an der Åsgatan verschwand. Das Mädchen ist etwa eins zwanzig groß, hat dunkle Haare, braune Augen und trug zum Zeitpunkt ihres Verschwindens einen rosafarbenen Schneeoverall mit Sternen.‹ Die armen Eltern! Was für ein Alptraum!«

»Ja, das Gefühl kennt man nur zu gut ... Unsere drei Goldstücke waren ja auch gut darin, sich zu verstecken, so dass wir fast in Ohnmacht gefallen sind.«

»Was du nicht sagst.« Mia lächelte ihn an. »Nur deshalb hatte ich mit vierzig schon graue Haare. Hoffentlich wird das Mädchen schnell wiedergefunden und ist wohlauf. Aber willst du deine Jeremias-Überlegungen jetzt einfach aufgeben? Das sieht dir gar nicht ähnlich.«

»Keine Ahnung«, sagte Rolf. »Aber ich hab mich eindeutig verrannt, und außerdem bin ich dermaßen erkältet ...«

Mia nahm den letzten Schluck Kognak aus ihrem Glas und verzog das Gesicht.

»Pfui! Aber kannst du nicht mit irgendwem reden, der selbst in dem Heim gewohnt hat? Ich wüsste zumindest einen, der immer noch hier in der Stadt wohnt.«

Rolf klappte schier die Kinnlade runter, so dass ein bisschen warme Brühe zurück in den Teller platschte.

»Wer?«

»Ach, wie hieß er gleich wieder ...? Er war damals ein echter Hingucker, und meine Freundin Ines hat sich immer Hoffnungen gemacht, dass er am Zaun stehen würde, wenn wir dort vorbeikamen. Sie hat ihm sogar

Zigaretten zugesteckt. Mensch, wie heißt er noch ... dieser Fahrer ...«

»Fahrer?«

»Ach, Mann, du weißt doch, wie ich mit Namen bin! Er sieht immer noch richtig gut aus, aber zu Ines' Verdruss hat er eine andere geheiratet, und die beiden sind immer noch zusammen. Verflixt noch mal! Rolf, du weißt, von wem ich rede – der Typ mit dem Busunternehmen und ...«

»Busunternehmen? Du meinst aber nicht Erik?«, hakte Rolf skeptisch nach.

»Genau! Erik heißt er!«

»Der war Schüler im Kastanienhof? Bist du dir sicher?«

»Bombensicher. Gott, Rolf, stell dir vor, unser Bus-Erik wäre Jeremias! Wie irre wäre das denn bitte schön?«

»Ich komme, ich komme, Herr im Himmel ...«

Mit Müh und Not schaffte Maud es bis zur Haustür, wo irgendein Sturkopf Sturm klingelte. Was war denn jetzt wieder los? Hatte Erik seinen Schlüssel vergessen, als er zum Einkaufen gefahren war?

Sie band sich den Bademantel über der Taille fest und öffnete die Tür.

»Marko! Was machst du denn hier?«

Der IT-Kollege aus dem Jugendamt war nun wirklich die letzte Person, mit der sie gerechnet hatte. Sie hatte ihn noch nie abseits des Amtsgebäudes zu Gesicht bekommen.

»Ich war gerade in der Gegend«, erklärte er, »und dachte mir, dass ich dir doch gleich deinen Rechner zurückbringen könnte.«

»Meinen Rechner! Den klapprigen Uropa!«

»Stimmt, aber jetzt funktioniert er wieder. Allerdings hab ich nicht daran gedacht, dass du derzeit krankgeschrieben bist.«

Maud verzog das Gesicht.

»Kein Problem. Ist nur mein Rücken, ich bin also nicht ansteckend. Aber komm doch rein! Hier sieht es schrecklich aus – nicht mehr lange, und irgendwer alarmiert noch das Jugendamt! Hahaha!«

Aber nein, der kleine Scherz hatte nicht gezündet. Pia-Maria hätte gelacht, doch Marko trat bloß mit ernster Miene über die Schwelle.

»Ich will wirklich nicht stören. Hier, dein Laptop. Zumindest sollte er halten, bis du einen neuen kriegst. Das Ersatzgerät kannst du ja zurückbringen, wenn du wieder gesund bist.«

»Tausend Dank, Marko, du bist ein Engel!«

Schweigend blieb Marko im Flur stehen. Er sah aus, als wäre es ihm unangenehm. Er machte den Mund auf, um etwas zu sagen, überlegte es sich dann aber anscheinend anders.

»Ist etwas passiert?«, hakte Maud sofort nach.

»Ja … oder … nein, also … Ich dachte mir nur, wir reden vielleicht besser außerhalb des Amts, weil ich wirklich nicht will, dass du Probleme kriegst, aber …«

Maud war schlagartig eiskalt. Was sollte das heißen? Spielte er auf die Droh-E-Mails an?

»Probleme?«

»Na ja … Ich hab deine Chronik eingesehen, als ich den Rechner durchsucht habe – und Maud, du bist nicht die Erste, die versucht hat, sich in vertrauliche Ordner einzuloggen. Natürlich wird man da neugierig, aber … Wie du weißt, ist das streng verboten.«

Maud starrte ihn fassungslos an. »Wovon redest du?«

»Das weißt du doch genau, Maud. Das kann man alles nachvollziehen, bis hin zur genauen Uhrzeit. Es sieht wirklich nicht wahnsinnig gut aus, wenn jemand mitten in der Nacht gesperrte Akten aufruft. Ich sollte das eigentlich bei Håkan melden, aber das will ich nicht. Versprich mir einfach, dass so etwas nicht wieder vorkommt.«

»Bitte, Marko, ich verstehe nur Bahnhof. Was denn für gesperrte Akten? Mitten in der Nacht?«

Er ging über ihre Fragen hinweg und fuhr im gleichen tadelnden Tonfall fort: »Du weißt, dass du einfach Einsicht in die Akte des Jungen hättest beantragen können, sofern ein professioneller Grund vorgelegen hätte. Ach, ist doch albern, dir das zu erzählen – das weißt du ja alles selbst! Und jeder schießt mal über das Ziel hinaus. Trotzdem wollte ich es erwähnt haben. Und jetzt werde schnell wieder gesund! Bis bald!«

Mit leicht betretener Miene machte Marko kehrt, noch ehe Maud auch nur einen Mucks hervorgebracht hatte.

Gesperrte Akten eines Jungen?

Da musste Marko irgendwas komplett missverstanden haben. Maud wäre im Leben nicht eingefallen, vertrauliche Akten ohne die nötige Erlaubnis einzusehen. So etwas war ein Kündigungsgrund. Und warum hätte sie den Rechner mitten in der Nacht benutzen sollen?

Sie drückte auf die Starttaste, und der Laptop fuhr artig hoch. Verrückt! Marko schien ihm eine Vitaminspritze verabreicht zu haben, weil der Bildschirm schon lange nicht mehr so hell geleuchtet hatte.

Kurz dachte sie darüber nach, sich einzuloggen und herauszufinden, um welche Akten es ging, die sie angeblich unerlaubt eingesehen hatte. Aber dafür war sie zu müde und groggy. Und am besten ließ sie die Finger davon.

Ein Junge? Mitten in der Nacht? Was genau war ihr da denn passiert?

Irgendwas bewegte sich vor dem Küchenfenster, und Maud rechnete damit, dass Erik gleich die Tür aufschließen und mit Einkaufstüten beladen in die Küche kommen würde.

Doch es blieb still. Hatte Marko vielleicht etwas vergessen? Warum klingelte er denn nicht?

Es war hell in der Küche, draußen war es dunkel, deshalb hatte Maud die Gestalt, die draußen vorbeigehuscht war, nicht erkennen können.

Mit einem Mal hatte sie ein mulmiges Gefühl. War die Gestalt nicht sehr groß gewesen? Eindeutig größer als Erik und Marko.

Im nächsten Moment hörte sie, dass in der Auffahrt ein Auto hielt und eine Wagentür zuschlug.

»Du bist ja auf«, rief Erik, kaum dass er die Einkaufstüten hereingetragen hatte. »Du siehst fitter aus, allerdings ein bisschen blass um die Nase.«

»Bitte, lassen Sie mich mitsuchen, ich drehe sonst noch durch!«

Mimmi sah Anna Glad flehend an, doch die schüttelte abermals den Kopf.

»Besser, Sie warten hier. Gut dreißig Leute suchen derzeit nach Veera. Es haben sich jede Menge Freiwillige angeschlossen.«

Es war ein schwacher Trost. Abgesehen davon war Mimmi sich sicher, dass Veera gar nicht mehr in der Nachbarschaft war. Sie war nicht einfach losgestiefelt und hatte sich irgendwo versteckt.

»Jutta hat sie sich geholt«, murmelte sie.

Sie hatte ihren Verdacht auch schon Annas Kollegen gegenüber mehrfach geäußert, doch keiner schien daran zu glauben. Angeblich waren sie sogar bei Jutta Rossi zu Hause gewesen, hatten Veera dort aber nicht angetroffen. Und offenbar hatte Juttas Chef aus dem Supermarkt bestätigt, dass sie zum entscheidenden Zeitpunkt gearbeitet hatte. Doch das hatte nichts zu bedeuten. Sie hatte schließlich Freunde, die ihr hätten aushelfen können.

Als die Haustür aufging, sprang Mimmi abrupt auf. Sie hatte sofort die Hoffnung, dass Veera gleich ins Wohnzimmer gestürmt käme.

Doch es war nur einer der Polizisten, der vorbeischaute.

»Haben Sie sie gefunden?«, fragte Mimmi.

»Leider nicht«, antwortete Markus. »Anna, können wir uns kurz draußen unterhalten?«

»Na klar. Ich komme.«

Mimmi ließ sich wieder aufs Sofa sinken.

Zumindest hatte sie Juha erreicht. Er mache sich gleich auf den Weg, hatte er gesagt. Allerdings war seitdem einige Zeit verstrichen. Er hatte nicht besonders beunruhigt gewirkt, als sie ihn endlich an die Strippe bekommen hatte, sondern eher verärgert, weil er seinen Skiausflug abbrechen musste.

Anna Glad war in die Küche gegangen, wo Tomas gerade Tee kochte. Mimmi bekam mit, wie sie nah beisammenstanden und leise miteinander redeten.

Waren die beiden ein glückliches Paar? Schwer zu sagen. Ungleich waren sie allemal: Tomas war groß gewachsen, charmant und durchtrainiert, und Anna … nicht direkt unattraktiv, aber mit diesen störrischen

Haaren und dem mürrischen Auftreten konnte sie ihm nicht das Wasser reichen. Aber wenn sie sich Tomas geangelt hatte, musste sie wohl andere Qualitäten haben, die man ihr nicht ansah …

Warum denke ich überhaupt darüber nach?, tadelte sie sich. Als gäbe es nichts Wichtigeres, worüber ich mir Gedanken machen müsste!

Anna stand inzwischen draußen auf der Straße vor dem Haus der Strandbergs. Dort hatten Markus und Märta auf sie gewartet, und nur Sekunden später stieg Benny aus seinem Wagen und gesellte sich ebenfalls dazu.

»Wie geht es der Pflegemutter?«, wollte er wissen.

»Nicht gut, aber sie hält sich wacker«, antwortete Anna. »Tomas ist bei ihr, die beiden kennen sich.«

»Oh, gut, dann kann er ja vielleicht hierbleiben, und du könntest mitsuchen?«

»Einverstanden. Unser Sohn ist auch dort drin, aber der scheint beschäftigt zu sein.«

»Gut. Ich war gerade bei Veeras leiblicher Mutter. Dort ist das Mädchen nicht. Außerdem hat Jutta Rossi ein Alibi. Sie wirkte aufrichtig überrascht, dass ich ausgerechnet sie nach Veeras Verschwinden befragt habe.«

»Und diesem Miststück sollen wir glauben?«, entgegnete Markus aufgebracht.

Eine solche Wortwahl und diesen Tonfall kannte Anna von ihm gar nicht. Markus gehörte zu den Kollegen, die nur selten Gefühle zeigten, und die sich sonst eher überkorrekt verhielten.

Markus sah sie trotzig an. »Was? Ist doch wahr! Es gibt Menschen, und es gibt Miststücke. Wenn du gesehen hättest, wie es Veera ging, als wir damals dort hingerufen wurden, wüsstest du auch, dass ›Miststück‹ noch freundlich formuliert ist! Wären wir erst einen Tag später dort aufgetaucht, säßen die Eltern jetzt für Körperverletzung mit Todesfolge im Gefängnis. Diese Leute hatten keinerlei Hemmungen – da bin ich ganz der Meinung der Pflegemutter.«

»Okay«, ging Benny dazwischen. »Dann suchen wir jetzt überdies nach Joni, dem leiblichen Vater. Aber eine Sache passt da irgendwie nicht ...«

Er verschränkte die Arme vor der Brust und seufzte.

»Jutta Rossi hat tatsächlich keinen Grund, Veera zu entführen. Das Jugendamt hat inzwischen beschlossen, dass das Mädchen wieder zu ihr zieht. Wenn irgendwer einen Grund haben könnte, das Mädchen zu verstecken, dann ja wohl eher ...«

Er zeigte mit dem Daumen auf das Haus der Strandbergs.

»Mimmi Strandberg dreht durch vor Sorge«, wandte Anna sofort ein. »Sie hat ganz sicher nichts mit dem Verschwinden zu tun.«

»Und was ist mit dem Pflegevater? Warum ist der immer noch nicht hier?«

»Juha Strandberg ist mittlerweile auf dem Heimweg«, sagte Anna. »Er war den ganzen Nachmittag über nicht erreichbar. Mimmi hat ihn überhaupt erst vor einer Stunde ans Telefon gekriegt.«

Benny nickte.

»Den nehmen wir uns vor, sobald er da ist. Und irgendwer sollte zu Maud Silén fahren, die geht immer noch nicht ans Telefon.«

»Wer ist denn Maud Silén?«, wollte Anna wissen.

»Die verantwortliche Sozialarbeiterin. Angeblich ist sie krankgeschrieben. Könntest du vielleicht zu ihr fahren, Anna?«

»Natürlich.«

»Gut. Dann warte ich hier auf Juha Strandberg, und ihr, Märta und Markus, klappert weiter die Nachbarschaft ab und koordiniert die Suche, okay?«

»Okay«, sagten die anderen drei im Chor.

»Dann mal los. Heute Nacht sind Minusgrade vorhergesagt. Wenn sich das Mädchen wirklich draußen aufhalten sollte ... Na, ihr wisst schon. Wir sprechen uns später!«

Rolfs Handy klingelte. Allerdings schaffte er es auf dem Fahrersitz nicht, es aus der Gesäßtasche zu angeln. Er war im Industriegebiet gerade vor der Halle mit den geparkten Bussen vorgefahren. Aber womöglich wäre es besser, wenn Max nicht erfuhr, dass er schon wieder unterwegs war und Dummheiten machte.

»Hallo, mein Schatz«, sagte er unschuldig. »Wie läuft's bei dir?«

»Ganz gut«, antwortete Max. »Ich sitze gerade im Hotel und sehe fern. Und was steht bei dir an?«

»Ach, nichts Besonderes«, flunkerte Rolf.

»Es klingt, als wärst du draußen unterwegs.«

»Ja, ich sitze im Auto. Ich wollte nur schnell etwas einkaufen.«

»Du nimmst das Auto zum Supermarkt? Das sind doch nur ein paar Hundert Meter!«

»Ich bin heute ein bisschen faul.«

»Und kränklich bist du ja auch, du Armer ... Wie geht es sonst?«

»Ach, schon besser«, behauptete Rolf und versuchte so sehr, energisch zu klingen, dass seine Stimme ganz piepsig wurde. »Ich mache mir noch einen Toddy, sobald ich wieder zu Hause bin.«

Von dem Toddy, den er sich früher am Tag gemischt hatte, hatte er bloß ein paar Schlucke genommen, weil er schließlich fahrtüchtig hatte bleiben wollen. Er würde sich den Drink aufwärmen, sobald er wieder zu Hause wäre.

»Mach das. Und schlaf gut! Wir telefonieren morgen, ja?«

»Definitiv. Pass auf dich auf!«

Dann legten sie auf, und Rolf stieg aus dem Wagen.

Die Hallen waren von einem Zaun umgeben, doch das Tor stand offen, so dass er einfach auf das Gelände marschieren konnte. Er entdeckte einen Behelfsbau, der bestimmt als Büro diente.

Rolf war hin- und hergerissen. Er war kein Polizist mehr, sondern nur noch ein neugieriger Rentner, der einem Kunsträtsel auf den Grund gehen wollte. Trotzdem würde er jetzt wie ein Schachtelteufelchen bei Erik Silén auftauchen, ihm Fragen zu seiner Vergangenheit in einem Erziehungsheim stellen und mit Fotos von Greger Holmborg und einem makabren Wandgemälde vor Eriks Nase herumwedeln. Er hatte versucht, ihn telefonisch zu erreichen, war aber nicht bei ihm durchgekommen, und zu Eriks Bushalle zu fahren, um ihn hier aufzuspüren, war womöglich ein bisschen übertrieben. Allerdings war ihm nichts Besseres eingefallen.

Es sah aus, als würde im Büro Licht brennen, doch die Tür war verschlossen.

Rolf klopfte an. Kein Mucks zu hören.

Er spähte durch eins der Fenster. Nein, dort war niemand, es brannte lediglich die Schreibtischlampe. Rolf konnte nur ein paar Ordner, einen alten PC und Bürokram erkennen, aber von Erik keine Spur.

Er machte kehrt und ging zurück zu seinem Auto.

Jetzt bräuchte er wohl Eriks Privatadresse. Allerdings würde er dort heute nicht mehr hinfahren, das konnte nun wirklich bis morgen warten.

Mitten in der Bewegung hielt er abrupt inne. Dann drehte er sich um und rannte zurück ans Fenster.

Er hatte richtig gesehen!

Dort lag ein Bündel auf dem Schreibtisch! Rolf hatte zunächst nicht darauf reagiert, doch Farbe und Muster hatten inmitten eines Büros fehl am Platze gewirkt.

Das war definitiv Kinderkleidung.

Rosa mit Sternen!

Erst als LB gestorben ist, dämmert mir, dass Poris in ihn verliebt war. Man kann ihm ansehen, wie sehr er trauert. Er starrt das Bett an, in dem LB geschlafen hat. Sobald Katri Helena im Radio läuft, schaltet er ab. Er ist komplett verändert. Die meiste Zeit sitzt er nur in einer Ecke und kritzelt in sein Skizzenbuch. Keine Ahnung, ob er zeichnet oder schreibt. Er weigert sich, mir irgendwas zu zeigen.

Niemand will sich dazu äußern, was mit LB passiert ist, allerdings ist es nicht allzu schwer, es sich zusammenzureimen.

In der Nacht, in der LB gestorben ist, hat es geregnet. Und zwar so richtig.

Koskinen und Brunström haben das jedoch nicht mitbekommen, weil sie geschlafen haben. Weil sie vergessen haben, dass sie zuvor einen Jungen in den Brunnenschacht gesperrt hatten – in einen alten Brunnen, in dem das Wasser nicht mehr abläuft, sondern sich am Boden sammelt.

Während einer Gedenkminute im Speisesaal behauptet der Direktor allen Ernstes, LB wäre gestorben, weil er sich bei seinem Fluchtversuch verletzt hätte. Nur glaubt ihm kein Mensch. Ich kann sehen, wie Poris die Hände ringt – so fest, dass seine Fingernägel die Haut aufritzen.

Die Gemeinde indes scheint zu glauben, es würde uns aufheitern, wenn sie uns einen Pfarrer schickt. Es wäre fast zum Lachen, wenn das Ganze nicht so tragisch wäre. Als der Pfaffe hier im Kastanienhof auftaucht, beachten wir ihn nicht. Sofern es einen Gott geben sollte, dann hat er sich längst vom Kastanienhof abgewandt, auch wenn wir immer noch morgens und abends Andachten abhalten.

Doch der Pfaffe ist ein sturer Esel. Er schlendert unermüdlich im Heim auf und ab und unterhält sich hier und da mit ein paar Jungs. Holmborg ist das anscheinend nicht recht, aber da pfeift der Pfarrer drauf. Allein dafür könnte man ihn fast mögen.

Am häufigsten schleicht er um Poris herum, als wäre das Leben für den nicht schon anstrengend genug. Trotzdem scheint es nach einiger Zeit fast, als würden die zwei sich miteinander anfreunden. Sie sitzen oft beisammen und reden, Poris und der Pfaffe. Und es hat fast den Anschein, als würde der Pfaffe Poris Geschenke machen. Große Bildbände vor allen Dingen. Die blättert Poris von früh bis spät durch, und dann sitzt er wieder da und kritzelt vor sich hin.

Jetzt, da Poris kaum noch mit mir spricht und LB nicht mehr da ist, um große Reden zu schwingen, ist es in unserer Abteilung still und traurig geworden. Dünnpfiff hat es ziemlich gut ausgedrückt, als er meinte, es wäre »wie wenn jemand den Rasen mäht und einen Höllenlärm macht, und wenn es endlich leise wird, fühlt es sich einfach nur falsch an«. Ungefähr so könnte man es sagen.

LB fehlt mir.

Ich sollte wütend sein und mich an Holmborg und Koskinen und Brunström und allen anderen rächen wollen, aber ich glaube, dass mit mir dort unten im Brunnen irgendetwas passiert ist.

Irgendwas in mir ist abgestorben.

Ich schaffe es nicht mal mehr, mir Gedanken über Ulla zu machen. Alles fühlt sich einfach nur sinnlos an. Ich werde hier nie wieder rauskommen – was hätte es also für einen Sinn, wild um sich zu schlagen? Ich versuche mittlerweile nur noch, einen Tag nach dem anderen zu überleben, und bin froh, wenn ich täglich irgendwas Kleines finde, worüber ich schmunzeln kann.

Wie sich aber gezeigt hat, sind ein paar der Briefe an die Helsingin Sanomat *angekommen, weil nach einigen Monaten plötzlich Dinge passieren. Ein Reporter fährt vor, und ein paar von den Jüngsten, die am meisten verkorkst sind, müssen Interviews geben. Aber natürlich erzählen sie nichts Bedeutsames, weil sie alle die Hosen gestrichen voll haben.*

Doch der Reporter hört nicht auf, Fragen zu stellen, und am Ende wird Holmborg so nervös, dass er fast sämtliche Regeln über Nacht ändert. Niemand landet mehr in der Zelle, und ein Briefeverbot gibt es auch nicht mehr. Mit dem Brunnen haben sie ohnehin aufgehört, seit LB darin gestorben ist.

Ein Artikel erscheint zwar nicht, aber das Leben im Kastanienhof wird trotzdem besser. Nicht gut, aber immerhin besser.

Und dann kommt der Tag, an dem Poris siebzehn wird – und verschwindet. Einfach so, ohne sich zu verabschieden. Einer von den anderen meint, der Pfarrer habe ihn abgeholt, und sie seien in seinem Auto weggefahren.

Ich bin ziemlich am Boden zerstört.

Nach dem, was mit LB passiert ist, haben wir uns zwar nicht mehr so nahegestanden wie früher, Poris und ich, aber man sagt doch wohl Tschüss, wenn man weiß der Himmel wie viele Jahre ein Stockbett miteinander geteilt hat.

Doch dann finde ich einen Umschlag in einem meiner

Stiefel. Darin steckt eine Zeichnung, die Poris gemacht hat.

Ich muss grinsen, als ich sie mir ansehe. Poris kann einfach echt gut zeichnen.

Auf der Zeichnung ist er selbst zu sehen. Mit einem netten Lächeln und einem Blumenkranz auf dem Kopf tänzelt er an einem Schild mit der Aufschrift Freiheit vorbei. Hinter ihm sieht man drei wütende Typen, die nackt in einem Zwinger festgekettet sind. Es ist ziemlich leicht zu erkennen, wer die drei Typen sind: Koskinen, Holmborg und Brunström.

Auf der Rückseite steht: Für meinen guten Freund Eule. Bewahre das hier gut auf, ist vielleicht ein Vermögen wert, wenn ich erst berühmt bin. P.

Und genau das mache ich. Allerdings muss ich die Zeichnung sorgsam verstecken, solange ich noch im Kastanienhof wohne.

Meine restliche Zeit im Heim verläuft halbwegs ruhig.

Irgendwann verschwindet erst Koskinen, dann Brunström. Es kommen neue Wachen an die Schule, und das sind allesamt echte Mistkerle, aber zumindest keine Sadisten.

Und eines Tages erfahren wir, dass der Kastanienhof dichtgemacht werden soll. Scheiße, wie wir jubeln! Allerdings ahnen wir schon, dass das nicht bedeutet, dass wir alle wieder nach Hause dürfen. Wir sollen an andere Orte verlegt werden, die bestimmt genauso scheiße sind.

Aber es passiert noch etwas anderes.

Poris' Pfarrer taucht eines Tages während des Unterrichts auf und holt mich aus der Klasse. Wir gehen raus auf den Hof und setzen uns auf eine Bank, und dann erzählt er mir, dass meine Mutter gestorben ist.

Es ist der 20. April 1972.

Mama. Jetzt ist sie endgültig weg.

Klar bin ich traurig. Aber die Mama, die ich mal hatte, als ich noch klein war, die Bratkartoffeln gemacht hat und aus Butterbrotpapier Sterne falten konnte, die war ohnehin längst verschwunden.

Ich frage natürlich nach Ulla, aber über sie weiß der Pfarrer nicht viel.

Die Jungs in meiner Abteilung spendieren mir jeder eine Zigarette, um mir ihr Beileid auszusprechen.

Am 15. Mai taucht der Pfarrerstyp schon wieder auf.

»Hier ist jemand, der dich treffen will«, sagt er.

Die anderen kriegen manchmal Besuch, aber für mich ist es das erste Mal. Ich hoffe sofort, dass es Ulla ist, und renne wie ein Verrückter in Richtung Rektorat.

Aber es ist nicht Ulla. Sondern ein Mann.

Ich kenne ihn nicht, doch als er aufsteht und auf mich zukommt, fühlt es sich an wie ein Faustschlag in den Magen. Und ich hab viele Faustschläge in den Magen eingesteckt. Ich weiß genau, wie sich das anfühlt.

Er sieht aus wie ich. Ein älteres Ich.

»Scheiße, verdammt. Bist du mein Vater?«

»Anscheinend«, sagt der Mann.

Dann sagt keiner von uns mehr irgendwas.

Nur gut, dass der Pfaffentyp da ist, der mir alles erklärt.

Mama hat ein Testament geschrieben. Nicht weil sie irgendwas besessen hätte, sondern damit keine Fragen offenbleiben.

Der Name meines Vaters stand anscheinend auch in dem Testament. Der Name des Mannes, von dem sie nie reden wollte, wenn ich mal gefragt habe.

»Er war ein Scheißkerl, der mich bei der erstbesten Gelegenheit hat sitzen lassen. Ich bin deine Mutter, und das muss reichen«, hat sie damals gesagt. Und Oma war derselben Meinung.

Dann lernte Mama Kalevi kennen und bekam Ulla. Ziemlich bald wurde aus Kalevi ebenfalls ein Scheißkerl, der sie sitzen ließ.

Und jetzt sitzt mein Scheißkerl von einem Vater vor mir auf einem Stuhl und scheint sich nicht mal zu schämen.

»Warum bist du abgehauen?«, will ich wissen.

»Ich bin nicht abgehauen. Ich wusste ja nicht, dass du unterwegs warst.«

»Ach. Klar.«

»Das ist die Wahrheit. Viola und ich, wir kannten uns gerade mal ein paar Tage. Eine kurze Romanze, vor siebzehn Jahren. Hätte ich eine Ahnung gehabt, hätte ich mich doch gemeldet ...«

Ich bin mir nicht sicher, ob ich ihm glauben soll. Aber es fühlt sich schon bemerkenswert an, mit jemandem zu sprechen, der aussieht wie man selbst, nur ein bisschen fetter und runzliger.

»Was fährst du für ein Auto?«, erkundige ich mich.

Ich finde, das ist eine gute Frage. Was für ein Auto man fährt, sagt viel über einen aus.

Der Vatertyp muss lachen.

»Ich fahr gleich mehrere. Und einen Bus!«

»Einen Bus?«

»Mhm, ich hab ein Busunternehmen. Aber heute bin ich mit einem Ford Cortina hier.«

»Ach, du Scheiße.«

»Na ja, aber geht schon. Und jetzt pack deine Sachen, dann fahren wir.«

»Was? Wohin denn?«

»Nach Hause. Zu mir, also ... zu dir nach Hause. Zu uns. Sofern du willst.«

Und da geht ein Ruck durch Holmborg, der bislang stumm danebengesessen hat. Er springt auf und sieht mei-

nen Vater mit seinem Furcht einflößenden Blick an – mit demselben, mit dem er uns Jungs in den Brunnen oder in die Zelle geworfen hat.

»Es gibt ein Protokoll für die Rückführung in die Familie«, sagt er. »Wir können unsere Schüler nicht einfach so hopplahopp in die Gesellschaft entlassen.«

Neben uns steht der Pfarrer auf.

»Nun verhält es sich aber so, dass Herr Silén hier eine Sondergenehmigung vom Sozialminister persönlich hat. Der Junge darf selbst entscheiden, ob er hier im Kastanienhof bleiben oder mit seinem Vater nach Hause fahren will.«

Ich bin dermaßen amüsiert über den Gesichtsausdruck des Direktors, dass ich kaum mitbekomme, was der Pfarrer gesagt hat.

Minister?

Genehmigung? Mit meinem Vater mitfahren?

Ach, du Schande.

Mein Vater sieht mich an.

»Und, wie entscheidest du dich?«

Ich lehne mich auf meinem Stuhl zurück und tue so, als müsste ich erst überlegen.

»Na jaaa, das kommt darauf an. Wo wohnst du überhaupt?«

»In einer Wohnung in Helsinki. Stadtteil Pohjois-Haaga.«

»Kannst du kochen?«

»Nee, aber ich kann ziemlich gut warme Bockwurst am Kiosk kaufen.«

»Und du fährst einen Ford Cortina?«

»Ja.«

»Welche Farbe?«

»Hellblau.«

Ich stehe auf.

»Hast du ein Glück. Wenn das irgendein Kackbraun gewesen wäre, wäre ich lieber hier geblieben.«

Mein Vater lacht.

»Ja, was für ein Glück!«

Holmborg ist wütend. Oder hat er womöglich Angst?

»Halt mal, die Herren, so funktioniert das nicht!«

Der Typ, der sich als mein Vater herausgestellt hat, steht
jetzt ebenfalls auf und tritt auf den Direktor zu. Er ist kleiner, aber eindeutig breiter gebaut.

»Glauben Sie ernsthaft auch nur eine Sekunde lang, dass
ich meinen Jungen hier bei Ihnen lasse? Inzwischen weiß
jeder, was hier vor sich geht, Sie perverser Teufel! Komm,
Erik. Wir gehen.«

KAPITEL 9

Schlaf, du kleines Weidenkätzchen,
denn noch ist es Winter.
Auch Birk und Heide schlafen noch,
Rosen und Hyazinthen.
Noch steht der Frühling nicht ins Haus
mit herrlich blüh'nder Drosselbeer.
Schlaf, du kleines Weidenkätzchen,
denn noch ist es Winter.
Zacharias Topelius

Auf dem Weg zu Maud Silén drückte Anna irritiert Rolfs Anruf weg. Kapierte er denn nicht, dass es gerade wichtigere Dinge zu tun gab, als sein Kunstmysterium zu lösen?

Doch Rolf gab nicht auf. Jetzt rief er schon wieder an! Würde sie ihren eigenen Mentor und Freund jetzt allen Ernstes zurechtweisen müssen?

»Ja?«, fauchte sie.

»Das hier ist wichtig«, stieß Rolf eilig hervor. »Es ge… verschwu… Mä…«

»Was? Rolf, die Verbindung war gerade schlecht, sag das noch mal.«

»Es geht um das verschwundene Mädchen.«

»Ja?«

»Hast du mit dem Fall zu tun?«

»Wir alle.«

»Ich ha… terover…«

Anna seufzte.

»Warte, Rolf. Ich halte kurz an der nächsten Bushaltestelle.«

Sie fuhr rechts ran, zog die Kopfhörer aus den Ohren und sprach stattdessen direkt ins Handy.

»Was hast du gerade gesagt?«

»Also, eigentlich wollte ich zu Erik Silén – zu dem Busunternehmer, du weißt schon. Er war nicht da, aber ich hab durchs Fenster in sein Büro geguckt. Und da drin lag ein Winteroverall.«

Anna versuchte, ihm zu folgen. »Und? Was wolltest du von ihm?«

»Egal – hast du nicht gehört, was ich gesagt habe? Ein Winteroverall.«

»Und? Was soll damit sein?«

Allmählich klang Rolf sauer, was untypisch für ihn war.

»Hör mir doch zu! Da liegt der Overall eines Kindes auf dem Schreibtisch in Erik Siléns Büro! Ein rosa Schneeanzug! Mit Sternen! So einen hatte doch dieses kleine Mädchen an, das verschwunden ist.«

Und endlich ging Anna ein Licht auf.

»Erik Silén? Hast du Erik *Silén* gesagt?«

»Ja.«

»Und du weißt nicht zufällig ... ob er mit Maud Silén verwandt ist? Mit der Sozialarbeiterin?«

»Doch, doch, die sind seit einer Ewigkeit verheiratet. Warum fragst du?«

»Weil ich gerade unterwegs zu ihr bin. Sie ist die zuständige Sozialarbeiterin in dem Fall des Mädchens.«

»Ach, du Scheiße.«

Kurz blieb es still in der Leitung. Zu viele Gedanken prasselten gleichzeitig auf sie ein, so dass einen Augenblick lang keiner der beiden imstande war, einen vollständigen Satz zu bilden.

»Fahr nicht allein«, sagte Rolf schließlich. »Nimm einen Kollegen mit.«

»Wann hast du eigentlich zuletzt etwas gegessen?«, wollte Tomas wissen. »Soll ich uns etwas bestellen?«

Mimmi schüttelte den Kopf.

»Nein, danke. Ich hab keinen Hunger.«

»Das denk ich mir. Ich bestelle trotzdem ein paar Pizzas, für alle Fälle.«

»Pizza!«, rief Gottfrid begeistert aus der Ecke, in der er sich immer noch Zeichentrickfilme auf dem Laptop ansah.

Mimmi griff zu ihrem Handy, um zu sehen, ob sie wider alle Wahrscheinlichkeit einen Anruf verpasst hatte, obwohl sie seit Stunden fast nur das Display anstarrte.

Nichts.

Es war unangenehm still im Haus, jetzt, da Veera weg war. Tomas hatte die Lautstärke von Goffes Film runtergedreht, so dass er kaum noch zu hören war. Alles fühlte sich fremd und grausam an.

»Ich finde wirklich, sie sollten Jutta noch mal überprüfen«, sagte Mimmi, als Tomas wieder aus der Küche kam. »Sie muss es gewesen sein – oder einer ihrer Kumpels. Wer sonst sollte bitte dahinterstecken?«

»Ich gehe davon aus, dass die Polizei sie längst überwacht«, erwiderte Tomas.

»Hoffentlich!«

»Ich weiß zwar, dass Anna und Markus dich schon danach gefragt haben … aber hatte sonst noch irgendwer in letzter Zeit Kontakt zu Veera?«

»Nein«, antwortete Mimmi. »Nur Maud vom Jugendamt, also, die zuständige Familienhelferin. Außerdem Goffe und du und ein paar andere, die wir auf dem Spielplatz getroffen haben … In den letzten Jahren ist unser Bekanntenkreis ja immer kleiner geworden.«

»Könnte Juha oder Melvin noch irgendwas einfallen?«

Mimmi schnaubte. »Juha hat sich kaum je mit Veera beschäftigt. Der hat keine Ahnung.«

»Und Melvin?«

»In den Wochen, in denen er hier wohnt, verbarrikadiert er sich in seinem Zimmer. Mich lässt er dort gar nicht mehr rein.«

»Und was für ein Verhältnis haben er und Veera? Spielen die beiden manchmal zusammen?«

Mimmi knurrte der Magen. Anscheinend hatte sie sehr wohl Hunger, nur dass allein der Gedanke an Essen sie anwiderte.

»Veera ist mehr oder weniger die Einzige, die Melvins Zimmer noch betreten darf. Manchmal gucken sie sich zusammen Sachen auf dem Computer an.«

»Und was?«

»Veera hat sich geweigert, es mir zu erzählen. Das sei ihr ›Geheims‹.«

»Geheims?«

»Mhm.«

Warum sah Tomas plötzlich so nachdenklich aus?

»Melvin ist siebzehn, oder?«

»Ja.«

»Und macht geheime Sachen am Computer? Mit Veera?«

»Äh … ja?«

»Und du meintest, Veera hätte in den letzten Monaten immer wieder Alpträume gehabt?«

Allmählich dämmerte Mimmi, worauf er hinauswollte.

»Dann … meinst du, dass sie irgendwas … Nein, doch nicht Melvin!«

Wie konnte Tomas so etwas auch nur andeuten? Melvin war nun mal, wie er war – missmutig und menschenscheu. Aber er würde niemals etwas Ungehöriges mit seiner kleinen Schwester machen, nein, nie im Leben.

»Bist du dir da ganz sicher?«, hakte Tomas vorsichtig nach.

Mimmi wollte schon protestieren, doch dann kamen ihr die unterschiedlichsten Gedanken.

Veera, die nach dem Waschen lediglich in ihren Bademantel gekleidet in Melvins Zimmer gerannt und auf seinen Schoß geklettert war.

Melvin, der ein neues Schloss in seine Zimmertür eingebaut hatte.

Veera, die nachts strampelte und schrie wie am Spieß.

»Nein«, flüsterte Mimmi. »Das kann nicht ... nein ...«

Als es erneut an der Tür klingelte, seufzte Maud schwer. Ausgerechnet heute, da sie sich kaum bewegen konnte, war hier ein einziges Kommen und Gehen. Außerdem war Erik noch mal weggefahren, weil er nach seinem Bus sehen musste.

Wer auch immer dort vor der Tür stand, schien nicht aufgeben zu wollen und klingelte Sturm.

»Ich komme ja schon«, murmelte Maud säuerlich.

Auf halber Strecke zögerte sie. Sie hatte die Gestalt, die vor dem Küchenfenster vorbeigehuscht war, schon fast vergessen. War sie jetzt vielleicht zurückgekehrt? Und die Drohbriefe ... Es würde doch wohl nicht ...

»Hallo, ist jemand zu Hause?«, rief eine Frau durch die Tür.

Maud machte auf. Draußen stand nicht eine Person, sondern gleich zwei. Zwei Polizisten!

»Hey, Maud«, sagte der große, breitschultrige Mann.

Den kannte sie doch! Benny Irgendwas. Er war ein paarmal dabei gewesen, wenn sie vom Jugendamt Verstärkung vonseiten der Polizei gebraucht hatten. Sie war immer dankbar gewesen, einen solchen Muskelberg an ihrer Seite zu haben, doch jetzt, da er vor ihrer eigenen Haustür stand, fühlte es sich nicht mehr annähernd so angenehm an. War er etwa auch derjenige gewesen, der zuvor um ihr Haus geschlichen war?

»Ist etwas passiert?«, fragte sie, und dann kam ihr ein schrecklicher Gedanke. »Ist etwas mit Erik?«

Genau so war es auch immer im Fernsehen: Zwei ernst dreinblickende Polizisten klingelten, kamen ins Haus und baten einen, sich zu setzen ...

»Nein«, sagte seine Kollegin, eine Frau mit langen, unbändigen Haaren. »Aber dann ist Erik wohl nicht zu Hause?«

»Nein«, antwortete Maud erleichtert. »Er ist kurz zur Arbeit gefahren.«

»Wann war das?«

»Na ja, etwa vor einer Stunde? Ich hab fast den ganzen Nachmittag geschlafen. Ich bin derzeit krankgeschrieben.«

»Dürfen wir trotzdem kurz reinkommen?«

Maud zögerte. »Worum geht es denn?«

»Es geht um Veera Strandberg. Und um Erik, Ihren Mann.«

Rolf Månsson wusste nicht recht, wo er hinsollte, seit sein Exkollege Markus ihn von Erik Siléns Bushalle weggescheucht hatte.

Alles deutete darauf hin, dass der kleine Overall tatsächlich der vermissten Veera gehörte, und jetzt fahndete die Polizei nach Erik. Derzeit suchten sie seine Halle und die Umgebung ab, und da wollte Rolf natürlich nicht im Weg stehen.

Doch für einen ehemaligen Polizisten fühlte es sich einfach verkehrt an, zu Hause Däumchen zu drehen. Stattdessen war Rolf planlos in der Gegend herumgefahren und hatte versucht, seine Gedanken zu sortieren.

Es war doch verrückt, dass er im Zuge seiner kleinen Privatmission ausgerechnet den entscheidenden Hinweis zu einem aktuellen Fall gegeben hatte. Verrückt, aber natürlich auch gut.

Und ebenso bemerkenswert war doch, dass Erik Siléns Name gefallen war, als Rolf versucht hatte, der Entstehung eines fünfzig Jahre alten Wandgemäldes auf den Grund zu gehen – und dass derselbe Erik mehr oder weniger zur selben Zeit in einen Vermisstenfall verwickelt zu sein schien.

Sofern er denn darin verwickelt war. Erik war zwar der Busunternehmer, aber vielleicht war er ja nicht der Einzige, der einen Schlüssel zum Büro besaß? Vielleicht hatte irgendein Angestellter den Schneeanzug dort auf den Tisch gelegt …

Aber nein, jetzt versuchte er schon wieder, die Arbeit der Polizei zu machen. Seine früheren Kollegen kämen auch ohne ihn klar. Rolf war einfach nur ein normaler Bürger, der Augen und Ohren offen gehalten hatte, mehr nicht. So gern er hautnah an den Ereignissen drangeblieben wäre – es war an der Zeit, sich zurückzuziehen.

Und dass es eine Verbindung zwischen Erik und dem Gemälde gab, war auch nicht gesichert. Mia hatte schließlich nur erzählt, dass Erik Silén einst Schüler in einem Heim gewesen war, das Greger Holmborg geleitet hatte. Rolf hatte ihn lediglich fragen wollen, ob er aus jener Zeit jemanden kannte, der gut malen konnte und einen Groll auf Direktor Holmborg hatte. Und insgeheim hatte Rolf gehofft, dass Erik die zwei anderen

Männer aus den Brunnenschächten auf dem Gemälde hätte identifizieren können, nur deshalb hatte er mit ihm reden wollen.

Andererseits ... wenn man das Motiv bedachte ... und dass gerade erst einige Tage zuvor eine Schulsekretärin tot aus so einem Schacht geborgen worden war ... Konnte es am Ende vielleicht doch einen Zusammenhang geben?

Nein, allmählich musste er sich zusammenreißen. Auch das war Aufgabe der Polizei. Er würde augenblicklich aufhören, auf dem Fall herumzukauen, nach Hause fahren und die Daumen drücken, dass das kleine Mädchen wohlbehalten und gesund wiederauftauchen würde.

Doch dann musste er über sich selbst lachen, weil ihm kurz darauf auffiel, dass seine ziellose Fahrt ihn zur alten Holmborg-Schule geführt hatte. Zurück auf Los.

Vielleicht könnte er ja noch einen anderen ehemaligen Heimschüler ausfindig machen? Erik Silén war doch sicher nicht der Einzige, der nach wie vor in der Gegend wohnte. Aber auch darum würde er sich morgen kümmern.

Das Holmborg lag verwaist vor ihm. Früher am Tag hatten mehrere Streifenwagen vor dem Haupteingang geparkt, doch inzwischen waren sämtliche Kolleginnen und Kollegen zu der Suche nach der vermissten Fünfjährigen hinzugezogen worden. Blieb zu hoffen, dass sich in der Zwischenzeit niemand Zutritt verschaffte und irgendwas mit dem Kunstwerk anstellte.

Oder – halt! Dort an der Ecke stand tatsächlich ein Wagen. Ein Wagen, den Rolf wiedererkannte, weil der Besitzer seit jeher so stolz darauf war. Es war ein alter VW-Bus – gelb mit weißem Dach. Und neben dem

Nummernschild klebte ein kleiner Fisch. Den Fisch konnte er aus dieser Entfernung natürlich nicht sehen, Rolf wusste aber, dass er dort war. Was in aller Welt hatte der Mann hier zu suchen?

Rolf bog auf den Parkplatz direkt vor dem Absperrzaun ein und hielt kurz inne.

»Fahr heim, Dummkopf. Das hier hat mit dir nichts zu tun«, versuchte er, sich einzureden.

Doch der Dummkopf wollte nicht hören.

Maud Silén sah vollkommen erschöpft aus, als sie in ihrem Flanellbademantel mit einem Kissen im Rücken auf ihrem Küchenstuhl saß. Sie tat Anna wirklich leid.

Erst die Nachricht, dass Veera verschwunden war – an der Maud ganz offenkundig sehr hing –, und dann auch noch der Verdacht, dass ihr eigener Ehemann Erik etwas mit der Sache zu tun haben könnte. Maud hatte vehement widersprochen, aber nun war Erik ebenfalls abgetaucht und ging nicht mehr ans Telefon.

»War Erik im Laufe des Tages hier?«, fragte Anna.

»Ja, er ist am Vormittag von einer seiner Fahrten zurückgekommen.«

»Okay, aber anschließend war er die ganze Zeit hier?«

»Er war zwischendurch einkaufen.«

»Wann war das?«

»Ähm, das muss irgendwann nach zwei Uhr nachmittags gewesen sein. Ich hab geschlafen, als er losfuhr.«

Anna und Benny wechselten einen verstohlenen Blick. Erik Silén war also nicht zu Hause gewesen, als Veera verschwunden war.

»Irgendwann gegen siebzehn Uhr kam mein Kollege Marko mit meinem Arbeitslaptop vorbei und hat mich geweckt. Und kurz darauf kam Erik aus dem Supermarkt zurück. Anschließend ist er wieder losgefahren, und dann standen Sie vor der Tür …«

»Kennt Erik Veera Strandberg?«

»Absolut nicht«, antwortete Maud. »Ich rede zu Hause nicht über die Arbeit, da bin ich sehr gewissenhaft.«

»Aber könnte es sein, dass er sie über andere Kanäle kennt?«

»Na ja, die Stadt ist ja nicht groß, klar kann man sich da begegnen. Aber Mimmi Strandberg ist eine Löwenmutter. Ich glaube nicht, dass Veera überhaupt sehr viel Umgang mit anderen hatte. Aber hören Sie, ich rufe Erik noch mal an, damit er endlich nach Hause kommt und Ihnen alles erklären kann.«

Hoffnungsvoll nahm sie ihr Handy ans Ohr. Anna konnte es mehrmals tuten hören, ehe die Stimme vom Band verkündete, der angerufene Teilnehmer sei nicht erreichbar.

»Er wollte doch nur kurz zur Arbeit …«, murmelte Maud und legte das Handy wieder weg.

Anna räusperte sich.

»Hat Erik Verwandte, zu denen er gefahren sein könnte? Bei denen er die Zeit vergessen haben könnte? Oder Freunde?«

Maud dachte fieberhaft nach.

»Nein, diese Art Freunde, bei denen wir spontan vorbeifahren könnten, haben wir nicht.«

»Und Familie?«

»Eriks Vater ist vor einigen Jahren gestorben. Erik hat noch eine Halbschwester, aber die beiden haben keinen Kontakt.«

»Warum denn nicht?«

»Das ist ein bisschen kompliziert … Die Mutter der beiden war krank und konnte sich nicht um sie kümmern, als die zwei noch klein waren. Deshalb sind sie getrennt voneinander aufgewachsen. Erik hat ein paar Jahre lang in einem Erziehungsheim gewohnt, was wohl nicht ganz leicht für ihn war. Andererseits ist dort aus ihm der freundlichste und netteste Mensch geworden, den man sich nur vorstellen kann. Da war er wirklich hart im Nehmen.«

»Und die Schwester?«

»Na jaaa, ich weiß nicht genau, was damals passiert ist, aber sie hat es anscheinend schlechter getroffen als Erik. Allerdings redet er darüber nicht. Ich glaube, er gibt sich auf gewisse Weise die Schuld daran, obwohl auch er damals noch ein Kind war. Er hätte ihr doch gar nicht helfen können, sosehr er es vielleicht gewollt hätte. Ich rufe ihn gleich noch mal an. Es fühlt sich verkehrt an, hier herumzusitzen und Ihnen Sachen zu erzählen, die ich nicht selbst erlebt habe …«

»Warten Sie«, ging Anna dazwischen. »Wie heißt die Schwester?«

»Ulla. Sie heißt Ulla Gröhn.«

Juha Strandberg war endlich nach Hause gekommen. Mimmi hörte es an der Art, wie er die Tür aufriss, und rannte ihrem Mann im Flur entgegen. Er wiederum zog sich zuallererst gemächlich die Schuhe aus und hängte seine teure Winterjacke auf einen Kleiderbügel. Sie wäre ihm am liebsten um den Hals gefallen. Sie wollte sich bei ihm ausheulen und ihre Besorgnis mit Veeras zweitem Pflegeelternteil teilen, doch statt Mimmi in die Arme zu schließen, verschränkte er sie vor der Brust.

»Und? Gibt's schon was Neues?«

»Nein«, antwortete Mimmi.

»Und was kann man da machen? Ist die Polizei wieder so inkompetent wie immer?«

Tomas war ebenfalls in den Flur getreten. Juha musterte ihn von Kopf bis Fuß und runzelte die Stirn.

»Sie sind Polizist?«

»Ja«, antwortete Tomas, »allerdings nicht im Dienst.«

»Ach? Und was haben Sie dann hier zu suchen?«

»Tomas ist der Vater von Veeras Freund Gottfrid«, erklärte Mimmi. »Die beiden sind gekommen, um uns zu unterstützen.«

»Gottfrid?«, schnaubte Juha. »Das ist ja mal ein Name!«

Mimmi spürte, wie ihr die Hitze in die Wangen stieg. Würde sie sich jetzt zu allem Überfluss auch noch für ihren Mann schämen müssen?

Sie konnte Tomas ansehen, dass er wütend war, trotzdem erklärte er beherrscht: »Die Polizei tut, was sie kann. Und Dutzende Freiwillige haben sich zu einem Suchtrupp zusammengetan.«

»Gut. Ich muss erst mal duschen«, verkündete Juha in etwa so ungerührt, als wäre es ein ganz normaler Tag und er gerade von einer Joggingrunde zurückgekehrt.

Das brachte für Mimmi das Fass zum Überlaufen.

»Also wirklich!«, schrie sie Juha an. »Veera ist verschwunden! Wie kannst du dich nur so verhalten?«

Juha zuckte nicht mit der Wimper.

»Ich nehme an, die leiblichen Eltern haben es nicht mehr abwarten können. Sie soll ja ohnehin dorthin zurückziehen. Da kann man nun mal nichts machen.«

»Ich glaube leider, dass Sie damit falschliegen«, mischte Tomas sich abermals ein. »Die leibliche Mutter scheint mit der Sache nichts zu tun zu haben. Sie war bei der Arbeit, als Veera verschwunden ist.«

»Na, dann ist das Kind eben irgendwo hingelaufen.«

»Sie ist fünf Jahre alt«, entgegnete Tomas scharf, »und es wird kalt heute Nacht. Bleibt zu hoffen, dass es ganz so einfach auch wieder nicht ist.«

»Papa«, rief Gottfrid vorwurfsvoll. »Warum bis' du sauer?«

»Papa ist nicht sauer«, rief Tomas und ging zu seinem Sohn. »Ach, sind die Mumins schon fertig? Sollen wir uns dann etwas anderes ansehen?«

Mimmi und Juha waren im Flur stehen geblieben. Mimmi kämpfte mit sich, doch dann musste sie die Frage einfach stellen.

»Hast du bemerkt, dass … dass Melvin Veera manchmal in sein Zimmer mitnimmt?«

Juha nahm die ersten Treppenstufen, zog sein Sakko aus und lockerte seine Krawatte.

»Nein.«

»So ist es aber. Und dann machen sie irgendetwas am Computer, und Veera darf nicht erzählen, was es ist. Das sei ihrer beider Geheimnis.«

»Hm.«

Juha klang nach wie vor völlig unbeeindruckt, runzelte dann aber die Stirn.

»Also … kommt dir das nicht ein bisschen komisch vor?«

»Was?«

»Dass ein Siebzehnjähriger Zeit mit einer Fünfjährigen verbringen will? Dass sie auf seinem Schoß sitzt und die beiden gemeinsam heimliche Sachen am Computer machen?«

»Was zur Hölle willst du damit andeuten?«

Mit so einer Reaktion hatte Mimmi gerechnet, allerdings würde sie sich nicht einschüchtern lassen. Diesmal nicht. Nicht jetzt, da Veera verschwunden war.

»Ich kann Melvin nicht erreichen«, fuhr sie fort. »Kannst du seine Mutter anrufen und dort mal nachfragen? Ich habe ihre Nummer nicht.«

»Mal ernsthaft …«, murmelte Juha, zückte dann aber sein Handy.

Mit hämmerndem Herzen stand Mimmi daneben, zum Zerreißen angespannt.

»Ich bin's. Ist Melvin da? … Und wo ist er? … Nein, wir müssten das gefälligst wissen. Veera ist verschwunden. … Hm? Ja? … Dann sag ihm, dass er sich sofort melden soll, wenn er wiederauftaucht. Ciao.«

»Dann ist er also nicht dort?«

»Er ist irgendwo hingegangen.«

Mimmi beobachtete fassungslos, wie Juha aus Anzug und Hemd schlüpfte. Er sah stinkwütend aus. Mit einem Mal schien ein Ruck durch ihn zu gehen. Er wandte sich ab und donnerte nur mehr in Unterhose und T-Shirt die Treppe herunter. Mimmi hörte ihn im Hauswirtschaftsraum rumoren, dann kam er mit einem Stemmeisen bewaffnet wieder in den Flur. Alarmiert lief Tomas ihm hinterher.

Juha trat an Melvins Tür und setzte das Stemmeisen an.

»Was soll das?«, kreischte Mimmi.

Das Holz gab nach, und Juha musste lediglich ein-, zweimal nachsetzen, bis der komplette Schließmechanismus herausbrach und die Tür aufging.

Juha stürmte in Melvins Zimmer und schaltete sofort den Laptop an. Noch während der hochfuhr, sah Juha sich wütend im Zimmer um. Energydrinks, das ungemachte Bett, Kleidungsstücke auf einem Stuhl …

»Was für ein Saustall! Aber das passt ja zu diesem Schwein!«

Mimmi sah sich genötigt, den Jungen zu verteidigen. Immerhin war es bislang doch nur ein Verdacht.

»Nenn ihn nicht Schwein, er ist doch dein Sohn!«

Der Bildschirm war zum Leben erwacht, und Juha setzte sich an die Tastatur. Doch der Laptop war passwortgeschützt.

»*Scheiße!*«

Tomas räusperte sich. »Wenn hier ernsthaft im Raum stehen sollte, dass Melvin etwas … Illegales getan hat, dann sollte die Polizei sich den Laptop ansehen.«

»Was wissen Sie denn schon davon?«, fauchte Juha.

»So einiges.«

»Das liegt nur an seiner verdammten Mutter … keinerlei Kontrolle … Lässt ihm immer alles durchgehen! Setzt ihm keine Grenzen …«

Mimmi kannte Juhas Ex-Frau kaum, aber jetzt wurde sie um ihretwillen sauer. Juha war doch selbst auch nicht allzu oft präsent. Wollte er da wirklich die Erziehungsmethoden einer anderen Person kritisieren?

Plötzlich tauchte Gottfrid im Zimmer auf. Niemand hatte ihn kommen hören.

»Was ist denn, mein Kleiner?«, fragte Tomas.

»Nich' streiten!«, sagte der Junge streng.

Oliver rief an, und Anna beschloss, auf Maud Siléns Vordertreppe hinauszugehen, um ungestört telefonieren zu können.

»Hallo?«

»Ich hab's! Es gibt einen Zusammenhang zwischen Manner, Svennblad und Aspelin! Du hattest recht. Es hängt alles mit dem ermordeten Jungen, diesem Emil, zusammen.«

Anna atmete tief durch, und ihr Atem stieg wie Nebel-

dunst in den Himmel empor. Der Abend war sternen-
klar.

»Erzähl.«

»Sämtliche Akten in dem Fall sind bis 2025 unter Verschluss. Aber ich habe eine der Sozialarbeiterinnen erreicht, die damals in dem entsprechenden Bezirk einge-
setzt war, in dem der Junge starb, und die halbwegs
Einblick in den Fall hatte. Sie hat mir *off the record* ein
paar Dinge bestätigen können.«

»Und zwar?«

»Robin Aspelin war Emils gesetzlicher Vormund, aber
das wussten wir ja schon. Und Yrsa Holm, spätere Manner, war Emils Familienhelferin, genau wie du vermutet
hast. Eine von mehreren, sollte ich vielleicht sagen. Meiner Quelle zufolge ging es damals auf dem Amt ziemlich chaotisch zu. Sie hatten innerhalb des Personals viele
Wechsel, und oft waren mehrere Sozialarbeiter für ein
und dasselbe Kind zuständig …«

»Deshalb hat keiner das große Ganze gesehen, und der
Junge ist zwischen die Fronten geraten«, murmelte Anna
eher zu sich selbst.

»Was hast du gesagt? Du warst kurz weg.«

»Nichts. Und Ragnar Svennblad, wie hängt der mit
Emil zusammen?«

»Richtig. Meine Quelle wusste zu berichten, dass die
Mutter damals unter anderem das Sorgerecht verlor, weil
ein Nachbar mehrmals beim Jugendamt angerufen und
Alarm geschlagen hatte. Der Nachbar behauptete, die
Mutter habe immer wieder heftige Partys gefeiert. Und
rate, was ich gefunden habe, als ich Ragnar Svennblad
durchleuchtet habe?«

»Sag jetzt nicht, dass er im selben Haus gewohnt hat
wie Emils Mutter«, platzte es aus Anna heraus.

»Genau so war es.«

Anna lachte kurz auf – und hoffte, dass es niemand gehört hatte. Da Veera noch immer verschwunden war, hatte sie nun wirklich keinen Grund, hier auf den Stufen zu stehen und zu lachen. Aber sie konnte einfach nicht anders.

»Verflixt und zugenäht«, sagte sie. »Damit sind wir einen großen Schritt weiter.«

»Mhm. Ein toter Junge. Der Vater hat in der Zwischenzeit Selbstmord verübt, aber drei Sündenböcke waren noch übrig.«

»Der Nachbar, der das Jugendamt verständigt hat, der Anwalt, der nicht genau hingesehen hat, und die Sozialarbeiterin, die die Gefahr nicht erkannt hat, die vom Vater ausging …«

»Eine Sache kapiere ich trotzdem nicht«, fuhr Oliver fort. »Die Unterlagen sind wie gesagt unter Verschluss, und nicht mal die Polizei darf sie einsehen. Woher also kennt der Mörder die Akte? Ist es jemand, der ebenfalls im Sozialwesen arbeitet?«

Anna spähte durchs Fenster. Maud Silén saß noch immer am Küchentisch und hielt sich erneut das Handy ans Ohr. Bestimmt versuchte sie gerade wieder, Erik zu erreichen.

Auf dem Küchentisch lag ein zugeklappter Laptop. Er sah alt und verschlissen aus. Auf dem Deckel klebte das Logo der Kommune.

»Hör mal … Emils Mutter – konntest du ihren Namen herausfinden?«

»Nein, leider nicht.«

»Und Emil, wie hieß der mit Nachnamen?«

»Warte, das stand hier irgendwo …«

»Er hieß nicht zufällig Gröhn?«

Kurz war es totenstill in der Leitung.

»Woher weißt du das?«, entgegnete Oliver schließlich.

Benny Westlander hatte Schmerzen in der Schulter, war aber selber schuld daran. Im Kraftraum hatte ihn der Ehrgeiz gepackt, und er hatte noch ein paar Kilo mehr aufgelegt. Doch im selben Moment, da er die Hantel hochgestemmt hatte, hatte er gewusst, dass es übel ausgehen würde.

Er versuchte, sich mit Dehnübungen dem schmerzenden Punkt zu nähern, und warf um ein Haar ein paar Dekoartikel der Siléns um. Daraufhin setzte er sich lieber wieder an den Küchentisch.

Maud saß ihm gegenüber und sah einfach nur müde und verwirrt aus. Kein Wunder.

»Erik kommt bestimmt bald nach Hause«, sagte sie, allerdings klang es nicht so, als würde sie noch daran glauben.

»Hatten Sie in letzter Zeit Kontakt zu Veeras leiblicher Mutter?«, erkundigte sich Benny.

»Ja, zuletzt mehrmals die Woche.«

»Glauben Sie wirklich, dass es die richtige Entscheidung ist? Also, dass Veera zurück zu der Mutter zieht?«

Maud schloss die Augen, sagte aber nichts.

»Ich war dabei, wissen Sie noch? Mein Kollege Markus und ich. Wir reden manchmal noch darüber … wie das Mädchen aussah … und wie sie dann wieder zu Bewusstsein kam und gerettet werden konnte … Das war einer der schlimmsten und zugleich besten Momente in meiner Laufbahn. Finden Sie es wirklich richtig, das Mädchen wieder dorthin zurückzuschicken?«

Benny war selbst überrascht, dass er derart offenherzig war, dabei kannte er Maud nur flüchtig. Trotzdem hatten sie eine Erinnerung gemein, die tief in ihm Wurzeln geschlagen hatte. Vielleicht empfand er deshalb ein gewisses Vertrauen zu Maud.

Sie hob den Blick, sah ihm direkt in die Augen und schüttelte langsam den Kopf.

»Nein«, sagte sie. »Richtig ist das ganz gewiss nicht. Es ist der reinste Irrsinn.«

Im selben Moment platzte Anna Glad in die Küche.

»Ihre Schwägerin Ulla«, sagte sie, »wo wohnt die?«

»Keine Ahnung.« Maud war vollkommen überrumpelt. »Wir haben wie gesagt keinen Kontakt.«

»Sicher? Erik und Ulla auch nicht?«

»Soweit ich weiß, nicht … Er hat immer mal wieder versucht, ihr zu helfen, aber das war wohl nicht leicht. Sie hat so viel Schlimmes erlebt und sich von allen zurückgezogen …«

»Wo sind die beiden aufgewachsen?«

»Bei ihrer Großmutter in Kärböle. In einem Häuschen am Waldrand. Das Haus haben nach dem Tod der Mutter Erik und Ulla zusammen geerbt, und ja, jetzt, da Sie es sagen, könnte es durchaus sein, dass Ulla dort wieder eingezogen ist. Das Haus ist zwar in einem erbärmlichen Zustand … aber sie hat ja auch nicht viel Geld.«

»Haben Sie die Adresse?«

»Hallo?«

Melvins Stimme hallte durch den Flur.

Mimmi, die gerade versucht hatte, sich ein paar Bissen Pizza reinzuzwingen, sprang von ihrem Küchenstuhl auf. Sie musste vor Juha bei dem Jungen sein … Doch Juha war schneller.

»Was hast du mit ihr gemacht?«, brüllte er und packte seinen Sohn am Jackenkragen.

Melvin riss erschrocken die Augen auf und sah von einem zum anderen.

»Was … Was meinst du? Ist sie wieder da? Geht es ihr gut?«

»Lassen Sie ihn los«, sagte Tomas.

»Juha!«, schrie Mimmi. »Hör auf damit!«

Doch Juha ließ erst los, als Tomas Vater und Sohn unter einigem Krafteinsatz voneinander trennte. Er war besser in Form als Juha, dem anscheinend dämmerte, dass er sich in Tomas' Anwesenheit nicht erneut auf seinen Sohn stürzen sollte.

»Kann hier irgendwer verdammt noch mal antworten?«, brüllte Melvin. »Wo ist Veera?«

Während Mimmi den Siebzehnjährigen musterte, dem Tränen über die Wangen liefen und dem die Mütze verrutscht war, wurde ihr klar, dass er nichts mit Veeras Verschwinden zu tun hatte – und dem Mädchen niemals etwas antun würde.

»Wir haben immer noch nichts von ihr gehört«, antwortete sie.

Juha stand in seiner Ecke und wetterte vor sich hin. Tomas warf ihm einen strengen Blick zu und wandte sich dann an den Jungen.

»Hey, Melvin, ich heiße Tomas und unterstütze die Polizei.«

»Okay …?«

»Fällt dir jemand ein, der euch Veera wegnehmen wollen könnte?«

»Na klar! Die leiblichen Eltern, die wollen sie zurück – und Papa und Mimmi lassen es einfach geschehen! Wie krank kann man sein!«

»Was? Wie hast du mich gerade genannt?«

»Halt verdammt noch mal endlich den Mund!«, fuhr

Mimmi ihren Ehemann an, so dass alle anderen im Flur sie verdattert ansahen.

Tomas ergriff als Erster wieder das Wort.

»Dann wusstest du vom Beschluss des Jugendamts?«, hakte er nach.

»Mhm.«

»Hast du mit irgendwem darüber gesprochen? Mit einem Kumpel oder …?«

Melvin schüttelte den Kopf. »Nee. Oder … doch.«

»Dann hast du also mit jemandem über Veera geredet?«

»Also … Hätte ich das vielleicht nicht machen dürfen? Ich war ziemlich traurig, weil Veera ausziehen würde, deshalb hat er gefragt, ob bei mir alles in Ordnung sei. Also hab ich es ihm erzählt.«

»Wem?«

»Meinem Fahrlehrer.«

Rolfs Schuhe knarzten. Dass er sich ausgerechnet dieses Paar angezogen hatte, ärgerte ihn. Er hätte auch leisere gehabt, mit denen er sich besser hätte anschleichen können. Aber er hatte ja nicht geahnt, was ihm bevorstand, als er von zu Hause losgefahren war.

So lautlos, wie er nur konnte, schlich er auf die Eingangstür der Holmborg-Schule zu.

Die Polizei hatte rund um das Gelände ein Absperrband gespannt und eine Sperrholzplatte vor dem zerbrochenen Fenster befestigt, aber irgendwer hatte die Platte abgenommen und zur Seite gestellt und war unter Garantie dort hindurchgestiegen.

Rolf zögerte. Sollte er wirklich ein weiteres Mal unerlaubt dort eindringen? Eigentlich hätte er die Polizei rufen müssen … Aber die hatte derzeit Wichtigeres zu tun, als einen bald achtzigjährigen Pfarrer aus einer alten Schule zu jagen. Das würde Rolf auch allein hinbekommen.

Im Obergeschoss beleuchteten Scheinwerfer das Wandbild. Rolf wusste genau, wen er dort antreffen würde. Schmunzelnd stieg er die Treppe hinauf.

»Guten Abend, Uno.«

Der alte Pfarrer wirbelte herum und sah aufrichtig erschrocken aus.

Erst jetzt bemerkte Rolf, dass sein alter Freund nicht allein war. Ein etwas jüngerer Mann stand ebenfalls dort, er war etwa in Rolfs Alter.

»Guten Abend«, sagte er freundlich.

»Es ist wirklich beeindruckend, nicht wahr?« Rolf nickte in Richtung des Gemäldes.

Es fühlte sich merkwürdig an, mit einem wildfremden Menschen in einer verrammelten Schule Small Talk zu betreiben, doch Rolf fiel schlicht und ergreifend nichts Besseres ein.

»Ja, mag sein«, erwiderte der Fremde.

»Ich glaube, wir gehen jetzt besser«, sagte Uno Tingman. »Wir wollten uns nur ganz kurz umschauen, Rolf. Als du in der Kirche vorbeikamst und mir die Fotos gezeigt hast, bin ich neugierig geworden.«

Doch der jüngere Mann rührte sich nicht vom Fleck. Er sah Rolf nur weiter freundlich an.

»Sind Sie hier aus der Gegend?«, erkundigte sich Rolf.

»Ja, ursprünglich, allerdings wohne ich hier schon länger nicht mehr.«

Sofort war Rolfs Neugier geweckt.

»Aber dann erkennen Sie vielleicht die Personen auf dem Gemälde wieder?«

Jetzt lächelte der Mann.

»Mit wem habe ich überhaupt das Vergnügen?«

»Entschuldigung! Ich bin Rolf Månsson. Ich ... Na ja, ich nehme an, man könnte sagen: Ich bin durchgeknallter Pensionär und Kunstermittler.«

»Angenehm.«

Rolf hatte eigentlich damit gerechnet, dass der Mann sich nun seinerseits vorstellen würde, doch weit gefehlt. Uno Tingman versuchte erneut, ihn zum Gehen zu bewegen, aber der Mann ignorierte ihn. Stattdessen zeigte er auf das Gemälde.

»Hören Sie gut zu, Kunstermittler Rolf Månsson. Ich kann Ihnen die Namen der Männer auf dem Bild gern sagen. Dann schlage ich vor, dass Sie von hier verschwinden und mit der Information anstellen, was immer Sie wollen. Aber kommen Sie nicht noch mal hierher zurück. Und bitte, vergessen Sie, dass wir uns begegnet sind.«

Rolf schluckte. Diese Unterhaltung hatte eine merkwürdige Wendung genommen.

»Entschuldigen Sie«, sagte er, »aber wie war noch gleich Ihr Name?«

Der Mann lächelte weiterhin.

»Sie können mich Poris nennen.«

*Eines Abends bekomme ich einen Anruf von einer unbe-
kannten Nummer. Ich gehe ein wenig ungehalten ran, weil
ich ahne, dass es mal wieder jemand ist, der eine Fahrt absagen will. So war es in den letzten Monaten ständig, alles
wurde abgesagt.*

*Doch diesmal ist es kein Kunde, sondern eine Kranken-
schwester.*

Ulla. Natürlich geht es um Ulla.

*»Es tut mir sehr leid, aber Ihre Schwester hat vergangene
Nacht versucht, sich umzubringen.«*

»Hat sie … es geschafft?«

»Nein. Sie hat überlebt.«

*Ich ziehe mich an. Meine Frau schläft tief und fest, und
ich will sie nicht wecken. Sie wird nicht mal merken, dass
ich nicht da bin.*

*Ich fahre ins Krankenhaus, auch wenn es schon spät-
abends ist. Sie müssen mich einfach zu ihr lassen. Sie ist
meine kleine Schwester. Jemand anderen als mich hat sie
nicht mehr.*

*Sie ist wach, aber erst mal schweigen wir. Ich darf ihre
Hand halten. Ihre Hand ist immer noch weich, genau wie
damals, als Ulla noch klein war.*

»Ich weiß«, sage ich schließlich.

»Was?«

»Dass heute sein Geburtstag ist.«

»Fünfundzwanzig.«

»Mhm.«

»Ein erwachsener Mann.«

Ich würde ihr gern so viele Dinge sagen. Am liebsten würde ich mit ihr schimpfen. Aber sie ist so klein und so zart, das geht einfach nicht.

»Versuchst du es wieder?«

»Ich weiß es nicht.«

»Bitte tu es nicht.«

Sie schluckt.

»Ich halte es hier nicht mehr aus ...«

»Aber du musst doch nicht hierbleiben, wenn du das nicht willst.«

»Und wo soll ich sonst hin? Soll ich bei dir und Maud auf dem Sofa schlafen?«

»Nein, aber was ist mit Omas altem Haus? Das steht doch leer, und es hat gerade erst ein neues Dach und so bekommen. Ich könnte vorbeikommen und dich besuchen, ist doch nur eine halbe Stunde Fahrt ...«

Ulla sagt weder Ja noch Nein. Sie sieht einfach nur müde aus.

»Was mich am meisten quält«, flüstert sie, »ist, dass sie alle einfach weitergemacht haben, als wäre nichts passiert.«

»Wer?«

»Na, alle. Wie konnten sie nicht erkennen, dass er ein Monster war? Dass sie mein Kind in den sicheren Tod geschickt haben? Warum hat mir keiner zugehört?«

Ich traue mich nicht, sie in den Arm zu nehmen. Sie sieht so zerbrechlich aus. Aber ich drücke leicht ihre Hand.

»Das ist das Einzige, woran ich nachts denken kann«, fährt sie mit geschlossenen Augen fort. »Dass sie doch hätten kapieren müssen, was sie damit anrichten. Man sollte sie zwingen, darüber nachzudenken und die Verantwortung für ihre Entscheidungen zu übernehmen. Aber ich weiß nicht mal, wo sie sind, die Papiere sind alle unter Verschluss. Sie haben mein Kind umgebracht, und nicht mal ich darf erfahren, was damals passiert ist. Ist das nicht absurd?«

Danach schläft sie ein, und ihre Atmung wird ganz regelmäßig. Ich sitze trotzdem noch eine Zeit lang bei ihr, weil es schön ist zu sehen, wie sie schläft und zur Ruhe kommt. So hab ich es damals auch immer gemacht, als sie noch ein Baby war. Ich hab neben ihrem Bett gesessen und ihr beim Schlafen zugeschaut, bis Oma mich verscheucht hat.

Meine kleine Schwester.

Ich hab sie schon einmal im Stich gelassen. Nicht freiwillig, klar, aber ich hätte mehr Widerstand leisten müssen. Ich hätte öfter versuchen müssen auszubrechen, vielleicht hätte es irgendwann geklappt.

So hätte ich womöglich verhindern können, was geschehen ist. Mamas Typen, die mit ihr gemacht haben, was sie wollten, sobald Mama halbwegs weggetreten war.

Als erst mein Vater mich und ich dann irgendwann Ulla aufgespürt hatte, war es bereits zu spät. Da war sie schon genauso schlimm dran, wie Mama es gewesen war. Mein Vater hat sogar versucht, Ulla zu helfen, obwohl sie gar nicht seine Tochter war. Er war ein guter Mensch, mein Vater.

Aber dann verschwand Ulla einfach, und ich sah und hörte fast zwanzig Jahre lang nichts von ihr.

Währenddessen wurde ich so was wie ein Egoist. Ich fand es netter, den Führerschein zu machen und für meinen Vater zu arbeiten und eine Art normales Leben zu führen – mit einem eigenen Zimmer, Kumpels, Bier, Freiheit, Gelächter. Dann trat Maud in mein Leben. Niedlich, blond und verrückt, wollte mit Kindern arbeiten. Genau so eine hätten Ulla und ich gebraucht, als wir noch klein waren.

Ich machte ein paar halbherzige Versuche, Ulla aufzuspüren. Sie reise herum, meinte jemand. Irgendwann hörte ich, sie arbeite in Griechenland. Sitze in der Geschlossenen. Mache eine Ausbildung zur Dolmetscherin. Sei erneut krank.

Mit der Zeit wurde die Sorge einfach ein Teil von mir. Wie ein kaputter Zahn, der sich immer mal wieder bemerkbar macht. Oder wie wunde Füße. Man kann damit leben, aber vollkommen ausblenden kann man es nicht.

Und dann tauchte Ulla urplötzlich wieder auf. Vor fünfundzwanzig Jahren. Freudestrahlend und mit Babybauch, obwohl sie da schon über vierzig war. Sie würde Mutter werden. Und das würde alles Kaputte in ihr heilen, dachte sie. Eine Wohnung hatte sie auch schon gefunden, in Vuosaari, einem Stadtteil von Helsinki.

Dann irgendwann zeigte der Vater des Kindes sein wahres Gesicht – und wozu er imstande war.

Die Gesellschaft verhielt sich völlig gleichgültig, während eine arme kranke Frau einen hoffnungslosen Kampf gegen einen charismatischen Sadisten führte.

Wie hätte der heutige Tag ausgesehen, wenn Emil bei Ulla hätte bleiben dürfen? Vielleicht würden wir eine Party feiern. Seinen fünfundzwanzigsten Geburtstag. Vielleicht hätte Ulla sogar schon Enkel.

Stattdessen zuckt sie im Schlaf, verzieht das Gesicht und wimmert den Namen ihres Sohnes.

Und ich sitze neben ihr und fühle mich wieder einmal elend und hilflos.

»Ich bin doch da«, flüstere ich. »Ich helfe dir, Frieden zu finden, und wenn es das Letzte ist, was ich tue.«

KAPITEL 10

Schlaf, mein Kind, in Mutters Bett,
lass nachts den Wolf ruhig heulen.
Denn wenn sie kein andrer vor mir nahm,
geb ich ihm noch Hähnchenkeulen.
Du Wolf, du Wolf, komm nicht hierher.
Mein Kind bekommst du nie mehr.
Astrid Lindgren

Es war stockdunkel draußen, und Veera hätte längst schlafen müssen. Aber wo war Mama? Würde sie Veera bald holen kommen? Das kleine Mädchen musste herzhaft gähnen.

»Bist du müde?«, fragte die Tante.

Veera nickte.

»Ich habe das Sofa bezogen, falls du dich für einen Moment hinlegen möchtest.«

Veera schüttelte den Kopf. Sie wollte lieber auf Mama warten, außerdem konnte sie ohne ihre Katze Bulle nicht schlafen. Sie drehte den flachen Pappkarton nachdenklich um, den sie von der Tante bekommen hatte. Sie fand *PAW Patrol* gar nicht so toll, aber die Schokolade war gut gewesen.

»Man darf nur eine pro Tag«, sagte sie.

»Ach was, bei der Tante darf man alle Türchen auf einmal aufmachen, wenn man will.«

»Weil gar nich' mehr Weihnachten is'?«

»Genau.«

»Okay.«

Veera öffnete noch ein Türchen und pulte das Stück Schokolade heraus. Gut. Sie überlegte, direkt die nächste

Tür aufzumachen, aber das fühlte sich immer noch ein bisschen verboten an.

»Wann kommt denn Mama?«, fragte sie vorsichtig – und nicht zum ersten Mal.

Sie hatte schon zigmal gefragt, aber keine richtige Antwort bekommen. Dabei wollte sie es wirklich wissen. Die Tante war nett, und mit dem Feuer und dem Adventskalender war es auch gemütlich – aber dunkel. Und das Haus roch so komisch. Veera wollte wieder zurück zu Mama und zu Melvin.

So hatte sie sich das nicht gedacht, als sie vor dem Haus auf Mama gewartet hatte und so wütend gewesen war. Das Taxi hatte genau vor ihr gehalten, und derselbe Mann wie beim letzten Mal war ausgestiegen und hatte ihr geholfen, den Sicherheitsgurt anzulegen.

Aber dann hatten sie nicht auf Mama gewartet, und das war komisch gewesen.

»Deine Mama kommt nach«, hatte der Mann gesagt, als sie losgefahren waren.

Aber Mama war echt schrecklich langsam. Sie war immer noch nicht da.

Als sie und der Mann im Taxi weggefahren waren, hatte Veera erst ein bisschen Angst gehabt. Sie war immer scheu bei fremden Leuten, aber er war total nett. Erik hieß er. Er kannte Melvin und wusste sogar alles Mögliche über Veera, deshalb kam er ihr nach einer Weile gar nicht mehr fremd vor.

Erst waren sie an einen Ort gefahren, wo Veera sich umgezogen hatte. Komisch, aber Erik hatte gesagt, dass der Overall zu schick wäre, weil sie aufs Land fahren würden. Dann hatten sie sich in ein anderes Auto gesetzt und waren weitergefahren. Sie waren ziemlich lange unterwegs gewesen, und irgendwann hatte Veera gespürt, dass sie aufs Klo musste, aber sie war ein braves Mädchen gewesen und hatte angehalten.

Am Ende kamen sie bei einem lustigen kleinen Häuschen an. In dem Haus wohnte die Tante. Auch sie war sehr freundlich, aber auch ein bisschen komisch. Veera mochte Erik lieber, aber der war schon wieder woanders hingefahren.

Vorher hatten die Tante und Erik noch zusammengestanden und geflüstert.

»Versuch, sie ins Bett zu bringen«, hatte er gesagt. »Die Fahrt wird einfacher, wenn sie schläft.«

»Warum können wir denn nicht hierbleiben?«

»Weil das Haus auch auf meinen Namen läuft. Das findet die Polizei früher oder später heraus.«

»Aber wie sollen die …«

»Bitte, Ulla, vertrau mir einfach. Ich fahre jetzt nach Hause, damit Maud nicht misstrauisch wird. Sobald sie schläft, komme ich wieder, und dann fahren wir los.«

»Aber … was mache ich denn, wenn jemand kommt, bevor du zurück bist?«

»Dann versteckt ihr euch.«

Das Ganze klang spannend. Verstecken und Polizei und alles. Veera mochte solche Spiele, aber nicht gerade jetzt. Jetzt wollte sie heim. Sie war müde.

»Frierst du? Willst du einen warmen Kakao?«

Kakao gab es nur an Sonntagen und Geburtstagen, deshalb sagte Veera Nein. Aber weil die Tante bereits einen Becher gemacht hatte und der ganz gut aussah, nahm sie trotzdem einen Schluck. Und noch einen.

»Wann kommt denn Mama?«

Inzwischen war sie sehr, sehr, sehr müde. Bestimmt würde sie gleich einschl…

Anna fuhr, so schnell sie sich auf den dunklen Waldwegen zu fahren traute. Hier war nichts beleuchtet, und die Kurven waren gefährlich rutschig.

»Geht das nicht ein bisschen schneller, verdammt?«, knurrte Benny Westlander neben ihr.

»Wir sind niemandem eine Hilfe, wenn wir im Straßengraben landen«, fauchte Anna zurück. »Hast du die Karte aufgerufen? Sind wir schon in der Nähe?«

»Ja, vor uns sollte demnächst ein kleiner Weiler kommen ...«

Benny starrte auf sein Handy.

»Markus schreibt gerade, dass sie die Halle mit den Bussen abgesucht haben, aber dort ist niemand. Allerdings haben sie Erik Siléns Taxi gefunden. Aram liest bereits die GPS-Daten aus.«

Vor ihnen kam ein Schimmer Straßenbeleuchtung in Sicht, und dann erreichten sie eine Straße, die wohl einst die Hauptstraße eines Dorfes gewesen war. Ein verrammelter Tante-Emma-Laden, ein Kiosk mit zugeklebten Fenstern. Schwer zu sagen, ob die Häuser entlang der Straße bewohnt waren oder nicht, jedenfalls brannte nirgends Licht.

»In zweihundert Metern müssen wir links abbiegen.«

Und wieder fuhren sie durch tiefste Dunkelheit.

»Noch vierhundert Meter bis zu dem Haus«, sagte Benny.

»Dann parken wir hier«, entschied Anna.

Wenn sie noch weiter fahren würden, könnten die Scheinwerfer verraten, dass sich jemand näherte, und sie hatten schließlich keine Ahnung, was genau in dem Haus vor sich ging.

Als Anna und Benny sich mühsam ein Stück durch den Wald gekämpft hatten, war vor ihnen plötzlich Licht zu erahnen. Anna trat mit dem rechten Fuß in eine tiefe Pfütze, und Wasser spritzte bis hoch an ihr Knie. Benny hingegen war trotz seiner Körpermasse überraschend wendig unterwegs und erreichte schon vor Anna das Haus. In einem der Fenster brannte Licht.

»Alles still«, flüsterte er.

»Aber der Schornstein qualmt«, erwiderte Anna leise.

Benny spähte durchs Fenster und schüttelte den Kopf.

»Niemand da. Warte hier, ich gehe rein.«

Er zog die Tür auf und betrat den Flur. Anna wich ein paar Schritte zurück, um die Umgebung im Blick zu behalten. Es war kalt geworden, und der Boden war von Reif bedeckt. Sie meinte, vor der Tür Fußspuren zu erahnen, doch in der Dunkelheit konnte sie es nicht mit Sicherheit sagen. Ein Auto stand hier jedenfalls nicht.

»Leer«, sagte Benny, als er wieder herauskam. »Sie sind weg.«

»Aber du glaubst, dass Veera hier war?«

»Irgendein Kind muss hier gewesen sein. Da drin liegen ein halb aufgegessener Adventskalender und Spielsachen.«

»Verdammt!«

Als die Polizei wieder gefahren war, wusste Maud nicht, was sie mit sich anfangen sollte. Sie hatte auf Bennys Aufforderung hin die Adresse der alten Hütte herausgesucht, die Erik von seiner Mutter geerbt hatte, und Benny und diese andere Polizistin mit den wirren Haaren waren sofort losgerast. Maud verstand einfach nicht, was dieses alte Haus mit Veeras Verschwinden zu tun haben sollte, hatte aber auch nicht mehr fragen können.

Alles war einfach so wirr und komisch. Sie wünschte sich, sie hätte zuvor nicht so viele Schmerzmittel genommen. Im Augenblick hätte sie eindeutig lieber einen klaren Kopf gehabt und dafür Rückenschmerzen in Kauf genommen ...

Die Haustür fiel zu, und Maud wandte sich langsam um. Das musste Erik sein. Endlich würde er ihr alles erklären können.

Aber nicht Erik betrat den Raum – und auch niemand von der Polizei.

Er war so groß, dass die Küche mit einem Mal wie eine Puppenküche wirkte. Dieser kahle Schädel, die breiten Schultern, das verbissene Gesicht ... Sie erkannte ihn sofort wieder.

»Nein!«, flüsterte Maud. »Nein, nein, nein ...«

Was hatte er mit ihr vor? Was wollte er hier? Sie konnte nicht an ihm vorbei, und ihre Bewegungen waren ohnehin verlangsamt.

»Hey«, sagte Joni. Seine Stimme klang zwar weich und freundlich, doch der Kontrast zu seinem ungehobelten Äußeren jagte Maud umso mehr Angst ein.

Sie setzte beide Füße fest auf den Boden. Wenn sie ins Bad flüchten und hinter sich zuschließen könnte, würde sie vielleicht ein bisschen Zeit schinden? Vielleicht würden die Nachbarn sie hören, wenn sie so laut schrie, wie sie nur konnte ...

Im nächsten Moment betrat eine weitere Person die Küche. Eine Frau in Mauds Alter.

»Hallo, und entschuldigen Sie, dass wir so spät noch vorbeischauen ...«

Die Stimme klang vage bekannt, doch Maud brachte immer noch keinen Mucks heraus.

»Wir haben telefoniert«, sagte die Stimme. »Carita Rossi, ich bin Juttas Mutter. Und an Joni erinnern Sie sich vielleicht noch?«

»Hi«, sagte er.

»H… Hallo«, stieß Maud hervor.

Die beiden sahen nicht wirklich bedrohlich aus, jetzt, da Maud sie genauer betrachtete. Sie schienen eher bekümmert zu sein, und das war ja auch naheliegend. Joni war immerhin Veeras leiblicher Vater und Carita die Großmutter.

Sie entspannte sich ein bisschen. »Haben Sie Neuigkeiten von Veera?«, fragte sie vorsichtig.

»Äh … Nein?« Joni blickte leicht verwirrt drein. »Ich hab sie seit vier Jahren nicht mehr gesehen. Ich bin erst vor einem Monat aus dem Knast rausgekommen. Hab nur ein bisschen auf Abstand die Lage gesichtet. Sie hat keine Ahnung, wer ich bin. Allerdings sieht sie so aus, als würde es ihr gut gehen, dort, wo sie jetzt ist.«

»Und genau deshalb sind wir auch hier«, sagte Carita. »Meine Tochter hat mich vorhin angerufen und damit geprahlt, Sie hätten beschlossen, dass Veera wieder bei ihr leben darf. Ich fasse es nicht! Wie kommen Sie denn darauf?!«

Maud kam gar nicht dazu, etwas zu erwidern, weil Joni sofort das Wort ergriff.

»Hab ich da gar nicht mitzureden? Ich bin immerhin Veeras leiblicher Vater, und ich will unter keinen Umständen, dass Veera zurück zu Jutta zieht.«

»Meine Tochter lebt in einer Traumwelt«, erklärte Carita. »Das ist meine Schuld. Ich hätte dafür sorgen müssen, dass sie schon als kleines Mädchen untersucht wird und die richtige Hilfe bekommt. Sie … Sie will um jeden Preis gewinnen, und sie betrachtet Veera nicht als Kind, sondern als Trophäe. Dabei ist sie überhaupt nicht dazu imstande, sich um einen anderen Menschen zu kümmern.«

Maud versuchte zu begreifen, was Carita und Joni ihr sagen wollten.

»Dann wissen Sie gar nicht, dass Veera vermisst wird?«, brachte sie schließlich hervor.

Die beiden brauchten gar nicht zu antworten. Ihre Gesichter sagten alles.

»Da kommt jemand!«

Anna und Benny wichen zwischen die Bäume zurück, als ein Transporter sich dem kleinen Haus näherte.

»*Shit*. Haben die unseren Wagen gesehen?«, flüsterte Anna.

»Ich glaube nicht. Der steht hinter einer großen Fichte …«

Der Transporter parkte vor dem Haus, und ein Mann stieg aus. Anna erkannte ihn von den Fotos zu Hause bei den Siléns wieder.

»Das ist er. Erik Silén.«

Sie machte einen Schritt vor, und Erik zuckte sichtlich zusammen.

»Was in aller Welt …? Wer sind Sie?«

»Anna Glad, Polizei. Wir suchen Sie schon seit Stunden.«

»Wirklich? Also, versteckt habe ich mich nicht. Aber ich hab auch den ganzen Tag im Auto gesessen, und am Steuer geh ich nicht ans Handy.«

»Was machen Sie hier?«

Erik sah sie gelassen an.

»Das hier ist mein Haus. Ich denke darüber nach, es bis zum Sommer instand zu setzen. Sieht derzeit nicht toll aus, könnte aber ein nettes Sommerhäuschen werden.«

»Wo haben Sie Ulla gelassen?«

»Meine Schwester? Keine Ahnung. Die kommt eher selten hierher.«

Hinter Anna brummelte Benny verärgert in sich hinein, ließ sie aber weitersprechen. Sie wollte Erik so viele Fragen stellen, dass sie gar nicht wusste, wo sie anfangen sollte. Oder – doch, das wusste sie genau.

»Wo steckt Veera Strandberg?«

»Wer?«

»Hören Sie schon auf, Erik. Wir wissen, dass Sie heute in Ihrem Taxi vor dem Haus der Strandbergs standen, und mit diesem Taxi haben Sie Veera mit in Ihre Bushalle genommen. Unser Kollege hat den Fahrtenschreiber ausgelesen.«

Erik sah immer noch vollkommen unbeeindruckt aus.

»Wo sind Sie anschließend hingefahren? Ich wette, hierher.«

Er zuckte mit den Schultern.

»Natürlich hierher. Das sehen Sie doch. Und klar bin ich heute mit dem Taxi unterwegs gewesen. Aber von einer Veera weiß ich nichts.«

Anna machte einen Schritt zurück, um leise mit Benny zu sprechen, ohne dass Erik sie hörte.

»Ich bin mir sicher, dass er hier ist, um mit Veera und Ulla irgendwo hinzufahren …«

»Ich sehe im Transporter nach.«

»Dürfte ich vielleicht reingehen und mich ein bisschen aufwärmen?«, fragte Erik. »Ist ein kalter Abend.«

»Natürlich«, sagte Anna und folgte ihm nach drinnen.

Im Kaminofen glommen noch immer Holzscheite. Dass Erik nicht die Wahrheit gesagt hatte, war nur allzu offensichtlich. Irgendwer war hier gewesen, ehe er selbst eingetroffen war, und aller Wahrscheinlichkeit nach war

das Ulla gewesen. Trotzdem war er offenbar fest ent-
schlossen, an seiner Geschichte festzuhalten. Anna versuchte, seinen Gesichtsausdruck und seinen Blick zu
deuten, aber es fiel ihr schwer.

»Nettes Häuschen«, sagte sie und betrat die Küche.

»Mhm.«

Hatte er nicht geblinzelt, als sie in die Küche gegangen war?

»Wird bestimmt ein hübsches Sommerhaus für Sie
und Maud.«

Anna ging in der Küche auf und ab. Erik ließ sie dabei
nicht aus den Augen.

»Ja, das glaube ich auch.«

»Wie alt ist das Haus? Dreißigerjahre, oder? Ah, sogar
mitsamt Erdkeller!«

Sie schob einen Flickenteppich beiseite, so dass die
Luke zu sehen war. Diesmal zuckte er nicht mit der
Wimper.

»Stimmt, es ist 1938 erbaut worden. Kann sein, dass
da noch das eine oder andere Marmeladenglas steht. Ich
war schon seit Jahren nicht mehr unten.«

Nein, der Erdkeller schien ihn nicht zu bekümmern.
Trotzdem war er auf der Hut, da war Anna sich sicher.

»Ich sage Ihnen jetzt, was ich glaube.« Sie zog den Tep-
pich wieder zurecht. »Ich glaube, dass Sie nicht die Absicht haben, Veera zu schaden – ganz im Gegenteil.«

Sie legte die Hand auf den Holzkorb. Keine Reaktion
von Erik. Also weiter.

»Ich weiß, dass Melvin Ihnen gern mal sein Herz aus-
geschüttet hat. Er ist einer Ihrer Fahrschüler und Veeras
Pflegebruder. Sie haben ein Händchen für Jugendliche,
Erik. Die fassen sofort Vertrauen zu Ihnen.«

Erik stieß bloß ein Brummeln aus.

»In Ihrer Familie haben Sie Erfahrung damit, dass Kinder vom Jugendamt abgeholt und in eine gefährliche neue Umgebung verpflanzt werden. Das ist Ihnen und Ihrer Schwester passiert, nicht wahr? Aber am schlimmsten ist es Ihrem Neffen ergangen. Emil. Grässliche Geschichte.«

Erik verschränkte kopfschüttelnd die Arme vor der Brust.

»Worauf wollen Sie hinaus, verdammt?«

Anna ging weiterhin auf und ab und ließ ihn dabei nicht aus den Augen. Die Küche war nicht groß, aber Schränke und Schlupfwinkel, in denen man eine Fünfjährige verstecken konnte, gab es trotzdem genug.

»Als Sie und Ihre Schwester Ulla gehört haben, dass Veera zu ihrer leiblichen Mutter zurückmüsse, konnten Sie nicht tatenlos zusehen. Wie sah Ihr Plan aus? Wollten Sie das Mädchen so lange versteckt halten, bis das Jugendamt zur Vernunft gekommen wäre? Hatten Sie vor, Maud früher oder später einzuweihen? Weil sie derzeit von alldem keine Ahnung hat, stimmt's?«

Inzwischen stand sie neben der Küchenbank. Ha! Erik blinzelte erneut, kaum dass Anna mit der Hüfte die Armlehne streifte.

Verstohlen musterte sie die Bank. Es war eins dieser alten Möbelstücke, die man auch als Bett verwenden konnte, wenn man die Sitzfläche aufklappte. Darunter war garantiert Platz für eine schmale Matratze und Bettzeug. Oder für etwas anderes ...

Wie aufs Stichwort tauchte Benny Westlander in der Tür auf. Anna nutzte diesen Moment, beugte sich vor – und Erik stürzte auf sie zu. Benny konnte ihn gerade noch festhalten.

Anna klappte die Sitzfläche hoch und blickte hinein.

»Und jetzt geh endlich und entsperre deinen Computer«, befahl Juha.

Melvins Gesicht war tränennass. Er war genauso groß wie sein Vater, aber weit schmaler. Mimmi weinte ebenfalls. Tränen schien sie keine mehr übrig zu haben, doch sie schluchzte so sehr, dass sie kaum mehr Luft bekam. Gottfrid war auf dem Sofa im Wohnzimmer eingeschlafen, und Tomas war hinaus in den Garten gelaufen, um zu telefonieren.

»Ich wollte doch nur helfen …«, stieß Melvin hervor.

»Antworte jetzt! Und wehe, wenn du uns noch mal belügst!«, brüllte Juha. »Was habt ihr in deinem Zimmer gemacht?«

»Was?«

»Euer Geheimnis! Irgendwas, was man den Eltern nicht erzählen darf! Was hast du mit ihr gemacht?«

Die Traurigkeit in Melvins Gesicht schlug um in Ekel.

»Was genau unterstellst du mir da? Okay. Was glaubst du wohl, was wir gemacht haben? Los, erzähl mal ein bisschen.«

Seine provokante Erwiderung brachte Juha kurz aus dem Konzept.

»Spuck's aus, du kleines Arschloch! Und wenn nicht, wird die Polizei deinen Rechner sowieso durchsuchen und alles finden.«

»Ach? Na dann, bitte sehr.«

»Finden sie darauf Pornos?«

»Möglich. Aber das hat einen Scheißdreck mit Veera zu tun. Was zur Hölle denkt ihr eigentlich von mir?«

Melvins angewiderte und obendrein verdatterte Reaktion wirkte ehrlich. Mimmi trat auf ihn zu.

»Bitte, Melvin, was für Geheimnisse waren das? Vielleicht hilft es uns weiter, wenn du uns alles erzählst.«

Melvin sah sie von der Seite an.

»Dir kann ich's zeigen – aber nur dir! Mein Vater bleibt hier!«

Juha protestierte natürlich, doch Mimmi gab ihm zu verstehen, dass er den Mund halten sollte. Melvin und Mimmi gingen nach oben in das Zimmer des Jungen. Entsetzt betrachtete er den Türrahmen.

»Dieser verdammte Psycho ...«

»Okay, was genau wolltest du mir zeigen?«, drängelte Mimmi.

»Du weißt doch, dass Papa will, dass ich Wirtschaft studiere.«

»Ja ...?«

»Aber das will ich nicht. Ich probiere gerade etwas anderes aus. Und ich bin darin echt gut.«

Er loggte sich in seinen Laptop ein und klickte eine Bilddatei an.

»Was ist das?«

»Ich will Spieledesigner werden«, sagte Melvin.

Verwirrt sah Mimmi abwechselnd ihn und seinen Rechner an.

»Hast du das da gemacht?«

»Ja.«

»Das ist ja ... richtig klasse!«

Mimmi wusste gar nicht, wie sie es ausdrücken sollte.

»Warte, und jetzt zeig ich dir Veeras und mein Geheimnis«, sagte er.

Er öffnete ein Programm.

»Veera hat doch bei bestimmten Wörtern Schwierigkeiten mit der Aussprache. Also hab ich ein nettes kleines Spiel programmiert, mit dem sie üben kann. Das ist ziemlich *basic* und nicht wahnsinnig ausgereift, aber sie findet es lustig. Sie will ständig hier sitzen und spielen.«

348

Mimmi starrte den Bildschirm an, auf dem ein Veera-Avatar hin- und herhüpfte und in die Hände klatschte.

»Und das … das da spielt ihr zusammen?«

»Ja«, antwortete Melvin. »Papa sollte davon nichts wissen. Der würde mir ja doch nur alles schlechtreden. Deshalb hab ich zu Veera gesagt, dass wir das für uns behalten.«

Für einen kurzen Moment fehlten Mimmi die Worte und jegliche Empfindung. Dann legte sie Melvin eine Hand auf die Schulter und drückte sie leicht.

»Entschuldige, Melvin. Ich hätte niemals … Entschuldigung!«

»Glaubst du, dass … dass es Veera gut geht?«

»Ich weiß es nicht.«

Im selben Moment schlug unten die Haustür zu.

Tomas war zurück und verkündete laut: »Sie haben Veera gefunden! Sie sind auf dem Weg ins Krankenhaus!«

Während der Fahrt im Krankenwagen hielt Benny die ganze Zeit Veeras Hand. Das Mädchen schlief tief und fest, doch dem Notarzt zufolge war sie unverletzt, und ihre Vitalfunktionen schienen alle normal zu sein.

Ulla hatte stur geschwiegen, als Benny sie aus ihrem Versteck auf dem Dachboden des Hauses herausgezerrt hatte. Doch allem Anschein nach hatte Anna richtiggelegen: Ulla und Erik hatten nicht die Absicht gehabt, dem Mädchen zu schaden. Sie hatten sie nur verstecken wollen.

»Eine ganz normale halbe Schlaftablette«, hatte Ulla schließlich geantwortet, als der Arzt sie bekniet hatte zu erzählen, was sie dem Mädchen verabreicht hatte.

Blieb nur zu hoffen, dass das kleine Kind eine »normale Schlaftablette« verkraftete.

Doch Veera war eine Kämpferin. Es war nicht das erste Mal, dass Benny Westlander mit ihr in die Notaufnahme fuhr. Sie hatte sich damals erholt und würde es wieder tun. Hoffentlich.

Erik und Ulla saßen Seite an Seite auf der Küchenbank in der kleinen Küche. Sie hatten weder versucht, die Flucht zu ergreifen, noch sich zu wehren. Sie wirkten beide ruhig.

Anna musterte sie von der Küchentür aus.

»Hoffentlich kommen sie jetzt zur Vernunft«, raunte Ulla Erik zu.

»Ja, wollen wir es hoffen. Ich halte leider nicht viel von Mauds neuem Chef.«

»Dass dieses ganze System in all den vielen Jahren kein bisschen besser geworden ist …«

Auch Oliver war inzwischen angekommen und gesellte sich zu Anna.

»Diese zwei?«, fragte er leise.

»Mhm.«

»Scheiße. So hab ich mir das nicht vorgestellt.«

Anna wusste genau, was er meinte. Die Geschwister auf der Küchenbank sahen aus wie nette Großeltern. Dass sie gemeinschaftlich drei Menschen aufgelauert, sie in Gullyschächte gestoßen und die Deckel wieder zugeschoben hatten, war tatsächlich schwer vorstellbar.

»Tja, dann wird es wohl allmählich Zeit, dass wir losfahren«, sagte Anna.

Ulla und Erik standen folgsam auf. Ulla lachte sogar.

»Irgendwie fühlt sich das gerade sehr bekannt an. Ich hatte den grünen Rucksack und du eine Plastiktüte …«

»Und wir standen sogar fast an derselben Stelle«, sagte Erik.

»Stimmt. Damals, als das Jugendamt kam.«

Erik lächelte, dann wandte er sich an Anna.

»Dürfen wir uns noch voneinander verabschieden? Ich nehme an, wir werden uns eine ganze Zeit lang nicht sehen.«

Anna zuckte mit den Schultern.

»Natürlich. So eilig haben wir es nicht.«

Sie hatte das Gefühl, dass sie und Oliver heimlich einen sehr privaten Moment belauschten. Andererseits konnten sie zwei mutmaßliche Mörder auch nicht unbeaufsichtigt lassen.

»Pass gut auf dich auf, Ulla, und mach keine Dummheiten.«

»Nein, versprochen. Ich glaube, ich werde ein Buch schreiben. Emils Geschichte. Aber was wird jetzt aus Maud?«

»Die kommt schon klar. Ich hab ihr alles überschrieben. Sie könnte das Busunternehmen verkaufen, ich hätte sogar schon einen Käufer.«

»Du bist wirklich immer allen einen Schritt voraus.«

»Okay«, ging Anna dazwischen, »die Streifenwagen sind jetzt da.«

Die Geschwister ließen sich folgsam zu je einem Streifenwagen führen. Anna und Oliver blieben auf der Vordertreppe stehen und sahen den Fahrzeugen nach, als diese zwischen den Bäumen verschwanden. Danach herrschte Stille.

»Tja«, sagte Oliver nach einer Weile. »Danke für die gute Zusammenarbeit, Anna Glad.«

»Danke gleichfalls. Es war … Hm. ›Nett‹ ist wohl kaum das richtige Wort. Aber so etwas in der Art.«

»Erfolgreich?«, schlug Oliver vor. »Nein, das auch nicht. Aber ich hoffe, wir zwei haben irgendwann mal wieder miteinander zu tun.«

»Wenn wieder Serienmörder unterwegs sind, die sich nicht an die Bezirksgrenzen halten.«

»Oder bei anderer Gelegenheit. Man kann auch ohne Serienmörder mal ein Bier trinken gehen.«

»Ja, vielleicht.«

Die Glocke im Kirchturm hatte soeben drei Uhr geschlagen, als zwei schwarze Minibusse vor der alten Holmborg-Schule bremsten.

Die Türen an den Seiten glitten gleichzeitig auf, und vier Personen in weißen Overalls und Kapuze sprangen mit großen Sporttaschen auf den Schultern heraus. Das Quartett rannte quer über den Schulhof, nahm die Sperrholzplatte vom Fenster und drang in die Schule ein.

»Hier ist es«, rief ihnen jemand auf Deutsch entgegen.

Jeremias wartete schon vor dem Gemälde.

»Sollen wir gleich anfangen?«

»Einen Moment noch.«

Jeremias holte tief Luft und drehte sich ein allerletztes Mal zu dem Wandbild um. Er hatte nicht damit gerechnet, es je wiederzusehen. Er war felsenfest davon überzeugt gewesen, dass es fünfzig Jahre zuvor zerstört worden war. Als Uno Tingman sich bei ihm gemeldet hatte, hatte er kaum seinen Ohren getraut.

Er verspürte eine gewisse Wehmut, als er sein allererstes Werk betrachtete. Natürlich hatten sich bereits in jener Zeit erste Anzeichen seines künstlerischen Talents gezeigt, aber die Details, die er hier vor sich sah, grenzten an Plagiate der von ihm so sehr bewunderten Malereien seines Idols Hieronymus Bosch, den er in zahlreichen Kunstbüchern genau studiert hatte. Die Ähnlichkeiten waren ihm peinlich – wenn auch verständlich für einen jungen Künstler.

Die Wut hingegen, die in der Darstellung der drei zentralen Figuren zum Ausdruck kam, war immer noch ziemlich beeindruckend.

Holmborg, Koskinen und Brunström, die für alle Ewigkeit in ihren Löchern verrotten sollten.

Seine Rache war feige gewesen und leider verpufft. Eine Karikatur dieser Sadisten hatte nun mal nichts an alldem ändern können, was im Kastanienhof passiert war. Nichts vermochte ihnen zurückzubringen, was sie alle dort verloren hatten.

Trotzdem hatte es sich verdammt gut angefühlt, das Bild zu malen – an der Wand einer Schule, die sogar nach dem schlimmsten Peiniger von ihnen allen benannt werden sollte. Holmborg.

Jeremias bereute nichts - außer vielleicht eine einzige Sache. Er hatte seinen Freund, den Pfarrer Uno Tingman, hintergangen. Der hatte Jeremias wieder auf die Füße geholfen, als dieser siebzehn geworden war und das Erziehungsheim verlassen durfte. Uno hatte dafür gesorgt, dass sein Schützling in einer neu gebauten Schule eine Wand gestalten durfte. »Irgendwas Buntes, was den Kindern gefällt«, hatte der Auftrag gelautet.

Doch als er vor jener Wand gestanden hatte, hatte etwas ganz anderes Gestalt angenommen. Jeder Pinselstrich hatte sich wie ein Befreiungsschlag angefühlt. Je düsterer sich das Gemälde entwickelte, umso besser hatte er sich gefühlt.

An jenem Tag hatte der verängstigte kleine Junge aufgehört zu existieren, und der Künstler Jeremias war geboren worden – an derselben Stelle, an der er jetzt stand.

Der Assistent direkt neben ihm räusperte sich.

Ja, jetzt würden sie loslegen. Bloß noch eine einzige Kleinigkeit …

Jeremias bat darum, mit dem Gemälde für einen kurzen Moment allein sein zu dürfen, und die vier vermummten Helfer liefen erneut die Treppe hinunter. Dass sie immer alles taten, was er von ihnen verlangte, war fast schon absurd. Im Gegenzug hatte er ihnen gar nichts Spezielles zu bieten, keine Reichtümer, keinen Ruhm. Allerdings durften sie in seiner Nähe sein und Jeremias' Geheimnisse bewahren, was zur Folge hatte, dass sie sich fast wie Gralshüter verhielten.

Behutsam strich er mit den Fingern über die kleine Figur ganz am Rand.

Der Rest des Gemäldes hatte etwas Unbeholfenes, Kindliches an sich – doch diese eine Figur war ihm nie wieder so gut gelungen wie damals. Womöglich lag es daran, dass er das Gesicht noch so frisch in Erinnerung gehabt hatte. Inzwischen konnte er sich kaum noch daran erinnern, wie der schöne Junge ausgesehen hatte. Er erinnerte sich nur mehr an lange blonde Locken und einen gelenkigen Körper, der sich unvergleichlich bewegen konnte, wenn im Radio das richtige Lied gelaufen war. Seine Gesichtszüge hingegen waren inzwischen fast vollständig aus Jeremias' Gedächtnis gelöscht.

Doch hier waren sie. Er würde sie sich noch einmal ganz genau ansehen.

»Leb wohl. Ein weiteres Mal.«

Dann zog Jeremias seine Maske auf. Nicht dass ihn auf dem Schulhof jemand erkannte.

»Bitte«, rief er seine Assistenten zurück.

Noch während er durchs Fenster kletterte und auf die Fahrzeuge zuging, hörte er die ersten Schläge der Vorschlaghämmer.

Dies würde Jeremias' jüngster Kunst-Coup werden: die Zerstörung seines allerersten Kunstwerks. Unter Garantie würden die Experten sich darüber die Köpfe zerbrechen, warum er *das* wohl getan hatte.

Und die Antwort wusste nur er.

Weil es sich einfach verdammt gut anfühlte, seine Peiniger von damals erneut zu pulverisieren.

EPILOG

Mai, Muttertag 2022

Siw Moberg hatte auch heute nicht die geringste Lust aufzustehen. Wofür auch? Nein, sie konnte genauso gut liegen bleiben, vielleicht würde sie sogar bald sterben. Das wäre jetzt auch egal.

So fühlte sie sich schon seit Monaten – jeden einzelnen Tag, seit die Nachricht sie ereilt hatte.

Das Wandgemälde war weg. Zerstört.

Sie hatte die Bilder im Fernsehen gesehen. Absolut nichts war davon übrig geblieben, nichts als ein Haufen Schutt und eine zerschlagene Ziegelwand. Die Personen, die das Bild mit Vorschlaghämmern bearbeitet hatten, hatten ganze Arbeit geleistet.

Es war alles vorbei. Alles, wofür Siw jahrelang gebrannt hatte. Nichts davon war mehr übrig.

Sie hatte das Telefon die meiste Zeit abgeschaltet. Sie ertrug das Gejaule und Gejammer der Kunstfreunde-WhatsApp-Gruppe nicht mehr. Die anderen hatten ja keine Ahnung, mit welchem Verlust Siw fertigwerden musste. Für sie alle war das Bild eine nette Abwechslung gewesen, ein lustiges kleines Rätsel. Für Siw war die Jagd nach der Wahrheit um Jeremias' Wandgemälde eine treibende Kraft in ihrem Alltag und ihr Lebenselixier gewesen.

Die Woche, in der sie das Wandbild entdeckt hatten, war die beste in ihrem Leben gewesen – und die schlimmste zugleich. Erst die Aufregung, der Triumph, dass sie recht gehabt hatte. All die Interviews und der Jubel derer, die zuvor an ihr gezweifelt hatten.

Und dann die Katastrophe.

Nein, aufzustehen lohnte sich nicht.

Irgendwer klingelte an der Tür, allerdings hatte sie nicht vor aufzumachen. Sie wollte einfach nur ihre Ruhe.

Doch da draußen stand anscheinend irgendein sturer Esel. Es klingelte und klingelte, und nach einer Weile hörte sie sogar den Briefschlitz klappern und eine Stimme.

»Siw? Bist du zu Hause?«

Rolf Månsson.

»Mach auf, Siw! Ich muss dir etwas zeigen!«

Widerwillig krabbelte Siw aus dem Bett und schlüpfte in ihren geblümten Bademantel. Sie hatte sich, seit sie sich Tage zuvor ins Bett gelegt hatte, die Haare nicht mehr geflochten und sah unter Garantie aus wie ein Troll aus einem John-Bauer-Bild.

»Da bist du ja«, sagte Rolf.

Und dieser Max war auch dabei. Die beiden sahen fürchterlich gut gelaunt und erwartungsvoll aus. Hatten die zwei Idioten dafür irgendeinen Grund?

»Was wollt ihr hier?«

Rolf drückte ihr etwas in die Hand. Eine Ansichtskarte. Auf der Vorderseite war ein Detail eines Jeremias-Freskos abgebildet. Das kannte Siw selbstverständlich. Das Wandbild befand sich in einer alten niederländischen Fabrik. Das Motiv war eine kniende Frau mit gespreizten Flügeln: Jeremias' Version der ägyptischen Göttin Maat, wie Siw sehr wohl wusste. Die Göttin der Wahrheit.

»Lies mal, was da steht«, forderte Rolf sie auf.

Die Karte war an Rolfs Privatadresse geschickt worden.

Der kurze Text lautete: *Für Kunstermittler Rolf Månsson und die Göttin der Wahrheit, Siw Moberg*, und er war unterzeichnet mit: *J.*

»Was ist das?«, fragte Siw und zeigte auf eine Reihe mit Ziffern.

»Das sind Koordinaten«, antwortete Max.

»Das sehe ich. Aber wo liegt das?«

»Die Koordinaten führen zu dem Café, das im vergangenen Jahr pleitegegangen ist. Du weißt schon, das in dem alten Lagergebäude am Hafen.«

»Und was soll da sein?«

»Wissen wir nicht. Wir dachten uns, wir fahren mal hin und sehen nach. Aber du musst mitkommen.«

Schlagartig bekam Siw eine Gänsehaut.

»J«, flüsterte sie. »Ist das …?«

»Los, zieh dich an und komm mit!«

Siw war sofort Feuer und Flamme. Sie schlüpfte in ihre Hose, zog eine warme Tunika über ihr Nachthemd und setzte sich einen Hut auf die zerzausten Haare. Halt – Lippenstift! Ohne Lippenstift fühlte sie sich nicht wie sie selbst.

Unterwegs hielt sie die Ansichtskarte fest umklammert. Die Fahrt dauerte nur ein paar Minuten, fühlte sich aber an wie eine Ewigkeit.

»Und wenn dort abgeschlossen ist?«, wandte sie ein, als sie ausstiegen und auf das verrammelte Ziegelgebäude am Kai zuliefen.

»Als hätte dich das je abgehalten«, erwiderte Max lachend.

Die schwere Stahltür war tatsächlich nicht mal verschlossen. Sie mussten sie lediglich aufwuchten.

»Die Koordinaten stimmen«, murmelte Rolf. »Aber ich kann gar nichts sehen. Ihr vielleicht?«

»Warte, da ist ein Lichtschalter«, sagte Max.

In den alten Räumlichkeiten, die zuletzt als Café ge-dient hatten, flammte das Licht auf. Inzwischen standen nur noch der Tresen und ein paar vereinzelte Möbel he-rum.

Allerdings sah die Wand hinter dem Tresen verändert aus.

»Herr im Himmel!«, platzte es aus Rolf heraus.

»Ist ja ein Ding«, sagte Max.

Siw sagte gar nichts, sondern starrte nur nach vorn.

Die Göttin der Wahrheit.

Mit weit gespreizten Schwingen, wallendem grauem Haar und knallroten Lippen hatte sie die Augen auf Siw gerichtet.

Ihr war fast, als blickte sie in einen Spiegel.

Und in der Ecke – der kleine blonde Junge. Der Erzengel.

»Mamaaa! Bitte! Zum Muttertag!«

»Aber, Liebling, diese Blumen darf man doch nicht pflü-cken! Die sind eingepflanzt!«

Mimmi nahm eilig die Tulpen entgegen, die Veera ihr stolz hingehalten hatte, und legte sie verlegen zurück aufs Beet, als wäre der Schaden nicht längst angerichtet.

»Aber wie nett von dir«, fügte sie schnell hinzu. »Viel-leicht können wir auf dem Heimweg ja noch ein paar an-dere Blumen pflücken.«

Veera lächelte vergnügt und rannte hinüber zum Klet-tergerüst. Mimmi setzte sich auf eine Bank und sah dem Mädchen hinterher. Sie hatte immer noch das Gefühl, als dürfte sie Veera keinen Moment aus den Augen lassen. Doch allmählich musste sie daran etwas ändern. Im Herbst würde Veera zur Vorschule gehen, und jetzt, da Mimmi al-leinerziehend war, würde sie auch wieder arbeiten gehen, sofern alles glattginge. Wenn sie sich nur daran erinnern könnte, wie man Haare schnitt ...

Heute waren zahlreiche Kinder auf dem Spielplatz, und Veera hatte bereits mit zwei etwa gleichaltrigen Mädchen im Sandkasten gespielt. Sie schien zum Glück keinerlei Schwierigkeiten zu haben, Kontakte zu Gleichaltrigen zu knüpfen.

»Hallo! Darf ich mich dazusetzen?«

Neben der Bank stand Tomas und lächelte sie zurückhaltend an.

»Auf gar keinen Fall!«, scherzte Mimmi. »Doch nicht auf die Chaiselongue! Vielleicht will ich mich ja noch ausstrecken!«

»Ah«, sagte Tomas. »Na, dann setze ich mich solange ganz vorsichtig hier ans Fußende, ja? Dann kannst du mir jederzeit gern einen Tritt versetzen, wenn ich im Weg bin.«

Gottfrid, der stolz eine Schirmmütze und Sonnenbrille trug, watschelte zu den Schaukeln, und Tomas setzte sich auf eine davon.

»Ist eine Weile her«, stellte er fest.

»Mhm. Wir haben eine Zeit lang bei meinen Eltern gewohnt ... Na ja, irgendwie haben wir das gebraucht.«

»Verstehe. Wie sieht es denn inzwischen aus, also, mit dem Jugendamt und dem ganzen Hin und Her?«

Mimmi strahlte ihn an.

»Gut, tatsächlich gut«, sagte sie.

»Verdammt schön, dass sie diesen Rückführungsbeschluss revidiert haben.«

»Der Fall war klar, sobald Veeras leiblicher Vater und die Großmutter ihre Aussage gemacht und darauf beharrt hatten, dass Jutta das Sorgerecht auf keinen Fall zurückkriegen dürfe. Zumal Jutta Drohbriefe an Veeras Sozialarbeiterin geschickt hatte! Jutta und ihr neuer Freund haben sie sogar zeitweise gestalkt.«

»Unfassbar. Und wie geht es Juha?«

»Der ist ausgezogen. Wir verkaufen das Haus. Wie es aussieht, hat er schon eine Neue.«

»Das ging aber schnell!«

»Na ja, ich glaube fast, dass er die schon länger hat ...«

»Oha.«

Mimmi musste lachen. Tomas saß immer noch auf der Kante, als hätte sie ernst gemeint, was sie gesagt hatte.

»Setz dich endlich normal hin, hörst du? Ich lege mich schon nicht der Länge nach hin und trete nach dir. Wo steckt denn Anna?«

»Wo wohl? Bei der Arbeit.«

»Am Muttertag? Die Arme!«

»Tja, ließ sich nicht ändern. Wir müssen noch einiges organisieren, jetzt, da ich ebenfalls dort angefangen habe.«

»Aber dann seht ihr euch ja zumindest häufiger. Bei der Arbeit.«

»Das stimmt.«

Beschwingt verließ Anna Glad mit drei heißen Pizzakartons in den Händen die völlig überteuerte Pizzeria am Marktplatz. Ihre zwei Jungs waren auf dem Spielplatz, wie sie wusste, und jetzt würde sie die beiden überraschen. Bei der Arbeit wurde sie heute doch nicht gebraucht, denn die Demo, die sie hätten begleiten sollen, war kurzfristig abgesagt worden, und sie hatte spontan Feierabend machen dürfen. Das war beinahe ein noch viel schöneres Muttertagsgeschenk als das Plastikperlenarmband, das Gottfrid ihr im Morgengrauen stolz über die Hand gestreift hatte.

Sie umrundete die letzte Ecke und entdeckte Gottfrid,

der mit seiner neuen Sonnenbrille auf der Nasenspitze zuoberst auf dem Klettergerüst herumturnte.

Und wo war Tomas? Da saß er ja.

Anna blieb wie angewurzelt stehen.

Er saß auf einer Bank und redete mit Mimmi Strandberg. Und jetzt setzte sich auch noch eine zweite Frau zu ihnen – und zwar ziemlich nah an Tomas heran! Sie warf ihren blonden Pferdeschwanz herum, und Anna konnte ihr gekünsteltes Lachen hören. Dann gesellten sich allem Anschein nach zwei Bekannte der Pferdeschwanzmutter zu ihnen, und im Handumdrehen war Tomas auf seiner Bank von einem kleinen Harem umgeben. Sie alle kicherten um die Wette und flöteten, dass Anna völlig verdattert war. Als wäre Tomas der einzige Vater auf dem Spielplatz ... Was er tatsächlich war, wie sie erst jetzt feststellte.

»Entschuldigung«, sagte eine Frau, die einen Zwillingswagen in der Größe eines Schlachtschiffs auf dem Gehweg an Anna vorbeibugsierte.

Anna trat zur Seite und spürte im selben Moment, dass ihr Handy in der Gesäßtasche vibrierte.

»Hier ist Annette. Es tut mir wahnsinnig leid, aber könntest du vielleicht zurückkommen? Die Demo findet jetzt anscheinend doch noch statt.«

Anna warf einen Blick zum Spielplatz. Gottfrid war mittlerweile auf der Rutsche – und jetzt hatte er sie entdeckt.

»Mamaaa! Da ist meine Mama! Mamaaaaaa!«

»Sorry, Annette«, sagte Anna, »aber das geht jetzt nicht mehr. Wir sehen uns morgen.«

Sie betrat mit ihren Pizzakartons den Spielplatz und stellte sich breitbeinig vor die Bank.

»Hallo, miteinander. Schön, euch kennenzulernen. Ich bin Gottfrids Mutter. Anna Glad.«

DANKSAGUNG

Danke an den Finnlandschwedischen Schriftstellerverband für die Förderung und die Ruhe zum Arbeiten.

Danke, *Svenska Yle*, für die Flexibilität und Ermunterung.

Danke, Schildts & Söderströms sowie Kustantamo S&S dafür, dass ihr an mich glaubt, selbst wenn ich es selbst nicht immer recht kann.

Danke, Mädels, für Fananamma, Herumgealber und Spaß, wenn es mal wieder anstrengend wird.

Danke, Jonas, Tyra, Selma und Oskar, weil ihr es mit mir aushaltet, sogar wenn die Deadline naht.

Danke, Mama und Papa, weil ihr immer so stolz und beeindruckt seid, wenn euer 42-jähriges Curling-Kind versucht hat, etwas Spannendes zu schreiben.

Und danke an euch alle, die ihr meine Bücher lest und kauft, zu Autorenabenden kommt und mir schreibt, um mir etwas Nettes zu sagen.

Ohne euch wäre dies hier nicht möglich.

Die Vorlagen der Wiegenlieder zu Beginn der Kapitel stammen aus folgenden Quellen:

Kapitel 1: Wiegenlied aus Åsele, Lappmark, Nordlander 1886*

Kapitel 2: Wiegenlied aus Finnland, Nordlander 1886*

Kapitel 3: »Lasse liten« von Zacharias Topelius, zit. nach Sofi Almquist: Barnens andra läsebok (»Zweites Lesebuch für Kinder«). Sjunde omarbetade upplagan, Kungl. Hofboktr. Iduns Tryckeri AB, Stockholm 1919

Kapitel 4: Finnlandschwedisches Wiegenlied, Marander-Eklund 2006**

Kapitel 5: Wiegenlied aus Vörå, Nordlander 1886*

Kapitel 6: Wiegenlied aus Ångermanland, Nordlander 1886*

Kapitel 7: Scherzhaftes Wiegenlied aus Ångermanland, Nordlander 1886*

Kapitel 8: Wiegenlied aus Småland, Nordlander 1886*

Kapitel 9: »Solskens-visa« von Zacharias Topelius, zit. nach Sofi Almquist: Barnens andra läsebok (»Zweites Lesebuch für Kinder«). Sjunde omarbetade upplagan, Kungl. Hofboktr. Iduns Tryckeri AB, Stockholm 1919

* Johan Nordlander: *Svenska barnvisor och barnrim (Schwedische Kinderlieder und Abzählverse)*, Kongl. Boktryckeriet P. A. Norstedt & Söner, Stockholm 1886 (Reprint Bok & Bild, Stockholm 1971)

** Lena Marander-Eklund: *Ro, ro runt omkring. Barnvisor och ramsor från Svenskfinland (Ruder, ruder, ruder herum. Kinderlieder und Reime aus dem schwedischsprachigen Finnland)*. Folkloristiska arkivet vid Åbo Akademi, Åbo/Turku 2006